2011 不求人文化

2009 懶鬼子英日語

I'm 我識出版教育集團
I'm Publishing Edu. Group
www.17buy.com.tw

2005 意識文化

2005 易富文化

2003 我識地球村

2001 我識出版社

2011 不求人文化

2009 懶鬼子英日語

I'm 我識出版教育集團
I'm Publishing Edu. Group
www.17buy.com.tw

2005 意識文化

2005 易富文化

2003 我識地球村

2001 我識出版社

寫給
無法完整説出
一句日文的人

【全彩情境圖解版】

言いたいことを話す！
カタコトの日本語しか話せない人のために

①

〜てありがとう

謝謝您〜

按照日文的文法規則，「〜てありがとう」前面用動詞て形寫感謝的原因，常常前面接「〜てくれて」意思是「承蒙您幫我〜，所以感謝您」

〜てありがとう。

♪020-02　01　いつも応援してくれ
謝謝您總是支持我。

♪020-03　02　傘を貸してくれ
謝謝您借給我雨傘。

♪020-04　03　ご馳走してくくれ
謝謝您的請客。

♪020-05　04　仕事を紹介してくれ
謝謝您介紹給我工作。

♪020-06　05　洗濯してくれ
謝謝您幫我洗衣服。

♪020-07　06　掃除してくれ
謝謝您幫我打掃。

♪020-08　07　助けてくれ
謝謝您救我的命。

♪020-09　08　手伝ってくれ
謝謝您幫忙。

♪020-10　09　迎えに来てくれ
謝謝您特地來接我。

♪020-01

荷物を持ってくれてありがとう！
謝謝您幫我拿行李！

いいえ、どういたしまして。
不客氣。

④

③

⑤

○ 補充單字

応援します 動 支持／貸します 動 借出／御馳走します 動 請客／手伝います 動 幫忙／
迎え 名 迎接

⑥

○ 對話練習　♪020-11

A：荷物を持ってくれてありがとう。
謝謝您幫我拿行李！

B：いいえ、これぐらいお安い御用ですよ。
別這麼說，這是小事一樁啦。

還可以這樣說！

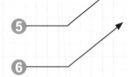

⑦

「〜感謝しています」

同為表達感謝，「感謝しています」相較「ありがとう」更為正式且偏向書面用語，在商業場合也常用「感謝しております」的形式來表達謙敬之意。

②

020

一次給你完整說出一句日文的勇氣與能力！

始める前に：

按照自己喜歡的學習方式，依情況找到需要的句型；或跟隨七大類的排序一一學習。
首先閱讀每頁的說明文字，了解該句型的用法及意思。

ステップ 1

❶ 看圖片
觀察右側圖片的場合、氛圍，掌握句型使用時機，奠定印象。

❷ 聽範例
對照圖片下方文字，掃描頁碼旁的QR Code，聆聽會話內容，注意其音調起伏和情緒。

❸ 開嗓
再重播一次音檔，模仿老師的語調，複述一遍。

★ 本書未附CD，未提供光碟燒錄服務。全書音檔皆使用「VRP虛擬點讀筆」聽取。
「VRP虛擬點讀筆」的使用方式詳見後頁 ➜

ステップ 2

❹ 讀例句
常用辭彙快速帶入句型前（～ですか。）、中（いつ～ますか。）、後（もしも～）
後，句型在中間（～のに～）用│★│標示，多種用法一目了然！

❺ 學生字
遇到陌生的單字，請見下方的補充説明。

❻ 練對話
組合上方學到的句型，想像自己身在該情境該怎麼回答，再跟著音檔多念幾次。

ステップ 3

❼ 破迷思
「原來如此！」辨析常常混淆的相似用法，學會精準表達。
「還可以這樣用！」了解可替代使用的其他説法，豐富你的話語。

❽ 總複習
本書附有「實戰演習」，供你檢視自己的學習成果，重複練習不熟悉的部分。

01 ♪177-01

A ：
　　　往這邊走一直走的話，你就會在左手邊看到一座白色的教堂。

B ：**ここをまっすぐですね。どうも。**
　　　往這邊走一直走是嗎。謝謝。

❽

線上下載「Youtor App」（內含VRP虛擬點讀筆）

為了幫助讀者更方便使用本書，特別領先全世界開發「VRP虛擬點讀筆」（Virtual Reading Pen），讓讀者可以更有效率地利用本書學習、聽取本書的音檔。讀者只要將本書結合已安裝「Youtor App」（內含VRP虛擬點讀筆）的手機，就能立即使用手機掃描書中的QR Code聽取本書的日文對話及例句。「VRP虛擬點讀筆」是以點讀筆的概念做開發設計，每次重新啟動時需要再次掃描QR Code。

Youtor App
（內含VRP虛擬點讀筆）
下載位置

「VRP 虛擬點讀筆」介紹

❶ 讀者只要掃描右側QR Code，將會引導至App Store / Google Play 免費下載安裝「Youtor App」（內含VRP虛擬點讀筆）或是於App商城搜尋「Youtor」即可下載。

❷ 打開「Youtor App」（內含VRP 虛擬點讀筆）後登入。若無帳號 請先點選「註冊」填寫資料完 成後即可登入。

❸ 進入首頁後請點選右上角的QR Code掃描鍵，掃描書中的 QR Code下載音檔，再次進入首頁即會出現「VRP虛擬點 讀筆」。進入「VRP虛擬點讀筆」後可至熱門排行中篩選或 搜尋想尋找的書籍，將音檔一次從雲端下載至手機使用。

直接搜尋

篩選

掃描內頁的 QR Code 下載音檔

❹ 當音檔下載完畢，讀者只需要開啟「Youtor App」就能隨時掃描書中的 QR Code，立即播放音檔（平均 1 秒內），且離線也能聽。在下載完成前，請勿跳出下載畫面，避免音檔下載不完全。（若以正常網速下載，所需時間為 3 至 5 分鐘。）

❺ 若擔心音檔下載後 太佔手機空間，也 可隨時刪除音檔， 當書籍同時有多冊 時，能分冊下載及 刪除，減少 App 佔 用的儲存空間。購 買本公司書籍的讀 者等於有一個雲端 櫃可隨時使用。

定時播放：讀者可選擇是 否開啟，如開啟後需調整 時間，可至「會員專區」－ 「系統設定」進行設定

1.0

調整播放速度 0.8/1.0/1.2 倍數

第 079 頁

點選箭頭可前後頁切換，或可點選 頁數跳出視窗後，可手動輸入頁碼 或點選想要的頁數

🔁 單頁循環播放 🔂 單曲播放 🔁 整本循環播放

★「Youtor App」（內含VRP虛擬點讀筆）僅提供給「我識出 版教育集團」旗下「我識出版社」、「懶鬼子英日語」、「不求 人文化」、「我識地球村」、「字覺文化」……等出版社具有 【虛擬點讀筆】功能的書籍搭配使用。

★「Youtor App」（內含VRP虛擬點讀筆）僅支援Android 6.0以上、iOS 9以上版本。

★雖然我們努力做到完美，但也有可能因為手機的系統版本 和「Youtor App」（內含VRP虛擬點讀筆）不相容導致無法 使用，若有此情形，請與本公司聯繫，會有專人提供服務。

　　《寫給無法完整說出一句日文的人》這次得以全新的面貌問世，都要感謝讀者們的熱情支持，這本書才能順應時代不斷進化，將這本全新改版的《寫給無法完整說出一句日文的人【全彩情境圖解版】》送到各位手中。

　　當初撰寫本書，是因為在臺擔任教職多年期間，發現大部分學生在語文學習上遇到最大的困難，就是將學到的單字、文法等，組成一個完整的句子。因此我蒐集了 300 個常用句型，並以日本人實際聊天內容為靈感撰寫 300 組會話，希望能幫助讀者克服無法完整說出一句日文的弱點，自然開口說出一口流暢的日文。

　　根據我自己學習中文的經驗，學習一個語言最快的方式，便是前往那個國家，好好認識當地的文化，但這對初學者來說是個難以跨越的門檻，且礙於疫情現在也難以出國訪日。因此，本書每個句型都搭配一張情境實景圖，建立生動的日文會話場景，幫助讀者更容易學習該句型的時機與場合。另外，原書的必學句也保留下來作為範例和材料，讓剛開始學習日文的讀者只要一一代入，就能舉一反三，無限延伸。此次改版新增的小專欄，除了補充更深入的知識點，解答日文學習者常見的各種疑惑，也會適時補充可替換使用的其他說法，讓這本書兼具趣味性與實用性。

　　不管讀者是為了什麼原因買下這本書，或在書店裡翻閱這本書，我都祝你能夠在日文的學習上更進一步，也希望這本《寫給無法完整說出一句日文的人【全彩情境圖解版】》能夠在實現夢想的道路上幫你一把。

2022.2

PART 1 | 表達・描述

描述事物──な形容詞

PART 2 ｜詢問

詢問時間

詢問地點

詢問談話對方經驗

詢問狀態

PART 3 | 否定

規勸・禁止

否定句

雙重否定句

程度否定句

PART 4 | 假設

提議

假設

PART 5｜感嘆・誇讚

い形容詞

な形容詞

慣用句

PART 6｜味道

名詞

い形容詞

慣用句

PART 7 ｜ 負面詞彙

い形容詞

❝ 簡單説出心裡話，只要找對方法，説日文沒什麼好怕！❞

PART

1

[表達・描述]

～てありがとう

謝謝您～

按照日文的文法規則，「～てありがとう」前面用動詞て形寫感謝的原因，常常前面接「～てくれて」意思是「承蒙您幫我～，所以感謝您」

～てありがとう。

♪020-02 01 いつも応援してくれ　　謝謝您總是支持我。

♪020-03 02 傘を貸してくれ　　謝謝您借給我雨傘。

♪020-04 03 ご馳走してくくれ　　謝謝您的請客。

♪020-05 04 仕事を紹介してくれ　　謝謝您介紹給我工作。

♪020-06 05 洗濯してくれ　　謝謝您幫我洗衣服。

♪020-07 06 掃除してくれ　　謝謝您幫我打掃。

♪020-08 07 助けてくれ　　謝謝您救我的命。

♪020-09 08 手伝ってくれ　　謝謝您幫忙。

♪020-10 09 迎えに来てくれ　　謝謝您特地來接我。

♪020-01

荷物を持ってくれてありがとう！

謝謝您幫我拿行李！

いいえ、どういたしまして。

不客氣。

● 補充單字

応援します 動 支持／貸します 動 借出／御馳走します 動 請客／手伝います 動 幫忙／迎え 名 迎接

● 對話練習　♪020-11

A：荷物を持ってくれてありがとう。
謝謝您幫我拿行李!

B：いいえ、これぐらいお安い御用ですよ。
別這麼説，這是小事一樁啦。

還可以這樣説！

「～感謝しています」

同為表達感謝，「感謝しています」相較「ありがとう」更為正式且偏向書面用語，在商業場合也常用「感謝しております」的形式來表達謙敬之意。

～てうれしいです
很高興～

按照日文的文法 ，「～てうれしいです」前面用動詞て形寫高興的
原因，常常前面接「～てできて」意思是「能夠～很高興」。

～うれしいです。

♪021-02	01	お会いできて	我很高興認識您。
♪021-03	02	彼氏（彼女）ができて	交到男朋友（女朋友）很高興。
♪021-04	03	合格できて	順利考上了很高興。
♪021-05	04	就職できて	找到工作很高興。
♪021-06	05	手術が成功して	開刀成功了很高興。
♪021-07	06	昇進できて	升官了很高興。
♪021-08	07	プレゼントをもらって	得到禮物很高興。
♪021-09	08	プロポーズされて	被求婚了很高興。
♪021-10	09	ボーナスをもらって	拿到年終獎金很高興。

♪021-01

宝くじが当たって
うれしい～

彩券中獎了很高興～

今度、お祝いしよう。

下次一起慶祝吧。

○ 補充單字

できます 動 能夠～／**成功します** 動 成功／**当たります** 動 中獎／**もらいます** 動 得到

Q 對話練習 ♪021-11

A：お会いできてうれしいです。
　　能見到你真高興。

B：わたしもかねてからお名前はうかがっておりました。
　　我也久仰大名了。

原來如此！

……… 「～て楽しいです」 VS. 「～てうれしい」 ………

「～て楽しいです」是可以跟其他人分享的快樂，而「～てうれしい」雖然也有快
樂之意，不同在於，「うれしい」是完成目的或得到東西而高興。

〜て気分がいいです
因為〜心情好

按照日文的文法規則，「〜て気分がいいです」前面常用形容詞て形寫心情好的原因，也有接自動詞的て形「〜て」意思是「因為〜心情好」。

〜気分がいいです。

♪022-02	01 天気がよくて	因為天氣不錯所以心情好。
♪022-03	02 パソコンが直って	電腦修好了所以心情好。
♪022-04	03 ほめられて	被人家讚美所以心情好。
♪022-05	04 おごってもらって	有人請我吃飯所以心情好。
♪022-06	05 問題が解決して	問題解決了心情很好。
♪022-07	06 体調がよくて	身體狀況好所以心情很好。
♪022-08	07 部屋がきれいで	房間很乾淨所以心情好。
♪022-09	08 ボーナスをもらって	拿到年終獎金所以心情很好。
♪022-10	09 景品が当たって	中了獎品所以心情很好。

♪022-01

この店、雰囲気がいいですね。

這一家店氣氛真好！

うん、店員も親切で気分がいいですね。

對呀！因為店員也很親切，讓人心情真好。

▶ 補充單字

おごります 動 請客／**部屋** 名 房間／**ボーナス** 名 年終獎金／**景品** 名 獎品

Q 對話練習 ♪022-11

A：仕事が一段落して気分がいいです。
工作告一段落心情真好。

B：じゃ、ゆっくり温泉にでも行きませんか？
那麼，放鬆去泡個溫泉怎麼樣？

還可以這樣說！

············· 「〜て気分爽快です」 ·············

「爽快」有「暢快、清爽」之意，「気分爽快です」和「気分がいいです」用法差不多，所以上面的例句也可以代換成「天気がよくて気分爽快です」或「問題が解決して気分爽快です」等。

～て気持ちがいいです
因為～覺得舒服

按照日文的文法規則，「～気持ちがいいです」前面可用形容詞て形寫舒服的原因。也有接自動詞的て形「～て」意思是「因為～覺得舒服」，如果前面接「～と」的話，意思是「～的話就覺得舒服～」。

～気持ちがいいです。

♪023-02 01	春風が吹いて	春風吹拂覺得很舒服。
♪023-03 02	マッサージしてもらって	人家幫我按摩覺得舒服。
♪023-04 03	シャンプーしてもらって	人家幫我洗頭覺得舒服。
♪023-05 04	山の頂上から景色を見渡すと	從山上眺望風景覺得舒服。
♪023-06 05	スキーで滑ると	滑雪覺得舒服。
♪023-07 06	運動した後にシャワーを浴びると	運動之後沖澡覺得舒服。
♪023-08 07	ヨガをすると	做瑜珈覺得舒服。
♪023-09 08	サウナで汗を流すと	在三溫暖流汗覺得舒服。

♪023-01

> 散歩に行きませんか？
>
> 要不要去散步？

> いいですね。朝の散歩は気持ちがいいですからね。
>
> 好啊。早上散步覺得很舒服呢。

⊙ 補充單字

シャワー 名 沖澡／ヨガ 名 瑜珈／サウナ 名 三溫暖

Q 對話練習 ♪023-10

A：問題が解決して気持ちがいいです。
　　問題解決了真舒服。
B：そうですね。長い間、苦労してましたからね。
　　是啊。辛苦了好一段時間呢。

還可以這樣說！

「～て心地いいです」

「心地」有「心情、感覺」之意，「気持ちがいい」可以代換成「心地いい」，而「心地」的其他用法還有「居心地の良い（待起來感覺很好）」、「寝心地の良い（躺起來感覺很好）」等。

〜て光栄です
〜是我的榮幸

按照日文的文法規則，「〜て光栄です」前面常用形容詞て形寫榮幸的原因。也有接自動詞的て形「〜て」意思是「〜是我的榮幸」，如果前面接「〜と」的話，意思是「〜的話是我的榮幸〜」。

〜光栄です。

♪024-01

おめでとうございます！

恭喜您！

ありがとうございます。賞をいただいて光栄です。

謝謝大家。得到這份獎項是我的榮幸！

♪024-02	01	一位になれて	得到第一名是我的榮幸。
♪024-03	02	お手伝いできて	能夠幫忙您是我的榮幸。
♪024-04	03	優勝できて	得到冠軍是我的榮幸。
♪024-05	04	代表になれて	能夠被選為代表是我的榮幸。
♪024-06	05	選んでいただいて	被您選上是我的榮幸。
♪024-07	06	お褒めにあずかり	得到您的讚美是我的榮幸。
♪024-08	07	お気に召していただき	讓您喜歡是我的榮幸。
♪024-09	08	このようなチャンスをいただいて	得到這樣的機會是我的榮幸。

補充單字

お手伝い 名 幫忙／お褒め 名 讚美／お気に召します 動 喜歡／チャンス 名 機會

對話練習 ♪024-10

A：お役に立てて光栄です。
能幫上忙是我的榮幸。

B：あなたのおかげですよ。あなたがいなければ、成功しませんでした。
是多虧了你。沒有你的話就無法成功了。

原來如此！

·············· 「〜て光栄です」 ··············

「〜て光栄です」常在職場中、正式場合中，或與地位較高者或不熟的人交談中使用，且前面常常再加上「いただいて」、「いただき」。

～てよかったです

因為～太好了

按照日文的文法規則，「～てよかったです」前面常用動詞、形容詞て形寫發生好事的內容。「～て」意思是「因為～太好了」。

～てよかったです。

♪025-02	01	今日は晴れ	因為今天天氣好所以太好了。
♪025-03	02	気に入ってもらえ	您喜歡這個東西太好了。
♪025-04	03	お口に合っ	合您的胃口太好了。
♪025-05	04	財布が見つかっ	找到您的錢包太好了。
♪025-06	05	仕事が見つかっ	找到工作太好了。
♪025-07	06	恋人ができ	得到情人太好了。
♪025-08	07	いい友だちができ	交到好朋友太好了。
♪025-09	08	うまくいっ	能夠順利進行太好了。
♪025-10	09	仲直りでき	已經和好太好了。
♪025-11	10	あなたと出会え	跟您認識太好了。

♪025-01

> おいしいですね。
>
> 真好吃。

> お口に合ってよかったです。
>
> 能合胃口太好了。

▶ 補充單字

気に入ります 動 喜歡／口に合います 動 合胃口／うまくいきます 動 順利／仲直りします 動 和好

Q 對話練習 ♪025-12

A：今日はお話できてよかったです。
今天能說上話真是太好了。

B：こちらこそ、これを機会に今後ともどうぞよろしくお願いします。
我才是。藉此機會今後也請多關照了。

還可以這樣說！

·············· 「それはそれは」 ··············

「それはそれは」有「那還真是太……（好了）」之意，可以接在「よかったです」前面強調，也可以單獨使用，意思相同。故上述對話可以寫成「おいしいですね。」、「それはそれは、よかったです」。

〜が好きです

喜歡〜

「〜が好きです」前面通常加喜歡的事或物。「〜が好きです」意思是「喜歡〜」。如果使用「〜は好きです」的話，特別強調喜歡的事或物。

♪026-01

台湾のお茶が好きです。

喜歡喝臺灣的茶。

では、もっとどうぞ！

那麼請您喝多一點！

〜が好きです。

♪026-02	01 チョコレート	喜歡巧克力。
♪026-03	02 このデザイン	喜歡這款設計。
♪026-04	03 この匂い	喜歡這個味道。
♪026-05	04 この色	喜歡這個顏色。
♪026-06	05 このカフェの雰囲気	喜歡這一家咖啡廳的氣氛。
♪026-07	06 この店のサービス	喜歡這一家店的服務。
♪026-08	07 さっぱりした味	喜歡清爽的味道。
♪026-09	08 このブランド	喜歡這個牌子。
♪026-10	09 抹茶	喜歡抹茶。
♪026-11	10 お茶	喜歡喝茶。

▶ 補充單字

サービス 名 服務／**さっぱりした味** 名 清爽的味道／**デザイン** 名 設計

Q 對話練習　♪026-12

A：わたしは甘いものが好きです。
我喜歡甜食。

B：そうですか。わたしは辛党ですよ。
這樣啊。我是無辣不歡。

還可以這樣說！

·········· 「〜に目がないです」 ··········

「目がない」除了表示沒有眼睛，「〜に目がないです」有「非常喜歡〜」的意思，所以上面的例句可以代換成「チョコレートに目がないです（非常喜歡巧克力）」、「抹茶に目がないです（非常喜歡抹茶）」等。

〜て雰囲気がいいです
〜的氣氛很好

按照日文的文法規則，「〜て雰囲気がいいです」前面常用動詞、形容詞て形寫氣氛好的原因。「〜て」意思是「因為〜所以氣氛很好」。

〜雰囲気がいいです。

♪027-02	01	このクラスは仲がよくて	這班的同學很和睦氣氛很好。
♪027-03	02	ここは明るくて	這裡很明亮氣氛很好。
♪027-04	03	このカフェはサービスもよくて	這一家咖啡廳服務好氣氛也很好。
♪027-05	04	ここは静かで	這裡又安靜氣氛也很好。
♪027-06	05	ここはセンスもよくて	這裡的品味好氣氛也很好。
♪027-07	06	ここは人も親切で	這裡的人親切氣氛也很好。
♪027-08	07	この学校は学生も積極的で	這裡的學生很積極氣氛也很好。
♪027-09	08	ここは清潔で	這裡乾淨氣氛也很好。
♪027-10	09	ここは手入れが行き届いていて	這裡的保養周到氣氛也很好。

♪027-01

> このレストランすてきですね！

這一家餐廳好棒喔！

> ここは景色もよくて雰囲気がいいですね。

這裡的風景好氣氛也很好。

▶ 補充單字

仲がいい 形 和睦／**センス** 名 品味／**手入れ** 名 保養

Q 對話練習　♪027-11

A：このカフェはリラックスできる音楽が流れていて、雰囲気がいいですね。
這家咖啡廳播放讓人放鬆的音樂，氣氛也很好。

B：ここは私の心のオアシスです。
這裡是我的心靈綠洲。

還可以這樣說！

⋯⋯⋯⋯⋯⋯⋯⋯⋯「〜てムードがいいです」⋯⋯⋯⋯⋯⋯⋯⋯

「ムード」有「氣氛、情調」之意，所以氣氛很好也可以說「ムードがいいです」。如：「ここは静かでムードがいいです」、「ここは明るくてムードがいいです」等。

〜て楽（たの）しいです

因為〜很快樂

按照日文的文法規則，「〜て楽（たの）しいです」前面常用動詞、形容詞て形寫快樂有趣的原因。也可以用「名詞+は楽（たの）しいです」的形式。「〜て」意思是「因為〜很快樂」。

〜楽（たの）しいです。

♪028-02	01	ハイキングは		健行很快樂。
♪028-03	02	パーティーは		派對很快樂。
♪028-04	03	旅行（りょこう）は		旅行很快樂。
♪028-05	04	みんなでサイクリングできて		大家一起騎腳踏車很快樂。
♪028-06	05	みんなで登山（とざん）できて		大家一起爬山很快樂。
♪028-07	06	みんなでお酒（さけ）を飲（の）んで		大家一起喝酒很快樂。
♪028-08	07	みんなでゲームをして		大家一起玩遊戲很快樂。
♪028-09	08	みんなでダンスをして		大家一起跳舞很快樂。
♪028-10	09	みんなで歌（うた）って		大家一起唱歌很快樂。

♪028-01

> みなさん、お久（ひさ）しぶりですね。

大家好久不見了。

> みんなで会食（かいしょく）できて楽（たの）しいです。

大家一起用餐很快樂。

補充單字

ハイキング 名 健行／サイクリング 名 騎腳踏車／ゲーム 名 遊戲／ダンス 名 跳舞

對話練習 ♪028-11

A：気（き）の合（あ）う友（とも）だちと会食（かいしょく）するのは楽（たの）しいです。
跟合得來的朋友一起用餐很快樂。

B：こういう友（とも）だちは大切（たいせつ）にしなきゃね。
這種朋友一定要好好把握。

原來如此！

·············· 「楽（たの）しいです」 VS. 「楽（たの）しみです」 ··············

「楽（たの）しい」是形容詞，意思是「〜很快樂」，而「楽（たの）しみ」則是名詞，意思是「期待」，要注意不要搞混囉！

～て驚<ruby>驚<rt>おどろ</rt></ruby>きました
因為～很驚訝

按照日文的文法規則，「～て<ruby>驚<rt>おどろ</rt></ruby>きました」前面常用形容詞て形寫驚訝的原因，也有接<u>自動詞</u>的て形「～て」意思是「因為～所以我很驚訝」。

～て<ruby>驚<rt>おどろ</rt></ruby>きました。

♪029-02 01	<ruby>人<rt>ひと</rt></ruby>が<ruby>多<rt>おお</rt></ruby>く	因為人多讓我很驚訝。
♪029-03 02	<ruby>部屋<rt>へや</rt></ruby>が<ruby>汚<rt>きたな</rt></ruby>く	房間很髒讓我很驚訝。
♪029-04 03	<ruby>料理<rt>りょうり</rt></ruby>がまずく	料理難吃讓我很驚訝。
♪029-05 04	<ruby>物価<rt>ぶっか</rt></ruby>が<ruby>高<rt>たか</rt></ruby>く	物價高讓我很驚訝。
♪029-06 05	<ruby>料理<rt>りょうり</rt></ruby>が<ruby>辛<rt>から</rt></ruby>く	這道菜很辣讓我很驚訝。
♪029-07 06	うるさく	沒想到這麼吵讓我很驚訝。
♪029-08 07	<ruby>寒<rt>さむ</rt></ruby>く	沒想到這麼冷讓我很驚訝。
♪029-09 08	<ruby>荷物<rt>にもつ</rt></ruby>が<ruby>重<rt>おも</rt></ruby>く	行李很重讓我很驚訝。
♪029-10 09	<ruby>竜巻<rt>たつまき</rt></ruby>が<ruby>来<rt>き</rt></ruby>	發生龍捲風讓我很驚訝。

♪029-01

<ruby>大<rt>おお</rt></ruby>きい<ruby>地震<rt>じしん</rt></ruby>が<ruby>起<rt>お</rt></ruby>きて<ruby>驚<rt>おどろ</rt></ruby>きました。

遇到這麼大的地震真驚訝。

ほんとうに。

我也這麼覺得。

▶ 補充單字

まずい 形 難吃／うるさい 形 吵鬧／<ruby>寒<rt>さむ</rt></ruby>い 形 冷／<ruby>荷物<rt>にもつ</rt></ruby> 名 行李／<ruby>竜巻<rt>たつまき</rt></ruby> 名 龍捲風

Q 對話練習 ♪029-11

A：<ruby>日本<rt>にほん</rt></ruby>のカラスの<ruby>巣<rt>す</rt></ruby>がハンガーでできているなんて<ruby>驚<rt>おどろ</rt></ruby>きました。
日本的烏鴉巢穴是用衣架築的，真令人吃驚。

B：カラスって、<ruby>意外<rt>いがい</rt></ruby>とセンスあるんですね。
烏鴉意外地有品味呢。

還可以這樣說！

「～てびっくりします」

「びっくりします」是很口語且常見的「驚訝」用詞，所以上面的例句可以代換成「<ruby>人<rt>ひと</rt></ruby>が<ruby>多<rt>おお</rt></ruby>くてびっくりします」、「<ruby>物価<rt>ぶっか</rt></ruby>が<ruby>高<rt>たか</rt></ruby>くてびっくりします」等。

～て悲しいです
因為～覺得難過

按照日文的文法規則，「～て悲しいです」前面可用形容詞て形寫難過的原因，也有接自動詞的て形，常常前面接「～れて」意思是「因為被～所以覺得難過」

～悲しいです。

♪030-02 01	ペットが死んで	我的寵物死了覺得很難過。
♪030-03 02	財布を失くして	遺失了錢包覺得很難過。
♪030-04 03	失恋して	因為失戀了覺得很難過。
♪030-05 04	天気が悪くて	因為天氣不好覺得很難過。
♪030-06 05	ともだちと喧嘩して	跟朋友吵架覺得很難過。
♪030-07 06	戦争が起きて	發生戰爭覺得很難過。
♪030-08 07	自然が破壊されて	破壞了自然覺得很難過。
♪030-09 08	携帯が壊れて	我的手機壞了覺得很難過。
♪030-10 09	無視されて	有些人不理我覺得很難過。

♪030-01

試験に失敗して悲しいです。

考試沒通過覺得很難過。

この次はがんばってください！

下次加油吧！

▶ 補充單字

ペット 名 寵物／**財布** 名 錢包／**携帯** 名 攜帶、手機／**無視されます** 動 被無視

Q 對話練習　♪030-11

A：私のことをわかってもらえなくて、悲しいです。
無法讓人理解我，覺得很難過。
B：世の中には、理解できない人もいるんですよ。
這世上也有人是無法理解的啊。

還可以這樣說！

「～て胸が痛みます」

中文的「心痛」在日文可說「胸が痛みます」，如上述例句可說「自然が破壊されて胸が痛みます」、「戦争が起きて胸が痛みます」等。

012 ～て気分が悪いです
因為～心情不好

按照日文的文法規則，「～て気分が悪いです」前面常用形容詞て形寫心情不好的原因。也有接自動詞的て形「～て」意思是「因為～心情不好」。

～て気分が悪いです。

♪031-02	01	部屋が汚く	因為房間髒亂所以心情不好
♪031-03	02	外がうるさく	因為外面很吵所以心情不好
♪031-04	03	怒られ	被人家罵了所以心情不好
♪031-05	04	命令され	被人家命令所以心情不好
♪031-06	05	騙され	被人家欺騙了心情不好
♪031-07	06	人に利用され	被人家利用心情不好
♪031-08	07	店員の態度が悪く	店員的態度差所以心情不好
♪031-09	08	店員が注文を忘れ	因為店員忘了我點的菜所以心情不好
♪031-10	09	体重が増え	因為增加了體重所以心情不好

♪031-01

> どうして食べないんですか。

為什麼不吃呢？

> 料理に虫が入っていて気分が悪いです。

因為菜裡面有蟲心情不好。

補充單字

汚い 形 髒／怒られます 動 挨罵／命令されます 動 命令／騙されます 動 被騙

對話練習 ♪031-11

A：私はあの人に誤解されたままで、気分が悪いです。
我一直被那個人誤解，心情不好。
B：何を言っても信じてもらえないなら、縁がなかったと思うしかないでしょう。
説什麼都對方都不相信的話，也只能認為是沒有緣分了。

原來如此！

·········· **「～て機嫌が悪いです」** ··········

「気分が悪い」、「機嫌が悪い」都有「心情不好」之意，「気分が悪い」可以指生理或心理上的不適，「機嫌が悪い」專門用在形容心理情緒，不一定都可以互換。

〜て気持ちが悪いです
因為〜覺得不舒服

「〜気持ちが悪いです」前面常用形容詞て形或名詞+で寫不舒服的原因。也有接自動詞的て形「〜て」意思是「因為〜覺得不舒服」。如果前面接「〜と」的話,意思是「〜的話就會覺得不舒服〜」。

〜気持ちが悪いです。

♪032-02 01	二日酔いで	因為宿醉覺得不舒服。
♪032-03 02	車酔いで	因為暈車覺得不舒服。
♪032-04 03	船酔いで	因為暈船覺得不舒服。
♪032-05 04	悪い物を食べて	吃壞東西覺得很不舒服。
♪032-06 05	一週間シャワーを浴びないと	一個禮拜沒洗澡的話會覺得很不舒服。
♪032-07 06	歯磨きをしないと	沒有刷牙的話覺得不舒服。
♪032-08 07	ゴキブリは	蟑螂真噁心。
♪032-09 08	食べ過ぎて	吃太多覺得不舒服。
♪032-10 09	汚いタオルは	髒的毛巾真噁心。

♪032-01

> どうしたんですか?
>
> 怎麼了?

> 何か悪い物を食べて気持ちが悪いです。
>
> 好像吃到什麼壞東西,很不舒服。

◉ 補充單字

二日酔い 名 宿醉／車酔い 名 暈車／船酔い 名 暈船／タオル 名 毛巾

Q 對話練習 ♪032-11

A:昆虫食なんて、考えただけでも気持ち悪い〜。
吃昆蟲什麼的,光想就覺得噁心。

B:えっ、今いちばん流行っているのは昆虫食なんだよ。知らないの?
欸,現在最流行的就是昆蟲餐,你不知道嗎?

還可以這樣說!

·········· 「気持ちが悪い」、「キモい」 ··········

「キモい」是日語中口語的說法,表示「噁心的〜;令人不舒服的〜」,不只可以用於形容事物,如:「ゴキブリはキモい」,也可用於形容人,如:「キモいやつ(噁心的傢伙)」。

〜が心配です

很擔心〜

按照日文的文法規則，「〜が心配です」前面常用名詞寫擔心的內容。也有接自動詞的て形「〜て」意思是「因為〜很擔心〜」如果前面接「〜と」的話，意思「〜的話就會很擔心〜」。

〜心配です。

♪033-02	01	大型台風が	很擔心強度颱風。
♪033-03	02	明日の試験が	很擔心明天的考試。
♪033-04	03	健康が	很擔心健康。
♪033-05	04	地震が	很擔心地震。
♪033-06	05	治安が	很擔心治安。
♪033-07	06	将来が	很擔心未來。
♪033-08	07	老後が	很擔心退休之後的事情。
♪033-09	08	物価上昇が	很擔心物價上漲。
♪033-10	09	こどもの帰りが遅くて心配です。	很擔心小孩還沒回來。

♪033-01

富士山へ行きませんか？

要不要去富士山？

遠慮しておきます。火山噴火が心配です。

我看還是算了。很擔心火山爆發。

▶ 補充單字

台風 名 颱風／**試験** 名 考試／**火山噴火** 名 火山爆發／**将来** 名 未來／**こども** 名 小孩

Q 對話練習　♪033-11

A：洗濯物が干しっぱなしなので、雨に濡れないか心配です。
衣服就這麼晾著，很擔心會不會被雨淋濕。

B：干しっぱなしで外出したの？それはよくないでしょ。
衣服晾著就出門？那樣不好吧。

還可以這樣說！

・・・・・・・・・・・・・「胸がソワソワします」・・・・・・・・・・・・・

「ソワソワ」有「心神不寧、忐忑不安」之意，「胸がソワソワします」意思是「胸中忐忑不安」。其他類似的副詞還有「はらはらします（心驚膽跳）」「ドキドキします（心跳加速）」等。

～てすみません

抱歉～

「動詞て形+てすみません」常常前面接「～てしまって」（不小心～）寫道歉的原因。意思是「抱歉～」。

～てすみません。

♪034-02 01	遅れてしまっ	抱歉，我遲到了。
♪034-03 02	約束を忘れてしまっ	抱歉，我忘記約會。
♪034-04 03	傘を失くしてしまっ	抱歉，我弄丟了您的雨傘。
♪034-05 04	模型を壊してしまっ	抱歉，我弄壞了您的模型。
♪034-06 05	枝を折ってしまっ	抱歉，我不小心折斷了樹枝。
♪034-07 06	袋を破ってしまっ	抱歉，我不小心弄破了袋子。
♪034-08 07	花瓶を割ってしまっ	抱歉，我不小心打破了花瓶。
♪034-09 08	床を濡らしてしまっ	抱歉，把地板弄濕了。
♪034-10 09	ケーキを食べてしまっ	抱歉，不小心吃掉蛋糕。
♪034-11 10	ジュースを飲んでしまっ	抱歉，我不小心喝了果汁。

♪034-01

> 30分待ちましたよ！
>
> 我等您半個鐘頭了！

> 遅れてしまってすみません。
>
> 抱歉，我遲到了。

▶ 補充單字

失くします 動 遺失／壊します 動 弄壊／折ります 動 折斷／破ります 動 破（紙或是布料）／割ります 動 打破（硬的東西）／濡らします 動 弄濕

Q 對話練習 ♪034-12

A：約束に遅れてすみません。
很抱歉比約定的時間晚到了。

B：いいえ、何かあったのかと心配しましたよ。
不會，很擔心發生什麼事了呢。

原來如此！

·········· 「すみません」VS.「ごめんなさい」 ··········

雖然兩者都有「抱歉、對不起」的意思，「すみません」比較偏向「不好意思」的意味。如：「すみません、トイレはどこですか（不好意思，請問廁所在哪裡）」，這種時候就不會使用ごめんなさい。

〜て疲れました

因為〜覺得疲倦

根據日文的文法規則，「〜て疲れました」前面常用動詞て形或名詞+に（表示對象）寫疲倦的原因。或用「動詞ます形+すぎて」表示「〜過量覺得疲憊」。「〜て」意思是「因為〜覺得疲憊」。

〜疲れました。

♪035-02	01	働きすぎて	工作太多覺得疲倦。
♪035-03	02	運動しすぎて	運動過量覺得疲倦。
♪035-04	03	ゲームをしすぎて	玩遊戲太久覺得疲倦。
♪035-05	04	テレビを見すぎて	看電視太久覺得疲倦。
♪035-06	05	遊びすぎて	玩太久覺得疲倦。
♪035-07	06	歌いすぎて	唱太多歌覺得疲倦。
♪035-08	07	勉強しすぎて	念書太久覺得疲倦。
♪035-09	08	結婚生活に	婚姻生活壓力很大所以覺得疲倦。
♪035-10	09	人間関係に	人際關係太麻煩覺得疲倦。

♪035-01

足が痛いんですか？

腳會酸痛嗎？

ええ、歩きすぎて疲れました。

是，走路太久覺得疲倦。

補充單字

すぎます 動（接在別的動詞後面）太〜／ゲーム 名 遊戲／勉強します 動 念書

對話練習 ♪035-11

A：久しぶりに山に登って疲れました。
很久沒爬山，我累了。

B：ふだんから運動しないからですよ。ほら、山頂まであと少しですよ。
都是因為平常沒在運動。看，快到山頂了

還可以這樣說！

···················· 「クタクタになりました」 ····················

「クタクタ」有「精疲力竭」之意，「クタクタになりました」意思是「因為〜精疲力竭」。其他形容精疲力竭的詞彙還有「ヘトヘト」、「力尽き」、「疲れ切る」等。

〜て腹が立ちます
因為〜不高興

按照日文的文法規則，「〜て腹が立ちます」前面常用動詞、形容詞て形寫討厭的原因。「〜て」意思是「因為〜不高興、生氣」。如果使用「〜に」意思是「對〜覺得討厭、生氣」。

〜腹が立ちます。

♪036-02	01	こどものマナーが悪くて	因為小孩子的教養不好所以很生氣。
♪036-03	02	バスがずっと来なくて	因為公車一直沒有來所以不高興。
♪036-04	03	パソコンがよく故障するので	因為電腦常常故障所以不高興。
♪036-05	04	いつも工事中で	因為一直施工所以不高興。
♪036-06	05	近所の人が深夜に洗濯するので	因為鄰居半夜洗衣服所以不高興。
♪036-07	06	うそつきばかりで	因為都是騙子，所以不高興。
♪036-08	07	自分の利益だけ考える人に	只有顧慮自己利益的人真討厭。
♪036-09	08	他人の立場を考えない人に	沒有顧慮別人的立場的人真討厭。
♪036-10	09	自分に	討厭自己。

♪036-01

大きな声でうるさいですね。

他們講話很大聲。

MRTの中で大きい声で話す人に腹が立ちますね。

在捷運上有些人大聲聊天真討厭。

補充單字

マナー 名 禮儀／パソコン 名 電腦／MRT 名 捷運／うそつき 名 騙子

對話練習 ♪036-11

A：割り込みしたくせに、前をノロノロ走っている車には腹が立つわ。
　明明插了隊卻在前面開得慢吞吞的車子，真討厭。

B：ほんとに。なぜ割り込みするのか、理解できないよね。
　真的。為什麼要插隊真無法理解。

還可以這樣說！

「〜て頭にきます」

「頭にくる」意指「〜令人惱火」，故上述例句也可以寫為「こどものマナーが悪くて頭にきます（小孩子的教養不好令人惱火）」及「MRTの中で大きい声で話す人に頭にきます（在捷運上大聲說話的人令人惱火）」等。

〜て雰囲気が悪いです
〜的氣氛不好

按照日文的文法規則，「〜て雰囲気（ふんいき）が悪（わる）いです」前面常用動詞、形容詞て形寫氣氛不好的原因。「〜て」意思是「因為〜所以氣氛不好」。

〜雰囲気（ふんいき）が（も）悪（わる）いです。

♪037-02	01	このクラスは仲（なか）が悪（わる）くて	這班的同學感情不好所以氣氛也不好。
♪037-03	02	ここは暗（くら）くて	這裡很暗氣氛也不好。
♪037-04	03	ここは景色（けしき）が悪（わる）くて	這裡的風景不好氣氛也不好。
♪037-05	04	ここはうるさくて	這裡很吵氣氛也不好。
♪037-06	05	ここはセンスが悪（わる）くて	這裡的品味不好氣氛也不好。
♪037-07	06	ここは人（ひと）が不親切（ふしんせつ）で	這裡的人不親切氣氛也不好。
♪037-08	07	この学校（がっこう）は学生（がくせい）が消極的（しょうきょくてき）で	這裡的學生不積極氣氛也不好。
♪037-09	08	ここは不潔（ふけつ）で	這裡不乾淨氣氛也不好。
♪037-10	09	ここは手入（てい）れが行（い）き届（とど）いていなくて	這裡的保養不周到氣氛也不好。

♪037-01

わたしのコーヒー、３０分（さんじゅうぷん）待（ま）っているのに来（き）ませんよ！

我的咖啡已經等了半個鐘頭還是沒有來！

このカフェはサービスが悪（わる）くて雰囲気（ふんいき）も悪（わる）いですね。

這家咖啡店的服務不好氣氛也不好。

▶ 補充單字

カフェ 名 咖啡店／**うるさい** 形 吵鬧／**行（い）き届（とど）きます** 動 周到

Q 對話練習 ♪037-11

A：この店（みせ）の店員（てんいん）は、人（ひと）をバカにしているようで雰囲気（ふんいき）悪（わる）いね。
這間店的店員好像把人當笨蛋，氣氛不好。

B：人（ひと）を見（み）かけで判断（はんだん）して、態度（たいど）を変（か）える人（ひと）って嫌（いや）だよね。
憑外表來判斷而改變態度的人真討厭。

還可以這樣說！

·············· **「嫌な空気が漂います」** ··············

「空気（くうき）」除了指「空氣」，也可以拿來形容「氣氛」，「嫌（いや）な空気（くうき）が漂（ただよ）います」表示「飄蕩著討厭的氣氛」，如：「このクラスは仲（なか）が悪（わる）くて嫌（いや）な空気（くうき）が漂（ただよ）います（這班的同學人際關係不好飄蕩著討厭的氣氛）」。

〜が嫌いです

不喜歡〜

按照日文的文法規則，「〜が嫌いです」前面常用名詞寫的喜歡的東西事情。「〜が嫌いです」意思是「不喜歡〜」。如果使用「〜は嫌いです」的話，特別強調不喜歡的東西事情。

〜嫌いです。

♪038-02	01	この色は	不喜歡這個顏色。
♪038-03	02	このデザインは	不喜歡這款設計。
♪038-04	03	ピーマンが	不喜歡青椒。
♪038-05	04	この店の雰囲気が	不喜歡這一家店的氣氛。
♪038-06	05	この店の店員が	不喜歡這一家店的店員。
♪038-07	06	ネバネバした感触が	不喜歡黏黏的觸感。
♪038-08	07	この形が	不喜歡這個形狀。
♪038-09	08	外見が	不喜歡這個外表。
♪038-10	09	性格が	不喜歡他的個性。

♪038-01

納豆、おいしいですよ！

納豆很好吃喔！

この匂いは嫌いです。

不喜歡這個味道。

> **補充單字**
>
> **デザイン** 名 設計／**匂い** 名 味道／**ピーマン** 名 青椒／**ネバネバ** 副 黏答答

> **Q 對話練習** ♪038-11
>
> A：私、ゴキブリが大嫌い！
> 　　我最討厭蟑螂！
> B：ゴキブリが好きな人なんていないでしょ？
> 　　沒有人喜歡蟑螂吧？

原來如此！

·············· 「嫌いです」 VS.「嫌です」 ··············

「嫌いです」是「不喜歡〜」。「嫌です」則是「我才不要〜」，如：「嫌だ！学校に行きたくない（不要！我不想去學校）」、「嫌です（我不要、我拒絕）」等。

～が怖いです

～害怕

「～が怖いです」前面通常加害怕的事或物「～が怖いです」意思是「害怕～」。如果使用「～は怖いです」的話，特別強調可怕的事或物。

～怖いです。

♪039-02	01 **面接が**	害怕面試。
♪039-03	02 **先生が**	害怕老師。
♪039-04	03 **幽霊が**	害怕鬼魂。
♪039-05	04 **津波が**	害怕海嘯。
♪039-06	05 **高い所が**	害怕高處。
♪039-07	06 **暗い所が**	害怕黑暗的地方。
♪039-08	07 **内視鏡検査が**	害怕內視鏡檢查。
♪039-09	08 **この漫画は**	這本漫畫很可怕。
♪039-10	09 **この映画は**	這部電影很可怕。
♪039-11	10 **オートバイが**	我害怕摩托車。

♪039-01

台湾はオートバイが怖いですね。

臺灣的摩托車真可怕。

そうですね。

真的。

補充單字

面接 名 面試／**幽霊** 名 鬼魂／**津波** 名 海嘯／**オートバイ** 名 摩托車

對話練習 ♪039-12

A：日本のクマは怖いと聞きました。
聽說日本的熊很可怕。

B：そうですよ。人を襲いますからね。
是啊。因為會襲擊人啊。

還可以這樣說！

·········· **「怖い」、「恐ろしい」** ··········

「恐ろしい」意指「恐怖」，與「怖い」意思相近，故上述例句也可以用「幽霊が恐ろしいです（幽靈很恐怖）」、「恐ろしい漫画です（恐怖的漫畫）」等。

〜が薄いです

〜淡、〜薄

「〜が薄いです」前面常加味道、毛髪、印刷彩度等淡薄的東西。「〜が薄いです」意思是「〜淡、薄」。如果用「〜は薄いです」的話，特別強調東西很淡。

〜薄いです。

♪040-02 01	夏の洋服は生地が	夏天的衣服布料比較薄。
♪040-03 02	このケーキの厚さが	這片蛋糕很薄。
♪040-04 03	この部屋の壁が	這一間房間的牆壁很薄。
♪040-05 04	この論文は薄いですから、すぐ読み終わりました。	因為這篇論文很薄，一下子就看完了。
♪040-06 05	京都の料理は味が薄いそうです。	聽說京都料理味道清淡。
♪040-07 06	最近の携帯は厚さが	最近的手機都很薄。
♪040-08 07	彼女はメイクが	她的妝容很淡。

♪040-01

> このスープの味が薄いですね。

這碗湯味道清淡。

> 胡椒でも入れましょう。

加點胡椒粉吧。

● 補充單字

生地 名 布料／**読み終わります** 動 讀完／**メイク** 名 化妝

Q 對話練習 ♪040-09

A：眉毛が薄いと顔がはっきりしないから、眉毛アートメイクを施してもらったの。
眉毛很淡的話臉部輪廓就不清晰，所以我去做了紋眉。

B：えっ、いくらぐらいするの？痛くなかったの？
欸，要花多少錢？不會痛嗎？

原來如此！

・・・・・・・・・「薄い」 VS. 「淡い」・・・・・・・・・

「薄い」用來形容事物的厚度，也可以表示「〜很淡」，如：「メイクが薄いです（妝容很淡）」、「字が薄くて読めません（字很淡看不清楚）」等。「淡い」則是「〜淺、〜微薄」，表示顏色很淺，或是程度很微弱，如：「淡い期待（微弱的期待）」。

〜が濃いです

〜濃

「〜が濃いです」前面通常加味道、妝容、毛髮等濃密的東西。
「〜が濃いです」意思是「〜濃」。如果用「〜は濃いです」
的話，特別強調東西很濃。

〜濃いです。

♪041-02	01	このスープは味が	這碗湯的味道濃。
♪041-03	02	芸者の化粧は	藝妓的妝很濃。
♪041-04	03	このソフトクリームは抹茶の味が濃くて、おいしいです。	這個霜淇淋的抹茶味道很濃很好吃。
♪041-05	04	プーアル茶は色が濃いお茶です。	普洱茶的茶色濃
♪041-06	05	台湾の桜は色が	臺灣的櫻花顏色很濃。
♪041-07	06	色が濃い服装は、痩せて見えます。	顏色深的服裝看起來顯瘦。
♪041-08	07	味が濃い食べ物は控えたほうがいいです。	口味重的食物最好不要吃。

♪041-01

> 霧が濃いですね。

霧好濃。

> 今日は飛行機が飛べないでしょうね。

今天飛機無法起飛吧。

▶ 補充單字

ソフトクリーム 名 霜淇淋／**プーアル茶** 名 普洱茶／**控えます** 動 節制／**ヌガー** 名 牛軋糖

Q 對話練習 ♪041-09

A：日本ではヒゲが濃い男性はモテないから、ヒゲ脱毛というのがあるんだよ。
在日本毛髮濃密的男人不受歡迎，所以還有鬍鬚除毛呢。

B：へぇ、欧米じゃセクシーだってモテるらしいけどね。
喔，聽説在歐美就會説是性感而受歡迎呢。

還可以這樣説！

‥‥‥‥‥‥‥‥‥‥ **「〜が（は）濃厚です」** ‥‥‥‥‥‥‥‥‥‥

形容味道很濃郁也可以用「〜が（は）濃厚です」來形容，如：「この料理の味は濃厚です（這道菜的味道很重）」、「このヌガーはミルクの味が濃厚で、アーモンドも入っています（這個牛軋糖的奶味很重，裡面還加了杏仁）」等。

〜が温^{ぬる}いです
〜不夠燙

「〜が温いです」。前面通常加不夠燙的東西。「〜が温いです」意思是「不夠燙〜」。如果使用「〜は温いです」的話，特別強調不夠燙的東西。

〜が温^{ぬる}いです。

♪042-02 01 **コーヒー**　　　　　　　　　　　這杯咖啡不夠燙。

♪042-03 02 **お茶^{ちゃ}**　　　　　　　　　　　這杯茶不夠燙。

♪042-04 03 **味噌汁^{み そ しる}**　　　　　　　　　　這碗味噌湯不夠燙。

♪042-05 04 **スープ**　　　　　　　　　　　這碗湯不夠燙。

♪042-06 05 **お湯^ゆ**　　　　　　　　　　　熱水不夠燙。

♪042-07 06 **温泉^{おんせん}**　　　　　　　　　　溫泉不夠燙。

♪042-08 07 **ラーメン**　　　　　　　　　　　這碗拉麵不夠燙。

♪042-09 08 **うどん**　　　　　　　　　　　烏龍麵不夠燙。

♪042-10 09 **熱燗^{あつかん}**　　　　　　　　　　這杯熱酒不夠燙。

♪042-11 10 **鍋料理^{なべりょう り}**　　　　　　　　火鍋料理不夠燙。

♪042-01

> スープが温^{ぬる}いですね。

這碗湯不夠燙。

> 店員^{てん いん}に言^いいましょう。

跟服務生説一聲吧。

▶ 補充單字

スープ 名 湯／**お湯^ゆ** 名 熱水／**熱燗^{あつかん}** 名 熱酒

Q 對話練習 ♪042-12

A：このコーヒー温^{ぬる}い〜。
這杯咖啡不夠燙。

B：コーヒーの温度^{おん ど}は８５度^{はちじゅうご ど}くらいがいちばんおいしいんだってね。
聽説咖啡的溫度在85度是最好喝的。

原來如此！

⋯⋯⋯⋯⋯⋯⋯⋯⋯⋯⋯ 「温^{ぬる}い」 VS. 「温^{あたた}かい」 ⋯⋯⋯⋯⋯⋯⋯⋯⋯⋯⋯

「温^{ぬる}い」是不夠燙的，語氣帶有不滿意的感覺。「温^{あたた}かい」則單純描述某事或物溫溫的，語氣中並沒有不滿意的意思。

～が多いです
～很多

「～が多いです」前面通常加很多的事或物，也可以用「～が多い～です」的形式，意思是「～很多」。如果使用「～は多いです」的話，強調特別多的事或物。

～が多いです。

♪043-02	01	仕事	工作很多。
♪043-03	02	宿題	作業很多。
♪043-04	03	量	量很多。
♪043-05	04	雨の日	下雨天很多。
♪043-06	05	晴れの日	晴天很多。
♪043-07	06	友だち	朋友很多。
♪043-08	07	人	人很多。
♪043-09	08	学生	學生很多。
♪043-10	09	油が多い料理です。	油加很多的菜。

♪043-01

今日も雨ですね。
今天又是下雨!

雨の日が多いです。
雨天的日子很多。

補充單字
仕事 名 工作／宿題 名 作業／友だち 名 朋友

對話練習 ♪043-11
A：文句が多い人は嫌われるわよ！
抱怨太多的人會被討厭喔。
B：はい、はい。わかったよ。
好啦、好啦。我知道啦。

原來如此！

「～に富みます」

「富みます」指「豐富、富裕」，常用「～に富みます」的形式來形容「富有～」，像是「想像力に富みます（富有想像力）」或「変化に富みます（富有變化）」等。

〜が少ないです
〜很少

「〜少ないです」前面通常加少的事或物。也可以用「〜は少ないです」的形式。「〜が少ないです」意思是「〜很少」。

〜が少ないです。

♪044-02 01	**自分の時間**	自己的時間很少。
♪044-03 02	**休み時間**	休息時間很少。
♪044-04 03	**休日**	休假很少。
♪044-05 04	**日本の果物は種類**	日本的水果種類很少。
♪044-06 05	**この料理は量**	這道菜量很少。
♪044-07 06	**駐車場**	停車場很少。
♪044-08 07	**ボーナス**	年終獎金很少。
♪044-09 08	**トイレ**	洗手間很少。
♪044-10 09	**宿題**	作業很少。
♪044-11 10	**学生**	學生很少。

♪044-01

駐車場が少ないですね。

停車場很少。

ええ、台北市内は駐車場が少ないんですよ。

是啊，臺北市內停車場很少。

> **補充單字**
> **駐車場** 名 停車場／**ボーナス** 名 年終獎金／**宿題** 名 作業

> **對話練習** ♪044-12
> A：**今年のお年玉少な〜い。**
> 今年的壓歲錢好〜少。
> B：**贅沢言わないの！もらえるだけ感謝しなくちゃ。**
> 別要求太多！有得拿就該感謝了。

原來如此！

·········· 「**少ないです**」 VS. 「**少しです**」 ··········

「**少ないです**」是形容詞，表示覺得「〜太少」，帶有不滿意的意思。「**少しです**」是名詞，表示一點點，沒有不滿意的意思。

～は大きいです
～很大

「～は大きいです」前面通常加很大的事或物，也可以用「～
は大きい～です」的形式。「～は大きいです」意思是「～很
大」。

～大きいです。

♪045-02	01	田舎の鯉のぼりは	鄉下的鯉魚旗很大。
♪045-03	02	アメリカのハンバーガーは	美國的漢堡很大。
♪045-04	03	大きい字は見やすいです。	大字看得清楚。
♪045-05	04	大きい看板です。	很大的招牌。
♪045-06	05	毛蟹は大きい蟹です。	毛蟹很大。
♪045-07	06	このセーターは	這件毛衣很大。
♪045-08	07	この靴は	這一雙鞋很大。
♪045-09	08	このお好み焼きは	這個大阪燒很大。
♪045-10	09	このソフトクリームは	這個霜淇淋很大。
♪045-11	10	このお寺は	這一家寺廟很大。

♪045-01

> 立派な鯉のぼりで
> すね。

好氣派的鯉魚旗喔。

> 田舎の鯉のぼりは
> 大きいですね。

鄉下的鯉魚旗都很大。

補充單字

セーター 名 毛衣／**お好み焼き** 名 御好燒／**ソフトクリーム** 名 霜淇淋

對話練習 ♪045-12

A：桜島大根って大きいよね。
櫻島的白蘿蔔好大根喔。

B：まあね。桜島の火山灰のおかげかな。
對呀。多虧了櫻島的火山灰。

原來如此！

·········· 「大きい」 VS. 「デカい」 ··········

這兩個字常交互使用，「デカい」較口語，常用在朋友間的對話，如上述對話若是
很熟的對象，則可以說：「桜島大根ってデカいよね。」、「まあね。桜島の火山
灰のおかげかな。」。

〜は小さいです
〜很小

「〜は小さいです」前面通常加很小的事或物，也可以用「〜が小さい〜です」的形式。「〜は小さいです」意思是「〜很小」。

〜小さいです。

♪046-02	01 この庭は	這個院子很小。
♪046-03	02 この服は	這件衣服很小。
♪046-04	03 この靴は	這雙鞋子很小。
♪046-05	04 このかばんは	這個皮包很小。
♪046-06	05 このテーブルは	這個餐桌很小。
♪046-07	06 この席は	這個位子很小。
♪046-08	07 この飛行機は	這架飛機很小。
♪046-09	08 チワワは小さい犬です。	吉娃娃是很小的狗。
♪046-10	09 小さい字は読みにくいです。	很小的字不方便閱讀。
♪046-11	10 この店は	這一家店很小。

♪046-01

この靴は小さいですね。

這雙鞋子很小。

すみません。大きいのはないんです。

抱歉，沒有大的。

補充單字

かばん 名 皮包／テーブル 名 餐桌／席 名 位子／チワワ 名 吉娃娃

對話練習 ♪046-12

A：このシジミ、小さすぎて食べられない。
這個蛤貝太小了沒辦法吃。
B：小さいシジミは食べなくてもいいんだよ。ダシ用だからね。
小的蛤貝可以不用吃。因為那是拿來熬湯的。

原來如此！

·········「小さい」VS.「チビ」·········
「小さい」是比較客觀形容東西很小，「チビ」則是矮子、矮冬瓜的意思，通常在罵人、吵架或開玩笑的時候使用。

～は高いです
～很高、很貴

「～は高いです」前面通常加很高、很貴的事或物，也可以用
「～が高い～です」的形式。「～は高いです」意思是「～很
高、很貴」。

♪047-01

> わたしは着物が欲
> しいです。

我想要日本的和服。

> 着物は高いです
> よ。

和服很貴喔。

～高いです。

♪047-02	01	富士山は高い山です。	富士山是很高的山。
♪047-03	02	台北101は高いビルです。	臺北101是很高的大樓。
♪047-04	03	玉山は台湾でいちばん高い山です。	玉山是臺灣最高的山。
♪047-05	04	あの人は背が	那個人很高。
♪047-06	05	スカイツリーは日本でいちばん高い建物です。	晴空塔在日本是最高的建築。
♪047-07	06	駐車料金は	停車費很貴。
♪047-08	07	物価は	物價很高。
♪047-09	08	交通費は	交通費很貴。

❷ 補充單字

背 名 身高／スカイツリー 名 晴空塔／料金 名 使用費

Q 對話練習　♪047-10

A：こんな高級ブランドの店は値段が高くて入れないよね。
　　這麼高級的名店價格太高進不去啊。
B：えっ、値段はそんなに高くないと思うよ。
　　欸，我覺得價格沒有很高啊。

原來如此！

⋯⋯⋯⋯⋯⋯⋯⋯⋯ 「高い」 VS.「高め」 ⋯⋯⋯⋯⋯⋯⋯⋯⋯

「高い」是比較客觀的說法，如：「物価は高いです（物價很高）」。若將い形容詞的「い」去掉後加上「め」就會變成名詞，「め」意思是「有點……」，所以「高め」是「有點高」，如：「高めの血圧（血壓有點高）」。

〜は低いです
〜很低、很矮

「〜は低いです」前面通常加低、矮的事或物。也可以用「〜が低いです」的形式。「〜は低いです」意思是「〜很低、很矮」。

〜低いです。

♪048-02 01	このテーブルは	這張餐桌很矮。
♪048-03 02	この机は	這張書桌很矮。
♪048-04 03	この棚は	這個架子很矮。
♪048-05 04	彼は背が	他長得很矮。
♪048-06 05	この試験はレベルが	這次的考試水準很低。
♪048-07 06	この柵は	這個柵欄很矮。
♪048-08 07	東京は海抜が	東京海拔很低。
♪048-09 08	このソファーは	這張沙發很矮。
♪048-10 09	この椅子は	這張椅子很矮。
♪048-11 10	日本の家は天井が	日本的房子天花板很低。

♪048-01

> 今度の試験は簡単でしたね。
>
> 這次的考試很簡單。

> この試験はレベルが低いですね。
>
> 這次的考試水準很低。

◉ 補充單字

棚 名 櫃子／レベル 名 水準／ソファー 名 沙發／天井 名 天花板

Q 對話練習 ♪048-12

A：私、鼻が低いからメガネがすぐ落ちてくる。
我的鼻子很塌，眼鏡很快就會滑下來。

B：メガネ屋さんで、調整してもらうといいよ。
可以去眼鏡店請人調整喔。

原來如此！

.... 「低いです」VS.「〜ペチャ」 ....

「低いです」是比較客觀的說法，「〜ペチャ」多是在罵人，吵架，開玩笑的時候使用的，如：「鼻ぺちゃ（扁鼻子）」等等。

新しい～です

新的～

あたら

「新しい～です」中間通常加是新的事或物。「新しい～です」意
思是「新的～」。

新しい～です

あたら

♪049-02	01	かばん	新的皮包。
♪049-03	02	靴	新的鞋子。
♪049-04	03	デザイン	新的設計。
♪049-05	04	ペン	新的筆。
♪049-06	05	車	新的車。
♪049-07	06	家	新的房子。
♪049-08	07	恋人	新的情人。
♪049-09	08	メニュー	新的菜單。
♪049-10	09	製品	新的商品。
♪049-11	10	感覚	新的感覺。

♪049-01

これはおもしろい
デザインですね。

是很有趣味的設計。

それは新しいデザ
インです。

那是新的設計。

▶ 補充單字

靴 名 鞋子／**デザイン** 名 設計／**ペン** 名 筆／**メニュー** 名 菜單／**製品** 名 商品

Q 對話練習 ♪049-12

A：新しい畳は、いい匂いがするね。

　　新的榻榻米，味道很好聞。

B：そうだね。イグサの匂いって新鮮だよね。

　　是啊。燈心草的味道很新鮮。

原來如此！

・・・・・・・・・・・・・・・・・・・・・・・ 「新しい」 VS.「新たな」 ・・・・・・・・・・・・・・・・・・・・・・・

「新しい」比較口語，不管是具體、抽象的事物都可以使用。「新たな」則多用於
比較抽象的事情，如：「新たな出発（全新的開始）」、「新たな発見（嶄新的發
現）」等。

～は古いです
～很舊

「～は古いです」前面通常加舊的事或物。也可以用「～が古いです」的形式。「～は古いです」意思是「～很舊」。

～古いです

♪050-02	01	この着物は	這是舊的和服。
♪050-03	02	この建物は	這是舊的建築。
♪050-04	03	この神社は	這個神社是舊的。
♪050-05	04	この服は	這件衣服是舊的。
♪050-06	05	アンティークは古くて価値のある物です。	古董是又舊又有價值的東西。
♪050-07	06	古いお金も使えます。	舊鈔也可以使用。
♪050-08	07	これは古い絵です。	這是舊的圖畫。
♪050-09	08	古い建物は世界文化遺産に指定されています。	舊建築被認定是世界文化遺產。

♪050-01

京都はきれいですね。

京都很漂亮。

京都には古い家がたくさんありますからね。

因為京都有很多舊房子呀。

▶ 補充單字

着物 名 和服／ガラス細工 名 玻璃工藝品／キッチン 名 廚房

Q 對話練習 ♪050-10

A：何これ？カビ臭い。
這是什麼？有霉臭。

B：古い着物だからね。カビが生えたのかもしれない。
因為是很舊的和服。搞不好發霉了。

原來如此！

.... 「古い～」 VS. 「古ぼけた～」 ....

「古い～」是客觀、中性不帶評判的說法，「古ぼけた～」則帶有負面意義，如：「古ぼけた店（破舊的店）」，所以使用時要注意。

〜は長（なが）いです
〜很長、很久

「〜は長（なが）いです」前面通常加長的時間久事或物也可以用「〜が長（なが）いです」的形式。「〜は長（なが）いです」意思是「〜很長、很久」。

〜長（なが）いです。

♪051-01

♪051-02	01	人生（じんせい）は	人生是很長的
♪051-03	02	蛇（へび）は細（ほそ）くて	蛇又細又長
♪051-04	03	このズボンは	這件褲子很長。
♪051-05	04	このスカートは	這件裙子很長。
♪051-06	05	このコートは	這件外套很長。
♪051-07	06	この紐（ひも）は	這條繩子很長。
♪051-08	07	トイレが	上廁所很久。
♪051-09	08	お風呂（ふろ）が	洗澡很久。
♪051-10	09	髪（かみ）が	頭髮長。

人（ひと）が多（おお）いですね。

人好多。

人気（にんき）のある店（みせ）は長（なが）い列（れつ）ができます。

受歡迎的店都要排隊很久。

(Ⓔ補充單字)

列（れつ）ができます 動 排隊／**ズボン** 名 褲子／**スカート** 名 裙子／**コート** 名 風衣等長的外套

(Ⓠ對話練習) ♪051-11

A：このトンネルは長（なが）いですね。
這條隧道很長。
B：うん、世界（せかい）でいちばん長（なが）いトンネルらしいよ。
嗯，聽說是世界最長的隧道。

原來如此！

·········· **「長（なが）いです」、「ロング」** ··········

「ロング」意指「長〜」，後面常接外來語，如：「ロングズボン（長褲）」、「ロングスカート（長裙）」、「ロングコート（長大衣）」，也會寫作「ロング毛（け）」，意思是「長髮」。

～は短いです
～是短的

「～短いです」前面通常加短的事或物。也可以用「～が短いです」的形式。「～は短いです」意思是「短的」。

～短いです

♪052-01

♪052-02	01 **わたしの髪は**	我的頭髮很短。
♪052-03	02 **犬の毛は**	狗的毛很短。
♪052-04	03 **このスカートは**	這件裙子很短。
♪052-05	04 **このジーンズは**	這件牛仔褲很短。
♪052-06	05 **この紐は**	這條帶子（鞋帶）很短。
♪052-07	06 **休み時間は**	休息時間很短。
♪052-08	07 **冬休みは**	寒假很短。
♪052-09	08 **台湾は通勤時間が**	臺灣人的通勤時間很短。
♪052-10	09 **このワンピースは**	這件洋裝很短。
♪052-11	10 **このコートは**	這件外套很短。

> このワンピースは
> 短いですね。
>
> 這件洋裝很短喔。
>
> もう少し長いのを
> お持ちしますね。
>
> 我幫您拿長一點的。

⊙ 補充單字

ジーンズ 名 牛仔褲／**紐** 名 帶子／**ワンピース** 名 一件式洋裝

Q 對話練習 ♪052-12

A：**このアンティークの帯は短いから、うまく結べない。**
這條古式腰帶太短了，綁不太起來。

B：**短いアンティークの帯は、作り帯にしたらいいよ。**
短的古式腰帶，做成裝飾腰帶就好了。

原來如此！

················ **「短いです」** VS. **「儚いです」** ················

「短いです」是比較客觀的說法，不管是具體、抽象的事物都可以使用。「儚い」則多用於比較抽象的事情，是「短暫、虛幻」的意思，如：「儚い人生（短暫的人生）」。

～て欲しいです
希望～

按照日文的文法規則，「～に～て欲しいです」前面常用動詞、形容詞て形寫希望別人要做的事情。意思是「希望～（別人做～）」。並不是自己要做的事情。

～欲しいです。

♪053-02	01	両親にはずっと元気でいて	希望父母一直健康。
♪053-03	02	明日はハイキングだから晴れて	因為明天要健行希望天氣好。
♪053-04	03	試験を簡単にして	希望老師考試簡單一點。
♪053-05	04	衛生に気をつけて	希望注重衛生。
♪053-06	05	物価が安くなって	希望物價下跌。
♪053-07	06	工事を早く終わらせて	希望工程早點完工。
♪053-08	07	サービスを改善して	希望能改善服務。
♪053-09	08	ごみを道路に捨てないで	希望不要在路邊隨便丟垃圾。
♪053-10	09	静かにして	希望安靜點。

♪053-01

あっ、危ない！

危險！

運転手には、交通ルールを守って欲しいですね。

希望開車的人能遵守交通規則。

> **補充單字**
>
> **試験** 名 考試／**ごみ** 名 垃圾／**ルール** 名 規則、規定

> **對話練習** ♪053-11
>
> A：今年こそは給料をあげて欲しいよね。
> 今年真的想要加薪。
>
> B：そうは言っても、会社にも事情があるんだよ、きっと。
> 就算這麼說，公司也肯定有自己的考量吧。

原來如此！

·········· 「～て欲しいです」VS.「～たいです」 ··········

「動詞て形＋て欲しいです」意思是「希望（別人做）～」，並不是指自己要做的事情。如果自己想要的東西可以使用「～が欲しい」，或是「動詞ます形＋たいです」的句型，來表示「希望（自己做）～」。

～は懐かしいです

懷念～

「～懐かしいです」前面通常加懷念的事或物。「～が懐かしいです」意思是「懷念～」。如果使用「～は懐かしいです」的話，特別強調懷念的事或物。

♪054-01

> このおもちゃは懐かしいですね。

懷念這個玩具。

> わたしも持っていますよ。

我也有這個玩具。

～懐かしいです。

♪054-02	01	こどもの頃が	懷念小時候。
♪054-03	02	学生時代の友人が	懷念學生時代的同學。
♪054-04	03	故郷が	懷念故郷。
♪054-05	04	このアニメは	懷念卡通。
♪054-06	05	この写真は	懷念這張照片。
♪054-07	06	祖父母が	懷念祖父母。
♪054-08	07	この匂いは	懷念這個味道。
♪054-09	08	このおもちゃは	懷念這個玩具。
♪054-10	09	この漫画は	懷念這部漫畫。
♪054-11	10	この景色は	懷念這個風景。

⊙ 補充單字

～の頃 名 ～的時候／**故郷** 名 故郷／**アニメ** 名 卡通／**祖父母** 名 祖父母／**おもちゃ** 名 玩具

Q 對話練習 ♪054-12

A：今、ラジオで流れている曲、懐かしいね。

現在正在播放的歌，好懷念喔。

B：昔、中学生時代に流行ってた曲だね。

以前國中時很流行的歌呢。

原來如此！

·········· 「懐かしいです」、「ノスタルジック」 ··········

在形容某件事令人懷念或溝起鄉愁時，常用「ノスタルジックな～」，如「ノスタルジックな匂い（懷舊的味道）」，或「ノスタルジックな景色（勾起鄉愁的景色）」等。

〜は速いです
〜很快

「〜は速いです」前面通常加快事或物。也可以用「〜が速いです」的形式。「〜は速いです」意思是「〜很快」。

〜速いです。

♪055-02	01	新幹線は	新幹線很快。
♪055-03	02	沖縄は飛行機で行けば	坐飛機去沖繩的話很快。
♪055-04	03	時間が過ぎるのは	時間過得很快。
♪055-05	04	ご飯を食べるのが	吃飯速度很快。
♪055-06	05	シャワーを浴びるのが	洗澡速度很快。
♪055-07	06	彼の運転は	他開車的速度很快。
♪055-08	07	大阪人は歩くのが	大阪人走路很快。
♪055-09	08	彼は行動が	他的行動很快。
♪055-10	09	こどもは成長するのが	小孩成長很快。
♪055-11	10	ファストフードは作るのが	速食做得很快。

♪055-01

もうこんな時間ですか。

已經這麼晚了。

時間が過ぎるのは速いですね。

時間過得真快。

▶ 補充單字

行けば 動 如果去的話／**シャワー** 名 沖洗／**ファストフード** 名 速食

Q 對話練習　♪055-12

A：リニアモーターカーは、新幹線と比べると相当速いんだって。

磁懸浮列車跟新幹線相比相當快速呢。

B：ああ、今から楽しみだね。わくわくするよ！

是啊，現在就開始期待了。好興奮喔！

原來如此！

·············「スピードがあります」·············

「スピード」意指「速度」，「スピードがあります」的意思是「很快、有速度感的」，所以「彼の運転は速いです」也可以說「彼の運転はスピードがあります」。

～が遅いです
～很慢、很晚

「～遅いです」前面通常加慢或晚的事或物。「～が遅いです」
意思是「～很慢、很晚、一直沒有來」。如果使用「～は遅い
です」的話，特別強調慢、晚的事或物。

～遅いです。

♪056-02	01	バスが	公車一直沒有來。
♪056-03	02	彼は	他一直沒有來。
♪056-04	03	彼女は準備が	她準備得很慢。
♪056-05	04	歩くのが	走路很慢。
♪056-06	05	料理が来るのが	菜來得很慢。
♪056-07	06	飛行機の出発が	飛機很晚才出發。
♪056-08	07	帰りが	很晚回家。
♪056-09	08	朝起きるのが	早上很晚起床。
♪056-10	09	お風呂に入るのが	很晚洗澡。
♪056-11	10	家を出るのが	出門時間很晚。

♪056-01

バスが遅いです
ね。

公車一直沒有來。

どうしたんでしょ
うね。

發生什麼事情嗎？

補充單字

バス 名 公車／帰り 名 回家／お風呂に入る 動 泡澡

對話練習 ♪056-12

A：カメって歩くのが遅いよね。
　烏龜走路好慢。
B：しょうがないよ。カメの甲羅は重いんだもの。
　沒辦法，龜殼很重。

原來如此！

································ 「遅いです」 VS.「のろいです」 ································

「遅いです」是客觀很慢、很晚，「のろいです」則是負面的說法，意思是「慢吞
吞、遲鈍」。罵人的時候使用這句：「のろま！」。

～は安いです
～很便宜

按照日文的文法規則，「～は安いです」。前面通常加便宜的事或物。也可以用「～が安いです」的形式。「～は安いです」意思是「～很便宜」。

～安いです。

♪057-02 01	台湾は果物が	臺灣的水果很便宜。
♪057-03 02	台湾は医療費が	臺灣的醫療費很便宜。
♪057-04 03	台湾は交通費は	臺灣的交通費很便宜。
♪057-05 04	100元カットの店	百元剪髮店很便宜。
♪057-06 05	100円ショップの商品	百圓商店很便宜。
♪057-07 06	台湾の大学の学費は日本より	臺灣的大學學費比日本的學費便宜。
♪057-08 07	安いかばんはすぐ壊れます。	便宜的皮包容易壞掉。
♪057-09 08	安い靴はすぐだめになります。	便宜的鞋子容易壞掉。
♪057-10 09	あの店の料理は安くておいしいです。	那一家店的菜又好吃又便宜。

♪057-01

> この服はおしゃれですね。

這件衣服很時髦。

> ええ、それにこの店の洋服は安くて丈夫です。

是的，而且這一家店的衣服又便宜又耐用。

補充單字

丈夫 名 耐用、堅固／**カット** 名 剪髮／**ショップ** 名 店／**より** 格助 比～／**かばん** 名 皮包／だめ 名 沒用、不行／

Q 對話練習 ♪057-11

A：わあ、このキャベツ安い～。
哇，這個高麗菜好便宜。

B：今日の目玉商品だからね。
因為是今天的重點商品。

還可以這樣說！

........................「～はお買い得です」........................

「お買い得です」是「買到賺到」的意思，故上述例句也可以寫成「100円ショップの商品はお買い得です（百元商店的商品買到賺到）」、「この店の洋服は安くてお買い得です（這一家店的衣服很便宜，買到賺到）」等。

039 ～はおもしろいです
～有趣

「～はおもしろいです」前面通常加有趣的事或物。也可以用「～がおもしろいです」的形式。「～はおもしろいです」意思是「～有趣」。

～はおもしろいです。

♪058-02	01	日本の漫画	日本漫畫很有趣。
♪058-03	02	日本語の勉強	學日語很有趣。
♪058-04	03	日本のコント	日本的短劇很有趣。
♪058-05	04	運動するの	運動很有趣。
♪058-06	05	料理を作るの	做菜很有趣。
♪058-07	06	登山	爬山很有趣。
♪058-08	07	ハイキング	健行很有趣。
♪058-09	08	カラオケで歌うの	在卡拉OK唱歌很有趣。
♪058-10	09	サイクリング	騎腳踏車很有趣。
♪058-11	10	ドライブ	兜風很有趣。

♪058-01

日本語が上手ですね。

你是個日語高手。

日本語の勉強はおもしろいです。

學日語很有趣。

◉ 補充單字

コント 名 短劇／**ハイキング** 名 健行／**サイクリング** 名 騎腳踏車／**ドライブ** 名 兜風

Q 對話練習 ♪058-12

A：この映画、おもしろいのかな。
　　不知道這個電影會不會有趣耶。

B：評判はまずまずだから、おもしろいんじゃないの。
　　評價還算可以，應該有趣吧。

還可以這樣說！

············ 「～は興味深いです」 ············

「興味深いです」意指「饒富樂趣」，若上述例句改成「日本語の勉強は興味深いです」意思也差不多。

～はつまらないです
～無聊

「～はつまらないです」前面通常加無聊的事或物，也可以用「つまらない～です」的形式，意思是「很無聊的～」。「～はつまらないです」意思是「無聊」。

～はつまらないです。

♪059-02	01	このコント	這個笑話很無聊。
♪059-03	02	このコメディアン	這位搞笑藝人很無聊。
♪059-04	03	この授業	這堂課很無聊。
♪059-05	04	このドラマ	這部連續劇真無聊。
♪059-06	05	この映画	這部電影真無聊。
♪059-07	06	つまらない話です。	無聊的話題。
♪059-08	07	つまらないゲームです。	無聊的遊戲。
♪059-09	08	つまらないパーティーです。	無聊的派對。
♪059-10	09	つまらない会議です。	無聊的會議。
♪059-11	10	つまらないおもちゃです。	無聊的玩具。

♪059-01

この授業はつまらないです。

這堂課很無聊。

サボりますか。

要翹課嗎？

補充單字

コント 名 笑話／コメディアン 名 諧星／ドラマ 名 連續劇

對話練習 ♪059-12

A：あのコメディアンの話、つまらなかった～。
　　那個搞笑藝人説的話好無聊。

B：デビューしたてだから、大目に見てあげようよ。
　　才剛出道，就寬容一點吧。

還可以這樣説！

・・・・・・・・・・・・・・・・・・ **「～は寒いです」** ・・・・・・・・・・・・・・・・・・

「寒い」除了表達「寒冷」，也可以形容「心寒」或是形容聽到冷笑話很無言，所以「このコメディアンはつまらないです」也可以説成「このコメディアンは寒いです」。

～は難しいです
～很難

「～難しいです」前面通常使用困難的事或物。「～は難しいです」意思是「～很難」。

～は難しいです。

♪060-02	01	このテスト	這次的考試很難。
♪060-03	02	着物の着付け	穿和服很難。
♪060-04	03	絵を描くの	畫畫很難。
♪060-05	04	一人で行くの	一個人很難去。
♪060-06	05	漢字の読み方	漢字的念法很難。
♪060-07	06	粽の作り方	粽子的做法很難。
♪060-08	07	日本語の文法	日語的文法很難。
♪060-09	08	茶道	日本的茶道很難。
♪060-10	09	華道	日本的插花很難。
♪060-11	10	ケーキを作るの	做蛋糕很難。

♪060-01

おいしそうですね。

看起來好好吃的樣子。

粽の作り方は難しいですよ。

粽子的做法很難。

▶ 補充單字

テスト 名 考試／**着付け** 名 穿和服／**ケーキ** 名 蛋糕

Q 對話練習　♪060-12

A：今日のテスト難しすぎて、ぜんぜん書けなかった。
今天的考試太難完全寫不出來。

B：一夜漬けなんてしても無駄だよ。ふだんから勉強してなくちゃ。
前晚挑燈夜戰也沒用。平常就該讀書。

還可以這樣說！

・・・・・・「難しい」、「困難」・・・・・・

很多時候「難しい」和「困難」可互換，如上述例句也可以寫成「一人で行くのは困難です」、「着物の着付けは困難です」或是用「困難な状況」來形容「困境」。

～は汚^{きたな}いです
～很髒

按照日文的文法規則，「～は汚^{きたな}いです」前面通常加髒的事或物。
「～は汚^{きたな}いです」意思是「～很髒」。

～は汚^{きたな}いです。

♪061-02	01	この部屋^{へや}	這個房間很髒。
♪061-03	02	このトイレ	這一間洗手間很髒。
♪061-04	03	道路^{どうろ}	馬路很髒。
♪061-05	04	この店^{みせ}	這一家店很髒。
♪061-06	05	このグラス	這個玻璃杯很髒。
♪061-07	06	このお皿^{さら}	這個盤子很髒。
♪061-08	07	この川^{かわ}	這一條河很髒。
♪061-09	08	この海^{うみ}は汚^{きたな}いですから泳^{およ}ぎたくないです。	因為這裡的海邊很髒所以我不想游泳。
♪061-10	09	この車^{くるま}	這一台車很髒。
♪061-11	10	ここの空気^{くうき}	這裡的空氣很髒。

♪061-01

> このグラスは汚^{きたな}いです。
>
> 這個玻璃杯很髒。

> 換^かえてもらいましょう。
>
> 請店員換新的吧。

▶ 補充單字

部屋^{へや} 名 房間／**グラス** 名 玻璃杯／**お皿**^{さら} 名 盤子

Q 對話練習 ♪061-12

A：あの子^こ、コネ使^{つか}って入社^{にゅうしゃ}したらしいよ。やり方^{かた}が汚^{きたな}いよね。
　那孩子靠關係進公司。作法骯髒。
B：それが彼女^{かのじょ}のやり方^{かた}なんだよ。彼女^{かのじょ}にとっては、それが普通^{ふつう}なんだよ。
　那是她的做法。對她來説見怪不怪。

原來如此！

···············「汚^{きたな}いです」VS.「汚^{よご}れます」··············

「汚^{きたな}いです」是形容詞，「汚^{よご}れます」是自動詞，強調變髒、弄髒，如：「汚^{よご}れた服^{ふく}（髒掉的衣服）」。

～はうるさいです
～很吵、很囉唆

「～はうるさいです」前面通常加很吵（囉唆）的事或物。「～はうるさいです」意思是「～很吵、～很囉唆」。

～はうるさいです。

♪062-02	01	お母さん	媽媽很囉唆。
♪062-03	02	学校の先生	學校老師很囉唆。
♪062-04	03	工事の音	施工很吵。
♪062-05	04	騒音	噪音很吵。
♪062-06	05	大きい音楽の音	音量大的音樂很吵。
♪062-07	06	犬の鳴き声	狗叫聲很吵。
♪062-08	07	隣の喧嘩の声	隔壁吵架的聲音很吵。
♪062-09	08	選挙活動	選舉活動很吵。
♪062-10	09	こどもの騒ぐ声	小孩子吵鬧的聲音很吵。
♪062-11	10	下手な歌声	難聽的歌聲很吵。

♪062-01

うるさいですね。

好吵喔。

工事の音はうるさいですね。

施工很吵。

> **補充單字**
>
> 鳴き声 名 叫聲／喧嘩 名 吵架／騒ぐ声 名 吵鬧的聲音

> **對話練習** ♪062-12
>
> A：うるさくて、勉強できないから、音楽のボリューム下げてくれる？
> 　太吵了讀不下去，可以把音量調小嗎？
> B：ああ、ごめん。気づかなかった。
> 　啊啊，抱歉。沒注意到。

還可以這樣說！

·················· 「うるさい」、「やかましい」 ··················

在形容聲音吵雜時，這2種字詞多能通用，如：「こどもの騒ぐ声はやかましいです」、「選挙活動はやかましいです」等。

044

〜は危ないです
〜危險

「〜は危ないです」前面通常加危險的事或物。「〜は危ないです」意思是「〜危險」。

〜は危ないです

♪063-02	01	**オートバイ**	摩托車很危險。
♪063-03	02	**自転車**	腳踏車很危險。
♪063-04	03	**スキー**	滑雪很危險。
♪063-05	04	**サーフィン**	衝浪很危險。
♪063-06	05	**信号無視**	闖紅燈很危險。
♪063-07	06	**駅のホーム**	車站的月台很危險。
♪063-08	07	**爆竹**	鞭炮很危險。
♪063-09	08	**カーレース**	賽車很危險。
♪063-10	09	**ピストル**	槍枝很危險。
♪063-11	10	**核兵器**	核子武器很危險。

♪063-01

爆竹が嫌いですか。

妳不喜歡鞭炮嗎？

爆竹は危ないですから嫌いです。

因為鞭炮很危險所以不喜歡。

補充單字
爆竹 名 鞭炮／**ピストル** 名 槍枝／**核兵器** 名 核子武器

對話練習 ♪063-12

A：あっ、危ない！そんなにスピード出して運転しないでちょうだい。
啊，危險！請不要開車飆那麼快。
B：わかったよ。でも、時速60kmはそんなにスピード出てないと思うよ。
知道了。但是我覺得時速60公里沒有那麼快。

還可以這樣說！

「〜は危険です」

這兩個字都有危險的意思，「危ない」比較口語，「危険」則偏向書面用語。上述例句也可以寫成：「核兵器は危険です」、「ピストルは危険です」等，或是用「危険な人物（危険人物）」的形式。

〜は簡単です
〜很簡單

「〜は簡単です」前面通常加簡單的事或物。「〜は簡単です」
意思是「〜很簡單」。

〜は簡単です。

♪064-02 01	この仕事	這個工作很簡單。
♪064-03 02	この宿題	這個作業很簡單。
♪064-04 03	この翻訳	這篇翻譯很簡單。
♪064-05 04	この料理	這一道菜很簡單。
♪064-06 05	操作	操作很簡單。
♪064-07 06	作り方	作法很簡單。
♪064-08 07	行き方	去的方式很簡單。
♪064-09 08	このゲーム	這個遊戲很簡單。
♪064-10 09	手入れ	保養方法很簡單。
♪064-11 10	使い方	使用方法很簡單。

♪064-01

新しいカメラです
か。

新的照相機嗎？

ええ、操作は簡単
ですよ。

對，操作很簡單喔。

▶ 補充單字

カメラ 名 照相機／**作り方** 名 作法／**行き方** 名 去的方式／**手入れ** 名 保養／**使い方** 名 使用方法

Q 對話練習　♪064-12

A：肉じゃがなんて、簡単。すぐできるよ！
　　馬鈴薯燉肉很簡單。馬上可以做好！
B：僕、料理苦手だから、料理できる人尊敬するなあ。
　　我不擅長下廚，所以很尊敬會下廚的人。

還可以這樣說！

「簡単です」、「易しいです」

「易しいです」意指「容易、輕鬆」，這兩個字都可以形容事情很簡單，所以上述
例句也可以說「操作は易しいです」、「この料理の作り方は易しいです」等。此
外，「やさしいです」還有「溫柔」的意思。

～はきれいです
～很乾淨、很漂亮

「～きれいです」前面通常加乾淨、漂亮的事或物。「～はきれいです」意思是「～很乾淨、很漂亮」。

～はきれいです。

♪065-02 01	この庭 _{にわ}	這個院子很漂亮。
♪065-03 02	着物 _{き もの}	和服很漂亮。
♪065-04 03	桜 _{さくら}	櫻花很漂亮。
♪065-05 04	秋の紅葉 _{あき こうよう}	秋天葉子變紅或變黃很漂亮。
♪065-06 05	このガラス細工 _{ざい く}	玻璃工藝品很漂亮。
♪065-07 06	この作品 _{さくひん}	這個作品很漂亮。
♪065-08 07	沖縄の海 _{おきなわ うみ}	沖繩的海很漂亮。
♪065-09 08	トイレ	洗手間很乾淨。
♪065-10 09	和菓子 _{わ がし}	和菓子很漂亮。
♪065-11 10	キッチン	廚房很乾淨。

♪065-01

和菓子はきれいで
すね。

和菓子很漂亮。

ええ、カロリーも
低いんですよ。

是啊，而且熱量也很低。

▶ 補充單字

着物_{きもの} 名 和服／**紅葉**_{こうよう} 名 葉子變紅或變黃／**ガラス細工**_{ざいく} 名 玻璃工藝品／**キッチン** 名 廚房

Q 對話練習　♪065-12

A：この部屋きれいに片付いてるね。
_{へ や}　　　　　_{かたづ}
　　這間房收拾得很乾淨。
B：当たり前だよ。僕、乙女座だもん。不潔なのは許せない。
　_あ　_{まえ}　　_{ぼく}　_{おとめ ざ}　　　_{ふけつ}　　　_{ゆる}
　　當然囉。我是處女座。不能忍受不乾淨。

還可以這樣說！

「きれいです」「清潔です」
_{せいけつ}

「清潔です」意思是「整潔乾淨」，所以「部屋をきれいに片付いている」也可以
說「部屋を清潔に保っている（房間保持著清潔）」或是「キッチンを清潔に保つ
（廚房保持著清潔）」等。

〜は静(しず)かです
〜很安靜

「〜静(しず)かです」前面通常加安靜的事或物，也可以用「静(しず)かな〜です」的形式。「〜は静(しず)かです」意思是「〜很安靜」。

〜は静(しず)かです。

♪066-02	01	この庭(にわ)	這個院子很安靜。
♪066-03	02	山(やま)	山很安靜。
♪066-04	03	静(しず)かな湖(みずうみ)です。	很安靜的湖。
♪066-05	04	夜(よる)の学校(がっこう)	晚上的學校很安靜。
♪066-06	05	田舎(いなか)の夜(よる)	鄉下的晚上很安靜。
♪066-07	06	美術館(びじゅつかん)では静(しず)かにしてください。	在美術館裡請你維持安靜。
♪066-08	07	朝早(あさはや)い公園(こうえん)	清晨的公園很安靜。
♪066-09	08	静(しず)かな所(ところ)で勉強(べんきょう)したいです。	我想要在很安靜的地方看書。
♪066-10	09	静(しず)かにしましょう。	安靜一點吧。

♪066-01

図書館(としょかん)では静(しず)かにしなければなりませんよ。

圖書館一定要維持安靜。

はい、わかりました。

是，我知道了。

▶ 補充單字

田舎(いなか) 名 鄉下／なければなりません 助動 不、不行／したいです 動 我想要〜

Q 對話練習 ♪066-11

A：やっぱり住(す)むなら、静(しず)かな住宅街(じゅうたくがい)がいいな。
　要住果然要安靜的住宅區才好。

B：そう？僕(ぼく)はうるさくても便利(べんり)なところがいいな。
　是嗎？我覺得就算吵雜也是方便的地方好啊。

還可以這樣說！

……………「静(しず)かな」、「静寂(せいじゃく)な」……………

「静(しず)かな」是「安靜的〜」的意思，也可以說是「静寂(せいじゃく)な」，如：「静寂(せいじゃく)な山(やま)（寂靜的山）」、「静寂(せいじゃく)な田舎(いなか)の夜(よる)（寂靜的鄉下晚上）」等。

～は安全です
～安全

「～は安全です」前面通常加安全的事或物。「～は安全です」意思是「～安全」。

～は安全です。

♪067-02	01	この電気製品	這一台家電很安全。
♪067-03	02	このおもちゃ	這個玩具很安全。
♪067-04	03	この建物	這一棟建築很安全。
♪067-05	04	日本の新幹線	日本的新幹線很安全。
♪067-06	05	このチャイルドシート	這一台兒童安全椅很安全。
♪067-07	06	ドイツ製の車	德國車很安全。
♪067-08	07	このプラスチック	這個塑膠很安全。
♪067-09	08	この素材	這個材料很安全。
♪067-10	09	台湾製のタオル	臺灣製造的毛巾很安全。

♪067-01

地震です！

發生地震了！

この建物は安全ですよ。

這一棟建築很安全。

● 補充單字

チャイルドシート 名 兒童安全椅／**プラスチック** 名 塑膠／**タオル** 名 毛巾

● 對話練習 ♪067-11

A：「安全のため、シートベルトをお締めください」って書いてあるよ。

有寫説「為了安全，請繫緊安全帶」。

B：そうだね。テーマパークのアトラクションは危険なものが多いからね。

是啊。遊樂園很多遊樂設施都很危險。

還可以這樣説！

「身を守ります」

「身を守ります」是「保護自身安全」的意思，例如上述對話「安全のため、シートベルトをお締めください」就可以説「身を守りるため、シートベルトをお締めください」或「地震から身を守ります（在地震時保護自身安全）」等。

〜は不便です
〜不方便

「〜は不便です」前面通常加不方便的事或物。也可以用「〜が不便です」或「〜動詞て形+不便です」的形式。「〜は不便です」意思是「〜不方便」。

〜不便です。

♪068-02	01	ここは交通が		這裡交通不方便。
♪068-03	02	着物で行動するのは		和服行動不方便。
♪068-04	03	ここは買い物が		這裡購物不方便。
♪068-05	04	ここはバスの本数が少なくて		這裡公車班次少所以不方便。
♪068-06	05	駐車場が少なくて		因為停車場少所以不方便。
♪068-07	06	ここは地下鉄がなくて		這裡沒有地鐵所以不方便。
♪068-08	07	コンビニがなくて		因為沒有便利商店就不方便。
♪068-09	08	トイレがなくて		因為沒有洗手間所以不方便。
♪068-10	09	バイクがないと		沒有摩托車的話不方便。

♪068-01

着物はきれいですね。

和服很漂亮。

ええ、でも着物で行動するのは不便です。

是，但是和服行動不方便。

▶ 補充單字

着物 名 和服／**買い物** 名 購物／**地下鉄** 名 地鐵／**コンビニ** 名 便利商店／**バイク** 名 摩托車

Q 對話練習 ♪068-11

A：年末はどこも道路工事ばかりで、ほんと嫌になっちゃう。
年尾不管哪裡都在施工，真討厭。

B：工事で通行止めとかあって、不便だよね。
因為施工禁止通行很不方便。

原來如此！

・・・・・・・・・・・・・・・ 「〜は都合が悪いです」 ・・・・・・・・・・・・・・・

「都合が悪いです」的意思是「〜不方便」，常用在時間安排上，如：「今日は都合が悪いです（今天不方便）」、「年末は都合が悪いです（年底不方便）」等。

～は便利です

～很方便

按照日文的文法規則，「～便利です」。前面通常加方便的事或物。也可以用「～が便利です」的形式。「～は便利です」意思是「～很方便」。

～便利です。

♪069-02	01	台北市内は交通が	臺北市内很方便。
♪069-03	02	ここは買い物に	這裡買東西很方便。
♪069-04	03	台湾は食事が	在臺灣用餐很方便。
♪069-05	04	狭い部屋は掃除が	很窄的房間打掃很方便。
♪069-06	05	新しいカメラは操作が	新的照相機很方便。
♪069-07	06	最近のケータイは	最近的手機很方便。
♪069-08	07	タブレットPCは	平板式電腦很方便。
♪069-09	08	システムキッチンは	系統廚具很方便。
♪069-10	09	オートバイは	摩托車很方便。

♪069-01

これは新しいカメラです。

這是新的照相機。

新しいカメラは操作が便利ですね。

新的照相機很方便。

▶ 補充單字

カメラ 名 照相機／ケータイ 名 手機（簡稱）／／タブレットPC 名 平板電腦／システムキッチン 名 系統廚具

Q 對話練習 ♪069-11

A：ここは交通が便利で、住みやすそう。
這裡交通方便似乎很好住。

B：でも、うるさいんじゃないかな。大丈夫？
但不會很吵嗎。沒問題嗎？

原來如此！

·········· 「便利です」「不便です」 ··········

「便利です」的相反詞是「不便です」，意思是「～很不方便」，例如「ここは買い物に不便です」意思就是「這裡買東西很不方便」。

実戦会話トレーニング

聊天實戰演習

剛剛學完的句型你都融會貫通了嗎？現在就來測驗看看自己是否能應付以下情境吧！試著用所學與以下四個人物對話，再看看和參考答案是否使用了一樣的句型。若發現自己對該句型不熟悉，記得再回頭複習一遍喔！

表達情緒或個人喜好的句型

01 ♪070-01

A：＿＿＿＿＿＿＿＿＿＿＿＿＿＿＿＿＿＿＿＿

今天能說上話真是太好了。

B：こちらこそ、これを機会に今後ともどうぞよろしくお願いします。

我才是。藉此機會今後也請多關照了。

02 ♪070-02

A：＿＿＿＿＿＿＿＿＿＿＿＿＿＿＿＿＿＿＿＿

很久沒爬山，我累了。

B：ふだんから運動しないからですよ。

都是因為平常沒在運動。

03 ♪070-03

A：何これ？カビ臭い。

這是什麼？有霉臭。

B：＿＿＿＿＿＿＿＿＿＿＿＿＿＿＿＿＿＿＿＿

是很舊的和服。搞不好發霉了。

04 ♪070-04

A：＿＿＿＿＿＿＿＿＿＿＿＿＿＿＿＿＿＿＿＿

這間房收拾得很乾淨。

B：当たり前だよ。僕、乙女座だもん。不潔なのは許せない。

當然囉。我是處女座。不能忍受不乾淨。

參考答案　答え：
1. 今日はお話できてよかったです。 →句型006 P.025
2. 久しぶりに山に登って疲れました。 →句型016 P.035
3. 古い着物だからね。カビが生えたのかもしれない。 →句型031 P.050
4. この部屋きれいに片付いてるね。 →句型046 P.065

PART
[詢問]
2

いつ～ますか

什麼時候～呢？

「いつ～ますか」中間通常加有疑問的事或物。「いつ～ますか」意思是「什麼時候～呢？」。

いつ～ますか。

♪072-02 01	日本へ行き	什麼時候去日本呢？
♪072-03 02	映画を観	什麼時候去看電影呢？
♪072-04 03	一緒に食事し	什麼時候一起用餐呢？
♪072-05 04	山に登り	什麼時候去爬山呢？
♪072-06 05	デートし	什麼時候要約會呢？
♪072-07 06	レストランを予約し	什麼時候預訂餐廳呢？
♪072-08 07	旅行に行き	什麼時候去旅行呢？
♪072-09 08	宿泊し	什麼時候要住飯店呢？
♪072-10 09	面接し	什麼時候面試呢？
♪072-11 10	卒業し	什麼時候畢業呢？

♪072-01

> この映画がおもしろそうですね。
>
> 這部電影好像很有趣！

> いつ映画を観ますか。
>
> 什麼時候去看呢？

▶ 補充單字

観ます 動 觀賞、看／**登ります** 動 攀登／**デート** 名 約會／**レストラン** 名 餐廳／**宿泊します** 動 住宿／**面接** 名 面試／**卒業** 名 畢業

▶ 對話練習　♪072-12

A：いつ、温泉に行きますか？
　　什麼時候去溫泉呢？
B：来週あたり行こうと思っています。
　　我想大概下禮拜去。

原來如此！

············ 「いつ」 VS. 「いつか」 ············

「いつ」是「什麼時候」，「いつか」是「哪天、有一天」的意思，雖然只差一個字，但意思完全不相同！

いつか～ませんか
要不要哪天～？

「いつか～ませんか」中間通常加有疑問的事或物。「いつか～ませんか」意思是「要不要哪天～？」。

いつか～ませんか。

♪073-02	01	一緒に食事し	要不要哪天一起去吃飯？
♪073-03	02	一緒にお酒を飲み	要不要哪天一起去喝杯酒？
♪073-04	03	一緒に山登りに行き	要不要哪天一起去爬山？
♪073-05	04	お見舞いに行き	要不要哪天去探病？
♪073-06	05	一緒に旅行に行き	要不要哪天一起去旅行？
♪073-07	06	一緒にエステに行き	要不要哪天一起去美容？
♪073-08	07	家を見に行き	要不要哪天去看房子？
♪073-09	08	一緒にショッピングに行き	要不要哪天去一起逛街？
♪073-10	09	一緒に動物園へ行き	要不要哪天一起去動物園？

♪073-01

最近、体の調子が悪いんです。

最近身體狀況不太好。

いつか健康診断に行きませんか。

要不要哪天去健康檢查？

(▶ 補充單字)

山登り 名 登山／**エステ** 名 美容／**健康診断** 名 健康檢查／**ショッピング** 名 購物

(Q 對話練習) ♪073-11

A：いつか二人で世界一周旅行したいなあ。
哪天想要兩個人一起環遊世界耶。

B：いつかじゃなくて、今すぐ行こうよ！
不要哪天，現在就出發吧！

原來如此！

·········· 「いつか」 VS.「ある日」 ··········

「いつか」是未來哪天、未來的某一天。「ある日」也是指某一天，但是「ある日」指的可以是未來，也可以是過去的某一天。

いつが～予定ですか

預定什麼時候～？

「いつが～予定ですか」中間通常加有疑問的事物。「いつが～予定ですか」意思是「預定什麼時候～？」。

いつが～予定ですか。

♪074-02	01	出国	預定什麼時候要出國？
♪074-03	02	卒業	預定什麼時候要畢業？
♪074-04	03	発売	預定什麼時候要發售？
♪074-05	04	到着	預定什麼時候到達？
♪074-06	05	出荷	預定什麼時候出貨？
♪074-07	06	出発	預定什麼時候出發？
♪074-08	07	引越し	預定什麼時候要搬家？
♪074-09	08	結婚	預定什麼時候要結婚？
♪074-10	09	婚約	預定什麼時候要訂婚？
♪074-11	10	出産	預定什麼時候要生產？

♪074-01

> 来週日本へ行きます。
>
> 下週要去日本喔。

> いつが出発予定ですか。
>
> 預定什麼時候要出發？

▶ 補充單字

卒業 名 畢業／発売 名 發售／出荷 名 出貨／引越し 名 搬家／婚約 名 訂婚／出産 名 生產

Q 對話練習　♪074-12

A：いつが出発予定？念のため確認したいの。
　　預定什麼時候要出發？以防萬一，我想確認一下。
B：明日の朝だよ。
　　明天早上。

原來如此！

·········· 「いつ」 VS.「何時」 ··········

兩者都有「什麼時候」之意，相較之下「何時」詢問的是比較具體的時間，但「いつ」使用的範圍比較廣。

いつが～ですか
什麼時候～？（名詞句）

根據日文的文法規則，「いつが～ですか」中間通常加有疑問事物的名詞。「いつが～ですか」意思是「什麼時候～？」。

いつが～ですか。

♪075-02	01	暇	什麼時候有空？
♪075-03	02	休日	什麼時候休假？
♪075-04	03	夏休み	什麼時候放暑假？
♪075-05	04	梅雨	什麼時候梅雨季會到？
♪075-06	05	桜の開花時期	什麼時候是櫻花的盛開期？
♪075-07	06	紅葉の季節	什麼時候是楓葉的季節？
♪075-08	07	試験	什麼時候考試？
♪075-09	08	合宿	什麼時候集訓？
♪075-10	09	出張	什麼時候出差？
♪075-11	10	入学式	什麼時候會有入學典禮？

♪075-01

> いつが桜の開花時期ですか。
>
> 什麼時候是櫻花的盛開期？

> 日本のどこへ行くんですか。
>
> 要去日本的哪裡呢？

▶ 補充單字

暇 名 空閒／夏休み 名 暑假／梅雨 名 梅雨季／試験 名 考試／合宿 名 集訓／出張 名 出差

Q 對話練習 ♪075-12

A：いつが試験日？
　什麼時候考試？
B：来週の月曜日だって。まだ時間に余裕があるよ。
　説是下禮拜一。還有時間的。

原來如此！

·········· 「5W1H」 ··········

英文的 5W1H 疑問詞，對應到日文的話就是 what→何；where→どこ；when→いつ；which→どれ、どの；who→誰；why→何で、どうして、なぜ；how→どうやって、どのようにして。

いつまで〜ますか
〜到什麼時候呢？（動詞句）

根據日文的文法規則，「いつまで〜ますか」中間通常加有疑問事物的動詞。「いつまで〜ますか」意思是「〜到什麼時候呢？」。

いつまで〜ますか。

♪076-02	01	雨が降り	雨會下到什麼時候呢？
♪076-03	02	桜が咲いてい	櫻花會開到什麼時候呢？
♪076-04	03	開催してい	舉辦到什麼時候呢？
♪076-05	04	旅行してい	旅行到什麼時候結束呢？
♪076-06	05	出張してい	出差到什麼時候呢？
♪076-07	06	勉強してい	唸書唸到什麼時候呢？
♪076-08	07	仕事をしてい	工作到什麼時候呢？
♪076-09	08	待ち	要等到什麼時候呢？
♪076-10	09	作ってい	要做到什麼時候呢？
♪076-11	10	工事してい	施工到什麼時候呢？

♪076-01

この展覧会はいつまで開催していますか。

這個展覽舉辦到什麼時候呢？

明日までですよ。

到明天。

⊙ 補充單字

開催します 動 舉辦／**作ります** 動 做／**工事します** 動 施工

🔍 對話練習　♪076-12

A：いったいいつまで待たせるつもりなの？
到底打算讓我等到什麼時候？

B：ごめん。ごめん。道が混んでてさ。
抱歉。抱歉。路上交通擁擠。

還可以這樣說！

·········· 「いつまで」 VS. 「いつまでも」 ··········

「いつまで」是到什麼時候，是有期限的，「いつまでも」是永遠，差一個字意思完全不相同，要注意！如：「いつまでもあなたを愛しています（永遠愛你）」。

いつから～ますか

從什麼時候（開始）～？（動詞句）

根據日文的文法規則，「いつから～ますか」中間通常加有疑問的事物，這個句型必須配合動詞。「いつから～ますか」意思是「從什麼時候（開始）～？」。

いつから～ますか。

♪077-02	01	働け^{はたら}	從什麼時候可以開始工作？
♪077-03	02	行け^い	從什麼時候可以去？
♪077-04	03	あり	從什麼時候開始擁有？
♪077-05	04	来台し^{らいたい}	從什麼時候來臺灣的？
♪077-06	05	来日し^{らいにち}	從什麼時候來日本的？
♪077-07	06	勉強でき^{べんきょう}	從什麼時候可以開始唸書的？
♪077-08	07	もらえ	從什麼時候可以拿到的？
♪077-09	08	来られ^こ	從什麼時候開始可以過來？
♪077-10	09	使用でき^{しよう}	從什麼時候開始可以使用的？

♪077-01

この映画はおもしろそうですね。

這部電影看起來很有趣的樣子。

いつから上演しますか。

從什麼時候開始上映？

▶ 補充單字

働きます 動 工作／上演します 動 上映／もらえます 動 拿到

Q 對話練習　♪077-11

A：いつから冬休み始まるか知ってる？
　　知道什麼時候開始放寒假嗎？
B：日本の学校はだいたいクリスマスごろかな。
　　日本的學校大多是聖誕節前後吧。

原來如此！

‥‥‥‥‥‥‥‥‥‥「から」、「より」‥‥‥‥‥‥‥‥‥‥

雖然「から」和「より」都是「從～」的意思，但「から」比較口語，「より」則是偏向文言文的用法。

いつでも〜ますか

隨時〜嗎？

「いつでも〜ますか」中間通常寫想詢問的事或物。「いつでも〜ますか」意思是「隨時〜嗎？」。

いつでも〜ますか。

♪078-02 01 **予約でき** 隨時都可以預約嗎？

♪078-03 02 **宿泊でき** 隨時都可以住宿嗎？

♪078-04 03 **このクーポンは使用でき** 隨時都可以使用優惠券嗎？

♪078-05 04 **ネットにつながり** 隨時都可以連網路嗎？

♪078-06 05 **連絡でき** 隨時都可以聯絡嗎？

♪078-07 06 **ネットショッピングでき** 隨時都可以使用網路購物嗎？

♪078-08 07 **授業が受けられ** 隨時都可以上課嗎？

♪078-09 08 **会え** 隨時都可以見面嗎？

♪078-10 09 **診察してもらえ** 隨時都可以看診嗎？

♪078-11 10 **食べられ** 隨時都可以食用嗎？

♪078-01

いつでもこのクーポンは使用できますか。

隨時都可以使用這張優惠券嗎？

はい、いいですよ。

是的，都可以使用。

▶ 補充單字

クーポン 名 優惠券／**ネット** 名 網路／**ネットショッピング** 名 網路購物／**授業** 名 上課

Q 對話練習 ♪078-12

A：いつ行ったらいいですか？
什麼可以時候去？

B：いつでもいいですよ。
隨時都可以。

原來如此！

────── 「いつでも」 VS. 「いつまでも」 ──────

「いつでも」是指「隨時」，「いつまでも」則是「永遠」，這兩個單字有點像，但是用法完全不同。

いつなら～ですか
什麼時候會～（名詞句）

根據日文的文法規則，「いつなら～ですか」中間通常加想詢問的事物，要用名詞的形式。「いつなら～ですか」意思是「什麼時候會／是～（名詞句）」。

いつなら～ですか。

♪079-02	01	在宅中 <ruby>在宅中<rt>ざいたくちゅう</rt></ruby>	什麼時候會在家呢？
♪079-03	02	営業中 <ruby>営業中<rt>えいぎょうちゅう</rt></ruby>	什麼時候會營業呢？
♪079-04	03	定休日 <ruby>定休日<rt>ていきゅうび</rt></ruby>	什麼時候會公休？
♪079-05	04	仕事中 <ruby>仕事中<rt>しごとちゅう</rt></ruby>	什麼時候會在工作？
♪079-06	05	開催中 <ruby>開催中<rt>かいさいちゅう</rt></ruby>	什麼時候會舉辦呢？
♪079-07	06	食事中 <ruby>食事中<rt>しょくじちゅう</rt></ruby>	什麼時候吃飯呢？
♪079-08	07	ラッシュアワー	什麼時候是尖峰時段呢？
♪079-09	08	帰省中 <ruby>帰省中<rt>きせいちゅう</rt></ruby>	什麼時候回故鄉呢？
♪079-10	09	外出中 <ruby>外出中<rt>がいしゅつちゅう</rt></ruby>	什麼時候在外面呢？

♪079-01

いつならセール中<ruby>中<rt>ちゅう</rt></ruby>ですか。

什麼時候開始打折呢？

7月<ruby>月<rt>がつ</rt></ruby>と12月<ruby>月<rt>がつ</rt></ruby>です。

七月和十二月。

補充單字

定休日 <ruby>定休日<rt>ていきゅうび</rt></ruby> 名 公休日／ラッシュアワー 名 尖峰時間／帰省 <ruby>帰省<rt>きせい</rt></ruby> 名 返鄉／セール 名 折扣

對話練習 ♪079-11

A：久<ruby>久<rt>ひさ</rt></ruby>しぶりに会<ruby>会<rt>あ</rt></ruby>いたい。いつなら暇<ruby>暇<rt>ひま</rt></ruby>？
久違了想見你。什麼時候有空？

B：月末<ruby>月末<rt>げつまつ</rt></ruby>なら空<ruby>空<rt>あ</rt></ruby>いているよ。
月底的話沒有安排。

還可以這樣說！

・・・・・・・・・・・・・ **「いつだったら～ですか」** ・・・・・・・・・・・・・

「なら」和「だったら」都是假設的意思，「～なら～」、「～だったら～」都是「如果～的話就～」的意思。都可以接在名詞後面，如「金<ruby>金<rt>かね</rt></ruby>ならあるよ（要錢的話我有喔）」、「月末<ruby>月末<rt>げつまつ</rt></ruby>なら開いているよ（月底的話沒有安排）」等。

いつなら〜ますか
什麼時候（方便）〜（動詞句）

「いつなら〜ますか」中間通常加想詢問的事物。「いつなら〜ますか」意思是「什麼時候（方便）〜」。

いつなら〜ますか。

♪080-02	01	来られ	什麼時候方便過來呢？
♪080-03	02	修理でき	什麼時候方便修理呢？
♪080-04	03	見てもらえ	什麼時候方便幫我看呢？
♪080-05	04	時間があり	什麼時候有時間呢？
♪080-06	05	行け	什麼時候方便可以去呢？
♪080-07	06	空いて	什麼時候有空呢？
♪080-08	07	空席があり	什麼時候有空位呢？
♪080-09	08	空室があり	什麼時候有空房呢？
♪080-10	09	直してもらえ	什麼時候可以方便幫我修改？
♪080-11	10	出席でき	什麼時候方便出席呢？

♪080-01

故障してますね。

壞掉了耶！

いつなら修理できますか。

什麼時候可以修理呢？

▷ 補充單字

空席 名 空位／**空室** 名 空房／**直します** 動 修改、修理

Q 對話練習　♪080-12

A：いつなら休み取れる？
　什麼時候可以請假？
B：今月の下旬なら、休み取れると思う。
　我想這個月下旬應該可以請假。

原來如此！

·········· 「なら」、「ならば」 ··········

「なら」和「ならば」都是假設的意思，「〜なら〜」、「〜ならば〜」都是「如果〜的話就〜」的意思。都可以接在名詞和な形容詞後面。如果要接動詞和い形容詞的話，要再加上「ば」，如：「行けば」、「安ければ」。

～予定ですか
您預定～？

按照日文的文法規則，「～予定ですか」前面通常加名詞和原形動詞。「～予定ですか」意思是「您預定～？」。

～予定ですか。

♪081-02	01 いつ旅行の	您預定什麼時候去旅遊？
♪081-03	02 いつ留学する	您預定什麼時候去留學？
♪081-04	03 今日は何の	今天您的預定是什麼呢？
♪081-05	04 観光する	您預定去觀光嗎？
♪081-06	05 ショッピングする	您預定去逛街嗎？
♪081-07	06 どこを参観する	您預定去哪裡參觀了嗎？
♪081-08	07 いつ出発する	您預定什麼時候出發呢？
♪081-09	08 何時の飛行機に乗る	您預定搭乘幾點的飛機呢？
♪081-10	09 いつ帰国	您預定什麼時候回國呢？
♪081-11	10 いつ宿泊する	您預定什麼時候住宿呢？

♪081-01

何時の飛行機に乗る予定ですか。

您預定搭乘幾點的飛機呢？

午後2時の飛行機です。

下午兩點的飛機。

▶ 補充單字

ショッピングします 動 購物／帰国 名 回國／宿泊します 動 住宿

🔍 對話練習　♪081-12

A：いつ出発予定？
　　預定什麼時候出發？
B：まだ、目処が立っていないんだ。
　　還沒有頭緒。

原來如此！

.... 「予定」 VS. 「つもり」 ....

兩者都有「預定～、準備要～」的意思，「予定」前面可以加名詞，但是「つもり」前面不能加名詞，只可以加動詞的辭書形。

～はいつですか
什麼時候～？

按照日文的文法「～はいつですか」前面通常可以加名詞、形容詞、動詞。「～はいつですか」意思是「什麼時候～？」。

～はいつですか。

♪082-02	01	出発（しゅっぱつ）	什麼時候出發？
♪082-03	02	マラソン大会（たいかい）	馬拉松比賽在什麼時候？
♪082-04	03	イベント	活動在什麼時候？
♪082-05	04	ブックフェア	書展在什麼時候？
♪082-06	05	パレード	遊行表演在什麼時候？
♪082-07	06	花火大会（はなびたいかい）	煙火大會在什麼時候？
♪082-08	07	お祭り（まつり）	祭典在什麼時候？
♪082-09	08	カラオケ大会（たいかい）	卡拉OK比賽在什麼時候？
♪082-10	09	ハイキング	健行活動在什麼時候？
♪082-11	10	会食（かいしょく）	什麼時候一起聚餐？

♪082-01

パレードはいつですか。

遊行表演在什麼時候？

7時（しちじ）からですよ。

七點開始。

> 補充單字

イベント 名 活動／**ブックフェア** 名 書展／**パレード** 名 遊行／**ハイキング** 名 健行

> 對話練習 ♪082-12

A：挙式（きょしき）はいつですか？
　婚禮在什麼時候？
B：大安（たいあん）はどこも混（こ）んでいるから、友引（ともびき）の日（ひ）にしたんですよ。
　大安之日到處都會很擠，所以選了友引之日。

原來如此！

·········· 「いつ」 ··········

「いつ」不管放在句子前面還是句子後面，都不會影響句意，如：「いつは会議（かいぎ）ですか？」、「会議はいつですか？」都是詢問什麼時候開會。

どこか～ませんか

要不要在哪裡～？

「どこか～ませんか」前面通常加想詢問的事物。「どこか～ま
せんか」意思是「要不要在哪裡～？」。

どこか～ませんか。

♪083-02	01	**で休み**	要不要在哪裡休息？
♪083-03	02	**で食事し**	要不要在哪裡吃個東西？
♪083-04	03	**で飲み物を買い**	要不要在哪裡買飲料？
♪083-05	04	**へ旅行に行き**	要不要去哪裡旅行？
♪083-06	05	**に車を止め**	要不要在哪裡停車？
♪083-07	06	**でお土産を買い**	要不要在哪裡買名產？
♪083-08	07	**で散歩し**	要不要在哪裡散步？
♪083-09	08	**で運動し**	要不要在哪裡運動？
♪083-10	09	**で温泉に入り**	要不要在哪裡泡溫泉？
♪083-11	10	**にいい温泉はあり**	在哪裡有不錯的溫泉嗎？

♪083-01

> どこかにいい温泉
> はありませんか。
>
> 哪裡有不錯的溫泉嗎？

> いろいろあります
> よ。
>
> 有很多喔。

◉ 補充單字

食事 名 食物／**飲み物** 名 飲料／**お土産** 名 名產／**温泉に入ります** 動 泡溫泉

◯ 對話練習 ♪083-12

A：**天気がいいから、どこか散歩に行こうよ！**
天氣很好，去哪裡散步吧！

B：**うん、じゃ今から出かけよう。**
是啊，那麼現在就出門吧。

原來如此！

·············· 「どこ」 VS. 「どこか」 ··············

「どこ」是「哪裡」，「どこか」是「某處」，差一個字意思完全不同，要注意！
如：「どこへ行きましたか（你去哪裡？）」、「どこか行きましたか（有沒有去
哪裡？）」。前者確定她有出門，但是不知道去哪裡，後者則不知道有沒有出門。

どこが〜ですか
在哪裡〜？

「どこが〜ですか」中間通常加想詢問的地點。「どこが〜ですか」意思是「在哪裡〜？」。

どこが〜ですか。

♪084-02	01 **駅**	車站在哪裡？
♪084-03	02 **西口**	西邊的出口在哪裡？
♪084-04	03 **トイレ**	在哪裡有廁所？
♪084-05	04 **レストラン**	在哪裡有餐廳？
♪084-06	05 **入り口**	入口在哪裡？
♪084-07	06 **カメラ売り場**	相機賣場在哪裡？
♪084-08	07 **到着ロビー**	入境大廳在哪裡？
♪084-09	08 **出発ロビー**	出境大廳在哪裡？
♪084-10	09 **バス乗り場**	公車乘車處在哪裡？
♪084-11	10 **痛い**	哪裡會痛？

♪084-01

> どこがバス乗り場ですか。
>
> 公車乘車處在哪裡？

> あそこの３番出口ですよ。
>
> 在那邊的三號出口。

○ 補充單字

駅 名 車站／**レストラン** 名 餐廳／**カメラ売り場** 名 相機賣場／**バス乗り場** 名 公車乘車處

○ 對話練習 ♪084-12

A：**私のどこがいいと思う？**
你覺得我哪裡好？
B：**何、突然言いだすんだよ。**
怎麼突然說這個。

原來如此！

⋯⋯⋯⋯ **「どこか」 VS.「どこが」** ⋯⋯⋯⋯

「どこか」是「某處」，「どこが」是「哪裡」，前者不確定是否存在，後者確定有，但是不知道確切資訊。如：「どこか変ですか？」（有沒有哪裡奇怪？）、「どこが変ですか？」（哪裡奇怪？）。

どこに〜ますか
在哪裡〜？

「どこに〜ますか」中間通常加想詢問在哪裡的事物「どこに〜ますか」意思是「在哪裡〜？」或「〜在哪裡？」，是靜態的用法。

どこに〜ますか。

♪085-02	01	宿泊し	在哪裡住宿？
♪085-03	02	車を止め	在哪裡停車？
♪085-04	03	ごみを捨て	在哪裡丟垃圾？
♪085-05	04	住んでい	住在哪裡？
♪085-06	05	犬を預け	在哪裡寄放狗？
♪085-07	06	本を返し	在哪裡還書？
♪085-08	07	い	人在哪裡？
♪085-09	08	あり	在哪裡有？
♪085-10	09	掛けてあり	掛在哪裡？

♪085-01

どこに荷物を置きますか。

在哪裡放行李？

ここに置いてください。

請您放在這裡。

> 補充單字

ごみ 名 垃圾／**います** 動 在／**あります** 動 有／**掛けます** 動 懸掛

> 對話練習 ♪085-11

Ａ：どこに宿泊するの？
在哪裡住宿？

Ｂ：今回は奮発して、五つ星ホテルなんてどう？
這次豁出去，五星級酒店如何？

原來如此！

・・・・・・・・・・・ 「どこに」VS.「どこで」 ・・・・・・・・・・・

「地點＋に〜」後面要接靜態動詞，「地點＋で〜」後面則要接動態動詞。如：「どこに停めますか（停在哪裡？）」、「どこで停めますか（在哪裡暫停？）」。

どこで～ますか
在哪裡～？

「どこで～ますか」中間通常加想詢問在哪裡的活動。「どこで～ますか」意思是「在哪裡～？」，是動態的用法。

どこで～ますか。

♪086-02 01	食事し	在哪裡用餐？
♪086-03 02	花火大会があり	在哪裡有煙火大會？
♪086-04 03	パレードがあり	在哪裡有表演遊行？
♪086-05 04	お土産が買え	在哪裡可以買名產？
♪086-06 05	飲み物が買え	在哪裡可以買飲料？
♪086-07 06	トイレに行け	在哪裡可以上廁所？
♪086-08 07	コンサートが見られ	在哪裡可以看演唱會？
♪086-09 08	たこ焼きが食べられ	在哪裡可以吃章魚燒？
♪086-10 09	野球が見られ	在哪裡可以看棒球？
♪086-11 10	キティちゃんに会え	在哪裡可以看到凱蒂貓？

♪086-01

どこで野球が見られますか。

在哪裡可以看棒球？

東京ドームで見られますよ。

在東京巨蛋可以看。

▶ 補充單字

パレード 名 表演遊行／**コンサート** 名 音樂會、演唱會／**キティちゃん** 名 凱蒂貓

Q 對話練習　♪086-12

A：お腹空いた～。ご飯どこで食べる。
肚子餓了。要在哪裡吃飯？

B：じゃ、あそこの店に入ろうか。
那，去那家店吧。

原來如此！

·········· 「どこで」 ··········

「どこで～ますか」的句型除了單純詢問地點，也帶有好奇的意思。想要打探對方「是在哪裡～的？」，如：「いつもどこで遊んでるの（平常都在哪裡玩？）」

どこの〜ですか
哪裡的〜？

「どこの〜ですか」中間通常加想詢問是哪裡的事物。「どこの〜ですか」意思是「哪裡的〜？」。

♪087-01

> そのブーツはどこのですか。

那雙馬靴是哪裡的？

イタリアのです。

是義大利的。

どこの〜ですか。

♪087-02	01	これは ┃★┃ 製品 ┃★┃	這是哪裡的商品？
♪087-03	02	それは ┃★┃ お菓子 ┃★┃	那是哪裡的零食？
♪087-04	03	あれは ┃★┃ ワイン ┃★┃	那是哪裡的葡萄酒？
♪087-05	04	このかばんは ┃ 国のもの ┃★┃	這個皮包是哪個國家做的？
♪087-06	05	これは ┃★┃ 傘 ┃★┃	這是哪裡的雨傘？
♪087-07	06	そのブーツは ┃★┃	那雙馬靴是哪裡的？
♪087-08	07	このクッキーは ┃★┃ もの ┃★┃	這個餅乾是哪裡的？
♪087-09	08	あのかばんは ┃★┃ かばん ┃★┃	那個皮包是哪裡的？
♪087-10	09	これは ┃★┃ カメラ ┃★┃	這是哪裡的照相機？
♪087-11	10	それは ┃★┃ 電子辞書 ┃★┃	那是哪裡的電子辭典？

◉ 補充單字

お菓子 名 零食／**ワイン** 名 葡萄酒／**ブーツ** 名 馬靴／**クッキー** 名 餅乾

Q 對話練習 ♪087-12

A：これ、ステキ！どこで買ったの？
這個好棒！是在哪裡買的？
B：海外旅行に行ったときに、土産物屋で買ったんだ。
出國旅遊的時候，在名產店買的。

還可以這樣說！

···················· 「どちらの〜ですか」 ····················

「どちら」是「どっち」跟「誰」的較有禮貌的說法，所以若問：「これはどちらの傘ですか」可能是在問「這是哪裡的傘？」，也可能是在問「這是誰的傘？」。

〜はどこですか
〜在哪裡？

按照日文的文法規則，「〜はどこですか」前面通常加名詞。「〜はどこですか」意思是「〜在哪裡？」

〜はどこですか。

♪088-02	01	**トイレ**	洗手間在哪裡？
♪088-03	02	**会社**	公司在哪裡？
♪088-04	03	**学校**	學校在哪裡？
♪088-05	04	**ホテル**	旅館在哪裡？
♪088-06	05	**デパート**	百貨公司在哪裡？
♪088-07	06	**駅**	車站在哪裡？
♪088-08	07	**はさみ**	剪刀在哪裡？
♪088-09	08	**イベント会場**	活動會場在哪裡？
♪088-10	09	**わたしの荷物**	我的行李在哪裡？
♪088-11	10	**わたしの傘**	我的雨傘在哪裡？

♪088-01

わたしの荷物はどこですか。

我的行李在哪裡？

こちらです。

在這裡。

● 補充單字

荷物 名 行李／**ホテル** 名 飯店／**デパート** 名 百貨公司／**はさみ** 名 剪刀／**イベント** 名 活動

● 對話練習　♪088-12

A：**トイレはどこですか？**
廁所在哪裡？
B：**あの階段の横ですよ。**
在樓梯旁邊。

原來如此！

「どこまでも」VS.「どこでも」

「どこまでも」是表示「範圍不斷擴張、徹頭徹尾」，如：「どこまでも広がる空（無限擴張的天空）」、「どこまでもずるい人（狡猾得徹底的人）」，「どこでも」則是「隨地」。因此哆啦A夢的任意門就是「どこでもドア」。

いつも～ますか

平常～嗎？

「いつも～ますか」中間通常加疑惑的事物。「いつも～ますか」意思是「平常～嗎？」或「平常～呢？」。

いつも～ますか。

♪089-02 01	音楽を聞き	平常會聽音樂嗎？
♪089-03 02	読書し	平常會閱讀嗎？
♪089-04 03	掃除し	平常會打掃嗎？
♪089-05 04	テレビを見	平常會看電視嗎？
♪089-06 05	ラジオを聞き	平常會聽廣播嗎？
♪089-07 06	スーパーで買い	平常會在超市購物嗎？
♪089-08 07	何時に寝	平常都幾點就寢呢？
♪089-09 08	何時に起き	平常都是幾點起床呢？
♪089-10 09	何時に出かけ	平常都幾點出門呢？
♪089-11 10	ここから富士山が見え	平常從這裡看得到富士山嗎？

♪089-01

> いつもここから富士山が見えますか。

平常從這裡看得到富士山嗎？

> 天気が悪いときは見えませんよ。

天氣不好的時候是看不到的。

補充單字

テレビ 名 電視／ラジオ 名 收音機／スーパー 名 超市／出かけます 動 出門

對話練習 ♪089-12

A：私と会うとき、いつもスマホいじってるよね。
跟我見面的時候都在滑手機。

B：君だって、しょっちゅうスマホ見てるよ。
你也總是在看手機啊。

原來如此！

……………… 「いつも」 VS. 「いつでも」 ………………

「いつも」是平常，「いつでも」則是隨時，只差一個字，但意思就大大不同，要小心不要搞錯。

〜ことがありますか

有時候會〜嗎？

根據日文的文法規則，「〜ことがありますか」前面通常加偶爾會做的事物，且要使用**動詞辭書形**。「〜ことがありますか」意思是「有時候會〜嗎？」。

〜ことがありますか。

♪090-02	01	日本へ出張する	有時候會需要到日本出差嗎？
♪090-03	02	残業する	有時候會加班嗎？
♪090-04	03	故障する	有時候會故障嗎？
♪090-05	04	停止する	有時候會停止嗎？
♪090-06	05	中止する	有時候會中斷嗎？
♪090-07	06	延期する	有時候會延期嗎？
♪090-08	07	空港を閉鎖する	有時候會關閉機場嗎？
♪090-09	08	4月に雪が降る	四月有時候會下雪嗎？
♪090-10	09	停電する	有時候會停電嗎？
♪090-11	10	断水する	有時候會停水嗎？

♪090-01

停電することがありますか。

有時候會停電嗎？

台風が来ると、時々停電しますよ。

颱風來的時候，偶爾會停電。

▶ 補充單字

出張する 動 出差／**残業する** 動 加班／**閉鎖する** 動 關閉、封鎖／**断水する** 動 停水

Q 對話練習　♪090-12

A：ねえ、朝食に納豆を食べることある？
　　嘿，早上有時會吃納豆嗎？
B：うん、旅館の朝食によく出るよね。
　　嗯，旅館的早餐經常會提供喔。

原來如此！

··· 「動詞過去形 + ことがある」 VS. 「動詞辞書形 + ことがある」 ···

「動詞過去形 + ことがある」表示比較特別的經驗，「動詞辭書形 + ことがある」是「有時候……」的意思，如：「昼食はうどんを食べることもある」（午餐有時候吃烏龍麵）等。

〜から〜か

因為〜，（所以）〜嗎？

「〜から〜か」前面通常加原因，中間加期望的結果。「〜から〜か」意思是「因為〜，（所以）〜嗎？」。

〜から〜か。

♪091-02 01	汚れているから新しいのに換えてもらえますか。	因為有污損，可以換新的嗎？
♪091-03 02	暗いから電気をつけてもらえますか。	因為很暗，可以幫我開燈嗎？
♪091-04 03	わからないから地図を描いてもらえますか。	因為不知道路，可以請您畫地圖嗎？
♪091-05 04	苦いから砂糖を入れてもらえますか。	因為很苦，可以幫我加糖嗎？
♪091-06 05	人気のある映画だから見に行きませんか。	因為那部電影很紅，要去看嗎？
♪091-07 06	今日はオートバイだからお酒を飲みませんか。	因為今天騎機車，所以不喝酒嗎？

♪091-01

寒いですね。

好冷喔。

寒いからエアコンを弱くしてもらえますか。

因為會冷，（所以）可以幫我把空調溫度調高嗎？

● 補充單字

エアコン 名 空調／汚れている 動 髒／換えます 動 替換、換一個／描きます 動 畫

Q 對話練習 ♪091-08

A：夏に水着を着るから、筋トレしているんですか？
夏天要穿泳裝，所以在鍛鍊肌肉嗎？

B：そうですよ！マッチョになって、みんなに見せびらかしたいですよ。
對啊！想成為肌肉男炫耀給大家看。

原來如此！

············· 「から」 VS. 「ので」 ·············

「から」是主觀的說法，「ので」是客觀的說法，而且比較禮貌，在正式的場合使用如：「暑いからエアコンをつけます（因為很熱所以開冷氣）」和「暑いのでエアコンをつけてもいいですか（因為很熱是否可以開冷氣）」。

～たことがありますか

您曾經～嗎？

根據日文的文法規則，「～たことがありますか」前面通常加特別的經驗，且要使用動詞過去形。「～たことがありますか」意思是「您曾經～嗎？」。

～たことがありますか。

♪092-02	01	納豆を食べ	您曾經吃過納豆嗎？
♪092-03	02	スキーをし	您曾經去滑過雪嗎？
♪092-04	03	アイススケートをし	您曾經溜冰過嗎？
♪092-05	04	宇治金時を食べ	您曾經吃過抹茶紅豆冰嗎？
♪092-06	05	潮干狩りをし	您曾經撿過蛤蠣嗎？
♪092-07	06	日本の新幹線に乗っ	您曾經搭過日本的新幹線嗎？
♪092-08	07	この映画を観	您曾經看過這部電影嗎？
♪092-09	08	ダイビングをし	您曾經潛水過嗎？
♪092-10	09	沖縄へ行っ	您曾經去過沖繩嗎？

♪092-01

富士山に登ったことがありますか。

您曾經爬過富士山嗎？

ありますよ。すばらしい景色でしたよ。

有，風景很棒喔。

▶ 補充單字

アイススケート 名 溜冰／**宇治金時** 名 抹茶紅豆冰／**潮干狩り** 名 撿蛤蠣／**ダイビング** 名 潛水

Q 對話練習 ♪092-11

A：富士山に登ったことある？
　你曾經爬過富士山嗎？

B：うん、あるよ。苦しくて、登るのに相当時間かかったよ。
　嗯，爬過。很不容易爬上去，花費了不少時間。

還可以這樣說！

・・・・・・・・・・ **「動詞過去形 + 経験がある」** ・・・・・・・・・・

「動詞過去形 + 経験がある」意思是「有過～的經驗」，所以「富士山に登ったことがありますか」也可以說「富士山に登った経験がありますか（有爬過富士山的經驗嗎？）」

～できますか

您會～嗎？

「～できますか」前面通常加與詢問能力有關的事或物。「～できますか」意思是「您會～嗎？」或「您可以～嗎？」。

～できますか。

♪093-02	01	日本語が	您會日文嗎？
♪093-03	02	英語が	您會英文嗎？
♪093-04	03	日本語で文章を書くことが	您會用日文寫文章嗎？
♪093-05	04	日本語の敬語が	您會使用日文敬語嗎？
♪093-06	05	車の運転が	您會開車嗎？
♪093-07	06	自転車に乗ることが	您會騎腳踏車嗎？
♪093-08	07	ネットで予約が	您會使用網路預約嗎？
♪093-09	08	オンラインショッピングが	您會使用網路購物嗎？
♪093-10	09	料理が	您會烹飪嗎？
♪093-11	10	水泳が	您會游泳嗎？

♪093-01

ネットで予約ができますか。

您會使用網路預約嗎？

はい、できますよ。

會，會使用。

(▶) 補充單字

運転 名 開車／**ネット** 名 網路／**オンラインショッピング** 名 網路購物／**水泳** 名 游泳

(Q) 對話練習　♪093-12

A：モンゴル語ができますか？
你會説蒙古語嗎？

B：できますよ。以前、ウランバートルに住んでいましたから。
會喔。因為以前在烏蘭巴托住過。

還可以這樣説!

・・・・・・・・・・・・・・・・・・・・・・・・・・・・ 詢問能力 ・・・・・・・・・・・・・・・・・・・・・・・・・・・・

「～できますか」在問會不會做某事，也可以用來詢問能力。詢問能力也可以用「動詞可能形」，如：「日本語で文章を書け（ますか）（能用日文寫文章嗎？）」、「車を運転できますか（能開車嗎？）」等。

～をご存知ですか

您知道～嗎、您認識～嗎？

按照日文的文法規則，「～をご存知ですか」前面通常加名詞。「～をご存知ですか」意思是「您知道～嗎、您認識～嗎？」。

～をご存知ですか。

♪094-02	01	雷門（かみなりもん）	您知道雷門嗎？
♪094-03	02	ハチ公	您知道八公嗎？
♪094-04	03	宝塚歌劇団（たからづかかげきだん）	您知道寶塚歌劇團嗎？
♪094-05	04	坂本龍馬（さかもとりょうま）	您知道坂本龍馬嗎？
♪094-06	05	桃太郎（ももたろう）	您知道桃太郎嗎？
♪094-07	06	修理中（しゅうりちゅう）なの	您知道正在搶修嗎？
♪094-08	07	引（ひ）っ越（こ）したの	您知道搬家了嗎？
♪094-09	08	新（あたら）しくオープンしたの	您知道新開幕嗎？
♪094-10	09	コンサートがあるの	您知道有音樂會嗎？
♪094-11	10	営業時間（えいぎょうじかん）	您知道營業時間嗎？

♪094-01

引（ひ）っ越（こ）したのをご存知（ぞんじ）ですか。

您知道已經搬家了嗎？

いいえ、知（し）りませんでした。

不，我不曉得。

▶ 補充單字

引（ひ）っ越（こ）します 動 搬家／オープンします 動 開幕／コンサート 名 音樂會、演唱

🎤 對話練習　♪094-12

A：あの方（かた）をご存知（ぞんじ）ですか？
　　您知道那位是誰嗎？

B：ああ、知（し）ってるよ。新聞記者（しんぶんきしゃ）の林（はやし）さんだよ。
　　嗯，知道喔。是報社記者的林先生。

原來如此！

······ 「知（し）っています」、「ご存知（ぞんじ）です」 ······

「知（し）っています」是「ご存知（ぞんじ）です」的口語化用法，常用在與朋友或較熟的人交談的場合，向上述例句，若說話對象是朋友或熟人，則可以用「ハチ公（こう）って知（し）っていますか」、「引（ひ）っ越（こ）したのを知（し）っています」。

～わかりません
我不知道～、我不懂～

按照日文的文法規則，「～が（は）わかりません」前面通常加名詞。「～わかりません」意思是「我不知道～、我不懂～」。

～わかりません。

♪095-02	01	住所が	我不知道地址。
♪095-03	02	電話番号が	我不知道電話號碼。
♪095-04	03	名前が	我不知道名字。
♪095-05	04	アメリカ人の話す英語が	我不懂美國人說的英文。
♪095-06	05	文法が	我不懂文法。
♪095-07	06	ここがどこか	我不知道這裡是哪裡。
♪095-08	07	方向が	我不知道方向。
♪095-09	08	何がいいか	我不知道什麼東西比較好。
♪095-10	09	どこがいいか	我不知道哪裡比較好。
♪095-11	10	どのバスか	我不知道是哪台公車。

♪095-01

どのバスかわかりません。

我不知道是哪台公車。

このバスですよ。

是這台公車喔。

> **補充單字**
>
> 住所 名 地址／電話番号 名 電話號碼／名前 名 名字

> **對話練習** ♪095-12
>
> A：すみませんが、この店どこにあるかわかりますか？
> 不好意思，你知道這間店在哪裡嗎？
> B：ああ、最近引っ越したらしいよ。
> 啊，好像最近搬家了。

原來如此！

「わかりません」、「存じません」

當被詢問「～をご存知ですか」，若要回答不知道，可以用「わかりません」，或比較有禮貌的說法「存じません」，像是「どこにあるかは存じません」，如果不知道的對象跟有關人，則可以用「存じ上げません」，像是：「彼の電話番号は存じ上げません」。

動詞意向形 + と思^{おも}っています

我想～

按照日文的文法「～と思^{おも}っています」。前面通常加動詞意向形。
「動詞意向形 + と思^{おも}っています」意思是「我想～」，是還在計畫中的想法。

～と思^{おも}っています。

♪096-02	01 金閣寺^{きんかくじ}を見^みよう	我想去看金閣寺。
♪096-03	02 宇治金時^{うじきんとき}を食^たべよう	我想吃抹茶紅豆冰。
♪096-04	03 スカイツリーへ行^いこう	我想去晴空塔。
♪096-05	04 ショッピングしよう	我想去購物。
♪096-06	05 マッサージに行^いこう	我想去（做）按摩。
♪096-07	06 電話^{でんわ}しよう	我想打電話。
♪096-08	07 インターネットで調^{しら}べよう	我想上網查。
♪096-09	08 ドラマを見^みよう	我想看連續劇。
♪096-10	09 ゲームをしよう	我想玩遊戲。
♪096-11	10 運動^{うんどう}しよう	我想去運動。

♪096-01

東京^{とうきょう}へ行^いったら何^{なに}をしますか。

到了東京之後想做什麼嗎？

スカイツリーへ行^いこうと思^{おも}っています。

我想去晴空塔。

▶ 補充單字

スカイツリー 名 晴空塔／**インターネット** 名 網路／**ドラマ** 名 連續劇／**ゲーム** 名 遊戲

Q 對話練習 ♪096-12

A：来年^{らいねん}、結婚^{けっこん}しようと思^{おも}っているの。
我明年打算結婚。

B：へえ、それで相手^{あいて}はいるの？
哦，那麼有對象嗎？

原來如此！

·········「と思^{おも}っています」 VS. 「予定^{よてい}です」·········

「動詞意向形＋と思^{おも}っています」是「未來想要～」的意思，但是有可能改變計畫，只是計畫而已。「予定^{よてい}です」是幾乎確定的行程，不能隨便改的未來的計畫。

～つもりですか

您打算～？

「～つもりですか」前面通常加打算要做的事物。「～つもりですか」意思是「您打算～？」。

～つもりですか。

♪097-02 01	今日は何をする	您打算今天要做什麼？
♪097-03 02	どこへ行く	您打算要去哪裡？
♪097-04 03	何を食べる	您打算吃什麼？
♪097-05 04	これからどうする	您打算接下來要怎麼做？
♪097-06 05	いつレストランを予約する	您打算什麼時候訂餐廳？
♪097-07 06	いつ旅行に行く	您打算什麼時候去旅行嗎？
♪097-08 07	パスポートを申請する	您打算申辦護照嗎？
♪097-09 08	予定を変更する	您打算變更預約嗎？
♪097-10 09	部屋を換える	您打算換房間嗎？
♪097-11 10	整形する	您打算整形嗎？

♪097-01

今日は大雨ですね。困りましたね。

今天雨下很大耶，真是困擾。

予定を変更するつもりですか。

您打算變更預約嗎？

▶ 補充單字

レストラン 名 餐廳／**パスポート** 名 護照／**部屋** 名 房間

◀ 對話練習　♪097-12

A：ワクチンはいつ打つつもりですか？
　　您打算什麼時候接種疫苗呢？
B：2月下旬に打つ予定です。
　　我預計二月下旬接種。

原來如此！

·············· 「つもりです」 VS. 「予定です」 ··············

「～つもりです」是「我打算～（但是不一定做到的）」。「～予定です」則是幾乎確定、不會隨便更改的未來的計畫，如：「4月に引っ越しする予定です（我預計四月搬家）」。

～つもりです
我打算～

根據日文的文法規則，「～つもりです」，前面通常加自己打算做的事或進行的活動，且要使用動詞原形(辭書形)。「～つもりです」意思是「我打算～」。

～つもりです。

♪098-02	01	戻る	我打算回去。
♪098-03	02	寿司を食べる	我打算吃壽司。
♪098-04	03	コーヒーを飲む	我打算喝咖啡。
♪098-05	04	図書館で勉強する	我打算在圖書館念書。
♪098-06	05	映画を観る	我打算看電影。
♪098-07	06	家で休む	我打算在家休息。
♪098-08	07	ケーキを作る	我打算做蛋糕。
♪098-09	08	ダイエットする	我打算減肥。
♪098-10	09	自転車に乗る	我打算騎腳踏車。
♪098-11	10	車をレンタルする	我打算租車。

♪098-01

少し太ったようですね。

好像有點變胖了。

明日からダイエットするつもりです。

我打算明天開始減肥。

> 補充單字

戻る 動 回來／ダイエットする 動 減肥／レンタルする 動 租借

> 對話練習　♪098-12

A：今年の抱負は何？
今年的抱負是什麼？
B：今年はシックスパックを実現するつもりだよ。
今年我打算要打造六塊腹肌的體型。

還可以這樣說！

「所存です」

「つもりです」是「我打算～」。「～所存です」則是在正式的場合或商業往來時使用，表示「我預計要～、我會～」，如：「全力で取り組む所存です（我會全力以赴的）」。

～てみませんか

要不要～（嘗試）看看？

「～てみませんか」前面通常加想嘗試的事物。「～てみませんか」意思是「要不要～（嘗試）看看？」。

～てみませんか。

♪099-02	01	これを食べ	要不要吃看看這個？
♪099-03	02	これを着	要不要穿看看這個？
♪099-04	03	これを飲んでみませんか。	要不要喝看看這個？
♪099-05	04	これを穿い	要不要套看看這個？
♪099-06	05	これに乗っ	要不要乘坐看看這個？
♪099-07	06	これを使っ	要不要使用看看這個？
♪099-08	07	これを試し	要不要試看看這個？
♪099-09	08	この店に入っ	要不要進這間店裡看看？
♪099-10	09	この映画を観	要不要看看這部電影？
♪099-11	10	このコンサートに行っ	要不要去聽看看這場演唱會（音樂會）？

♪099-01

> このコンサートに行ってみませんか。
>
> 要不要去看看這場演場會？
>
> いいですね。
>
> 好啊。

⊙ 補充單字

着ます 動 穿著／**穿きます** 動 套（半身、鞋子）／**コンサート** 名 音樂會

Q 對話練習 ♪099-12

A：これ、食べてみない？意外とおいしいよ。
　要不要吃吃看這個？意外地好吃呢。

B：何、これ？
　這是什麼？

原來如此！

………… 「動詞て形 + みます」 VS.「～試します」 …………

「動詞て形 + みます」的意思是「～（嘗試）看看」。像是「食べてみます（吃看看）」「入ってみます（進去看看）」。「～試します」則是「測驗、嘗試」的意思，像是「力を試します（測驗力量）」、「いけるかどうか試してみます（嘗試是否可行）」。

〜てもいいですか

可以〜嗎？

「てもいいですか」前面通常加詢問是否被允許的事物。「〜てもいいですか」意思是「可以〜嗎？」。

〜てもいいですか。

♪100-02	01	写真を撮っ	可以拍照嗎？
♪100-03	02	このパンフレットをもらっ	可以拿這本手冊嗎？
♪100-04	03	ここにに座っ	可以坐在這裡嗎？
♪100-05	04	ここに荷物を置い	可以在這裡放置行李嗎？
♪100-06	05	トイレに行っ	可以去上廁所嗎？
♪100-07	06	電話をかけ	可以打一下電話嗎？
♪100-08	07	借り	可以借用一下嗎？
♪100-09	08	ここに捨て	可以在這裡丟棄嗎？
♪100-10	09	この自転車に乗っ	可以騎這輛腳踏車嗎？
♪100-11	10	ここで食べ	可以在這裡吃東西嗎？

♪100-01

写真を撮ってもいいですか。

可以拍照嗎？

いいですよ。

可以。

▶ 補充單字

パンフレット 名 手冊／荷物 名 行李／電話をかけます 動 打電話／自転車 名 腳踏車

🔍 對話練習 ♪100-12

A：これ、使ってもいいですか？
可以用這個嗎？

B：いいけど、すぐ返してね。
是可以，但要立刻歸還喔。

還可以這樣說！

················ 「〜てもかまいませんか」 ················

「〜てもいいですか」是「可以〜嗎？」的意思。「〜てもかまいませんか」則是比較禮貌說法，意思是「〜也沒關係嗎？」。

～てもらえませんか
您可以幫我～嗎？

「～てもらえませんか」前面通常加麻煩別人的事物。「～てもらえませんか」意思是「您可以幫我～嗎？」。

～てもらえませんか。

♪101-02	01	荷物を持っ	您可以幫我拿一下行李嗎？
♪101-03	02	犬を預かっ	您可以幫我照顧狗嗎？
♪101-04	03	パソコンを貸し	您可以借我電腦嗎？
♪101-05	04	地図をかい	您可以幫我畫地圖嗎？
♪101-06	05	電話番号を教え	您可以告訴我電話號碼嗎？
♪101-07	06	住所を教え	您可以告訴我家裡地址嗎？
♪101-08	07	この本を貸し	您可以借我這本書嗎？
♪101-09	08	席を換え	您可以幫我換位子嗎？
♪101-10	09	自転車を貸し	您可以幫我借腳踏車嗎？

♪101-01

写真を撮ってもらえませんか。

您可以幫我拍張照嗎？

いいですよ。どこを押しますか。

可以，要按哪裡呢？

(▶ 補充單字)

預かります 動 照顧／**パソコン** 名 電腦／**かきます** 動 畫、寫／**席** 名 位子／**貸します** 動 借

(Q 對話練習) ♪101-11

A：写真、撮ってもらえませんか？
　　您可以幫我拍張照嗎？

B：いいですよ。ここ、押すだけですよね。
　　可以喔。只要按這裡就可以吧。

原來如此！

·········· 「もらいます」 VS. 「もらえます」 ··········

「もらえます」是「もらいます」的可能形，是「能～」的意思。「～もらえませんか？」是比「～ください」更客氣的說法。

～ましょうか
要不要～？

按照日文的文法規則，「～ましょうか」前面通常加動詞ます形。
「～ましょうか」意思是「要不要～？」。

～ましょうか。

♪102-02 01	手伝い	要不要幫忙？
♪102-03 02	持ち	要不要幫忙拿？
♪102-04 03	行き	要不要去？
♪102-05 04	待ち	要不要等一下？
♪102-06 05	散歩し	要不要散步？
♪102-07 06	歩き	要不要走路？
♪102-08 07	自転車に乗り	要不要騎腳踏車？
♪102-09 08	休み	要不要休息一下？
♪102-10 09	遊びに行き	要不要去玩？
♪102-11 10	練習し	要不要練習？

♪102-01

休みましょうか。

要不要休息？

ええ、少し休みましょう。

好，稍微休息一下吧。

◉ 補充單字

手伝います 動 幫忙／歩きます 動 走路／休みます 動 休息

◉ 對話練習 ♪102-12

A：マッサージしましょうか？
　　要不要按摩？
B：いいですね。じゃあ、お願いします。
　　不錯耶。那就拜託了。

原來如此！

·········· 「ましょうか」 VS. 「ましょう」 ··········

「ましょうか」是「要不要～？」，帶有確認對方是否同意的語氣。「ましょう」
則沒有確認對方的同意，而是直接說「（一起）～吧！」的意思。

～ませんか
要不要～？

按照日文的文法規則，「～ませんか」前面通常加動詞ます形。
「～ませんか」意思是「要不要一起～？」。

～ませんか。

♪103-02	01	旅行に行き	要不要去旅行？
♪103-03	02	お茶を飲み	要不要去喝茶？
♪103-04	03	留学し	要不要去留學？
♪103-05	04	体験してみ	要不要體驗看看？
♪103-06	05	誘ってみ	要不要邀請看看？
♪103-07	06	乗ってみ	要不要搭乘看看？
♪103-08	07	やってみ	要不要做做看？
♪103-09	08	食べてみ	要不要吃吃看？
♪103-10	09	入ってみ	要不要進去看看？
♪103-11	10	遊んでみ	要不要玩玩看？

♪103-01

留学しませんか。

要不要去留學？

いいですね。

好啊！

> 補充單字

誘います 動 邀請／**やります** 動 做／**入ります** 動 進去

> 對話練習　♪103-12

A：今週末、お寺に写経に行きませんか？
　這週末要不要去寺廟抄經？
B：なんで写経に行くんですか？
　為什麼要去抄經？

原來如此！

·········· 「ませんか」 VS. 「ません」 ··········

「ませんか」是「要不要……？」，有邀約的意思。「ません」雖然是「不……」，但是語氣上揚的話就會變成問句，需要注意語氣。如：「行きません（不去嗎？）」。

誰が〜ますか
誰要〜嗎？

「誰が〜ますか」中間通常加不知道誰要做的事物。「誰が〜ますか」意思是「誰要〜嗎？」。

誰が〜ますか。

♪104-02	01	来	誰要過來嗎？
♪104-03	02	行き	誰要去嗎？
♪104-04	03	持ち	誰要拿嗎？
♪104-05	04	参加し	誰要參加嗎？
♪104-06	05	担当し	誰要負責嗎？
♪104-07	06	企画し	誰要來計劃？
♪104-08	07	やり	誰要來做嗎？
♪104-09	08	運転し	誰要開車嗎？
♪104-10	09	運び	誰要搬運嗎？
♪104-11	10	実行し	誰要實行嗎？

♪104-01

明日のパーティーに参加しますか。

要參加明天的派對嗎？

誰が参加しますか。

有誰要參加嗎？

▷ 補充單字

持ちます 動 拿／**担当します** 動 負責／**やります** 動 做／**運転します** 動 開車

Q 對話練習　♪104-12

A：誰が運転するの？
誰要開車？

B：僕、さっきお酒飲んだから、君に決まってるじゃん。
我剛剛喝了酒，所以當然是你啦。

原來如此！

········ 「誰が」 VS. 「誰か」 ········

「誰が〜」的意思是「誰〜（做什麼、是什麼人）」，「誰か」則是代稱「某個人」，這裡的「か」是表示語氣的不確定。

～は誰ですか

～是誰？

按照日文的文法規則，「～は誰ですか」前面通常加名詞。「～は誰ですか」意思是「～是誰？」。

～は誰ですか。

♪105-02	01	あの人	那個人是誰？
♪105-03	02	眼鏡をかけている人	戴著眼鏡的人是誰？
♪105-04	03	カメラを持っている人	拿著相機的人是誰？
♪105-05	04	マッサージに行く人	去做按摩的人是誰？
♪105-06	05	足裏マッサージに行かない人	不去做腳底按摩的人是誰？
♪105-07	06	お茶を飲まない人	不喝茶的人是誰？
♪105-08	07	あなたの日本語の先生	您的日文老師是誰？
♪105-09	08	パーティーの主催者	派對的主辦人是誰？
♪105-10	09	担当医	主治醫師是誰？
♪105-11	10	欠席したの	缺席的人是誰？

♪105-01

> マッサージに行く人は誰ですか。

要去做按摩的是誰？

みんな行きます。

大家都要去。

補充單字

足裏マッサージ 名 腳底按摩／**主催者** 名 主辦人／**担当医** 名 主治醫師

對話練習 ♪105-12

A：ここにあった賞味期限切れのケーキ、食べたのは誰？

剛剛在這裡的過期蛋糕，是誰吃掉的？

B：僕、道理でさっきから下痢するわけだ。

是我，難怪從剛才就在拉肚子。

還可以這樣說！

「どなた」

「どなた」是「誰」的尊敬語，和朋友或家人聊天時用「誰」就可以，跟客人或地位較高者說話時，使用「どなた」比較好。

何～たいですか
您想要（做）～什麼？

按照日文的文法「<ruby>何<rt>なに</rt></ruby>～たいですか」中間可以配合動詞ます形使用。「<ruby>何<rt>なに</rt></ruby>～たいですか」意思是「您想要（做）什麼？」。

<ruby>何<rt>なに</rt></ruby>～たいですか。

♪106-02 01	が<ruby>食<rt>た</rt></ruby>べ	您想要吃什麼？
♪106-03 02	が<ruby>見<rt>み</rt></ruby>	您想要看什麼？
♪106-04 03	が<ruby>聞<rt>き</rt></ruby>き	您想要聽什麼（音樂）？
♪106-05 04	がし	您想做什麼？
♪106-06 05	が<ruby>作<rt>つく</rt></ruby>り	您想製作什麼？
♪106-07 06	が<ruby>飲<rt>の</rt></ruby>み	您想要喝什麼？
♪106-08 07	に<ruby>乗<rt>の</rt></ruby>り	您想要搭什麼？
♪106-09 08	を<ruby>始<rt>はじ</rt></ruby>め	您想要開始做什麼？
♪106-10 09	を<ruby>参観<rt>さんかん</rt></ruby>し	您想要參觀什麼？
♪106-11 10	で<ruby>行<rt>い</rt></ruby>き	你想要搭什麼交通工具去？

♪106-01

<ruby>何<rt>なに</rt></ruby>を<ruby>参観<rt>さんかん</rt></ruby>したいですか。

您想要參觀什麼？

<ruby>博物館<rt>はくぶつかん</rt></ruby>を<ruby>参観<rt>さんかん</rt></ruby>したいです。

想參觀博物館。

○ 補充單字

<ruby>聞<rt>き</rt></ruby>きます 動 聽／します 動 做／<ruby>乗<rt>の</rt></ruby>ります 動 搭

Q 對話練習 ♪106-12

A：<ruby>今日<rt>きょう</rt></ruby>は<ruby>何<rt>なに</rt></ruby><ruby>食<rt>た</rt></ruby>べたい？
今天想吃什麼？

B：<ruby>君<rt>きみ</rt></ruby>の<ruby>手作<rt>てづく</rt></ruby>りハンバーグがいいな。
想吃你做的漢堡排。

原來如此！

·························· 「なに」 VS. 「なん」 ··························

「なに」和「なん」漢字都寫作「何」。單獨出現「何」則根據後面的助詞來決定念法。若是單字則有固定的念法。「なに」通常搭配から、が、で、に、まで、を，「なん」則是で、に，「で、に」兩者都會用到；「なんで、なんに」是口語，「なにで、なにに」則是比較正式、書面的用法。

どのくらい〜か

多少〜、多久〜？

按照日文的文法規則，「どのくらい〜か」前面加名詞，中間可以加動詞，這句型通常用來打聽時間和價錢。「どのくらい〜か」意思是「多少〜、多久〜？」。

どのくらい〜か。

♪107-02	01	駅まで |★| かかります |★|	到車站需要多久？
♪107-03	02	東京から大阪まで |★| かかります |★|	從東京到大阪需要多久？
♪107-04	03	|★| で着きます |★|	需要多久到達？
♪107-05	04	修理に |★| かかります |★|	修理好需要多久？
♪107-06	05	裾直しに |★| かかります |★|	修改褲子需要多久？
♪107-07	06	温泉に |★| 入っています |★|	泡溫泉泡了多久？
♪107-08	07	散歩します	要散步多久？
♪107-09	08	自転車に乗ります	騎腳踏車要騎多久？

♪107-01

裾直しにどのくらいかかりますか。

修改褲子需要多久呢？

1時間くらいです。

要一個小時喔。

● 補充單字

着きます 動 到達／裾直し 名 修改褲子的長度／温泉に入ります 動 泡溫泉

● 對話練習　♪107-10

A：わあ、人がいっぱい。どのくらい待つのかな。
哇，人山人海。這要等多久啊。

B：さあ、1時間くらいかな。
誰知道，大概1個小時吧。

還可以這樣說！

「どれくらい」

「どのくらい」和「どれくらい」都是「多少〜、多久〜？」的意思，可以交換使用，如：「どのくらい歩きますか（要走多久？）」、「どれくらい遊びますか（要玩多久？）」等。

どの～か

哪一個～？

按照日文的文法規則，「どの～か」中間可以加名詞和動詞。「どの～か」意思是「哪一個～？」。

どの～か。

♪108-02	01 **駅で降ります**	在哪一個車站下車呢？
♪108-03	02 **バス停で降ります**	在哪一個公車站下車呢？
♪108-04	03 **お土産にします**	要買哪一個名產呢？
♪108-05	04 **カメラにします**	要買哪一個相機呢？
♪108-06	05 **味にします**	要用哪一個口味呢？
♪108-07	06 **色にします**	要用哪一個顏色呢？
♪108-08	07 **タイプにします**	要用哪一個型式呢？
♪108-09	08 **デザートにします**	要吃哪一個甜點呢？
♪108-10	09 **飲み物にします**	要喝哪一個飲料呢？
♪108-11	10 **ケーキにします**	要吃哪一個蛋糕呢？

♪108-01

どの色にしますか。

哪一個顏色好呢？

赤にします。

紅色的吧。

> **補充單字**
>
> **味** 名 口味／**タイプ** 名 型式／**デザート** 名 甜點

> **對話練習** ♪108-12

A：ねえ、ねえ、どの子がいちばん可愛いと思う？
喂、喂，你覺得哪一個最可愛？

B：この口だけ白くて、顔が黒いやつかな。
只有嘴巴是白的以外，臉全是黑的這個吧。

原來如此！

.... **「どの」 VS. 「どれ」** ....

「どの」後面一定要接名詞，「どの」不能單獨使用。例如，「どの傘（哪支傘？）」、「どのかばん（哪個包包？）」等。「どれ」可以單獨使用，例如，「どれが」、「どれを」等。

どちら～か
哪一個～？

按照日文的文法規則，「どちら～か」中間可以加名詞、動詞或形容詞。「どちら～か」意思是「哪一個～？」，一般適用於二選一的情況，如果有更多選項的話使用「どれ」。

どちら～か。

♪109-02	01	**がいいです**	哪一個比較好？
♪109-03	02	**がお薦めです**	哪一個比較推薦的？
♪109-04	03	**が人気があります**	哪一個是比較受歡迎的？
♪109-05	04	**が好きです**	喜歡哪一個？
♪109-06	05	**がお得です**	哪一個較划算？
♪109-07	06	**があなたの傘です**	哪一把是您的雨傘？
♪109-08	07	**を選びます**	要選哪一個？
♪109-09	08	**を買います**	要買哪一個？
♪109-10	09	**を食べます**	要吃哪一個？

♪109-01

どちらがきれいに
見えますか。

哪一件看起來比較漂亮
呢？

こちらのほうがき
れいに見えます
よ。

這一件看起來比較漂
亮。

補充單字

お薦め 名 推薦／**人気** 名 受歡迎／**お得** 形 划算

對話練習 ♪109-11

A：この赤い茶碗と黒い茶碗、どちらがいいかな？
這個紅色的茶碗和黑色的茶碗，哪一個比較好呢？

B：この黒い茶碗のほうが赤いツバキが目立ってきれいだと思うよ。
這個黑色的茶碗上紅色的山茶花很顯眼，我覺得很漂亮。

還可以這樣說！

・・・・・・・・・・・・・・・・・・・・・・・ 「どちら」、「どれ」 ・・・・・・・・・・・・・・・・・・・・・・・

「どちら」是比較有禮貌、正式的用法，若是跟朋友或較熟的人聊天則可以用「どこ」來取代，像是「どちらがいいですか」，若是跟比較熟的人聊天，就可以說「どれがいいかな」。

109

どれ〜か

哪一個〜？

按照日文的文法規則，「どれ〜か」中間可以加上名詞、動詞或形容詞。「どれ〜か」意思是「哪一個〜？」，是從很多選項中選一個。

どれ〜か。

♪110-02	01	があなたの傘です	哪一把是您的雨傘？
♪110-03	02	がいちばん好きです	哪一個是最喜歡的？
♪110-04	03	がいちばん気に入りました	哪一個是最喜歡的？
♪110-05	04	があなたの作品です	哪一個是您的作品？
♪110-06	05	があなたの注文したものです	哪一個是您點的餐點？
♪110-07	06	がわたしたちのバスです	哪一台是我們要搭的公車？
♪110-08	07	にします	要哪一個呢？
♪110-09	08	を食べます	要吃哪一個呢？
♪110-10	09	を選びます	要選哪一個呢？

♪110-01

> どれがあなたのスーツケースですか。
>
> 哪一個是您的行李箱？

> その青いスーツケースです。
>
> 藍色的那個。

▶ 補充單字

気に入ります 動 中意／注文します 動 點菜／スーツケース 名 行李箱

Q 對話練習　♪110-11

A：どれがあなたの傘ですか？
　　哪一個是您的傘？
B：みんな同じ透明のビニール傘でわかりませんね。
　　全部都是透明的塑膠傘，分辨不出來。

原來如此！

⋯⋯⋯⋯「どれ」 VS. 「どれどれ」⋯⋯⋯⋯

「どれ」是「哪個」。「どれどれ」不是「哪個哪個」，而是「給我看一下」的意思，要注意！

～はどちらですか
～哪一個、在哪裡？

按照日文的文法規則，「～はどちらですか」前面通常加名詞。「～はどちらですか」意思是「～在哪裡？」或是「～是哪一個？」，屬於比較禮貌的說法。

♪111-01

八重洲口はどちら
ですか。

八重洲口在哪裡？

そちらです。

在那裡。

～はどちらですか。

♪111-02	01	八重洲口	八重洲口在哪裡？
♪111-03	02	浅草	淺草在哪裡？
♪111-04	03	あなたの料理	您的料理是哪一個？
♪111-05	04	あなたの荷物	您的行李是哪一個？
♪111-06	05	あなたのコート	您的外套是哪一件？
♪111-07	06	席	位子在哪裡？
♪111-08	07	ご出身	您的出身地在哪裡？
♪111-09	08	お勤め	在哪裡上班？
♪111-10	09	ご実家	老家在哪裡？
♪111-11	10	ご両親	您的父母在哪裡？

補充單字

八重洲口 名 東京車站的出口之一／コート 名 外套／席 名 位子／お勤め 名 上班的地方

對話練習 ♪111-12

A：ご出身はどちらですか？
您在哪裡出生？
B：大阪ですよ。関西弁わかりますか？
是大阪喔。你懂關西腔嗎？

還可以這樣說！

「どちら」、「どこ」

「どちら」是比較有禮貌、正式的用法，若是跟朋友或較熟的人聊天則可以用「どこ」來取代，像是「ご出身はどちらですか」，若是跟比較熟的人聊天，就可以說「どこ出身ですか」。

疑問詞 + も〜ませんか

都不〜嗎？

按照日文的文法規則，「も〜ませんか」，も前面通常加疑問詞。
而「ませんか」前面則通常加動詞。「疑問詞 + も〜ません
か」意思是「都不〜嗎？」或「也不〜嗎？」。

〜も〜ませんか。

♪112-02	01	何 |★| 飲み |★|	什麼東西都不喝嗎？
♪112-03	02	何 |★| 食べ |★|	什麼都不吃嗎？
♪112-04	03	どこ |★| 行き |★|	哪裡都不去嗎？
♪112-05	04	誰 |★| い |★|	任何人都不在嗎？
♪112-06	05	何 |★| いり |★|	什麼都不要嗎？
♪112-07	06	何 |★| あり |★|	什麼都沒有嗎？
♪112-08	07	何 |★| 見え |★|	什麼都看不見嗎？
♪112-09	08	誰 |★| 行き |★|	誰都不去嗎？
♪112-10	09	何 |★| 感じ |★|	什麼都感覺不到嗎？
♪112-11	10	どこ |★| 痛くあり |★|	哪裡都不會痛嗎？

♪112-01

どうして何も食べ
ませんか。

為何什麼都不吃？

お腹が痛いんで
す。

因為肚子很痛。

補充單字

います 動 在／いります 動 要／あります 動 有

對話練習 ♪112-12

A：すみません。誰もいませんか？
不好意思。沒有人在嗎？

B：は〜い。いますよ。どうもお待たせいたしました。
來了。有人在喔。不好意思久等了。

原來如此！

················ 「疑問詞 + も」 VS.「疑問詞 + でも」 ················

疑問詞後面接「も」的話，一般要接動詞的否定形，如：「何も食べません（什麼
都不吃）」、「どこも行きません（哪都不去）」等。疑問詞後面若接「でも」的
話，則要接動詞的肯定形，如：「何でも食べます（什麼都吃）」、「どこでも行
きます（哪都去）」等。

いくら〜ても〜

無論〜

也按照日文的文法規則，「いくら〜ても〜」後面通常使用名詞、形容詞或動詞。「いくらても〜」意思是「無論〜也」。

いくら〜ても〜

♪113-02 01	｜★｜ 食べ ｜★｜ お腹がいっぱいになりません。	無論吃了多少，也不會感到飽足。
♪113-03 02	｜★｜ 飲んでも飲み足りません。	無論喝了多少，也不會足夠。
♪113-04 03	｜★｜ 寝 ｜★｜ 寝られます。	無論睡了多久，也可以睡得著。
♪113-05 04	｜★｜ 考え ｜★｜ わかりません。	無論想了多少次，也無法瞭解。
♪113-06 05	｜★｜ 勉強し ｜★｜ 成績が悪いです。	無論多努力念書，成績還是很差。
♪113-07 06	｜★｜ 高く ｜★｜ 買います。	無論多昂貴，也要買。
♪113-08 07	｜★｜ よく ｜★｜ 高すぎます。	無論多麼好，也是太貴了。
♪113-09 08	｜★｜ 暑く ｜★｜ クーラーをつけません。	無論多熱，也不會開冷氣。

♪113-01

お客様、こちらの商品はたいへんすばらしいですよ。

這位客人，這裡的商品非常好喔！

いくらよくても高すぎます。

無論多好，也是太昂貴了。

補充單字

考えます 動 思考／勉強します 動 用功／よくて 形 好／クーラー 名 冷氣

對話練習 ♪113-10

A：いくら努力しても痩せないんです。

無論怎麼努力，也瘦不下來。

B：そんなに間食ばかりしてたら、痩せるわけないでしょ。

老是那麼吃零食，瘦得下來才奇怪吧。

還可以這樣說！

「どんなに〜ても〜」

「どんなに〜ても〜」意思是「無論怎麼〜也〜」，如：「どんなに雨が強くても行きます（無論雨下得多大，也要去）」、「操作がどんなに簡単でもわかりません（無論操作方法多簡單，也搞不懂）」等。

〜は何^{なん}ですか
〜是什麼？

按照日文的文法規則，「〜何^{なん}ですか」前面通常配合名詞。「〜は何^{なん}ですか」意思是「〜是什麼？」。

〜何^{なん}ですか。

♪114-02 01	これは	這個是什麼？
♪114-03 02	この赤^{あか}いものは	這個紅色的東西是什麼？
♪114-04 03	このマークは	這個標記是什麼？
♪114-05 04	これは英語^{えいご}で	這個的英文是什麼？
♪114-06 05	それは日本語^{にほんご}で	那個的日文是什麼？
♪114-07 06	今日^{きょう}の予定^{よてい}は	今天的預定行程是什麼？
♪114-08 07	今日^{きょう}の昼^{ひる}ごはんは	今天的午餐是什麼？
♪114-09 08	今日^{きょう}の授業^{じゅぎょう}は	今天的課程是什麼？
♪114-10 09	今年^{ことし}の目標^{もくひょう}は	今年的目標是什麼？
♪114-11 10	やりたいことは	想做的事情是什麼？

♪114-01

それは日本語^{にほんご}で何^{なん}ですか。

那個東西的日文是什麼？

唐辛子^{とうがらし}です。

辣椒。

(▷ 補充單字)

マーク 名 標誌／**予定**^{よてい} 名 行程／**やりたいこと** 名 想做的事

(Q 對話練習)　♪114-12

A：趣味^{しゅみ}は何^{なん}ですか？
你的興趣是什麼？

B：筋^{きん}トレですよ。見^みてください。この筋肉^{きんにく}を！
是鍛鍊肌肉喔。請看看這個肌肉！

還可以這樣說！

············ **「〜は何^{なん}でしょうか」** ············

「何^{なん}でしょうか」一般來說是比「何^{なん}ですか」更禮貌的說法，所以對客人或地位較高的人，使用「何^{なん}でしょうか」會比較好。

〜はありますか

有〜嗎？

根據日文的文法規則，「〜はありますか」前面通常加想要詢問的東西、植物等事物。「〜はありますか」意思是「有〜嗎？」。

〜はありますか。

♪115-02	01	**赤** <small>あか</small>	有紅色的嗎？
♪115-03	02	**黒** <small>くろ</small>	有黑色的嗎？
♪115-04	03	**唐辛子** <small>とうがらし</small>	有辣椒嗎？
♪115-05	04	**お酢** <small>す</small>	有醋嗎？
♪115-06	05	**もっと大きいの** <small>おお</small>	有大一點的嗎？
♪115-07	06	**もっと小さいの** <small>ちい</small>	有小一點的嗎？
♪115-08	07	**この本** <small>ほん</small>	有這本書嗎？
♪115-09	08	**お酒** <small>さけ</small>	有酒嗎？
♪115-10	09	**喉飴** <small>のどあめ</small>	有喉糖嗎？
♪115-11	10	**マスク**	有口罩嗎？

♪115-01

これは少し大きいですね。もっと小さいのはありますか。

這個好像有點大耶。有小一點的嗎？

はい、少々お待ちください。

好，請稍待片刻。

▶ 補充單字

唐辛子 <small>とうがらし</small> 名 辣椒／**お酢** <small>す</small> 名 醋／**喉飴** <small>のどあめ</small> 名 喉糖／**マスク** 名 口罩

Q 對話練習 ♪115-12

A：**国産ワインはありますか？** <small>こくさん</small>
有國產的葡萄酒嗎？

B：**はい、こちらにございます。今なら試飲もできます。** <small>いま　しいん</small>
有的，在這裡。現在還可以試喝。

還可以這樣說！

‥‥‥‥‥‥ **「〜はございますか」** ‥‥‥‥‥‥

「ございます」是「あります」更有禮貌的說法，所以上述例句若是對地位較高者，或是想表達尊敬時，可以說「この本はございますか」或「国産ワインはございますか」等。

〜はいますか
有〜嗎、〜在嗎？

根據日文的文法規則，「〜はいますか」前面通常加想要詢問的人、動物、魚、蟲等事物。「〜はいますか」意思是「有〜嗎？」或「〜在嗎？」。

〜はいますか。

♪116-02	01	**マネージャー**	經理在嗎？
♪116-03	02	**上野動物園にパンダ**	上野動物園裡有貓熊嗎？
♪116-04	03	**ここにコアラ**	這裡有無尾熊嗎？
♪116-05	04	**この海に鮫**	這片海域會有鯊魚嗎？
♪116-06	05	**この山に熊**	這座山會有熊嗎？
♪116-07	06	**この公園に栗鼠**	這座公園會有松鼠嗎？
♪116-08	07	**この山に猿**	這座山有猴子嗎？
♪116-09	08	**この川に魚**	這條河會有魚嗎？
♪116-10	09	**日本にカブトムシ**	日本會有甲蟲嗎？
♪116-11	10	**あなたの家に犬**	你家有養狗嗎？

♪116-01

> この山に熊はいますか。
>
> 這座山有熊嗎？

> ええ、いますよ。気をつけましょう。
>
> 有，會有熊喔，我們還是小心一點。

補充單字

マネージャー 名 經理／**パンダ** 名 貓熊／**コアラ** 名 無尾熊／**栗鼠** 名 松鼠

對話練習 ♪116-12

A：営業部の鈴木さんはいますか？
業務部的鈴木先生在嗎？

B：今、席を外してます。
現在不在座位上。

原來如此！

「いる」 VS. 「ある」

「いる、ある」或是ます形「います、あります」，都有「有……」的意思。「いる」用於能自行動作的對象，「ある」的對象則無法自行動作，並不是以有無生命來區別用法。例如植物是活的，但要用「ある、あります」。另外要注意，活的動物使用「いる」，但是對象死亡後就要改用「ある」。

～ですか

～嗎？

根據日文的文法規則，「～ですか」前面通常加名詞。「～ですか」意思是「～嗎？」或「～呢？」。

～ですか。

♪117-02	01	これは何	這是什麼呢？
♪117-03	02	これはいくら	這個多少錢呢？
♪117-04	03	これは牛肉	這是牛肉嗎？
♪117-05	04	それは豚肉	那是豬肉嗎？
♪117-06	05	あれは鶏肉	那是雞肉嗎？
♪117-07	06	外は雨	外面在下雨嗎？
♪117-08	07	外は暑い	外面熱嗎？
♪117-09	08	外は寒い	外面冷嗎？
♪117-10	09	これはどこの	這是哪裡製作的呢？
♪117-11	10	賞味期限はいつ	保存期限到什麼時候呢？

♪117-01

賞味期限はいつですか。

保存期限到什麼時候呢？

こちらに書いてあります。

這裡有註明。

◉ 補充單字

外 名 外面／賞味期限 名 保存

Q 對話練習 ♪117-12

A：これがドリアンですか！初めて見ました。
這就是榴槤嗎！我還是第一次見到。

B：とっても臭いでしょ？
非常臭吧？

原來如此！

·········· **「名詞、形容詞 + ですか」** ··········

詢問對象是名詞或形容詞的問句，要使用「～ですか」的形式，若是動詞則要用「～ますか」，要注意不要用錯了。

どうやって〜ますか
如何〜？

「どうやって〜ますか」中間通常加想要詢問的方法。「どうやって〜ますか」意思是「如何〜？」。

どうやって〜ますか。

♪118-02	01	行き	如何去？
♪118-03	02	食べ	如何吃？
♪118-04	03	使い	如何使用？
♪118-05	04	開け	如何打開？
♪118-06	05	連絡し	如何聯絡？
♪118-07	06	閉め	如何關閉？
♪118-08	07	つけ	如何開啟？
♪118-09	08	消し	如何關？
♪118-10	09	操作し	如何操作？
♪118-11	10	予約し	如何預約？

♪118-01

> このカメラ、どうやって操作しますか。

這台相機要如何操作？

> ここを押してください。

請按一下這裡。

▶ 補充單字

閉めます 動 用手關閉／**つけます** 動 開電源／**消します** 動 關電源

Q 對話練習　♪118-12

A：この果物、どうやって食べるの？不思議な果物ね。
這個水果要如何吃呢？真是不可思議的水果。

B：これはね。素手では食べられないから、こうやって包丁で切るんだよ。
這個啊。因為沒辦法直接用手吃，所以要像這樣用菜刀切開喔。

還可以這樣說！

…………　「どうやって + 動詞」「どのように + 動詞」　…………

當詢問如何做某事時，除了用「どうやって + 動詞」，也可以用「どのように + 動詞」，像是「どのように行きますか」、「どのように操作しますか」跟原本的句子也是一樣的意思。

どうして～ますか
為什麼～？

「どうして～ますか」前面通常加想知道的原因。「どうして～ますか」意思是「為什麼～？」。

どうして～ますか。

♪119-02	01	これを買い	為什麼要買這個？
♪119-03	02	これを使い	為什麼要使用這個？
♪119-04	03	この会社を選びましたか。	為什麼要選擇這間公司？
♪119-05	04	この学校を選びましたか。	為什麼要選擇這間學校？
♪119-06	05	納豆を食べ	為什麼要吃納豆？
♪119-07	06	ビールを飲み	為什麼要喝啤酒？
♪119-08	07	旅行に行き	為什麼要去旅行？
♪119-09	08	音楽を聞き	為什麼要聽音樂？
♪119-10	09	足裏マッサージに行き	為什麼要去腳底按摩？
♪119-11	10	髪を染め	為什麼要染頭髮？

♪119-01

どうして髪を染めますか。

為什麼要染頭髮？

白髪が多いからです。

因為白頭髮很多。

> **補充單字**
>
> **ビール** 名 啤酒／**足裏** 名 腳底／**マッサージ** 名 按摩／**髪を染めます** 動 染頭髮

> **對話練習** ♪119-12
>
> A：どうしていつも遅刻するの？
> 　　為什麼總是遲到呢？
> B：君のためにおしゃれしてるからだよ。
> 　　因為在為你梳妝打扮啊。

原來如此！

·············· 「どうして」 VS. 「どうにかして」 ··············

「どうして～」是「為什麼～？」，「どうにかして」則是「想辦法～」如：「どうにかして欲しいものを手に入れる（想辦法獲得想要的東西）」兩者是完全不同的用法。

〜はどうしてですか
為什麼〜呢？

按照日文的文法，「〜はどうしてですか」前方通常加行為。「〜はどうしてですか」意思是「為什麼〜呢？」。

〜はどうしてですか。

♪120-02	01	行かないの	為什麼不去呢？
♪120-03	02	勉強するの	為什麼要念書呢？
♪120-04	03	テレビを見るの	為什麼要看電視呢？
♪120-05	04	これがいいの	為什麼覺得這個東西好呢？
♪120-06	05	人気があるの	為什麼很受歡迎呢？
♪120-07	06	写真を撮るの	為什麼要拍照呢？
♪120-08	07	逃げるの	為什麼要逃走呢？
♪120-09	08	いつも傘を持っているの	為什麼一直帶著雨傘呢？
♪120-10	09	マスクをするの	為什麼要戴口罩呢？
♪120-11	10	カラーコンタクトをするの	為什麼要戴彩色隱形眼鏡呢？

♪120-01

カラーコンタクトをするのはどうしてですか。

為什麼要戴彩色隱形眼鏡呢？

目がきれいに見えるからです。

因為眼睛看起來比較漂亮。

▶ 補充單字

逃げます 動 逃避／**マスク** 名 口罩／**カラーコンタクト** 名 彩色隱形眼鏡

Q 對話練習 ♪120-12

A：今日、遅刻したのはどうして？理由を言ってちょうだい。
今天為什麼遲到？說說看理由。

B：申し訳ありません。僕が全部悪いんです。
非常抱歉。都是我不好。

還可以這樣說！

·········· 「どうして」「なぜ」 ··········

「どうして」跟「なぜ」都可以用來表示「為什麼？」，像是「行かないのはどうしてですか」，可以說「行かないのはなぜですか」，也可以說「なぜ行かないのですか」。

〜はどうですか
〜如何？

按照日文的文法，「〜はどうですか」前面通常加名詞。「〜はどうですか」意思是「〜如何？」，用於詢問別人的意見。

〜はどうですか。

♪121-01

♪121-02	01	**これ**	這個如何？
♪121-03	02	**お茶**	喝茶如何？
♪121-04	03	**今日の天気**	今天的天氣如何？
♪121-05	04	**試験はどうでしたか。**	考試考得如何？
♪121-06	05	**味**	味道如何？
♪121-07	06	**香り**	香味如何？
♪121-08	07	**この店のサービス**	這間店的服務如何？
♪121-09	08	**デザイン**	設計如何？
♪121-10	09	**仕事**	工作如何？
♪121-11	10	**日本の生活**	日本的生活如何？

日本の生活はどうですか。

日本的生活如何？

もう慣れましたよ。

已經習慣了。

▶ 補充單字

香り 名 香味、香氣／**サービス** 名 服務／**デザイン** 名 設計／**仕事** 名 工作

Q 對話練習　♪121-12

A：これはどう？似合うと思う？
　　這個如何？覺得適合我嗎？
B：う〜ん、僕の好みじゃないな。
　　嗯〜不是我的菜。

還可以這樣說！

·············· **「〜はいかがですか」** ··············

「〜はいかがですか」相較「〜はどうですか」更為禮貌，常在與地位較高者，或是服務業接客時使用，像是「お茶はいかがですか」就是在禮貌地詢問要不要喝茶。

実戦会話トレーニング
聊天實戰演習

剛剛學完的句型你都融會貫通了嗎？現在就來測驗看看自己是否能應付以下情境吧！試著用所學與以下四個人物對話，再看看和參考答案是否使用了一樣的句型。若發現自己對該句型不熟悉，記得再回頭複習一遍喔！

表達情緒或個人喜好的句型

01 ♪122-01

A：_____

哪天想要兩個人一起環遊世界？

B：いつかじゃなくて、今すぐ行こうよ！

不要哪天，現在就出發吧！

02 ♪122-02

A：_____

您打算什麼時候接種疫苗嗎？

B：2月下旬に打つ予定です。

我預計二月下旬接種。

03 ♪122-03

A：_____

哪一個是您的傘？

B：みんな同じ透明のビニール傘でわかりませんね。

全部都是透明的塑膠傘，分辨不出來。

04 ♪122-04

A：_____

為什麼總是遲到呢？

B：君のためにおしゃれしてるからだよ。

因為在為你梳妝打扮啊。

參考答案 答え：
1. いつか二人で世界一周旅行したいなあ。 → 句型052 P.073
2. ワクチンはいつ打つつもりですか？ → 句型076 P.097
3. どれがあなたの傘ですか？ → 句型089 P.110
4. どうしていつも遅刻するの？ → 句型098 P.119

PART

[否定]

3

～ないように～

為了避免～就～

根據日文的文法規則，「～ないように～」前面大部分都是使用動詞否定形。「～ないように～」意思是「為了避免～就～」。

～ないように～

♪124-02	01	風邪をひか │★│ 上着を着ます。	為了避免感冒就穿上外套。
♪124-03	02	蚊に刺され │★│ 虫除けを塗ります。	為了避免被蚊子叮咬就塗上防蚊液。
♪124-04	03	朝遅刻し │★│ 早く寝ます。	為了避免早上遲到就早點睡。
♪124-05	04	病気になら │★│ 運動します。	為了避免生病就多運動。
♪124-06	05	遅れ │★│ 早く出ます。	為了避免遲到就早點出門。
♪124-07	06	騙され │★│ 気をつけます。	為了避免被騙就小心點。
♪124-08	07	失くさ │★│ しまいます。	為了避免遺失就收好。
♪124-09	08	忘れ │★│ メモします。	為了避免忘記就作筆記。

♪124-01

滑りやすいですから、転ばないように注意してください。

這裡很滑，為了避免跌倒就小心一點。

はい、気をつけます。

好，我會小心的。

> **補充單字**

風邪 名 感冒／**気をつけます** 動 小心／**メモします** 動 做筆記／**転びます** 動 跌倒

> **對話練習** ♪124-10

A：風邪をひかないように、手洗いやアルコール消毒は欠かせないね。
為了避免感冒，洗手和酒精消毒都是不可或缺的。

B：今、誰もがアルコール消毒してるから、以前よりインフルエンザにかかる人が減ったらしいよ。
因為大家現在都會酒精消毒，罹患流感的人好像比以前少了。

還可以這樣說！

「～ずに済むように」

「ないように」是比較口語的說法，意思是「為了避免～」，如「忘れないようにメモします（為了避免忘而記下來）」。另外，「～ずに済むように」是「不必～就～」。如「現地で買わずに済むように前もって傘を買っておきます（為了避免在當地買傘，事先買好）」，類似的用法。

〜てはいけません
不可以〜

根據日文的文法規則，「〜てはいけません」前面通常加動詞て
形。「〜てはいけません」意思是「不可以〜」。

♪125-01

〜てはいけません。

♪125-02 01	お酒を飲んだら運転し	喝酒之後不可以開車。
♪125-03 02	発熱したら運動し	發燒不可以做運動。
♪125-04 03	ここで写真を撮っ	不可以在這裡拍照。
♪125-05 04	廊下を走っ	不可以在走廊奔跑。
♪125-06 05	草木を踏んではいけません。	不可以踐踏植物。
♪125-07 06	ここにごみを捨て	不可以在這裡亂丟垃圾。
♪125-08 07	ここで飲食し	不可以在這裡吃東西。
♪125-09 08	ここでケータイ電話を使っ	不可以在這裡使用手機。
♪125-10 09	大声で話し	不可以在這裡大聲喧嘩。
♪125-11 10	ボールペンを使っ	不可以使用原子筆。

ここで写真を撮っ
てはいけません
よ。

不可以在這裡拍照攝
影。

はい、わかりまし
た。

好，我知道了。

◉ 補充單字

発熱します 動 發燒／**写真を撮ります** 動 拍照／**廊下** 動 走廊／**ボールペン** 名 原子筆

◉ 對話練習 ♪125-12

A：たかし、展示物に触ってはいけませんよ！
　　阿武，不可以摸展示品。

B：は〜い。触ってなんかいないよ。見てるだけだよ。
　　好啦。我沒有摸，只是看著而已。

還可以這樣説！

「〜しちゃだめ」

「〜てはいけない」是比較正式的説法，表示「禁止；不可以〜」，如「ここで泳いではいけません（不可以在這裡游泳）」。而「〜しちゃダメ」是比較口語的説法，如「ここで泳いじゃだめ（不可以在這裡游泳）」。一般對晚輩使用。

～てはだめです
不可以～

根據日文的文法規則，「～てはだめです」前面通常使用動詞て形，「～てはだめです」這個句型是對晚輩說話時使用，意思是「不可以～」。

～てはだめです。

♪126-02 01	これに触っ	不可以觸碰這個。
♪126-03 02	ここで泳いではだめです。	不可以在這裡游泳。
♪126-04 03	ここで騒いで	不可以在這裡吵鬧。
♪126-05 04	ここに座っ	不可以坐在這裡。
♪126-06 05	これを使っ	不可以使用這個。
♪126-07 06	辛い物を食べ	不可以吃辣的食物。
♪126-08 07	コーヒーを飲んで	不可以喝咖啡。
♪126-09 08	ここでたばこを吸っ	不可以在這裡吸菸。
♪126-10 09	ここで遊んではだめです。	不可以在這裡玩。
♪126-11 10	怠け	不可以懶惰。

♪126-01

危ないですからこ
こで泳いではだめ
ですよ。

這裡很危險，不可以在
這裡游泳。

わかりました。

我知道了。

> 補充單字

触ります 動 摸／**騒ぎます** 動 吵鬧／**怠けます** 動 懶惰

> 對話練習 ♪126-12

A：まだできてないんだから、こっそりつまみ食いなんかしちゃだめよ。
我還沒做好，所以不可以偷吃喔。

B：わかってるよ。もう、おなかペコペコだよ。
知道啦。真是的，我已經餓扁了。

原來如此！

·········· 「だめ」 VS. 「だめな」 ··········

「だめ」是「不行、不可以～」的意思。一般對小孩子使用。另外「だめな」是「沒用的、不方便的」意思。雖然只差一個「な」字，意思完全不同。

〜動詞辭書形 ＋ な（禁止形）
不要〜

根據日文的文法規則，「〜な」前面通常要使用動詞辭書形，也就是動詞普通體的表現形式。「〜動詞辭書形 ＋ な（禁止形）」意思是「不要〜」。

〜な。

♪127-02	01	行く	不要去。
♪127-03	02	入る	不要進去。
♪127-04	03	飲む	不要喝。
♪127-05	04	食べる	不要吃。
♪127-06	05	触る	不要碰。
♪127-07	06	開ける	不要開。
♪127-08	07	相手にする	不要理人。
♪127-09	08	無視する	不要不理人。
♪127-10	09	アップロードする	不要上傳。

♪127-01

> それをダウンロードするな。

不要下載那個。

> コンピューターウイルスですか。

是電腦病毒嗎？

○ 補充單字

ダウンロードする 動 下載／**相手にする** 動 理人／**無視する** 動 不理人／**アップロードする** 動 上傳

Q 對話練習 ♪127-11

A：「ここで泳ぐな！」って書いてある。
　　上面寫著「不要在這裡游泳！」
B：こんな公園の池で泳ぐ人なんかいるのかな。
　　有人會在這種公園的池塘裡游泳嗎。

原來如此！

················ **「〜な」** VS. **「〜てはいけません」** ················

「動詞辭書形+な」是禁止形，意思是「不允許〜」，一般說話時很少使用。海邊或河邊常常有標誌「ここで泳ぐな！」。另外「動詞て形+てはいけません」是口語的禁止形，而且「動詞て形+てはいけません」常常教訓小孩子時使用，例如，老師對學生或父母對小孩子等等。

～ないでください

請不要～

根據日文的文法規則，「～ないでください」前面通常配合使用動詞否定形。「～ないでください」意思是「請不要～」。

～ないでください。

♪128-02	01	会議中は電話をし	開會中請不要使用手機。
♪128-03	02	ここに入ら	請不要進入這裡。
♪128-04	03	話さ	請不要説話。
♪128-05	04	知らせ	請不要通知。
♪128-06	05	教え	請不要告訴人家。
♪128-07	06	遅刻し	請不要遲到。
♪128-08	07	砂糖を入れ	請不要加糖。
♪128-09	08	氷を入れ	請不要加冰塊。
♪128-10	09	起こさ	請不要叫我起床。
♪128-11	10	寝	請不要睡。

♪128-01

氷は入れますか。

要加冰塊嗎？

氷は入れないでください。

請不要加冰塊。

補充單字

入れます 動 加／起こします 動 叫人家起床／寝ます 動 睡

對話練習 ♪128-12

A：お客さま、こちらでタバコは吸わないでください。
　　客人，請不要在這裡吸煙。

B：あっ、すみません。気づきませんでした。
　　哦，對不起。我沒有注意到。

原來如此！

·········· 「～ないでください」 VS. 「～てはいけません」 ··········

「動詞否定形+ないでください」和「動詞て形+てはいけません」，雖然都有禁止的意思，但是「動詞否定形+ないでください」可以對同輩使用，「動詞て形+てはいけません」只有針對晚輩使用。

〜ないほうがいいです
不要〜比較好

根據日文的文法規則，「〜ないほうがいいです」前面大多使用動詞否定形。「〜ないほうがいいです」意思是「不要〜比較好」。

〜ないほうがいいです。

♪129-02	01	行か		不要去比較好。
♪129-03	02	食べ		不要吃比較好。
♪129-04	03	飲ま		不要喝比較好。
♪129-05	04	電話番号を渡さ		不要公開電話號碼比較好。
♪129-06	05	知り合いになら		不要認識比較好。
♪129-07	06	聞か		不要問比較好。
♪129-08	07	参加し		不要參加比較好。
♪129-09	08	ダウンロードし		不要下載比較好。
♪129-10	09	信じ		不要相信比較好。
♪129-11	10	座ら		不要坐比較好。

♪129-01

台風ですから行かないほうがいいですよ。

颱風要來了，不要去比較好。

そうですね。

說的也是。

▶ 補充單字

渡します 動 交給／知り合いになります 動 認識／聞きます 動 問

🅠 對話練習　♪129-12

A：あっ、危ない！大丈夫ですか？傷口は触らないほうがいいですよ。
　　啊，危險！沒事吧？別碰傷口比較好喔。

B：血が出ているんですけど、どうしたらいいですか？
　　但血流出來了，我該怎麼辦？

原來如此！

………「〜ないほうがいいです」VS.「〜ほうがいいです」………

「動詞否定形＋ないほうがいいです」的意思是「不〜比較好」，「動詞辭書形＋ほうがいいです」的意思是「〜比較好」都是建議時使用的句型。

〜ないようにしてください
盡量不要〜

根據日文的文法規則，「〜ないようにしてください」前面通常使用動詞否定形。「〜ないようにしてください」意思是「盡量不要〜」。

〜ないようにしてください。

♪130-02	01	お酒は飲ま	盡量不要喝酒。
♪130-03	02	運動し	盡量不要運動。
♪130-04	03	たばこは吸わ	盡量不要抽菸。
♪130-05	04	ケータイ電話はかけ	盡量不要使用手機。
♪130-06	05	甘いものは食べ	盡量不要吃甜食。
♪130-07	06	コーヒーは飲ま	盡量不要喝咖啡。
♪130-08	07	もたれ	盡量不要倚靠。
♪130-09	08	徹夜し	盡量不要熬夜。
♪130-10	09	見	盡量不要看。
♪130-11	10	長時間ゲームをし	盡量不要長時間打電動。

♪130-01

目に悪いですから、長時間ゲームをしないようにしてください。

對眼睛不好，所以盡量不要長時間打電動。

はい、気をつけます。

好，我會注意的。

> **補充單字**
>
> 甘いもの 名 甜食／もたれます 動 倚靠／徹夜します 動 熬夜

> **對話練習** ♪130-12
>
> A：明日は出発の時間に遅れないようにしてくださいね。
> 明天出發的時請盡量不要間遲到。
>
> B：はい、わかりました。
> 是，我知道了。

還可以這樣說！

·············· 「〜ようにしてください」 ··············

「動詞否定形＋ないようにしてください」是「盡量不〜」，「動詞辭書形＋ようにしてください」是「盡量〜」。都是比較委婉的命令語。醫生常用這句型來勸導病人。

〜べからず
不應該〜

根據日文的文法規則，「〜べからず」前面通常加動詞辭書形。
「〜べからず」意思是「不應該〜」，是比較文言的用法。

〜べからず。

♪131-02	01	行く	不應該去。
♪131-03	02	入る	不應該進去。
♪131-04	03	泳ぐ	不應該游泳。
♪131-05	04	飲む	不應該喝。
♪131-06	05	食べる	不應該吃。
♪131-07	06	笑う	不應該笑。
♪131-08	07	座る	不應該坐。
♪131-09	08	立つ	不應該站。
♪131-10	09	話す	不應該説話。
♪131-11	10	書く	不應該寫。

♪131-01

「泳ぐべからず」
って、どういう
意味ですか。

「不應該游泳」是什麼
意思？

ここで泳ぐなとい
う意味ですよ。

在這裡不可以游泳的意
思。

▶ 補充單字

泳ぎます 動 游泳／**立ちます** 動 站立／**話します** 動 説話／**書きます** 動 寫

Ｑ 對話練習　♪131-12

A：「一寸の光陰軽んずべからず」の意味がわかりますか？
　　你知道「一寸光陰不可輕」的意思嗎？

B：はい、「少しの時間も無駄にしてはいけない」という意味です。
　　是，意思是「不應該浪費任何一點時間」。

原來如此！

・・・・・・・・・・　**「べからず」VS.「べきではない」**　・・・・・・・・・・

「べからず」和「べきではない」都是「不應該〜」的意思。兩者的差異是「べからず」是比較文言文，諺語常用這個句型來表達。「べきではない」是比較口語，勸導別人時使用。

〜べきではない
不應該〜

根據日文的文法規則，「〜べきではない」前面通常加動詞辭書形。「〜べきではない」意思是「不應該〜」，是較口語的說法。

〜べきではない。

♪132-02	01	借りた物を失くす	不應該弄丟借來的物品。
♪132-03	02	承諾する	不應該承諾。
♪132-04	03	逃げる	不應該逃避。
♪132-05	04	隠れる	不應該躲起來。
♪132-06	05	法律に違反する	不應該犯法。
♪132-07	06	運動する	不應該運動。
♪132-08	07	アドバイスする	不應該建議。
♪132-09	08	報告する	不應該報告。

♪132-01

台風が上陸しましたから、外へ行くべきではないですよ。

颱風已經登陸了，不應該再出門。

そうですね。危ないですからね。

說的也是，因為很危險。

◉ 補充單字

失します 動 遺失／隠れます 動 躲藏／アドバイスします 動 建議

Q 對話練習 ♪132-10

A：私は、子どもが欲しがるものを何でも与えるべきではないと思います。
　　我認為不應該孩子想要什麼就給他。

B：そうですね。何でも与えていたら、手に入らないものがあるということが理解できない大人になるかもしれませんからね。
　　沒錯。如果什麼都給他，他可能就會成為一個不明白有些東西是得不到的大人。

還可以這樣說！

・・・・・・・・・・・・・・・ **「べきである」** ・・・・・・・・・・・・・・・

「べきではない」是「不應該〜」，「べきである」是「應該〜」，都是說到「義務」和「建議」時使用到句型。例如「法律に違反するべきではない（不應該犯法）」、「法律を守るべきである（應該要守法）」。

〜ないで〜
不〜就〜

根據日文的文法規則，「〜ないで」前面通常使用動詞否定形。
「〜ないで〜」意思是「不〜就〜」，是比較口語化的用法。

〜ないで〜

♪133-02	01	起きないで寝ています。	不起床就一直睡。
♪133-03	02	地下鉄に乗らないで歩いて行きます。	不搭乗地鐵就走路去。
♪133-04	03	ケータイ電話を持たないで出かけます。	不帶手機就出門。
♪133-05	04	シートベルトを締めないで運転します。	不繋安全帶就開車。
♪133-06	05	テレビを消さないで寝ました。	不關電視就睡著了。
♪133-07	06	電気をつけないで本を読みます。	不開電燈就看書。
♪133-08	07	遊ばないで勉強します。	不玩就直接唸書。
♪133-09	08	働かないで毎日遊びます。	不工作就每天在玩。

♪133-01

わたしは芥子を入れないで納豆を食べます。

我不加黃芥末就直接吃納豆。

芥子を入れるとおいしくなりますよ。

加入黃芥末會更好吃喔。

◑ 補充單字

芥子 名 芥末／ケータイ電話 名 手機／シートベルト 名 安全帶／ヘルメット 名 安全帽

◑ 對話練習 ♪133-10

A：私は目玉焼きには何もかけないで、そのまま食べるのが好き。
　我荷包蛋喜歡不沾任何東西，直接吃。

B：僕はやっぱり、醤油か塩をかけないと食べられないなあ。
　我的話，不淋醬油和鹽就吃不下去。

原來如此！

-------- 「ないで」VS.「なくて」 --------

「ないで」是「不〜就〜」，例如「朝ご飯を食べないで出かける（不吃早餐就出門）」。「なくて」是原因，「因為沒有〜所以〜」，例如「朝ご飯を食べていなくて、力が出ない（因為沒有吃早餐，所以沒力氣）」等。雖然兩者很像的句型，意思完全不同。

～ずに～
不～就～

根據日文的文法規則，「～ずに～」前面通常使用動詞否定形。
「～ずに～」意思是「不～就～」，是比較文言文的用法。

～ずに～

♪134-02 01 傘を持たずに出かけました。　不帶雨傘就出門了。

♪134-03 02 朝食を食べずに学校へ行きました。　不吃早餐就去學校了。

♪134-04 03 何も飲まずに検査を受けます。　什麼都不要喝就直接來做檢查。

♪134-05 04 座らずに立っています。　不要坐就直接站著。

♪134-06 05 医者の言うことを聞かずにいます。　不聽醫生的勸告。

♪134-07 06 辞書を調べずに作文を書きます。　不查字典就直接寫作文。

♪134-08 07 バスに乗らずに歩いて行きます。　不搭公車就直接走路去。

♪134-01

エレベーター混んでいますね。

電梯很擠耶。

エレベーターに乗らずに階段を上りましょう。

不搭電梯了，走樓梯上去吧。

▶ 補充單字

エレベーター 名 電梯／調べます 動 查／辞書 名 字典

Q 對話練習　♪134-09

A：今日のコンパ遅れて行くから、私を待たずに先に食べててね。
今天的聯誼我會晚點到，別等我先開動吧。

B：うん、わかった。ぜったい来てね。
好，我知道了。請一定要來喔。

原來如此！

········ 「ずに」VS.「ないで」 ········

「ずに」是書面上使用的，「不～就～」，是連用終止形。論文和新聞等比較正式的文章時使用。另一方面，「ないで」是比較口語的用法，不適合正式的文章裡使用。

134

～なくて～
因為沒有～（所以）就～

根據日文的文法規則，「～なくて～」前面通常加名詞、形容詞或動詞的否定形。「～なくて～」意思是「因為沒有～（所以）就～」或「不是～而是」。

～なくて～

♪135-02 01	昼食を食べなくてお腹が空きました。	因為沒有吃午餐所以餓了。
♪135-03 02	勉強しなくて悪い点を取りました。	因為沒有念書成績很差。
♪135-04 03	道がわからなくて迷いました。	因為不知道路所以迷路了。
♪135-05 04	連絡がなくて困りました。	因為沒有收到聯絡所以很困擾。
♪135-06 05	答えがわからなくて書けませんでした。	因為不知道答案就沒有寫。
♪135-07 06	おいしくなくて食べられませんでした。	因為不好吃就沒有吃。
♪135-08 07	冗談ではなく本気です	不是玩笑話是認真的。

♪135-01

試験はどうでしたか。

考試考得如何？

簡単じゃなくて難しかったです。

並不簡單，覺得很困難。

補充單字
気分 名 心情／冗談 名 玩笑話／本気 形 認真

對話練習　♪135-09

A：傘がなくて、びしょ濡れになっちゃった。
我沒有傘，渾身濕透了。

B：わあ、それはたいへんだ。着替え持ってるの？
哇，那可不得了。你有替換的衣服嗎？

原來如此！

「なくて」VS.「いなくて」

「なくて」是「あります」的否定形，「ありません」要變成「なくて」，而不是「あらなくて」。「いなくて」是「います」的否定形，意思是「不在」。兩者意思完全不同。

〜なくてもいいです

不〜也可以

根據日文的文法規則，「〜なくてもいいです」。前面通常加名詞、形容詞或動詞的否定形。「〜なくてもいいです」意思是「不〜也可以」。

〜なくてもいいです。

♪136-02	01	安_{やす}く	不便宜也可以。
♪136-03	02	経験者_{けいけんしゃ}で	沒有經驗的人也可以。
♪136-04	03	日本人_{にほんじん}で	不是日本人也可以。
♪136-05	04	書_かか	不寫也可以。
♪136-06	05	交換_{こうかん}し	不交換也可以。
♪136-07	06	買_かわ	不買也可以。
♪136-08	07	焦_{あせ}ら	不用焦慮也可以。
♪136-09	08	慌_{あわ}て	不用慌張也可以。
♪136-10	09	お金_{かね}を払_{はら}わ	不拿錢也可以。
♪136-11	10	気_きを遣_{つか}わ	不用費心也可以。

♪136-01

台湾_{たいわん}のお寺_{てら}は観覧料金_{かんらんりょうきん}を払_{はら}わなくてもいいです。

臺灣的寺廟不用給參觀費也可以。

いいですね。

這樣真好。

◎ 補充單字

焦_{あせ}ります 動 焦慮／慌_{あわ}てます 動 慌張／払_{はら}います 動 付款／気_きを遣_{つか}います 動 費心

◎ 對話練習　♪136-12

A：来週_{らいしゅう}から大学_{だいがく}の入学試験_{にゅうがくしけん}が始_{はじ}まりますから、3年生_{さんねんせい}は学校_{がっこう}に来_こなくてもいいです。

因為下週開始大學入學考試，三年級的學生不來學校也可以。

B：いいなあ、3年生_{さんねんせい}は。

高三生好好喔。

還可以這樣說！

·········· 「なくてもかまいません」 ··········

「なくてもかまいません」是「なくてもいいです」的禮貌形。一般是對長輩或客人，以及醫生對病人使用。

～なくてもかまいません

不～也可以

根據日文的文法規則，「～なくてもかまいません」前面通常加名詞、形容詞或動詞的否定形。「～なくてもかまいません」意思是「不～也可以」，屬於比較正式禮貌的説法。

～なくてもかまいません。

♪137-02	01	新品で	不是新品也可以。
♪137-03	02	有名で	不有名也可以。
♪137-04	03	冷たく	不冰也可以。
♪137-05	04	今日で	不用今天也可以。
♪137-06	05	ベテランで	不是資深的人也可以。
♪137-07	06	終わら	不結束也可以。
♪137-08	07	毎日来	不用每天來也可以。
♪137-09	08	返さ	不還也可以。
♪137-10	09	参加し	不參加也可以。
♪137-11	10	電気を消さ	不用關電燈也可以。

♪137-01

全部食べなくてもかまいませんよ。

沒有全部吃完也沒有關係！

はい、わかりました。

是，我知道了！

補充單字

ベテラン 名 資深的人／返します 動 還／消します 動 關

對話練習 ♪137-12

A：手を消毒液で消毒すれば、手を洗わなくてもかまいませんよ。
有用消毒劑消毒雙手的話，不洗手也可以。

B：はい、では消毒します。
好，那我就消毒。

原來如此！

·········· **「なくてもかまいません」** ··········

「なくてもかまいません」是「なくてもいいです」和「なくてもだいじょうぶです」的禮貌形。如果好朋友的話，用「なくてもいいよ」或「なくてもだいじょうぶだよ」就可以了。

～なくても大丈夫です
不～也可以

根據日文的文法規則，「～なくても大丈夫です」前面通常加名詞、形容詞或動詞的否定形。「～なくても大丈夫です」意思是「不～也可以」，是較不正式、對平輩或晚輩的說法。

～なくても大丈夫です。

♪138-02	01	正座し	不用正坐也可以。
♪138-03	02	料理し	不用煮飯也可以。
♪138-04	03	醤油をかけ	不加醬油也可以。
♪138-05	04	ビタミン剤を飲ま	不吃維他命也可以。
♪138-06	05	検査を受け	不接受檢查也可以。
♪138-07	06	心配し	不用擔心也可以。
♪138-08	07	リハビリし	不用復健也可以。
♪138-09	08	すぐ返事をし	不用馬上也可以。
♪138-10	09	通訳し	不用口譯也可以。

♪138-01

> 正座しなくても大丈夫ですよ。
>
> 不用正坐也可以。

> そうですか。ありがとうございます。
>
> 我知道了，謝謝。

補充單字

心配 名 擔心／**リハビリ** 名 復健／**返事** 名 回答／**通訳** 名 口譯

對話練習 ♪138-11

A：明日、試験なのに勉強しなくてもいいの？
　　明天有考試卻不唸書也可以嗎？

B：大丈夫、大丈夫。ふだんから勉強していれば、試験の前日は勉強しなくても大丈夫だよ！
　　沒問題，沒問題。平常就有唸書的話，考試前一天不唸也沒問題！

還可以這樣說！

················ **「なくても平気です」** ················

「なくても大丈夫です」也可以說「なくても平気です」，故上述例句也可以寫成「正座しなくても平気です」。

〜わけではない
並不是〜

根據日文的文法規則，「〜わけではない」前面大多可以加形容詞
或動詞。「〜わけではない」意思是「並不是〜」。

〜わけではない。

♪139-02	01 **行かない**	並不是不要去。
♪139-03	02 **食べない**	並不是不要吃。
♪139-04	03 **飲まない**	並不是不要喝。
♪139-05	04 **勉強^{べんきょう}しない**	並不是不唸書。
♪139-06	05 **聞^きかない**	並不是不聽。
♪139-07	06 **寒^{さむ}い**	並不是冷。
♪139-08	07 **熱^{あつ}い**	並不是熱。
♪139-09	08 **高^{たか}い**	並不是高。(並不是貴)
♪139-10	09 **安^{やす}い**	並不是便宜。
♪139-11	10 **小^{ちい}さい**	並不是小。

♪139-01

お酒^{さけ}は全然^{ぜんぜん}飲^のみませんか。

完全不喝酒？

全然^{ぜんぜん}飲^のまないわけではありません。

並不是完全不喝酒。

○ 補充單字

寒^{さむ}い 形 冷的／熱^{あつ}い 形 熱的／高^{たか}い 形 高的／安^{やす}い 形 便宜的

Q 對話練習 ♪139-12

A：誰^{だれ}でも最初^{さいしょ}からできるわけじゃないから、安心^{あんしん}してやってみて。
　　每個人都不是一開始就能做到，所以請放心嘗試。
B：そうだよね。生^うまれてすぐ歩^{ある}ける人^{ひと}なんていないからね。私^{わたし}も失敗^{しっぱい}を恐^{おそ}れず、やってみるよ。
　　是啊。沒有人剛出生就立刻能走路。我也要不畏失敗嘗試看看。

原來如此！

·········· 「わけではない」VS.「わけである」··········

「わけではない」是「並不是〜」，而「わけである」是「原來是〜，果然是〜」，兩者不是單純的相反詞關係，要小心使用。

〜ざるをえない
不〜不行

根據日文的文法規則，「〜ざるをえない」前面通常加動詞否定形。「〜ざるをえない」意思是「不〜不行」，是較文言的用法。

〜ざるをえない。

♪140-02	01	行か	不去不行。
♪140-03	02	飲ま	不喝不行。
♪140-04	03	運動せ	不運動不行。
♪140-05	04	食べ	不吃不行。
♪140-06	05	書か	不寫不行。
♪140-07	06	言わ	不說不行。
♪140-08	07	迎えに行か	不去迎接不行。
♪140-09	08	作ら	不做不行。
♪140-10	09	聞か	不聽不行。
♪140-11	10	選ば	不選不行。

♪140-01

最近太ったようですね。

最近好像變胖了。

ええ、運動せざるをえませんね。

對啊，不運動不行。

補充單字

言います 動 說／迎えに行きます 動 去接人／作ります 動 做

對話練習 ♪140-12

A：本当は行きたくないけど、ボスの命令だから行かざるをえないよ。
我其實很不想去，但因為這是老闆的命令不得不去。

B：ホント非常識だよね。休日に部下を呼び出すなんてさ、
在假日打電話叫下屬出來，真的很沒常識耶。

原來如此！

·········· 「ざるをえない」 VS.「なければならない」 ··········

雖然兩者都有「不〜不行」的意思，但「ざるをえない」是比較文言文的用法。
「なければならない」則是比較口語的用法。

～ないといけません

不～不行

根據日文的文法規則，「～ないといけません」前面通常要加動詞否定形。「～ないといけません」意思是「不～不行」，是屬於比較正式禮貌的説法。

～ないといけません。

♪141-02	01	薬を塗ら	不擦藥不行。
♪141-03	02	目薬をささ	不點眼藥水不行。
♪141-04	03	ビザを申請し	不申請護照不行。
♪141-05	04	家に帰ら	不回家不行。
♪141-06	05	花に水をやら	不澆花不行。
♪141-07	06	犬の世話をし	不照顧狗不行。
♪141-08	07	手入れをし	不保養不行。
♪141-09	08	肥料をやら	不施肥不行。

♪141-01

これは洗濯機で洗えますか。

這個可以用洗衣機洗嗎？

いいえ、クリーニングに出さないといけません。

不可以，不拿去乾洗不行。

▶ 補充單字

ビザ 名 簽證／クリーニング 名 乾洗／世話 名 照顧／手入れ 名 保養

Q 對話練習 ♪141-10

A：私は子どもの頃、長女だったから、妹と弟に勉強を教えないといけなかったの。夏休みには、宿題も手伝ってたよ。
小時候，因為我是長女，所不得不教弟弟妹妹唸書。暑假期間還幫忙做了作業。

B：長女ってたいへんだよね。小さい頃から、「長女だから」って、親からいろいろ言われて育ったからね。
長女很不容易呢。從小就被説「因為你是長女」，在父母各種説教下長大。

還可以這樣説！

·············· 「なければなりません」 ··············

「ないといけません」、「なければなりません」都是「不～不行」比較正式的用法，語氣比較硬。一般朋友聊天時會比較常使用「なくちゃ」、「なきゃ」、「なければ」等用法。

～なくちゃ
不～不行

根據日文的文法規則，「～なくちゃ」前面通常加動詞否定形。
「～なくちゃ」意思是「不～不行」，是不正式且對平輩或晚輩的說法。

～なくちゃ。

♪142-02	01	寝^ね	不睡不行。
♪142-03	02	届け^{とど}	不送到不行。
♪142-04	03	送ら^{おく}	不寄不行。
♪142-05	04	帰ら^{かえ}	不回去不行。
♪142-06	05	電話し^{でんわ}	不打電話不行。
♪142-07	06	アイロンをかけ	不燙衣服不行。
♪142-08	07	出かけ^で	不出門不行。
♪142-09	08	レポート書か^か	不寫報告不行。
♪142-10	09	連絡し^{れんらく}	不聯絡不行。
♪142-11	10	洗わ^{あら}	不洗不行。

♪142-01

> シャツが皺々です^{しわしわ}ね。
>
> 襯衫皺皺的耶。

> アイロンをかけなくちゃ。
>
> 不燙不行喔。

▶ 補充單字

届けます^{とど} 動 送到／送ります^{おく} 動 寄／アイロンをかけます 動 燙衣服／出かけます^で 動 出門

Q 對話練習　♪142-12

A：あっ。もう5時^{こじ}だから行かなくちゃ。バイトに遅れちゃう^{おく}。
啊。已經五點了，不走不行。打工會遲到。

B：そうだね。早く行ったほうがいいよ^{はや}。
是啊。早點去比較好喔。

還可以這樣說！

·········· 「なくちゃ」、「なきゃ」、「なければ」 ··········

「なくちゃ」、「なきゃ」、「なければ」這三個句型的意思都是「不～不行」，常在好朋友或家人聊天時使用。

〜なきゃ
不能不〜

根據日文的文法規則，「〜なきゃ」前面通常加動詞否定形。「〜なきゃ」意思是「不能不〜」，屬於不正式且是對平輩或晚輩的說法。

〜なきゃ。

♪143-02	01	行か		不能不去。
♪143-03	02	薬を飲ま		不能不吃藥。
♪143-04	03	準備し		不能不準備。
♪143-05	04	走ら		不能不跑。
♪143-06	05	階段を上ら		不能不爬樓梯。
♪143-07	06	上司に報告し		不能不向上司報告。
♪143-08	07	掃除し		不能不打掃。
♪143-09	08	洗濯し		不能不洗衣服。
♪143-10	09	洗わ		不能不洗。
♪143-11	10	我慢し		不能不忍耐。

♪143-01

> 外から帰ったら手を洗わなきゃ。

從外面回來不能不洗手。

> うがいもね。

還要漱口吧。

◐ 補充單字

走ります 動 跑／上ります 動 爬／我慢します 動 忍耐

◑ 對話練習 ♪143-12

A：あつしくん、薬飲まなくてもいいの？
　　阿敦，你不用吃藥嗎？
B：あっ、忘れてた。教えてくれてありがとう。時間どおりに飲まなきゃね。
　　啊，我忘記了。謝謝你跟我說。我不按時吃藥可不行。

原來如此！

····· 「なきゃ」、「ないといけない」VS.「ないといけません」·····

「なきゃ」、「ないといけない」、「ないといけません」都是「不得不〜」的句型。不過「なきゃ」和「ないといけない」常在好朋友或家人聊天時使用，「ないといけません」則是比較正式的場合使用。

～なくもない
有可能～

根據日文的文法規則，「～なくもない」前面通常加形容詞或動詞否定形。「～なくもない」意思是「有可能～」。

～なくもない。

♪144-02	01	行か	有可能會去。
♪144-03	02	食べ	有可能會去吃。
♪144-04	03	聞か	有可能會去聽。
♪144-05	04	嫉妬し	有可能會被忌妒。
♪144-06	05	虐め	有可能會欺負。
♪144-07	06	間違え	有可能會出錯。
♪144-08	07	暑く	有可能會熱。
♪144-09	08	寒く	有可能會冷。
♪144-10	09	高く	有可能會很貴。
♪144-11	10	大きく	有可能會很大。

♪144-01

納豆を食べますか。

要吃納豆嗎？

食べなくもないです。

要吃也是可以。

▶ 補充單字

嫉妬します 動 吃醋／**虐めます** 動 欺負／**間違えます** 動 錯誤

🔍 對話練習 ♪144-12

A：岡本くん、ピーマン食べないの？
　　岡本，你不吃青椒嗎？

B：いや、食べなくもないんだけど、ちょっと苦手で。
　　不，要吃也是可以，但我不是很喜歡。

還可以這樣說！

·········· **「ないこともない」** ··········

「なくもない」和「ないこともない」兩者都是以「ない～ない」的雙重否定形式來表達肯定，意思是「並不是不～（可以～）」，兩者都是比較消極的肯定。

～なくてはならない
必須要～、不～不行

根據日文的文法規則，「～なくてはならない」前面通常加動詞否定形。「～なくてはならない」意思是「必須要～」或「不～不行」。

～なくてはならない。

♪145-02	01	お土産を買わ	必須要買名產。
♪145-03	02	レポートを書か	必須要寫報告。
♪145-04	03	薬を飲ま	必須要吃藥。
♪145-05	04	検査を受け	必須要作檢查。
♪145-06	05	試験を受け	必須考試。
♪145-07	06	面接をし	必須要面試。
♪145-08	07	修理し	必須要修理。
♪145-09	08	運動し	必須要運動。
♪145-10	09	働か	必須要工作。
♪145-11	10	記入し	必須要填資料。

♪145-01

> どうしたんですか。
>
> 怎麼了嗎？

> 薬を飲まなくてはならないんですよ。
>
> 必須要吃藥啊。

○ 補充單字

お土産 名 名產／**試験** 名 考試／**面接します** 動 面試／**記入します** 動 填資料

Q 對話練習 ♪145-12

A：この部分は訂正しなくてはならないわよ。
這部分必須要修改。

B：わかりました。早速訂正します。
我知道了。我會立即修改。

還可以這樣說！

············ 「ないといけない」 ············

「なくてはならない」和「ないといけない」都是「不～不行」的句型，與「なくちゃ」、「なきゃ」、「なければ」比起來，是語氣比較硬的說法。

なくてはならない～

不可缺少的～

根據日文的文法規則，「なくてはならない」後面通常加名詞。
「なくてはならない～」意思是「不可缺少的～」。

なくてはならない～

♪146-02 01	人物。	不可缺少的人物。
♪146-03 02	隠し味。	不可缺少的祕方。
♪146-04 03	調味料。	不可缺少的調味料。
♪146-05 04	部品。	不可缺少的零件。
♪146-06 05	人脈。	不可缺少的人脈關係。
♪146-07 06	コネ。	不可缺少的關係。
♪146-08 07	休憩時間。	不可缺少的休息時間。
♪146-09 08	エネルギー。	不可缺少的能源。
♪146-10 09	水。	不可缺少的水。
♪146-11 10	電気。	不可缺少的電能。

♪146-01

先生のおかげで就職できました。

托老師的福找到了工作。

なくてはならない人脈ですね。

人脈是不可缺少的。

補充單字

隠し味 名 祕方／部品 名 零件／コネ 名 關係／エネルギー 名 能源

對話練習 ♪146-12

A：監督は私に「あなたはわがチームにとってなくてはならない人だ！」とか言ったくせに、編入生が来てからはその子ばっかりちやほやしてるの。
導演明明對我說「你是我們團隊不可或缺的人！」，卻在插班生來了以後只對她百般寵愛。

B：仕方ないよ。彼女、美人だもんね。
沒辦法。她是個美人胚子啊。

還可以這樣說！

·········· 「必要不可欠な～」 ··········

「なくてはならない」和「必要不可欠な～」都有「不可缺少的」的意思，這兩個句型後面都要接名詞。例如「なくてはならない道具」、「必要不可欠な道具」等等。

～なければなりません

不～不行

根據日文的文法規則，「～なければなりません」前面通常加名詞、形容詞或動詞的否定形。「～なければなりません」意思是「不～不行」或「一定要～」，是比較正式禮貌的說法。

～なければなりません。

♪147-02 01 **医者の言うことを聞か** 　　　不聽醫生的話不行。

♪147-03 02 **休ま** 　　　不休息不行。

♪147-04 03 **リハビリし** 　　　不復健不行。

♪147-05 04 **経験者で** 　　　不是有經驗的人不行。

♪147-06 05 **日本人で** 　　　不是日本人不行。

♪147-07 06 **熱く** 　　　不熱不行。

♪147-08 07 **冷えて** 　　　不冷不行。

♪147-09 08 **簡単で** 　　　不簡單不行。

♪147-10 09 **静かで** 　　　不安靜不行。

♪147-11 10 **現金で** 　　　一定要是現金。

♪147-01

カードでもいいですか。

可以使用信用卡嗎？

いいえ、現金で払わなければなりません。

不可以，一定要是現金。

▶ 補充單字

医者 名 醫生／**冷え** 形 冷的／**静か** 形 安靜

Q 對話練習 ♪147-12

A：**字が小さすぎて見えないので、拡大コピーをしなければなりません**ね。
字太小看不清楚，不放大複印不行。

B：**そうですね。もっと大きな字で書いて欲しいですよね。**
是啊。真希望字寫得大一點的。

還可以這樣說！

················· 「**必ず～ます**」 ·················

「なければなりません」是「不得不～」的意思，也就是「一定要～」，因此也可以使用「**必ず～ます**」來代換，故上述例句可以寫成「**必ず医者の言うことを聞きます**」。

147

～なければ～ません
如果不～的話就不能～

根據日文的文法規則，「～なければ～ません」中間通常加名詞、形容詞或動詞的否定形。「～なければ～ません」意思是「如果不～的話就不能～」。

～なければ～ません。

♪148-02 01	あなたがい	★	完成でき	★	如果你不在的話就不能完成。
♪148-03 02	勉強し	★	合格でき	★	如果不唸書的話就不能及格。
♪148-04 03	運動し	★	健康になり	★	如果不運動的話就不能變健康。
♪148-05 04	努力し	★	成功でき	★	如果不努力的話就不能成功。
♪148-06 05	やら	★	結果は出	★	如果不做的話就不會有結果。
♪148-07 06	書か	★	論文は終わり	★	如果不寫的話論文就不能完成。
♪148-08 07	反省し	★	改善でき	★	如果不反省的話就不能改善。
♪148-09 08	始め	★	終わり	★	如果不開始的話就不能結束。
♪148-10 09	話さ	★	わかり	★	如果不說的話就不能讓人理解。

♪148-01

練習しなければ上手になりませんよ。

如果不練習的話就不能更熟練。

はい、わかりました。がんばります。

好，我知道了。我會努力的。

補充單字

上手になります 動 進步、變高手／やります 動 做／終わります 動 結束

對話練習 ♪148-11

A：海外で車を運転するには、国際免許証を取らなければ運転できませんよ。
要在國外開車，如果沒有取得國際駕照是不能開的。

B：はい、後で国際運転免許証申請に行ってきます。
是，我晚點會去申請國際駕照。

還可以這樣說！

························ 「ないと～ません」 ························

「なければ～ません」和「ないと～ません」兩者意思相同，也可以互相交換，所以上述例句換成「あなたがいないと完成できません」也是同樣的意思。

～なしでは～ない

沒有～無法～

根據日文的文法規則，「～なしでは～ない」前面通常加名詞，中間則是加動詞否定形。「～なしでは～ない」意思是「沒有～無法～」。

～なしでは～ない。

♪149-02	01	パスポート ｜★｜	海外旅行はでき ｜★｜	沒有護照無法出國旅行。
♪149-03	02	クーラー ｜★｜	夏は過ごせ ｜★｜	沒有冷氣無法度過夏天。
♪149-04	03	水 ｜★｜	生活でき ｜★｜	沒有水無法生活。
♪149-05	04	唐辛子 ｜★｜	韓国料理は作れ ｜★｜	沒有辣椒無法做韓國料理。
♪149-06	05	わさび ｜★｜	刺身は食べられ ｜★｜	沒有芥末無法吃生魚片。
♪149-07	06	医療 ｜★｜	生きてゆけ ｜★｜	沒有醫療無法生存。
♪149-08	07	薬 ｜★｜	治療でき ｜★｜	沒有藥無法治療。
♪149-09	08	部品 ｜★｜	生産でき ｜★｜	沒有零件無法生產。
♪149-10	09	材料 ｜★｜	料理はでき ｜★｜	沒有材料無法料理。

♪149-01

今回の台風で土砂崩れが発生し、現在復旧作業を行っています。

這次的颱風造成了土石流，現在正在進行搶修當中。

交通手段なしでは移動できませんね。

沒有交通工具就無法移動。

⊙ 補充單字

交通手段 名 交通工具／**クーラー** 名 冷／**わさび** 名 芥末／**部品** 名 零件

Q 對話練習 ♪149-11

A：私はブラックコーヒーは苦手なので、ミルクなしでは飲めません。
我不喜歡黑咖啡，所以沒有牛奶就無法入口。

B：そうですか。僕はブラックのほうが好きですけどね。
是這樣嗎？我倒是喜歡黑咖啡。

還可以這樣說！

·········· 「ないと～ない」 ··········

「なしでは～ない」和「ないと～ない」都是「如果沒有～的話就～」的意思，也都可以交換使用。如：「パスポートがないと海外旅行はできない」。

～ずにはいられない
忍不住～

根據日文的文法規則，「～ずにはいられない」前面通常使用動詞否定形。「～ずにはいられない」意思是「忍不住～」。

～ずにはいられない。

♪150-02　01　**このドラマを見**　　　　　忍不住看這個連續劇。

♪150-03　02　**かき氷を食べ**　　　　　忍不住吃刨冰。

♪150-04　03　**この小説を読ま**　　　　忍不住讀這本小說。

♪150-05　04　**スムージーを飲ま**　　　忍不住喝了思慕昔。

♪150-06　05　**シャワーを浴び**　　　　忍不住去淋浴。

♪150-07　06　**エアコンをつけ**　　　　忍不住開了空調。

♪150-08　07　**笑わ**　　　　　　　　　忍不住笑了出來。

♪150-09　08　**泣か**　　　　　　　　　忍不住哭了。

♪150-10　09　**泳が**　　　　　　　　　忍不住去游泳。

♪150-11　10　**海へ行か**　　　　　　　忍不住去海邊。

♪150-01

> もう夏ですね。
>
> 已經夏天了耶。

> ええ、海へ行かずにはいられませんね。
>
> 對啊，忍不住想去海邊。

📖 補充單字

かき氷 名 刨冰／**スムージー** 名 冰沙／**エアコン** 名 空調

❓ 對話練習 　♪150-12

A：こんないい匂いがしたら、食べずにはいられなくなるでしょう。
味道這麼香的話，會忍不住想吃吧。

B：毎日この匂いを嗅いでいたら、慣れますよ。
如果每天都聞著這股味道，你就會習慣的。

還可以這樣說！

・・・・・・・・・・・・・　**「～ずにはいられない」**　・・・・・・・・・・・・・

「ず」是「ない」的連用終止形（比較正式的文章體），所以「～ずにはいられない」也可以寫成「～ないではいられない」，兩者都是「忍不住～」（がまんできない）的意思。

～ずして + 否定形
不～就不能～

根據日文的文法規則，「～ずして + 否定形」前面通常加動詞否定形。「～ずして + 否定形」意思是「不～就不能～」，是比較正式、文言的用法。

～ずして + 否定形

♪151-02 01	富士山を見ずして帰れない。	沒看到富士山就不能回去。
♪151-03 02	温泉に入らずして日本の観光は語れない。	不泡溫泉就不能算是來日本觀光。
♪151-04 03	これを聞かずして音楽を語れない。	沒聽過這個就難以談論音樂。
♪151-05 04	スカイツリーへ行かずして東京観光は語れない。	沒去過晴空塔就不能算是來過東京觀光。
♪151-06 05	故宮博物館へ行かずして台湾は語れない。	不去故宮就不能算是去過臺灣。
♪151-07 06	宝塚歌劇団を観ずして神戸観光をしたとは言えない。	不去看寶塚歌劇團就不能算去過神戶觀光。
♪151-08 07	台南へ行かずして台湾の歴史を語れない。	不去台南就不能算是瞭解臺灣的歷史。

♪151-01

> 先週、大阪へ行ってお好み焼きを食べました。

上星期，去了大阪吃大阪燒。

> お好み焼きを食べずして大阪へ行ったとは言えませんよね。

去大阪沒吃大阪燒就不能算是去過大阪。

▶ 補充單字

お好み焼き 名 大阪燒／**観光** 名 觀光／**タピオカミルクティー** 名 珍珠奶茶

Q 對話練習 ♪151-09

A：努力せずして成功なしよ！
不努力就不能成功！

B：そうかな。運だけで成功できないかな。
是這樣嗎。不知道能不能只靠運氣成功。

還可以這樣說！

.... 「～ないで+否定形」 ....

「ず」是「ない」的連用終止形（比較正式的文章體），「～ずして」就是「～ないで」的比較正式的說法，常常使用在諺語，如：「努力せずして成功なし」。若是一般對話則比較常使用「～ないで」。

～なくして～
沒有～就不能～

根據日文的文法規則，「～なくして～」前面通常加名詞。「～なくして～」意思是「沒有～就不能～」。

～なくして～

♪152-02 01 練習 |★| 進歩はない。 　　　　沒有練習就不能進步。

♪152-03 02 誠実さ |★| 真の友はいない。 　　沒有誠心就交不到真正的朋友。

♪152-04 03 接待 |★| ビジネスは成り立たない。 　沒有接待就不能完成生意。

♪152-05 04 車 |★| 田舎での生活は成り立たない。 　沒有汽車就不能在鄉村田野生活。

♪152-06 05 パソコン |★| 論文の完成はあり得ない。 　沒有電腦就不能完成論文。

♪152-07 06 国民の信頼 |★| 大統領は歴任できない。 　沒有人民的信賴就不能連任總統。

♪152-08 07 経験 |★| 教師の仕事は務まらない。 　沒有經驗就勝任不了教師的工作。

♪152-01

今、仕事がとてもたいへんなんです。

現在工作真的很辛苦耶。

努力なくして成功はありませんからね。

畢竟沒有努力就不會成功呀。

○ 補充單字

ビジネス 名 商業／**田舎** 名 鄉下／**ＩＤカード** 名 身分證

Q 對話練習 ♪152-09

A：信頼なくして、夫婦の関係は成り立たないでしょう？
沒有信任就不可能建立夫妻關係，對吧？

B：金銭だけの夫婦関係もあるかもしれないよ。
也可能會有只靠金錢維繫的夫妻關係吧。

還可以這樣說！

・・・・・・・・・・・・・「～なければ」・・・・・・・・・・・・・

「～なくして」也可以說「～なければ」，意思都是「如果沒有～的話就～」的意思。像是「努力なくして成功はあり得ない」就可以說成「努力なければ成功はあり得ない」。

あまり〜ない
很少〜、不太〜

根據日文的文法規則，「あまり〜ない」中間通常加形容詞、動詞的否定形。「あまり〜ない」意思是「很少〜、不太〜」。

あまり〜ない。

♪153-02	01	食べ	很少吃。
♪153-03	02	飲ま	很少喝。
♪153-04	03	行か	很少去。
♪153-05	04	話さ	很少説話。
♪153-06	05	勉強し	很少唸書。
♪153-07	06	暑く	天氣不太熱。
♪153-08	07	寒く	天氣不太冷。
♪153-09	08	冷たく	東西不太冰。
♪153-10	09	熱く	東西不太燙。
♪153-11	10	簡単じゃ	不太簡單。

♪153-01

あまり食べませんね。

您很少吃東西耶。

ええ、今ダイエット中なんです。

嗯，因為現在在減肥。

▶ 補充單字

暑い 形（天氣）熱的／**寒い** 形（天氣）冷的／**冷たい** 形（東西）冰的／**熱い** 形（東西）熱的

Q 對話練習　♪153-12

A：はあ。あまり気が進まないなぁ。
　　我不太有動力。

B：どうしたの？ため息なんかついて。
　　怎麼了？長吁短嘆的。

原來如此！

────────── 「あまり〜ない」 VS.「ほとんど〜ない」 ──────────

「あまり〜ない」是「很少〜、不太〜」，雖然句中有「ない」否定形，但意思還是偏向「有」的意思，所以得小心使用。「ほとんど〜ない」是「幾乎沒有〜」的意思，雖然是否定句，但不是完全沒有。

ほとんど〜ない
幾乎沒有〜

根據日文的文法規則，「ほとんど〜ない」中間通常加形容詞、動詞的否定形。「ほとんど〜ない」意思是「幾乎沒有〜」。

ほとんど〜ない。

♪154-02　01　**食べ**　　　　　　　　　　幾乎沒有吃。

♪154-03　02　**わから**　　　　　　　　　幾乎不知道。

♪154-04　03　**出席し**　　　　　　　　　幾乎沒有人出席。

♪154-05　04　**飲ま**　　　　　　　　　　幾乎沒有喝。

♪154-06　05　**行か**　　　　　　　　　　幾乎沒有去。

♪154-07　06　**勉強し**　　　　　　　　　幾乎沒有唸書。

♪154-08　07　**見**　　　　　　　　　　　幾乎沒有看。

♪154-09　08　**読ま**　　　　　　　　　　幾乎沒有讀。

♪154-10　09　**会わ**　　　　　　　　　　幾乎沒有碰面。

♪154-11　10　**聞か**　　　　　　　　　　幾乎沒有聽説。

♪154-01

よく映画を観ますか。

常看電影嗎？

ほとんど観ません。

幾乎沒有看。

> **補充單字**

観ます 動 看畫面／**会います** 動 見面／**聞きます** 動 聽

> **對話練習** ♪154-12

A：**最近ほとんどカラオケに行かないから、何が流行っているのか、わかんない。**
我最近很少去卡拉OK，所以不知道流行什麼。

B：**ネットを見れば、だいたい何が流行っているかわかるよ。**
看看網絡的話，就知道大概什麼在流行。

還可以這樣説！

················ 「**動詞辭書形+ことはほとんどない**」 ················

「ほとんど〜ない」是「幾乎沒有〜」的意思，「〜動詞辭書形+ことはほとんどない」是「幾乎沒有〜的事情」，兩者可以互換，如：「ほとんど行かない（幾乎沒有去）」也可以說「行くことはほとんどない」。

全然〜ない
ぜんぜん

完全不〜

根據日文的文法規則，「全然〜ない」中間通常加形容詞、動詞的
ぜんぜん
否定形。「全然〜ない」意思是「完全不〜」。
ぜんぜん

全然〜ない。
ぜんぜん

♪155-02	01	おいしく	完全不好吃。
♪155-03	02	涼しく すず	完全不涼。
♪155-04	03	辛く から	完全不辣。
♪155-05	04	甘く あま	完全不甜。
♪155-06	05	高く たか	完全不高。
♪155-07	06	わから	完全不知道。
♪155-08	07	食べ た	完全不吃。
♪155-09	08	飲ま の	完全不喝。
♪155-10	09	見 み	完全不看。
♪155-11	10	行か い	完全不去。

♪155-01

この店は全然涼し
み　　 ぜん ぜん すず
くないですね。

這間店完全不涼。

そうですね。クー
ラーを強くしても
つよ
らいましょう。

對，請人把冷氣開強一
點吧。

▶ 補充單字

辛い 形 辣的／**甘い** 形 甜的／**わかります** 動 懂、瞭解
から　　　　　　あま

Q 對話練習　♪155-12

A：私、大学時代は勉強ばかりしてて、遊ぶことに全然興味なかったの。
わたし だいがくじだい べんきょう あそ ぜんぜんきょうみ

我上大學的時候只會一味唸書，對玩樂完全不感興趣。

B：大学時代に遊ばなかったら、いつ遊ぶの？
だいがくじだい あそ あそ

如果大學的時候不玩，還有什麼時候能玩？

還可以這樣說！

························ 「ほとんど〜ない」 ························

「全然〜ない」是「完全不〜」，「ほとんど〜ない」是「幾乎沒有〜」，兩者意
ぜんぜん
思相近，例如，「全然行かない」是「完全沒有去」，而「ほとんど行かない」是
ぜんぜん い
「幾乎沒有去」的意思。

〜しか〜ない
僅有〜

根據日文的文法規則，「〜しか〜ない」前面通常會使用名詞，中間則是使用動詞的否定形。「〜しか〜ない」意思是「僅有〜」，記得一定要使用否定形喔。

〜しか〜ない。

♪156-02	01	少し ｜★｜ 食べ ｜★｜	僅吃了一點點。
♪156-03	02	3時間 ｜★｜ 寝 ｜★｜	僅睡了三個小時。
♪156-04	03	半分 ｜★｜ 飲ま ｜★｜	僅喝了一半。
♪156-05	04	千円 ｜★｜	僅有一千日元。
♪156-06	05	日本語 ｜★｜ わから ｜★｜	僅懂日文。
♪156-07	06	女性 ｜★｜ い ｜★｜	僅有女生。
♪156-08	07	4人 ｜★｜ 乗れ ｜★｜	僅能乘坐四個人。
♪156-09	08	簡単な会話 ｜★｜ 話せ ｜★｜	僅懂得簡單的會話。
♪156-10	09	ダブルベッド ｜★｜	僅有雙人床。
♪156-11	10	シングルルーム ｜★｜	僅有單人房。

♪156-01

日本語が話せますか。

會説日文嗎？

簡単な会話しか話せません。

僅懂得簡單的會話。

▶ 補充單字

少し 副 一點點／半分 名 一半／ダブルベッド 名 雙人床／シングルルーム 名 單人房

Q 對話練習　♪156-12

A：話し相手、あなたしかいないなんてつまらない。
聊天對象只有你一個人，真是無聊。

B：何失礼なこと言ってんの？いるだけましだと感謝してよ。
你説這什麼失禮的話？有就該感激了。

還可以這樣説！

「〜だけ〜いる（ある）」

「〜しか〜ない」是比較悲觀的「只有〜」之意，表示不滿意，而「〜だけ〜いる（ある）」是比較樂觀的「只有〜」之意，沒有不滿意，是比較客觀描述的説法。例如，「1000元しかない」是「僅有1000元」，而「1000元だけある」是「只有1000元」的意思。

〜だけでなく〜
不只是〜

根據日文的文法規則，「〜だけでなく〜」前面通常會加名詞、形容詞。「〜だけでなく〜」意思是「不只是〜」。

〜だけでなく〜

♪157-02	01	英語 ｜★｜ 日本語も上手です。	不只是英文很流利，日文也很流利。
♪157-03	02	雨 ｜★｜ 風も強いです。	不只是下雨，風也很強。
♪157-04	03	日本人 ｜★｜ 外国人にも人気があります。	不只是受日本人歡迎，也很受外國人歡迎。
♪157-05	04	子ども ｜★｜ 大人も好きです。	不只是受兒童歡迎，大人也會喜歡。
♪157-06	05	運動 ｜★｜ 勉強もできます。	不只是會運動，也會唸書。
♪157-07	06	美人な ｜★｜ 親切です。	不只是個美女，也很親切。
♪157-08	07	安い ｜★｜ おいしいです。	不只是好吃，也很便宜。
♪157-09	08	暑い ｜★｜ 人も多いです。	不只是熱，人也很多。
♪157-10	09	涼しい ｜★｜ 空気もきれいです。	不只是涼爽，空氣也很乾淨。

♪157-01

ここは温泉だけでなく観光も楽しめますよ。

這裡不只是溫泉，也可以享受觀光的樂趣。

すばらしいところですね。

真的是很棒的地方耶！

（▶ 補充單字）

人気 名 受歡迎／**勉強** 名 唸書／**安い** 形 便宜／**楽しめます** 動 享受

（Q 對話練習）　♪157-11

A：彼、トルコ語だけでなく、カザフ語やウイグル語もできるんだって。
聽說他不只會說土耳其語，連哈薩克語和維吾爾語都會。
B：全部、同じ系統の言葉でお互いに通じるらしいよ。
它們都是同一語系的語言，所以好像能互通。

原來如此！

················ 「〜だけでなく」VS.「〜のみならず」 ················

「〜だけでなく」是比較口語的「不只是〜」用法，「〜のみならず」也是「不只是〜」的意思，但比較偏向書面上用語，較常用在論文等正式的文章中。

なかなか～ない
一直沒有～、不容易～

根據日文的文法規則，「なかなか～ない」中間通常加動詞否定形。「なかなか～ない」意思是「一直沒有～」或「不容易～」的意思。

なかなか～ない。

		公車一直沒有來。
♪158-02	01 **バスが** |★| **来** |★|	公車一直沒有來。
♪158-03	02 |★| **わから** |★|	不容易瞭解。
♪158-04	03 |★| **開か** |★|	不容易打開。
♪158-05	04 |★| **連絡がとれ** |★|	一直沒有聯絡上。
♪158-06	05 |★| **熱が下がら** |★|	一直沒有退燒。
♪158-07	06 |★| **うまくいか** |★|	一直沒有順利。
♪158-08	07 |★| **食べられ** |★|	不容易吃得到。
♪158-09	08 |★| **返事が来** |★|	一直沒有回信。
♪158-10	09 |★| **会え** |★|	一直沒有見面。
♪158-11	10 |★| **予約でき** |★|	一直沒有辦法預約。

♪158-01

> このレストランは人気があってなかなか予約できませんね。
>
> 這間餐廳很受歡迎，一直沒有辦法訂位。

> そうですね。きっとおいしいんでしょうね。
>
> 對啊，應該是東西很好吃吧。

> **補充單字**
>
> **熱が下がります** 動 退燒／**うまくいきます** 動 順利／**返事** 名 回信

> **對話練習** ♪158-12
>
> A：バス、なかなか来ないなあ。
> 　　公車一直不來。
> B：大雪だから、しかたないよ。
> 　　下大雪，沒辦法。

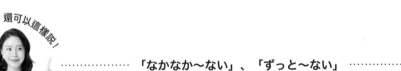

還可以這樣說！

「なかなか～ない」、「ずっと～ない」

「なかなか～ない」是「一直沒有～」之意，也可以說成「ずっと～ない」，例如「バスがなかなか来ない」可以說成「バスがずっと来ない」，意思都是「公車一直沒有來」。

実戦会話トレーニング
じっ せん かい わ

聊天實戰演習

剛剛學完的句型你都融會貫通了嗎？現在就來測驗看看自己是否能應付以下情境吧！試著用所學與以下四個人物對話，再看看和參考答案是否使用了一樣的句型。若發現自己對該句型不熟悉，記得再回頭複習一遍喔！

表達情緒或個人喜好的句型

01 ♪159-01

A：＿＿＿＿＿＿＿＿＿＿＿＿＿＿＿＿＿＿

阿武，不可以摸展示品。

B：は～い。触ってなんかいないよ。見てるだけだよ。
　　さわ　　　　　　　　　　　　み

好啦。我沒有摸，只是看著而已。

02 ♪159-02

A：＿＿＿＿＿＿＿＿＿＿＿＿＿＿＿＿＿＿

上面寫著「不要在這裡游泳！」

B：こんな公園の池で泳ぐ人なんかいるのかな。隣にプール
　　こうえん　いけ　およ　ひと　　　　　　　　　　となり
もあるし。

有人會在這種公園的池塘裡游泳嗎。而且隔壁也有泳池。

03 ♪159-03

A：＿＿＿＿＿＿＿＿＿＿＿＿＿＿＿＿＿＿

我沒有傘，渾身濕透了。

B：わあ、それはたいへんだ。着替え持ってるの？
　　　　　　　　　　　　　　きが　も

哇，那可不得了。你有替換的衣服嗎？

04 ♪159-04

A：＿＿＿＿＿＿＿＿＿＿＿＿＿＿＿＿＿＿

這部分必須要修改。

B：わかりました。早速訂正します。ほかに留意すべき
　　　　　　　　さっそくていせい　　　　　りゅうい
点はありますか。
てん

我知道了。我會立即修改。還有其他要注意的地方嗎。

参考答案　答え：
こた

1. たかし、展示物に触ってはいけませんよ！　　　→句型102 P.125
　　　　てんじぶつ　さわ
2. 「ここで泳ぐな！」って書いてある。　　　　　→句型104 P.127
　　　　およ　　　　　か
3. 傘がなくて、びしょ濡れになっちゃった。　　　→句型112 P.135
　　かさ　　　　　ぬ
4. この部分は訂正しなくてはならないわよ。　　　→句型122 P.145
　　　ぶぶん　ていせい

05 ♪160-01

A：_____

為了避免感冒，洗手和酒精消毒都是不可或缺的。

B：<ruby>今<rt>いま</rt></ruby>、<ruby>誰<rt>だれ</rt></ruby>もがアルコール<ruby>消毒<rt>しょうどく</rt></ruby>してるから、<ruby>以前<rt>いぜん</rt></ruby>よりインフルエンザにかかる<ruby>人<rt>ひと</rt></ruby>が<ruby>減<rt>へ</rt></ruby>ったらしいよ。

因為大家現在都會酒精消毒，罹患流感的人好像比以前少了。

06 ♪160-02

A：_____

你知道「一寸光陰不可輕」的意思嗎？

B：はい、「<ruby>少<rt>すこ</rt></ruby>しの<ruby>時間<rt>じかん</rt></ruby>も<ruby>無駄<rt>むだ</rt></ruby>にしてはいけない」という<ruby>意味<rt>いみ</rt></ruby>です。

是，意思是「不應該浪費任何一點時間」。

07 ♪160-03

A：_____

我認為不應該孩子想要什麼就給他。

B：そうですね。<ruby>何<rt>なん</rt></ruby>でも<ruby>与<rt>あた</rt></ruby>えていたら、<ruby>手<rt>て</rt></ruby>に<ruby>入<rt>はい</rt></ruby>らないものがあるということが<ruby>理解<rt>りかい</rt></ruby>できない<ruby>大人<rt>おとな</rt></ruby>になるかもしれませんからね。

沒錯。如果什麼都給他，他可能就會成為一個不明白有些東西是得不到的大人。

08 ♪160-04

A：<ruby>明日<rt>あした</rt></ruby>、<ruby>試験<rt>しけん</rt></ruby>なのに<ruby>勉強<rt>べんきょう</rt></ruby>しなくてもいいの？

明天有考試卻不唸書也可以嗎？

B：_____

沒問題，沒問題。平常就有唸書的話，考試前一天不唸也沒問題！

参考答案　<ruby>答<rt>こた</rt></ruby>え：

1. <ruby>風邪<rt>かぜ</rt></ruby>をひかないように、<ruby>手洗<rt>てあら</rt></ruby>いやアルコール<ruby>消毒<rt>しょうどく</rt></ruby>は<ruby>欠<rt>か</rt></ruby>かせないね。　→句型101 P.124
2. 「<ruby>一寸<rt>いっすん</rt></ruby>の<ruby>光陰軽<rt>こういんかる</rt></ruby>んずべからず」の<ruby>意味<rt>いみ</rt></ruby>がわかりますか？　→句型108 P.131
3. <ruby>私<rt>わたし</rt></ruby>は、<ruby>子<rt>こ</rt></ruby>どもが<ruby>欲<rt>ほ</rt></ruby>しがるものを<ruby>何<rt>なん</rt></ruby>でも<ruby>与<rt>あた</rt></ruby>えるべきではないと<ruby>思<rt>おも</rt></ruby>います。　→句型109 P.132
4. <ruby>大丈夫<rt>だいじょうぶ</rt></ruby>、<ruby>大丈夫<rt>だいじょうぶ</rt></ruby>。ふだんから<ruby>勉強<rt>べんきょう</rt></ruby>していれば、<ruby>試験<rt>しけん</rt></ruby>の<ruby>前日<rt>ぜんじつ</rt></ruby>に<ruby>勉強<rt>べんきょう</rt></ruby>しなくても<ruby>大丈夫<rt>だいじょうぶ</rt></ruby>だよ！　→句型115 P.138

PART

[假設]

4

～たらいいですよ
～的話會比較好

根據日文的文法規則，「～たらいいですよ」前面通常加動詞た形。「～たらいいですよ」意思是「～的話會比較好」，是在勸告別人的時候使用。

～たらいいですよ。

♪162-02	01	**これにし**	決定這個的話會比較好。
♪162-03	02	**薬を飲んだらいいですよ**	吃藥的話會比較好。
♪162-04	03	**ここへ行っ**	去這裡的話會比較好。
♪162-05	04	**ここを参観し**	參觀這裡的話會比較好。
♪162-06	05	**花火大会を見**	去看煙火大會的話會比較好。
♪162-07	06	**お祭りへ行っ**	去參加祭典的話會比較好。
♪162-08	07	**ここへ連絡し**	連絡這裡的話會比較好。
♪162-09	08	**ここでチケットを買っ**	在這裡買票的話會比較好。
♪162-10	09	**ここで食事をし**	在這裡用餐的話會比較好。

♪162-01

どこに泊まったらいいですか。

在哪裡住宿比較好呢？

このホテルに泊まったらいいですよ。

在這間旅館住宿的話會比較好。

補充單字

花火大会 名 煙火大會／チケット 名 票；入場券／食事 名 用餐

對話練習 ♪162-11

A：バスが来なかったら、タクシーで行ったらいいですよ。
如果公車不來，可以搭計程車去。

B：ここはタクシー呼ぶのもたいへんなんですよ。
這裡要叫計程車也不容易呀。

還可以這樣說！

············ 「～たらいいですよ」、「～ばいいですよ」 ············

「～たらいいですよ」和「～ばいいですよ」都是勸別人或提供建議的時候使用的句型。例如「先生に聞いたらいいですよ」也可以說「先生に聞けばいいですよ」，意思都是「問老師比較好」。後者是比較積極的說法。

～たらどうですか
～（的話）怎麼樣？

根據日文的文法規則，「～たらどうですか」前面通常加動詞た形。「～たらどうですか」意思是「～（的話）怎麼樣？」。

～たらどうですか。

♪163-02	01	北海道へ行ってみ	去北海道看看怎麼樣？
♪163-03	02	納豆を食べてみ	吃吃看納豆怎麼樣？
♪163-04	03	これを使ってみ	使用看看這個怎麼樣？
♪163-05	04	留学フェアに行ってみ	去留學說明會看看怎麼樣？
♪163-06	05	パレードを見	去看看遊行怎麼樣？
♪163-07	06	花火大会へ行ってみ	去看看煙火大會怎麼樣？
♪163-08	07	祇園祭りを見学し	去看看祇園祭怎麼樣？
♪163-09	08	茶道を体験してみ	去體驗看看茶道怎麼樣？
♪163-10	09	ここで写真を撮っ	在這裡拍照怎麼樣？
♪163-11	10	ここに連絡してみ	連絡這裡怎麼樣？

♪163-01

ここで写真を撮ったらどうですか。

在這裡拍照怎麼樣？

いい場所ですね。

很好的地點。

（○）補充單字

留学フェア 名 留學說明會／**祇園祭り** 名 祇園祭／**写真を撮ります** 動 拍照

（Q）對話練習 ♪163-12

A：熱が下がらないなら、病院へ行ったらどうですか？
如果你的發燒一直不退，就去醫院怎麼樣？

B：そうですね。そうしてみます。
説得也是。就這麼做吧。

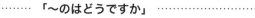

還可以這樣說！

「～のはどうですか」

「～たらどうですか」和「～のはどうですか」意思都是「～的話如何？」，「～のはどうですか」是比較消極的說法。例如「連絡したらどうですか」和「連絡するのはどうですか」意思都是「要不要聯絡看看？」。

～といいですよ
我覺得～比較好

根據日文的文法規則，「～といいですよ」前面通常加動詞辭書形。「～といいですよ」意思是「我覺得～比較好」。

～といいですよ。

♪164-02	01	お土産はこれにする	我覺得選擇這個名產比較好。
♪164-03	02	旅行社はここにする	我覺得選擇這間旅行社比較好。
♪164-04	03	航空会社はここにする	我覺得選擇這間航空公司比較好。
♪164-05	04	食事の後でこれを飲む	我覺得吃完飯之後喝這個比較好。
♪164-06	05	ここに連絡する	我覺得連絡這裡比較好。
♪164-07	06	この人に相談する	我覺得跟這個人商量比較好。
♪164-08	07	このジムで運動する	我覺得在這間健身房運動比較好。
♪164-09	08	この駐車場に停める	我覺得在這座停車場停車比較好。
♪164-10	09	この喫茶店で勉強する	我覺得在這間咖啡廳唸書比較好。

♪164-01

会食はこのレストランにするといいですよ。

我覺得在這間餐廳聚餐比較好。

はい、そうします。

好的，就那麼做吧。

> 補充單字

会食 名 聚餐／**相談します** 動 商量／**ジム** 名 健身房

> 對話練習　♪164-11

A：あっ、熱！
啊，好燙！

B：火傷しましたか？すぐ冷水で冷やすといいですよ。
你被燙傷了嗎？趕快用冷水冷卻比較好。

還可以這樣說！

……………………………… 「～たらいいですよ」 …………………………………

「動詞辭書形＋といいですよ」和「～たらいいですよ」都是「我覺得～比較好」的意思，例如，「熱中症なら首を冷やすといいですよ」、「熱中症なら首を冷やしたらいいですよ」（中暑的話，冰敷脖子比較好）都是建議的說法。

～なら～

如果～的話（就）～（建議）

139

根據日文的文法規則，「～なら～」前面可以加名詞、形容詞或動詞。「～なら～」意思是「如果～的話（就）～」，是建議別人時的用法。

～なら～

♪165-02	01	抹茶ならあそこのがいちばんいいですよ。	如果是抹茶的話，就是那間店最好。
♪165-03	02	アフタヌーンティーならあのホテルがいいですよ。	如果是下午茶的話，就是那間飯店的最好。
♪165-04	03	コーヒーならあの喫茶店のがおいしいです	如果是咖啡的話，那間咖啡店的很好喝。
♪165-05	04	古本ならこの店の本の質がいいですよ。	如果是二手書的話，這間店的書本品質很好。
♪165-06	05	カメラならこのメーカーがいちばんお薦めです。	如果是相機的話，這個製造商的最推薦。
♪165-07	06	お祭りなら時代祭りがおもしろいですよ。	如果是祭典的話，古裝祭典是最有趣的喔。

♪165-01

> 嫌いなら食べなくてもいいですよ。
>
> 如果不喜歡的話可以不要吃喔。

> はい、そうします。
>
> 好，我會（那麼做）的。

(▶) 補充單字

アフタヌーンティー 名 下午茶／**古本** 名 舊書／**時代祭り** 名 古裝祭典

(Q) 對話練習　♪165-08

A：温泉旅行に行くなら、道後温泉がおすすめですよ。
　　如果要去溫泉旅行的話，我推薦道後溫泉。

B：へえ、道後温泉ですか。いいですね。
　　喔，道後溫泉嗎？聽起來不錯。

原來如此！

················ 「～なら～」 VS. 「～たら」 ················

「なら」的前面是別人的條件，後面是說話者的意見，常用在提供建議、要求等，前後的主語是不同的人。「たら」有兩個意思，第一個意思是「～之後」，第二個意思是「如果～的話就～」，實現比較困難的事情常用「たら」。例如，「宝くじが当たったら、車を買います（如果彩券中獎的話買汽車）」。

165

～恐れがあります

恐怖～

根據日文的文法規則，「～恐れがあります」前面通常加名詞＋の，或動詞辭書形。「～恐れがあります」意思是「恐怖～」。

～恐れがあります。

♪166-02	01	大雨の	恐怕會下大雨。
♪166-03	02	台風が来る	恐怕颱風會過來。
♪166-04	03	津波が発生する	恐怕會發生海嘯。
♪166-05	04	飛行機が遅れる	恐怕飛機會誤點。
♪166-06	05	新幹線が運休する	恐怕新幹線會停駛。
♪166-07	06	渋滞する	恐怕會塞車。
♪166-08	07	風邪を引く	恐怕會得感冒。
♪166-09	08	病気になる	恐怕會生病。

♪166-01

熱中症 になる恐れがありますから、水をたくさん飲んでください。

恐怕會中暑，所以請多喝水。

はい、気をつけます。

好，我會小心的。

◉ 補充單字

渋滞します 動 塞車／風邪を引きます 動 感冒／熱中症になります 動 中暑

◉ 對話練習 ♪166-10

A：天気予報によると、あさって台風が上陸する恐れがあるらしいよ。
根據天氣預報，後天颱風恐怕會登陸。

B：じゃ、食料や水の準備をしておかないと。
那我得先準備好食物和水了。

還可以這樣說！

「～かもしれません」

「～恐れがあります」是比較正式的說法。氣象報導常用這一句。例如「明日は大雪の恐れがあります」。「～かもしれません」則是口語常用的句型。

～たら、～
如果～的話就～

根據日文的文法規則，「～たら、～」前後可以加名詞、形容詞或動詞的た形。「～たら、～」意思是「如果～的話就～」，用於假設事情發生之後。

～たら、～

♪167-02 01	到着_{とうちゃく}したら、連絡_{れんらく}します。	如果到的話就先連絡。
♪167-03 02	道_{みち}に迷_{まよ}ったら、電話_{でん わ}してください。	如果迷路的話就請打電話。
♪167-04 03	よろしかったら、電話番号_{でん わ ばんごう}を教_{おし}えてください。	如果可以的話請告訴我電話號碼。
♪167-05 04	日程_{にってい}が決_きまったら、お知_しらせします。	如果日期決定的話就請告知。
♪167-06 05	雨_{あめ}だったら、中止_{ちゅうし}です。	如果下雨的話就停止活動。
♪167-07 06	暑_{あつ}かったら、クーラーをつけましょう。	如果很熱的話就開冷氣吧。
♪167-08 07	時間_{じ かん}があったら、来_きてください。	如果有時間的話就請過來吧。

♪167-01

寒_{さむ}かったら、窓_{まど}を閉_しめましょうか。

如果會冷的話就把窗戶關上吧。

はい、お願_{ねが}いします。

好，麻煩您了。

▶ 補充單字

到着_{とうちゃく}します 動 到達／**よろしい** 形 方便／**日程_{にってい}** 名 日期、行程

Q 對話練習 ♪167-09

A：もし、北海道_{ほっかいどう}へ行_いったら、「白_{しろ}い恋人_{こいびと}」を買_かってきてくれる？
如果去了北海道，你可以買「白色戀人」回來嗎？

B：うん、いいよ。たぶん白_{しろ}い恋人_{こいびと}の工場見学_{こうじょうけんがく}に行_いくと思_{おも}う。
嗯，可以啊。我也許會去參觀白色戀人的工廠。

還可以這樣說！

⋯⋯⋯⋯⋯⋯⋯⋯⋯⋯⋯⋯ **「～れば～」** ⋯⋯⋯⋯⋯⋯⋯⋯⋯⋯⋯⋯

「～たら～」和「～れば～」都是「如果～的話就～」的意思，「～れば～」比較常用在諺語。例如「塵_{ちり}も積_つもれば山_{やま}となる（積沙成塔）」。

～たら、～
如果～的話～

根據日文的文法規則，「～たら、～」前後通常可以加名詞、形容詞或動詞的た形。「～たら、～」意思是「如果～的話～」，用於假設事情發生之後，但實現的可能性比較低。

～たら、～

♪168-02 01 大地震（おお じ しん）が起（お）きたら、どうしたらいいですか。
如果發生大地震的話該怎麼辦比較好？

♪168-03 02 火事（か じ）が起（お）きたら、どうしますか。
如果發生火災的話該怎麼辦？

♪168-04 03 大企業（だい き ぎょう）の社長（しゃ ちょう）になったら、何（なに）をしますか。
如果當上大公司的老闆的話會做些什麼？

♪168-05 04 玉（たま）の輿（こし）に乗（の）ったら、何（なに）を買（か）ってもらいますか。
如果釣到金龜婿的話，會想要對方買什麼？

♪168-06 05 アラジンのランプがあったら、願（ねが）い事（ごと）は何（なん）ですか。
如果有阿拉丁的神燈的話，會許什麼願望？

♪168-07 06 ドラえもんがいたら、どの道具（どう ぐ）がいちばん欲（ほ）しいですか。
如果有哆啦A夢的話，最想要什麼樣的道具？

♪168-01

ロトで巨額（きょ がく）の賞金（しょう きん）が当（あ）たったら、どうしますか。

如果樂透中了巨額獎金的話怎麼辦？

寄付（き ふ）します。

我會捐款。

> 補充單字

ロト 名 樂透／玉（たま）の輿（こし）に乗（の）る 慣 金龜婿／アラジンのランプ 名 阿拉丁的神燈

> 對話練習 ♪168-08

A：ワクチンを打（う）ったら、しばらく安静（あん せい）にして運動（うん どう）しちゃいけないんだって。
據說接種疫苗後，要暫時靜養不能運動。

B：え～、しばらく運動（うん どう）できないの。つまんない。
欸，會有一段時間不能運動嗎。真無聊。

還可以這樣說！

⋯⋯⋯⋯⋯⋯⋯⋯⋯⋯⋯⋯⋯⋯⋯⋯⋯⋯⋯ 「～てから～」 ⋯⋯⋯⋯⋯⋯⋯⋯⋯⋯⋯⋯⋯⋯⋯⋯⋯⋯⋯

「～たら～」和「～てから～」都有「～之後～」的意思，不過「～たら～」是在說假設前項動作發生之後的事情，因此不一定每次可以交換使用。

～と～
一～就會～（必然發生）

根據日文的文法規則，「～と～」前面通常會加名詞、形容詞或動詞的辭書形。「～と～」意思是「一～就會～」，是必然會發生的事。

～と～

♪169-02 01	まっすぐ行くと銀行があります。	一直直走會到銀行了。
♪169-03 02	ここを押すと切符が出ます。	一按這裡票就會出來了。
♪169-04 03	北海道に行くと蟹を食べます。	一去北海道就會去吃螃蟹。
♪169-05 04	生の玉葱を食べると涙が出ます。	一吃生洋葱，眼淚就會流出來。
♪169-06 05	胡椒をかけるとくしゃみが出ます。	一使用胡椒，就會打噴嚏。
♪169-07 06	春になると花粉症患者が出ます。	一到了春天，花粉症患者就會出現。
♪169-08 07	夏になると夕立があります。	一到了夏天，就會有午後雷陣雨。

♪169-01

台風が上陸すると会社と学校が休みになります。

颱風一登陸，學校跟公司就會放假。

それはたいへんですね。

那可就事情大條了吧。

補充單字

切符 名 票／くしゃみ 名 打噴涕／生 名 生的、未成熟的東西／夕立 名 午後雷陣雨

對話練習 ♪169-09

A：ここをまっすぐ行くと、左側に白い教会がありますよ。
　　往這邊走一直走的話，你就會在左手邊看到一座白色的教堂。

B：ここをまっすぐですね。どうも。
　　往這邊走一直走是嗎。謝謝。

原來如此！

·············· 「～と～」VS.「～ば～」··············

「～と～」的意思是「一～就～」，是幾乎沒有例外發生的事情。例如，「ボタン押すとおつりが出ます（按鈕的話就找零錢）」。「～ば～」則有「如果～的話就～」的意思，例如：「ボタンを押せばお釣りが出ます（按鈕的話就找零錢）」。兩者某些條件之下可以互換。

～と～
一～就～（意外、結果）

根據日文的文法規則，「～と～」前面通常會加名詞、形容詞或動詞的辭書形。「～と～」意思是「一～就～」，是意外的結果。

～と～

♪170-02 **01** 箱を開けると中身は壊れていました。 一打開箱子就發現裡面東西壞掉了。

♪170-03 **02** それを食べるとお腹が痛くなりました。 一吃了那個，肚子就痛。

♪170-04 **03** トンネルを出ると大雨でした。 一出隧道就下了大雨。

♪170-05 **04** 本人に会うと写真とは別人でした。 一看到本人就覺得與照片判若二人。

♪170-06 **05** その下着を着ると痩せて見えます。 一穿上那件內衣就顯瘦。

♪170-07 **06** お祭りが終わると誰もいなくなりました。 祭典一結束人潮就消失得一乾二淨。

♪170-08 **07** 電話をかけると知らない人が出ました。 一打電話就是不認識的人接。

♪170-01

店に行くと本日休業と書いてありました。

一到店面就發現店門寫著本日公休。

それは残念でしたね。

那真是可惜。

> **補充單字**

中身 名 裡面的東西／**トンネル** 名 隧道／**下着** 名 內衣

> **對話練習** ♪170-09

A：ドアを開けると母が立っていて驚いたわ。
我一打開門，媽媽就站在門外，嚇我一跳。

B：ドアの外で立ち聞きしていたのかな？
該不會是在門外偷聽吧？

還可以這樣說！

・・・・・・・・・ 「～たら～」 ・・・・・・・・・

這裡的「～と～」是用在形容發生出乎意料的事情，也可以用「～たら～」代換，故上述例句也可以寫成「ドアを開けたら母が立っていた」。

～なら～
如果～的話就～（意見）

根據日文的文法規則，「～なら～」前後通常可以使用名詞、形容詞或動詞的辭書形。「～なら～」意思是「如果～的話就～」，用於表達自己的意見。

～なら～

♪171-02 01	<ruby>高<rt>たか</rt></ruby>いなら<ruby>買<rt>か</rt></ruby>いません。	如果很貴的話就不會買。
♪171-03 02	あなたが<ruby>行<rt>い</rt></ruby>くならわたしも<ruby>行<rt>い</rt></ruby>きます。	如果你會去的話我就會去。
♪171-04 03	<ruby>遠<rt>とお</rt></ruby>いなら<ruby>行<rt>い</rt></ruby>きません。	如果太遠的話不會去。
♪171-05 04	<ruby>雨<rt>あめ</rt></ruby>なら<ruby>延期<rt>えんき</rt></ruby>です。	如果下雨的話就會延期。
♪171-06 05	<ruby>晴<rt>は</rt></ruby>れなら<ruby>山<rt>やま</rt></ruby>に<ruby>登<rt>のぼ</rt></ruby>ります。	如果放晴的話就去登山。
♪171-07 06	<ruby>精進料理<rt>しょうじんりょうり</rt></ruby>なら<ruby>食<rt>た</rt></ruby>べます。	如果是齋食的話就會吃。
♪171-08 07	<ruby>少<rt>すこ</rt></ruby>しならわかります。	如果是一點點的話就知道。
♪171-09 08	バイキングなら<ruby>行<rt>い</rt></ruby>きたいです。	如果是自助餐的話就會想去。

♪171-01

費<ruby>用<rt>ひ よう</rt></ruby>がかかるなら
<ruby>修理<rt>しゅう り</rt></ruby>しません。

如果需要費用的話就不要修理。

わかりました。

我知道了。

▶ 補充單字

精進料理 <ruby>しょうじんりょうり<rt></rt></ruby> 名 齋食／**バイキング** 名 百匯自助餐

Q 對話練習 ♪171-10

A：<ruby>台湾<rt>たいわん</rt></ruby>のお<ruby>土産<rt>みやげ</rt></ruby>なら、ヌガーがいいと<ruby>思<rt>おも</rt></ruby>いますよ。
　說到臺灣的紀念品，我覺得牛軋糖很好。

B：そうですね。パイナップルケーキはもう<ruby>飽<rt>あ</rt></ruby>きたそうですからね。
　沒錯。鳳梨酥似乎已經膩了。

還可以這樣說！

.... 「～だったら～」 ....

這裡的「～なら～」，前面指的是非說話者的條件，後面則是說話者提供的建議。也可以用「～だったら～」來代換，故上述例句也可以寫成「台湾のお土産だったら、ヌガーがいいと<ruby>思<rt>おも</rt></ruby>います」。

～なら～
如果～的話就～（拜託）

根據日文的文法規則，「～なら～」通常可以加名詞、形容詞或動詞動詞的辭書形。「～なら～」意思是「如果～的話就～」，於拜託別人時使用。

～なら～

♪172-02	01	日本へ行くなら目薬を買ってきてください。	如果去日本的話就幫我買眼藥水。
♪172-03	02	スーパーへ行くならミルクをお願いします。	如果去超市的話牛奶就麻煩你了。
♪172-04	03	電話番号を知っているなら教えてください。	如果知道電話號碼的話就請告訴我。
♪172-05	04	暇なら手伝ってください。	如果有空的話就幫忙一下。
♪172-06	05	一眼レフカメラがあるなら貸してください。	如果有單眼相機的話就請借給我。
♪172-07	06	知り合いがいるなら紹介してください。	如果是認識的人的話就請介紹給我。

♪172-01

先生に会うならよろしく伝えてください。

如果跟老師見面的話，就請你代為問候。

はい、いいですよ。

好的。沒問題。

補充單字

暇 形 空閒／一眼レフカメラ 名 單眼相機／知り合い 名 認識的人

對話練習 ♪172-08

A：コンビニに行くなら、ついでに牛乳買ってきてくれる？
　　如果要去便利店，可以順便買牛奶回來嗎？

B：いいよ。1リットルのでいい
　　好。容量1公升的可以嗎？

原來如此！

················· 「～なら～」 ·················

「～なら～」和其他假設的句型不同的地方在於，「なら」前後的動詞，其主語是不同的人。像是「コンビニに行くなら、ついでに牛乳買ってきてくれる？」（如果要去便利商店，可以順便買牛奶回來嗎？）這句話，要去便利商店的人，和要求買牛奶的人就不是同一個人。

～ば～
如果～的話就～

根據日文的文法規則，「～ば～」前面通常加形容詞或動詞假定形。「～ば～」意思是「如果～的話就～」。

～ば～

♪173-02 01	毎日練習すれば上手になります。	如果每天練習的話就會熟練喔。
♪173-03 02	野菜を食べれば体にいいです。	如果多吃青菜的話對身體比較好喔。
♪173-04 03	味が薄ければ醤油を入れてください。	如果味道太淡的話就加點醤油。
♪173-05 04	水をたくさん飲めば熱中症になりません。	如果多喝水的話就不會中暑了。
♪173-06 05	天気がよければ散歩に行きます。	如果天氣好的話就會去散步喔。
♪173-07 06	寒ければ上着を着ます。	如果會冷的話就會穿外套。
♪173-08 07	眠たければコーヒーを飲みます。	如果喝咖啡的話就會睡不著。
♪173-09 08	疲れれば少し休みます。	如果累的話就稍微休息吧。

♪173-01

一週間に3回運動すればスリムになりますよ。

如果一個星期運動三次的話就會變窈窕喔。

はい、がんばります。

好，我會努力的。

▶ 補充單字

スリム 形 苗條的／気分 名 心情／上着 名 外套

Q 對話練習 ♪173-10

A：いらない物、ネットオークションで売れば？
　如果有不需要的東西，就在網上拍賣怎麼樣？
B：それは一石二鳥で、いいアイデアだね。
　一石二鳥，真是個好主意。

還可以這樣說！

・・・・・・「～たら～」・・・・・・

「いらない物、ネットオークションで売れば？」這裡的「～ば～」後面省略了「～ばいいと思う」（我認為～比較好）。若用「～たら～」替換的話，則是「たらどう？」（～如何？）的簡稱。兩者都可以在建議的時候使用。

～ば～ほど

愈～愈～

根據日文的文法規則，「～ば～ほど」前面和中間通常加形容詞或動詞假定形。「～ば～ほど」意思是「愈～愈～」。

～ば～ほど

♪174-02	01	食べれば食べるほど太ります。	吃愈多會變愈胖喔。
♪174-03	02	勉強すればするほど上達します。	愈努力讀書愈會進步喔。
♪174-04	03	暑ければ暑いほどかき氷が売れます。	愈熱的時候刨冰生意愈好。
♪174-05	04	努力すれば努力するほど成功に近づきます。	愈努力離成功愈接近。
♪174-06	05	ビールを飲めば飲むほどお腹が大きくなります	啤酒愈喝肚子愈大喔。
♪174-07	06	会話練習すればするほど上手になります。	會話練習愈練習愈熟練喔。
♪174-08	07	年をとればとるほどハンサムになります。	年紀愈大愈帥。

♪174-01

この俳優は、年をとればとるほどハンサムになりますね。

這位演員年紀愈大愈帥氣。

ほんとうにそうですね。

真的是這樣耶。

▶ 補充單字

太ります 動 變胖／上達します 動 進步／かき氷 名 刨冰／年をとります 慣 上了年紀

▶ 對話練習　♪174-09

A：寒ければ寒いほど鍋料理屋が儲かるらしいよ。
　好像天氣愈冷，火鍋店就愈賺錢。

B：そりゃそうでしょ。暑ければ暑いほどビールも売れるからね。
　想想也是。啤酒也是天氣愈熱愈暢銷。

原來如此！

·········· 「～ば～ほど～」 ··········

這個句型可以用在動詞和形容詞，例如「食べれば食べるほど太ります（愈吃愈胖）」、「安ければ安いほどいいです（愈便宜愈好）」等。

もしかして～かもしれません

也許～也説不定

根據日文的文法規則，「もしかして～かもしれません」中間可以加名詞、形容詞或動詞辭書形。「もしかして～かもしれません」意思是「也許～也説不定」。

もしかして～かもしれません。

♪175-02	01	雨が降る	也許會下雨也説不定。
♪175-03	02	彼が来る	也許他會過來也説不定。
♪175-04	03	見つかる	也許會找到也説不定。
♪175-05	04	成功する	也許會成功也説不定。
♪175-06	05	失敗する	也許會失敗也説不定。
♪175-07	06	騙された	也許是被騙了也説不定。
♪175-08	07	行かない	也許無法去也説不定。
♪175-09	08	中止になる	也許會取消也説不定。
♪175-10	09	優勝する	也許會勝利也説不定。
♪175-11	10	金メダル	也許會得金牌也説不定。

♪175-01

今年の野球の試合は、もしかして優勝するかもしれませんね。

今年的棒球比賽也許會贏也説不定。

そうですね。楽しみですね。

説得也是，好期待。

補充單字

見つかりま 動 找到／中止になります 動 取消／優勝します 動 獲得冠軍／金メダル 名 金牌

對話練習 ♪175-12

A：もしかして、彼が犯人かもしれません。
 他也許是犯人。

B：どうしてそう思うんですか？
 你為什麼這麼認為？

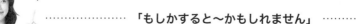

還可以這樣説！

·············· 「もしかすると～かもしれません」 ··············

「もしかして」和「もしかすると」都是「也許～」的意思，可以互相交換使用。例如「もしかして雪が降るかもしれない」、「もしかすると雪が降るかもしれない」都是「也許會下雪」的意思。

もしも〜
萬一〜、如果〜

根據日文的文法規則，「もしも〜」後面可以加名詞、形容詞或動詞假定形。「もしも〜」意思是「萬一〜」或「如果〜」。

もしも〜

♪176-02	01	時間があったら行きましょう	如果有時間的話一起去吧！
♪176-03	02	お金が余ったら買いましょう。	如果有剩錢的話就會買。
♪176-04	03	雨が降ったらやめましょう。	萬一下雨的話就不要做了。
♪176-05	04	壊れたらどうしますか。	萬一壞掉的話怎麼辦？
♪176-06	05	故障したらどこへ持って行きますか。	萬一故障的話要帶去哪裡？
♪176-07	06	結婚したらどこに住みたいですか。	如果結婚的話想住在哪裡呢？
♪176-08	07	ハネムーンに行くとしたらどこへ行きたいですか。	如果要蜜月旅行的話想去哪裡呢？
♪176-09	08	挙式をするなら、どこでしたいですか。	如果要辦婚禮，想要在哪裡舉辦呢？

♪176-01

もしも退職したら何をするつもりですか。

如果退休的話，會想要做些什麼呢？

世界一周旅行をしたいです。

會想要環遊世界。

> 補充單字

余ります 動 多餘／**ハネムーン** 名 蜜月旅行／**挙式をします** 動 舉行婚禮／**退職します** 動 退休

> 對話練習　♪176-10

A：私にもしものことがあったら、こちらに連絡してくださいね。
如果我有出了什麼事，請聯繫這裡。

B：「もしものこと」って何？何か危険なことでもするの？
什麼叫「出了什麼事」？你要做什麼危險的事嗎？

原來如此！

………………　「もしも」 VS. 「もし」 …………

「もしも」是「萬一〜」的意思，「もし」是「如果〜」的意思，兩者很像，但是意思不同，要小心不要搞混。

実戦会話トレーニング
じっせんかいわ

聊天實戰演習

剛剛學完的句型你都融會貫通了嗎？現在就來測驗看看自己是否能應付以下情境吧！試著用所學與以下四個人物對話，再看看和參考答案是否使用了一樣的句型。若發現自己對該句型不熟悉，記得再回頭複習一遍喔！

表達情緒或個人喜好的句型

01 ♪177-01

A：_____

往這邊走一直走的話，你就會在左手邊看到一座白色的教堂。

B：ここをまっすぐですね。どうも。

往這邊走一直走是嗎。謝謝。

02 ♪177-02

A：_____

我一打開門，媽媽就站在門外，嚇我一跳。

B：ドアの外で立ち聞きしていたのかな？
そと　　た　ぎ

該不會是在門外偷聽吧？

03 ♪177-03

A：_____

如果有不需要的東西，就在網上拍賣怎麼樣？

B：それは一石二鳥で、いいアイデアだね。
いっせき　にちょう

一石二鳥，真是個好主意。

04 ♪177-04

A：_____

他也許是犯人。

B：どうしてそう思うんですか？何か証拠があるんですか。
おも　　　　　なに　しょうこ

你為什麼這麼認為？有什麼證據嗎？

參考答案 答え：
こた

1. ここをまっすぐ行くと、左側に白い教会がありますよ。　　→句型143 P.169
　　　　　　　　い　ひだりがわ　しろ　きょうかい
2. ドアを開けると母が立っていて驚いたわ。　　　　　　　→句型144 P.170
　　　　あ　はは　た　　　　おどろ
3. いらない物、ネットオークションで売れば？　　　　　　→句型147 P.173
　　　　　もの　　　　　　　　　　　　　う
4. もしかして、彼が犯人かもしれません。　　　　　　　　→句型149 P.175
　　　　　　　かれ　はんにん

05 ♪178-01

A：＿＿＿＿＿＿＿＿＿＿＿＿＿＿＿＿＿＿＿＿＿

如果去了北海道，你可以買「白色戀人」回來嗎？

B：うん、いいよ。たぶん「<ruby>白<rt>しろ</rt></ruby>い<ruby>恋人<rt>こいびと</rt></ruby>」の<ruby>工場見学<rt>こうじょうけんがく</rt></ruby>に<ruby>行<rt>い</rt></ruby>くと<ruby>思<rt>おも</rt></ruby>う。

嗯，可以啊。我也許會去參觀白色戀人的工廠。

06 ♪178-02

A：＿＿＿＿＿＿＿＿＿＿＿＿＿＿＿＿＿＿＿＿＿

説到臺灣的紀念品，我覺得牛軋糖很好。

B：そうですね。パイナップルケーキはもう<ruby>飽<rt>あ</rt></ruby>きたそうですからね。

沒錯。鳳梨酥似乎已經膩了。

07 ♪178-03

A：＿＿＿＿＿＿＿＿＿＿＿＿＿＿＿＿＿＿＿＿＿

好像天氣愈冷，火鍋店就愈賺錢。

B：そりゃそうでしょ。<ruby>暑<rt>あつ</rt></ruby>ければ<ruby>暑<rt>あつ</rt></ruby>いほどビールも<ruby>売<rt>う</rt></ruby>れるからね。

想想也是。啤酒也是天氣愈熱愈暢銷。

08 ♪178-04

A：＿＿＿＿＿＿＿＿＿＿＿＿＿＿＿＿＿＿＿＿＿

如果我有出了什麼事，請聯繫這裡。

B：「もしものこと」って<ruby>何<rt>なに</rt></ruby>？<ruby>何<rt>なに</rt></ruby>か<ruby>危険<rt>きけん</rt></ruby>なことでもするの？

什麼叫「出了什麼事」？你要做什麼危險的事嗎？

<ruby>参考<rt></rt></ruby>答案　<ruby>答<rt>こた</rt></ruby>え：

5. もし、<ruby>北海道<rt>ほっかいどう</rt></ruby>へ<ruby>行<rt>い</rt></ruby>ったら、「<ruby>白<rt>しろ</rt></ruby>い<ruby>恋人<rt>こいびと</rt></ruby>」を<ruby>買<rt>か</rt></ruby>ってきてくれる？　　→句型141 P.167
6. <ruby>台湾<rt>たいわん</rt></ruby>のお<ruby>土産<rt>みやげ</rt></ruby>なら、ヌガーがいいと<ruby>思<rt>おも</rt></ruby>いますよ。　　→句型145 P.171
7. <ruby>寒<rt>さむ</rt></ruby>ければ<ruby>寒<rt>さむ</rt></ruby>いほど<ruby>鍋料理屋<rt>なべりょうりや</rt></ruby>が<ruby>儲<rt>もう</rt></ruby>かるらしいよ。　　→句型148 P.174
8. <ruby>私<rt>わたし</rt></ruby>にもしものことがあったら、こちらに<ruby>連絡<rt>れんらく</rt></ruby>してくださいね。　　→句型150 P.176

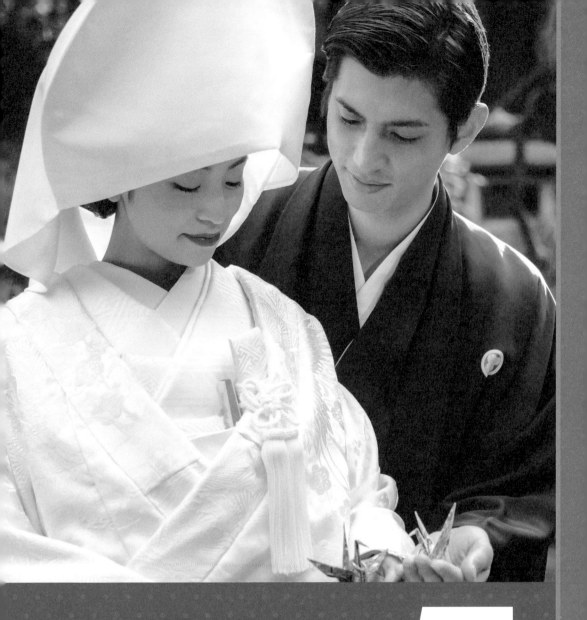

PART

[感嘆・誇讃]

5

愛くるしい〜
令人喜愛的〜

根據日文的文法規則，「愛くるしい〜」後面通常加名詞。「愛くるしい〜」意思是「令人喜愛的〜」。

愛くるしい〜

♪180-02	01 パンダ。	令人喜愛的貓熊。
♪180-03	02 仔犬。	令人喜愛的狗寶寶。
♪180-04	03 仔猫。	令人喜愛的貓寶寶。
♪180-05	04 赤ちゃん。	令人喜愛的嬰兒。
♪180-06	05 子ども。	令人喜愛的小孩。
♪180-07	06 人形。	令人喜愛的人偶。
♪180-08	07 ぬいぐるみ。	令人喜愛的布偶。
♪180-09	08 キャラクター。	令人喜愛的卡通人物。
♪180-10	09 マスコット。	令人喜愛的吉祥物。
♪180-11	10 デザイン。	令人喜愛的設計。

♪180-01

> 愛くるしいマスコットですね。
>
> 真是令人喜愛的吉祥物！

> そうでしょ。可愛いでしょう？
>
> 對啊，可愛吧？

▶ 補充單字

ぬいぐるみ 名 布偶／キャラクター 名 卡通人物／マスコット 名 吉祥物

Q 對話練習 ♪180-12

A：生まれたばかりのゴリラは、愛くるしい顔をしてるね。
　　剛出生的大猩猩有一張令人喜愛的臉。
B：赤ん坊は何でも生まれたばかりの時は、可愛いよね。
　　不管是什麼寶寶，只要剛出生都很可愛。

原來如此！

·········· 「愛くるしい」 VS. 「可愛い」 ··········

「愛くるしい」是發自內心地覺得可愛，而不僅是恭維。「可愛い」則是比較單純、對外在的形容。

152

可愛い〜
<ruby>可愛<rt>かわい</rt></ruby>い〜

可愛的〜

根據日文的文法規則，「可愛い〜」後面通常加名詞。「可愛い〜」意思是「可愛的〜」。

可愛い〜

♪181-02	01 **マスコット。**	可愛的吉祥物。
♪181-03	02 **アニメキャラクター。**	可愛的卡通人物。
♪181-04	03 **動物の赤ちゃん。**	可愛的動物寶寶。
♪181-05	04 **デザイン。**	可愛的設計。
♪181-06	05 **子ども。**	可愛的小孩。
♪181-07	06 **キーホルダー。**	可愛的鑰匙圈。
♪181-08	07 **シール。**	可愛的貼紙。
♪181-09	08 **パッケージ。**	可愛的包裝。
♪181-10	09 **マスキングテープ。**	可愛的紙膠帶。
♪181-11	10 **ぬいぐるみ。**	可愛的布偶。

♪181-01

可愛いキーホルダーですね。

真是可愛的鑰匙圈。

ええ、お土産でもらいました。

對啊，是收到的紀念品喔。

補充單字

キーホルダー 名 鑰匙圈／**シール** 名 貼紙／**パッケージ** 名 包裝／**マスキングテープ** 名 紙膠帶

對話練習 ♪181-12

A：この仔豚、可愛い〜。
這隻小豬很可愛〜。
B：大きい豚はどう？
大的豬呢？

原來如此！

「可愛い」、「可愛らしい」

「可愛い」是對外在的形容，比較客觀。「可愛いらしい」則是形容人或事物如孩童般純真，或外表賞心悅目，讓人不自覺微笑，是比較主觀的用法。

181

すばらしい～

好棒的～

根據日文的文法規則，「すばらしい～」後面通常加名詞。「すばらしい～」意思是「好棒的～」。

すばらしい～

♪182-02	01	**ホテル。**	好棒的飯店。
♪182-03	02	**レストラン。**	好棒的餐廳。
♪182-04	03	**システム。**	好棒的系統。
♪182-05	04	**機能。**	好棒的機能。
♪182-06	05	**条件。**	好棒的條件。
♪182-07	06	**パートナー。**	好棒的夥伴。
♪182-08	07	**才能。**	好棒的才能。
♪182-09	08	**製品。**	好棒的產品。
♪182-10	09	**成績。**	好棒的成績。
♪182-11	10	**デザイン。**	好棒的設計。

♪182-01

> すばらしい成績でしたね。
>
> 真是好棒的成績！

> ありがとうございます。
>
> 謝謝。

▶ 補充單字

システム 名 系統／**パートナー** 名 夥伴／**才能** 名 天分

Q 對話練習 ♪182-12

A：山の上から眺めると、すばらしい景色ですね。
從山頂上眺望的景色好棒。

B：空気もいいし、最高ですね。
空氣也很好，棒極了。

原來如此！

·············· 「すばらしい」VS.「すてき」··············

「すばらしい」是是形容人或事物出色到讓人刮目相看。「すてき」則是人或事物很吸引人，符合自己的喜好，如：「すてきな人だな（那個人真棒耶）」。

～は美しいです
～美麗極了

根據日文的文法規則，「～は美しいです」前面通常加名詞。「～は美しいです」意思是「美麗極了」。

～は美しいです。

♪183-02	01	夕焼け	夕陽美麗極了。
♪183-03	02	日の出	日出美麗極了。
♪183-04	03	虹	彩虹美麗極了。
♪183-05	04	中秋の名月	中秋節的滿月美麗極了。
♪183-06	05	自然	自然美麗極了。
♪183-07	06	台湾の山	臺灣的山美麗極了。
♪183-08	07	沖縄の海	沖繩的海美麗極了。
♪183-09	08	珊瑚礁	珊瑚礁美麗極了。
♪183-10	09	木目	木紋美麗極了。
♪183-11	10	雪景色	雪景美麗極了。

♪183-01

雪景色は美しいですね。

雪景真是美麗極了。

一度見たら忘れられませんね。

看過一次就令人難忘。

▶ 補充單字

夕焼け 名 夕陽／木目 名 木紋／雪景色 名 雪景

Q 對話練習　♪183-12

A：秋の夜空は美しいね。
秋天的夜空真是美麗極了。

B：君も十分美しいよ！
你也十分美麗！

原來如此！

・・・・・・・・・・「美しい」VS.「きれい」・・・・・・・・・・

「きれい」有乾淨、整齊的意思，是針對外在的審美意識。「美しい」則是形容說話者被某人或事物奪去心神而讚嘆出聲，也就是「內在的審美意識」。

～はおいしいです
～很好吃

根據日文的文法規則，「～はおいしいです」前面通常寫名詞。
「～はおいしいです」意思是「～好吃」。

～はおいしいです。

♪184-02	01	日本のラーメン	日本拉麵很好吃。
♪184-03	02	台湾のショーロンポー	臺灣的小籠包很好吃。
♪184-04	03	日本の寿司	日本壽司很好吃。
♪184-05	04	鰻丼	鰻魚蓋飯很好吃。
♪184-06	05	勝丼	豬排蓋飯很好吃。
♪184-07	06	鉄火丼	鮪魚生魚片蓋飯好吃。
♪184-08	07	海鮮丼	海鮮丼好吃。
♪184-09	08	親子丼	親子丼好吃。
♪184-10	09	タピオカミルクティー	珍珠奶茶很好喝。
♪184-11	10	ライチ	荔枝很好吃。

♪184-01

台湾のマンゴーは
おいしいですね。

臺灣的芒果很好吃。

もちろんですよ。

當然。

▶ 補充單字

勝丼 名 豬排蓋飯／**鉄火丼** 名 鮪魚生魚片蓋飯／**タピオカミルクティー** 名 珍珠奶茶／**ライチ** 名 荔枝

Q 對話練習 ♪184-12

A：台湾の果物はなんでもおいしいから、幸せ！
臺灣的水果都好好吃，真幸福！

B：うん、日本にはないものも多いからね。ずっとここに住んでみる？
是啊，有很多日本沒有的水果。要一直在這裡住看看嗎？

原來如此！

·········· 「おいしい」VS.「うまい」 ··········

「おいしい」跟「うまい」的意思都是「好吃」，「おいしい」不分男女都可以使用。「うまい」則一般由男性使用，是比較粗魯的用法。

〜は奥深いですね
〜很深奧

根據日文的文法規則，「〜は奥深いですね」前面通常加名詞。
「〜は奥深いですね」意思是「〜很深奧」。

〜は奥深いですね。

♪185-02 01	この映画	這部電影很深奧！
♪185-03 02	この小説	這本小說很深奧！
♪185-04 03	この絵画	這幅畫很深奧！
♪185-05 04	この漫画	這本漫畫很深奧！
♪185-06 05	この料理	這道料理很深奧！
♪185-07 06	日本のお城	日本的城堡很深奧！
♪185-08 07	儒教の思想	儒家思想很深奧！
♪185-09 08	武士道精神	武士道精神很深奧！
♪185-10 09	日本の着物	日本的和服很深奧！
♪185-11 10	日本の茶道	日本的茶道很深奧！

♪185-01

この映画は奥深い
ですね。

這部電影很深奧！

ええ、でも少し難
しい内容ですね。

對啊，但是內容有點難
懂。

▶ 補充單字

映画 名 電影／**絵画** 名 畫／**着物** 名 和服

Q 對話練習 ♪185-12

A：お茶の世界は奥深いですよね。
茶的世界很深奧呢。

B：日本の茶道も、中国の茶芸も総合芸術だと思うよ。
我認為日本茶道和中國茶道都是一種綜合藝術。

原來如此！

.... **「奥深い」、「奥が深い」** ....

「奥深い」的「深い」是發濁音「ぶ」，通常由兩個單字組成的詞，第二個單字的
開頭常會變成濁音，這叫做「連濁」，如：「歌声（歌聲）」、「ゴミ箱（垃圾
桶）」等。而「奥が深い」因為有中間有「が」的關係，「深い」沒有變成濁音，
而是清音「ふかい」。「奥が深い」跟「奥深い」意思基本一樣。

〜がいい

〜好

根據日文的文法規則，「〜いい」前面通常加名詞。「〜がいい」
意思是「〜好」。

〜がいい。

♪186-02	01	見晴らし	風景好。
♪186-03	02	品質	品質好。
♪186-04	03	雰囲気	氣氛好。
♪186-05	04	デザイン	設計好。
♪186-06	05	色	顏色好。
♪186-07	06	味	味道好。
♪186-08	07	センス	品味好。
♪186-09	08	インテリアデザイン	室內裝潢好。
♪186-10	09	形	形狀好。
♪186-11	10	機能	機能好。

♪186-01

雰囲気がいいレス
トランですね。

餐廳氣氛真好。

味もいいんです
よ。

味道也很好耶。

> **補充單字**
>
> 見晴らし 名 眺望／雰囲気 名 氣氛／センス 名 品味

> **對話練習**　♪186-12
>
> A：私はミックスがいい。たけしくんは？
>
> 　　我要綜合口味。阿武呢？
>
> B：そうだな。僕はバニラにしよう。
>
> 　　這樣啊。我就選香草好了。

原來如此！

·········· 「〜がいい」 VS. 「〜でいい」 ··········

「〜がいい（〜比較好）」是正面、積極的說法；「〜でいい（〜就好了）」則是
負面、消極的說法，含有「算了，就這樣吧」、「就湊合著用〜吧」的意思。

〜に相応しいです

很適合〜

根據日文的文法規則，「〜に相応しいです」前面通常加名詞。
「〜は〜に相応しいです」意思是「〜很適合〜」。

〜に相応しいです。

♪187-02 01 そのドレスはあなた　　　　　　那件禮服很適合你。

♪187-03 02 その役職はあなた　　　　　　　那個職位適合你。

♪187-04 03 このブランドのバッグはあなた　　這個牌子的包包很適合你。

♪187-05 04 あの人はあなたに相応しくないです。　　那個人不適合你。

♪187-06 05 そのスポーツカーは彼に相応しくないです。　　那輛跑車不適合他。

♪187-07 06 あの人は大統領に相応しくないです。　　那個人不適合當總統。

♪187-08 07 その会社はあなた　　　　　　　那間公司很適合你。

♪187-01

このシャンデリア
はこのホテルに
相応しいですね。

這盞水晶燈很適合這間飯店。

ええ、とてもすて
きですね。

對啊，很漂亮。

補充單字

シャンデリア 名 水晶燈／**ドレス** 名 禮服／**役職** 名 職位／**スポーツカー** 名 跑車

對話練習 ♪187-09

A：あつしくんは、面倒見がいいし、リーダーシップがあるから、リーダーになるのに相応しいと思うよ。
阿敦很會照顧人，又有領導能力，所以我覺得他很適合當領導。

B：どうもありがとう。僕もそう思うよ。
非常感謝。我也這麼認為。

原來如此！

············ 「相応しい」VS.「合う」 ············

以上2個詞雖然都可以用來形容人或事物「適合〜、匹配〜」，但「相応しい」常搭配水準比較高的事物，例如職位、品牌等等，不適合用於形容一般的事物。「合う」則是都可以使用。

〜が好（す）きです
喜歡〜

根據日文的文法規則，「〜が好（す）きです」前面通常加名詞。「〜が好（す）きです」意思是「喜歡〜」。

〜が好（す）きです。

♪188-02	01	ライチ	喜歡荔枝。
♪188-03	02	マンゴー	喜歡芒果。
♪188-04	03	カラスミ	喜歡烏魚子。
♪188-05	04	ウーロン茶（ちゃ）	喜歡烏龍茶。
♪188-06	05	パンダ	喜歡貓熊。
♪188-07	06	散歩（さんぽ）	喜歡散步。
♪188-08	07	スポーツ	喜歡運動。
♪188-09	08	水泳（すいえい）	喜歡游泳。
♪188-10	09	犬（いぬ）	喜歡狗。
♪188-11	10	猫（ねこ）	喜歡貓。

♪188-01

> ライチが好（す）きです。
>
> 喜歡荔枝。

> じゃあ、たくさん食（た）べてくださいね。
>
> 那多吃一些吧！

⊙ 補充單字

ライチ 名 荔枝／**カラスミ** 名 烏魚子／**パンダ** 名 貓熊／**スポーツ** 名 運動

Q 對話練習 ♪188-12

A：台湾（たいわん）の果物（くだもの）では、パッションフルーツとレンブが好（す）き。
臺灣水果中，我最喜歡百香果和蓮霧。

B：日本人（にほんじん）はみんなマンゴーが好（す）きかと思（おも）ってた。
我還以為所有的日本人都喜歡芒果。

原來如此！

·············· 「好（す）き」VS.「好（この）み」··············

「好（す）き」是形容詞，意思是「喜歡〜」，而「好（この）み」則是名詞，意思是「嗜好」，要注意不要搞混囉！

～は実用的です
～很實用

根據日文的文法規則，「～は実用的です」前面通常加名詞。「～は実用的です」意思是「～很實用」。

～は実用的です。

♪189-02	01	自転車	腳踏車很實用。
♪189-03	02	タブレットPC	平板電腦很實用。
♪189-04	03	携帯スキャナー	隨身型掃瞄器很實用。
♪189-05	04	このかばん	這個包包很實用。
♪189-06	05	このスーツケース	這個旅行箱很實用。
♪189-07	06	ポストイット	便利貼很實用。
♪189-08	07	消せるボールペン	可擦式原子筆很實用。
♪189-09	08	電子辞書	電子辭典很實用。

♪189-01

スマートフォンは
実用的ですね。

智慧型手機很實用。

今の若者はこれが
必需品ですね。

對於現在的年輕人來説
這是必需品呢。

> 補充單字

スマートフォン 名 智慧型手機／**タブレットPC** 名 平板電腦／**スキャナー** 名 掃瞄器／
ポストイット 名 便利貼

> 對話練習　♪189-10

A：アイデア商品は実用的だよね。
　創意商品很實用，不是嗎？

B：そうだね。一般人がふだんの生活で不便に感じるものを便利にするために発想したものだからね。
　沒錯。因為它是為了將普通人在日常生活中感到不便的事情變得方便而思考創造出來的。

原來如此！

·········· 「**実用的**」、「**非実用的**」 ··········

「実用的」的否定形是「非実用的」。日語中，以「～的」結尾的單字通常都是「な形容詞」，所以後面接名詞的話，記得要用「～的な＋名詞」的形式。

こんなに〜
這麼〜

根據日文的文法規則，「こんなに〜」後面通常加形容詞。「こんなに〜」意思是「這麼〜」。

こんなに〜

♪190-02	01	きれいな景色。	這麼美麗的景色。
♪190-03	02	すばらしい曲。	這麼動聽的歌曲。
♪190-04	03	高価な絵。	這麼高價的畫。
♪190-05	04	難しい仕事。	這麼困難的工作。
♪190-06	05	可愛パンダ。	這麼可愛的貓熊。
♪190-07	06	たくさんの食べもの。	這麼多的食物。
♪190-08	07	大勢のファン。	這麼多的粉絲。
♪190-09	08	おいしいパン。	這麼好吃的麵包。
♪190-10	09	美しい宝石。	這麼美麗的寶石。
♪190-11	10	近い場所。	這麼近的地方。

♪190-01

こんなに大勢のファンがいるんですね。

有這麼多粉絲啊！

そうですよ。彼は大人気ですからね。

對啊，他很受歡迎。

▶ 補充單字

景色 名 風景／**ファン** 名 粉絲／**パン** 名 麵包

Q 對話練習 ♪190-12

A：こんなに高価な指輪もらっちゃっていいの？
這麼貴的戒指，真的可以收下嗎？

B：何言ってんだよ。プロポーズしてる時に。
在人家求婚的時候，你胡言亂語些什麼？

原來如此！

·············· 「こんなに〜」 VS.「あんなに〜」 ··············

「こんなに〜（這麼〜）」常用於形容眼前的事物；「あんなに〜（那麼〜）」形容的對象通常比較遠，或針對說話者與聽話者以外的第三者，表示其程度不一般，如：「あんなに仲が良かった二人がどうして別れたのか（曾經關係那麼好的兩個人為什麼分手了呢）」。

爽やかな〜
清爽的〜

根據日文的文法規則，「爽やかな〜」後面通常加名詞。「爽やかな〜」意思是「清爽的〜」。

爽やかな〜

♪191-02	01 天気。	舒爽的天氣。
♪191-03	02 味。	清爽的味道。
♪191-04	03 性格。	爽朗的個性。
♪191-05	04 雰囲気。	清爽的氣氛。
♪191-06	05 気候。	清爽的氣候。
♪191-07	06 服装。	清爽的服裝。
♪191-08	07 色。	清爽的顏色。
♪191-09	08 飲み物。	清爽的飲料。
♪191-10	09 イメージ。	清爽的髮型。
♪191-11	10 髪型。	清爽的形象。

♪191-01

> 爽やかな髪型ですね。
>
> 很清爽的髮型耶。

> ええ、夏ですからね。
>
> 對啊，因為夏天到了。

▶ 補充單字

味 名 味道／**性格** 名 個性／**雰囲気** 名 氣氛／**イメージ** 名 形象

Q 對話練習 ♪191-12

A：風が爽やかで気持ちいいですね。
　　風很涼爽真舒適。

B：オートバイで直接風に吹かれるのもいいですよね。
　　騎摩托車直接吹吹風也蠻好的。

還可以這樣說！

・・・・・・・・・・「爽やか」、「爽快」・・・・・・・・・・

以上 2 個詞雖然都可以用來形容心情舒爽、感覺清爽，但「爽やかな」可以形容人，如：「爽やかな人」，「爽快な」則不能用來形容人。

すてきな〜
好棒的〜

根據日文的文法規則，「すてきな〜」後面通常加名詞。「すてきな〜」意思是「好棒的〜」。

すてきな〜

♪192-02	01	デザイン。	好棒的設計。
♪192-03	02	ご主人。	好棒的先生。
♪192-04	03	奥さん。	好棒的太太。
♪192-05	04	かばん。	好棒的包包。
♪192-06	05	靴。	好棒的鞋子。
♪192-07	06	ワンピース。	好棒的洋裝。
♪192-08	07	プレゼント。	好棒的禮物。
♪192-09	08	家。	好棒的家。
♪192-10	09	車。	好棒的車。
♪192-11	10	建物。	好棒的建築物。

♪192-01

すてきな車ですね。

好棒的車子！

ええ、先月買ったんです。

對呀，上個月買的。

▶ 補充單字

ご主人 名 尊稱別人的先生／**奥さん** 名 尊稱別人的太太／**ワンピース** 名 連身洋裝

Q 對話練習 ♪192-12

A：こんなにすてきなプレゼントをありがとう。
謝謝你這麼棒的禮物。

B：たいした物じゃないけど、喜んでもらえたらうれしいよ。
雖是區區薄禮，但能讓你高興我也很開心。

原來如此！

.... 「すてきな」 VS. 「すばらしい」 ....

「すてきな」可以形容事物很棒，但不能用於形容風景；形容風景很好通常會用「すばらしい」，如：「すばらしい景色です（優美的景色）」。「すてきな人」是「有魅力的人」，也可以說「チャーミングな人」或「魅力的な人」；「すばらしい人」則是「優秀、出色的人」。

ユニークな～
獨特的～

根據日文的文法規則，「ユニークな～」後面通常加名詞。「ユニークな～」意思是「獨特的～」。

ユニークな～

♪193-02	01	人。	獨特的人。
♪193-03	02	作品。	獨特的作品。
♪193-04	03	商品。	獨特的商品。
♪193-05	04	かばん。	獨特的包包。
♪193-06	05	家具。	獨特的家具。
♪193-07	06	乗り物。	獨特的交通工具。
♪193-08	07	ゲーム。	獨特的遊戲。
♪193-09	08	本。	獨特的書本。
♪193-10	09	飲み物。	獨特的飲料。
♪193-11	10	店。	獨特的店面。

♪193-01

> これはタピオカミルクティーです。

這是珍珠奶茶。

> ユニークな飲み物ですね。

真是獨特的飲料。

Ⓞ 補充單字

乗り物 名 交通工具／**ゲーム** 名 遊戲／**本** 名 書

Ⓠ 對話練習　♪193-12

A：ユニークなデザインはいいけど、使いやすさはどうですか？
獨特的設計好是好，但用起來方便嗎？

B：使いやすさはちょっと劣りますね。
方便性稍微差了點。

還可以這樣說！

.... 「独特な～」 ....

「独特」意思就是「獨特」，意思類似「ユニーク」，日本人比較喜歡用「ユニークな～」。用「独特な」來形容人或物時，不一定都是讚美，而是描述跟別人不同的感覺。

絶妙な〜です
〜好極了

根據日文的文法規則，「絶妙な〜」後面通常加名詞。「絶妙な〜」意思是「〜好極了」。

絶妙な〜です。

♪194-02	01 味	味道好極了。
♪194-03	02 色	顏色好極了。
♪194-04	03 形	形狀好極了。
♪194-05	04 大きさ	這個大小剛剛好。
♪194-06	05 タイミング	時機好極了。
♪194-07	06 プレイ	球打得好極了。
♪194-08	07 でき	完成品好極了。
♪194-09	08 歌声	歌聲好極了。
♪194-10	09 絵	繪畫好極了。
♪194-11	10 音楽	音樂好極了。

♪194-01

絶妙な味ですね。

味道好極了！

もちろんですよ。
わたしのいちばん
のお薦めですか
ら。

當然，這是我最推薦的餐廳。

▶ 補充單字

タイミング 名 時機／**プレイ** 名 動作（表演）／**でき** 名 完成

Q 對話練習　♪194-12

A：**絶妙なタイミング**のフォローで助かりました。
多虧了你在好極了的時間點出手，幫了大忙。
B：長い時間一緒にいますから、自然にわかったんですよ。
在一起久了，自然就明白。

還可以這樣說！

.... 「ちょうどいい」 ....

「絶妙な〜」也可以說「ちょうどいい〜」，例如「ちょうどいい味」、「ちょうどいいタイミング」等，就是「味道剛剛好」、「恰到好處的時機」。

手頃な〜です
て ごろ

剛好的〜

根據日文的文法規則，「手頃な〜です」後面通常加名詞。「手頃
な〜です」意思是「剛好的〜」。

手頃な〜です。
て ごろ

♪195-02	01	大きさ	剛好的大小。
♪195-03	02	長さ	剛好的長度。
♪195-04	03	価格	剛好的價格。
♪195-05	04	重さ	剛好的重量。
♪195-06	05	硬さ	剛好的硬度。
♪195-07	06	傾き加減	剛好的傾斜度。
♪195-08	07	切れ味	剛好的鋒利程度。
♪106-09	08	広さ	剛好的寬度。
♪195-10	09	距離	剛好的距離。
♪195-11	10	厚さ	剛好的厚度。

♪195-01

手頃な大きさです
ね。

剛好的大小耶！

ええ、使いやすい
ですよ。

對啊，使用起來真方
便。

▶ 補充單字

大きさ 名 大小／**傾き加減** 名 傾斜度／**切れ味** 名 鋭利度

Q 對話練習 ♪195-12

A：こちらはお手頃な価格ですよ。いかがですか？
　　這個價格經濟實惠。您意下如何？

B：そうですね。価格は手頃ですが、品質はどうですか？
　　是。價格經濟實惠，但品質如何呢？

還可以這樣說！

……………　「洗練された＋名詞」、「垢抜けた＋名詞」　……………
せんれん　　　　　　　　　　　あか ぬ

「洗練された＋名詞」也可以說，「センスのある＋名詞」或「垢抜けた＋名
詞」。「センスのある＋名詞」的說法比較直接，所以改用「洗練された＋名
詞」、「垢抜けた＋名詞」的說法。

洗練された～
せん れん

簡潔瀟灑的～

根據日文的文法規則，「洗練された～」後面通常加名詞。「洗練せんれん
された～」意思是「簡潔瀟灑的～」。

洗練された～
せん れん

♪196-02	01	ティーカップ。	簡潔瀟灑的茶杯。
♪196-03	02	建築物。けんちくぶつ	簡潔瀟灑的建築物。
♪196-04	03	家具。かぐ	簡潔瀟灑的傢俱。
♪196-05	04	水着。みずぎ	簡潔瀟灑的泳衣。
♪196-06	05	花瓶。かびん	簡潔瀟灑的花瓶。
♪196-07	06	色使い。いろづか	簡潔瀟灑的用色。
♪196-08	07	バッグ。	簡潔瀟灑的包包。
♪196-09	08	文房具。ぶんぼうぐ	簡潔瀟灑的文具。
♪196-10	09	芸術品。げいじゅつひん	簡潔瀟灑的藝術品。
♪196-11	10	シャンデリア。	簡潔瀟灑的水晶燈。

♪196-01

洗練されたティーせんれん
カップですね。

真是簡潔瀟灑的茶杯！

ええ、友人からもゆうじん
らったんです。

對啊，是朋友送給我的
喔。

補充單字

ティーカップ 名 茶杯／**水着**みずぎ 名 泳衣／**バッグ** 名 皮包／**シャンデリア** 名 水晶燈

對話練習 ♪196-12

A：この店のケーキは、洗練されたデザインが売りなんだって。みせ　　　　　　せんれん　　　　　　　　う
聽說這家店的蛋糕以簡潔瀟灑的設計為賣點。

B：ケーキは味じゃないの？僕は形はどうだっていいな。あじ　　　　　　ぼく　かたち
味道不是蛋糕的重點嗎？

還可以這樣說！

……「垢抜けた＋名詞」、「センスのある＋名詞」……あかぬ

要形容事物簡潔瀟灑，也可以說「センスのある＋名詞」或「垢抜けた＋名詞」。あかぬ
「センスのある＋名詞」的說法比較直白，所以想表達自己的看法比較客觀，會偏
向用「洗練された＋名詞」「垢抜けた＋名詞」的說法。せんれん　　　　　　　あかぬ

168

<ruby>垢<rt>あか</rt></ruby><ruby>抜<rt>ぬ</rt></ruby>けた～
（變）時尚的～

根據日文的文法規則，「<ruby>垢<rt>あか</rt></ruby><ruby>抜<rt>ぬ</rt></ruby>けた～」後面通常加名詞。「<ruby>垢<rt>あか</rt></ruby><ruby>抜<rt>ぬ</rt></ruby>けた～」意思是「（變）時尚的～」。

<ruby>垢<rt>あか</rt></ruby><ruby>抜<rt>ぬ</rt></ruby>けた～

♪197-02	01	デザイン。	有品味的設計。
♪197-03	02	ファッション。	有品味的時尚。
♪197-04	03	<ruby>建築物<rt>けんちくぶつ</rt></ruby>。	有品味的建築物。
♪197-05	04	<ruby>本<rt>ほん</rt></ruby>の<ruby>表紙<rt>ひょうし</rt></ruby>。	有品味的書本封面。
♪197-06	05	インテリア。	有品味的室內裝潢。
♪197-07	06	<ruby>靴<rt>くつ</rt></ruby>。	有品味的鞋子。
♪197-08	07	かばん。	有品味的包包。
♪197-09	08	<ruby>人<rt>ひと</rt></ruby>。	有品味的人。
♪197-10	09	テーブルセット。	有品味的餐桌組。
♪197-11	10	ベッドカバー。	有品味的床單。

♪197-01

> <ruby>垢<rt>あか</rt></ruby><ruby>抜<rt>ぬ</rt></ruby>けたテーブルセットですね。
>
> 很時尚的餐桌組耶。

> ええ、ヨーロッパ<ruby>製<rt>せい</rt></ruby>なんですよ。
>
> 對啊，是歐洲製造的。

◉ 補充單字

<ruby>表紙<rt>ひょうし</rt></ruby> 名 封面／**インテリア** 名 室內裝潢／**テーブルセット** 名 餐桌組／**ベッドカバー** 名 床單

Q 對話練習 ♪197-12

A：さすが<ruby>山中<rt>やまなか</rt></ruby>さん、その<ruby>垢<rt>あか</rt></ruby><ruby>抜<rt>ぬ</rt></ruby>けたデザインにうっとりしてしまいました。
不愧是山中先生，我被那有品味的設計迷住了。

B：そんなに<ruby>誉<rt>ほ</rt></ruby>めていただいて、うれしいです。
很高興聽您這麼稱讚。

原來如此！

·············· 「<ruby>垢<rt>あか</rt></ruby><ruby>抜<rt>ぬ</rt></ruby>ける」、「<ruby>垢<rt>あか</rt></ruby><ruby>抜<rt>ぬ</rt></ruby>けない」 ··············
「<ruby>垢<rt>あか</rt></ruby><ruby>抜<rt>ぬ</rt></ruby>ける」的「<ruby>垢<rt>あか</rt></ruby>」是「土氣」的意思，「<ruby>抜<rt>ぬ</rt></ruby>ける」是已經洗乾淨、沒有了的意思，所以「<ruby>垢<rt>あか</rt></ruby><ruby>抜<rt>ぬ</rt></ruby>ける」就是「有品味的」意思，而「<ruby>垢<rt>あか</rt></ruby><ruby>抜<rt>ぬ</rt></ruby>けない」就是「土氣的」的意思。

～てぼーっとしてしまいました
因為太～發呆

根據日文的文法規則,「～てぼーっとしてしまいました」。前面通常加形容詞或動詞的て形。「～てぼーっとしてしまいました」意思是「因為太～發呆、發楞」。

～てぼーっとしてしまいました。

♪198-02 01	暑<ruby>暑<rt>あつ</rt></ruby>く	因為太熱所以在發呆。
♪198-03 02	<ruby>美<rt>うつく</rt></ruby>しすぎ	因為太漂亮所以發楞。
♪198-04 03	<ruby>気候<rt>きこう</rt></ruby>がよく	因為天氣太好所以發楞。
♪198-05 04	<ruby>心地<rt>ここち</rt></ruby>よく	因為太舒服所以發呆。
♪198-06 05	<ruby>癒し系音楽<rt>いやけいおんがく</rt></ruby>を<ruby>聞<rt>き</rt></ruby>い	因為聽太療癒系的音樂所以發呆。
♪198-07 06	おいしすぎ	因為太好吃所以發楞。
♪198-08 07	<ruby>嬉<rt>うれ</rt></ruby>しく	因為太開心所以發呆。
♪198-09 08	お<ruby>酒<rt>さけ</rt></ruby>を<ruby>飲<rt>の</rt></ruby>みすぎ	因為喝太多酒所以發呆。
♪198-10 09	いい<ruby>匂<rt>にお</rt></ruby>いがし	因為氣味太香所以發楞。

♪198-01

どうしたんですか。

怎麼了嗎?

疲れすぎてぼーっとしてしまいました。

因為太累所以在發呆。

補充單字

<ruby>心地<rt>ここち</rt></ruby>いい 形 舒適／<ruby>癒し系音楽<rt>いやけいおんがく</rt></ruby> 名 療癒系音樂／<ruby>匂<rt>にお</rt></ruby>い 名 氣味

對話練習 ♪198-11

A：<ruby>暑<rt>あつ</rt></ruby>くてぼーっとしちゃった。
因為太熱發呆了。

B：のぼせたんだね。<ruby>少<rt>すこ</rt></ruby>し<ruby>頭<rt>あたま</rt></ruby>を<ruby>冷<rt>ひ</rt></ruby>やしたほうがいいよ。
你熱昏頭了。去冷卻一下頭部比較好吧。

還可以這樣說!

「<ruby>頭<rt>あたま</rt></ruby>の<ruby>中<rt>なか</rt></ruby>が<ruby>空<rt>から</rt></ruby>っぽになる」

「ぼーっとする」漢字寫作「呆とする」,但通常都是用平假名的形式,意思是發呆,也就是就是「頭腦空空的狀態」,所也可以用「<ruby>頭<rt>あたま</rt></ruby>の<ruby>中<rt>なか</rt></ruby>が<ruby>空<rt>から</rt></ruby>っぽになる」來代替「ぼーっとする」。

〜に一目惚れしました
對〜一見鐘情

根據日文的文法規則，「〜に一目惚れしました」前面通常寫名詞。「〜に一目惚れしました」意思是「對〜一見鐘情」。

〜に一目惚れしました。

♪199-02 01	**あなた**	對你一見鐘情。
♪199-03 02	**パンダの赤ちゃん**	對貓熊寶寶一見鐘情。
♪199-04 03	**カブトムシ**	對獨角仙一見鐘情。
♪199-05 04	**このかばん**	對這個包包一見鐘情。
♪199-06 05	**その靴**	對那雙鞋子一見鐘情。
♪199-07 06	**あの家**	對那房子一見鐘情。
♪199-08 07	**このワンピース**	對這件洋裝一見鐘情。
♪199-09 08	**富士山**	對富士山一見鐘情。
♪199-10 09	**あの俳優**	對那位演員一見鐘情。
♪199-11 10	**その女優**	對那位女演員一見鐘情。

♪199-01

すてきな映画でしたね。

好棒的電影。

あの俳優に一目惚れしました。

對那位演員一見鐘情。

▶ 補充單字

カブトムシ 名 獨角仙／**ワンピース** 名 洋裝／**俳優** 名 演員／**女優** 名 女演員

Q 對話練習　♪199-12

A：一目惚れってほんとうにあるんだね。
一見鍾情是真的耶。

B：どうしたの？頭がおかしくなったの？
怎麼了？你腦子壞掉了嗎？

原來如此！

·········「一目惚れ」 VS.「気にいる」·········

「一目惚れ」是「一見鐘情」的意思，「気にいる」則是「中意」的意思。中意的對象不一定是人，有可能是事物，如：「あの店は料理がおいしくて気にいっています（那間店的料理很好吃，我很中意）」。

～見^みえます
看起來～

根據日文的文法規則，「～見^みえます」前面通常加名詞、形容詞。
「～見^みえます」意思是「看起來～」。

～見^みえます。

♪200-02	01	**きれいに**	看起來很漂亮。
♪200-03	02	**ハンサムに**	看起來很帥。
♪200-04	03	**若^{わか}く**	看起來很年輕。
♪200-05	04	**老^ふけて**	看起來很老。
♪200-06	05	**可愛^{かわい}く**	看起來很可愛。
♪200-07	06	**明^{あか}るく**	看起來很亮。
♪200-08	07	**暗^{くら}く**	看起來很暗。
♪200-09	08	**嬉^{うれ}しそうに**	看起來很開心。
♪200-10	09	**楽^{たの}しそうに**	看起來很快樂。
♪200-11	10	**おいしそうに**	看起來很好吃。

♪200-01

この服^{ふく}はどうですか。

這件衣服如何？

顔^{かお}が明^{あか}るく見^みえますよ。

顯得臉色很明亮喔。

▶ 補充單字

若^{わか}い 形 年輕／**明^{あか}るい** 形 開朗、明亮／**暗^{くら}い** 形 灰暗、鬱悶

Q 對話練習 ♪200-12

A：へえ、鈴木^{すずき}くんもスーツ着^きるとハンサムに見^みえるね。
　喔，就算是鈴木穿上西裝也是挺帥氣的嘛。
B：馬子^{まご}にも衣装^{いしょう}って言^いうよね。
　俗話説人要衣裝嘛。

原來如此！

·········· 「見^みえます」VS.「見^みます」··········

「見^みえます」是「看起來、看得見」，如:「大^{おお}きく見^みえる（看起來很大）」或「はっきり見^みえる（看得很清楚）」；而「見^みます」則是「專心看」，如:「テレビを見^みます（看電視）」等，所以用法完全不同。

～が気に入りました

愛上～、中意～

根據日文的文法規則，「～が気_きに入_いりました」前面通常寫名詞。
「～が気_きに入_いりました」意思是「愛上～」或「中意～」。

～が気_きに入_いりました。

♪201-02	01	このカメラ		愛上這台相機。
♪201-03	02	マンゴーかき氷_{ごおり}		愛上芒果刨冰。
♪201-04	03	ショーロンポー		愛上小籠包。
♪201-05	04	牛肉麺_{ぎゅうにくめん}		愛上牛肉麵。
♪201-06	05	タピオカミルクティー		愛上珍珠奶茶。
♪201-07	06	臭豆腐_{しゅうとうふ}		愛上臭豆腐。
♪201-08	07	納豆_{なっとう}		愛上納豆。
♪201-09	08	このかばん		愛上這個包包。
♪201-10	09	この靴_{くつ}		愛上這雙鞋子。
♪201-11	10	このワンピース		愛上這件洋裝。

♪201-01

台湾_{たいわん}で何_{なに}がいちばん気_きに入_いりましたか。

你最喜歡臺灣的什麼東西呢？

マンゴ　かき氷_{ごおり}が気_きに入_いりました。

愛上芒果刨冰了。

(≫ 補充單字)

マンゴーかき氷_{ごおり} 名 芒果刨冰／タピオカミルクティー 名 珍珠奶茶／ワンピース 名 洋裝

(Q 對話練習) ♪201-12

A：このバッグ、一目_{ひとめ}で気_きに入_いったの。
我一眼就愛上這個包包了。

B：一目惚_{ひとめぼ}れってやつですね。
這就是一見鍾情吧。

原來如此！

·········· 「気_きにいる」 VS. 「好_すき」 ··········

「気_きにいる」多用於第一次見面後愛上、中意的人或事物。「好_すき」則多用在本來就喜歡的事物，例如被人問你喜歡吃什麼，回答「臭豆腐_{しゅうとうふ}が好_すきです（我喜歡臭豆腐）」，就是本來就喜歡的食物。

173

～が忘れられない

忘不了～的事情

根據日文的文法規則，「～が忘れられない」前面通常加名詞。
「～が忘れられない」意思是「忘不了～的事情」。

～が忘れられない。

♪202-02	01	ラーメンの味	忘不了拉麵的味道。
♪202-03	02	あの人の声	忘不了那個人的聲音。
♪202-04	03	そのいい香り	忘不了那個美妙的香味。
♪202-05	04	彼のこと	忘不了他的事情。
♪202-06	05	旅行のこと	忘不了旅行的事情。
♪202-07	06	あの失敗	忘不了那次失敗的事情。
♪202-08	07	嬉しかったこと	忘不了高興的事情。
♪202-09	08	楽しかったこと	忘不了快樂的事情。
♪202-10	09	苦しかったこと	忘不了痛苦的事情。
♪202-11	10	怖かったこと	忘不了可怕的事情。

♪202-01

あの失敗が忘れられません。

忘不了那次失敗的事情。

今度はがんばりましょう。

這次一起努力吧。

補充單字

嬉しい 形 高興的／**楽しい** 形 快樂、好玩／**苦しい** 形 痛苦的／**怖い** 形 可怕的

對話練習 ♪202-12

A：北海道で食べたラーメンの味が忘れられないなあ。

我忘不了（我）在北海道吃過的拉麵的味道。

B：やっぱり違うよね。本場の味は。

正宗的味道畢竟不一樣呢。

原來如此！

「覚えている」

「忘れられない」是忘不了，而「覚えている」是記住的，可以交換使用。「嬉しかったことが忘れられない」，也可以說「嬉しかったことをよく覚えている（清楚記得高興的事情）」。

〜お得です

〜很划算

根據日文的文法規則，「〜お得です」前面通常加名詞或動詞的て形。「〜お得です」意思是「划算」。

〜お得です。

♪203-02	01	知って	你知道這個很划算。
♪203-03	02	借りて	租借比較划算。
♪203-04	03	ポイントがもらえて	得到紅利很划算。
♪203-05	04	割引があって	因為有打折所以划算。
♪203-06	05	クーポンが使えて	可以使用優惠券划算。
♪203-07	06	サービスが受けられて	可以享受各種優惠比較划算。
♪203-08	07	無料で	免費很划算。
♪203-09	08	格安で	非常便宜很划算。
♪203-10	09	キャッシュバックがあって	現金回饋真划算。
♪203-11	10	税金払い戻しができて	退稅真划算。

♪203-01

> これは定価ですか。

這是原價嗎？

> いいえ、割引があってお得ですよ。

不是，目前有折扣很划算。

▶ 補充單字

ポイント 名 紅利／**クーポン** 名 優惠券／**キャッシュバック** 名 現金回饋／**税金払い戻し** 名 退稅

Q 對話練習 ♪203-12

A：この商品は、一つ買うともう一つサービスで付いてきます。
這個商品買一送一。

B：へえ、かなりお得なんですね。
喔，相當划算呢。

還可以這樣說！

······· 「お買い得」 ·······

「お得」是獲利，賺錢，有利，划算的意思，使用的範圍相當廣。「お買い得」也有「划算」的意思。

〜は美味<ruby>美<rt>び</rt></ruby><ruby>味<rt>み</rt></ruby>です

〜很美味

根據日文的文法規則，「〜は美味<ruby>美<rt>び</rt></ruby><ruby>味<rt>み</rt></ruby>です」前面通常加名詞。「〜は美味<ruby>美<rt>び</rt></ruby><ruby>味<rt>み</rt></ruby>です」意思是「〜很美味」。

〜は美味<ruby>美<rt>び</rt></ruby><ruby>味<rt>み</rt></ruby>です。

♪204-02	01	**ウニ**	海膽很美味。
♪204-03	02	**カラスミ**	烏魚子很美味。
♪204-04	03	**ドリアン**	榴槤很美味。
♪204-05	04	**フォアグラ**	鵝肝醬很美味。
♪204-06	05	**イクラ**	鮭魚卵很美味。
♪204-07	06	**フグの刺身**	河豚的生魚片很美味。
♪204-08	07	**キャビア**	魚子醬很美味。
♪204-09	08	**黒鮪**	黑鮪魚很美味。
♪204-10	09	**毛蟹**	毛蟹很美味。
♪204-11	10	**伊勢蝦**	龍蝦很美味。

♪204-01

伊勢蝦<ruby>伊<rt>い</rt></ruby><ruby>勢<rt>せ</rt></ruby><ruby>蝦<rt>えび</rt></ruby>は美味<ruby>美<rt>び</rt></ruby><ruby>味<rt>み</rt></ruby>ですね。

龍蝦很美味。

ええ、たくさん食<ruby>食<rt>た</rt></ruby>べてくださいね。

對啊，請多吃一些。

▶ 補充單字

ウニ 名 海膽／**カラスミ** 名 烏魚子／**ドリアン** 名 榴槤／**イクラ** 名 鮭魚卵

Q 對話練習 ♪204-12

A：これは美味<ruby>美<rt>び</rt></ruby><ruby>味<rt>み</rt></ruby>ですね。出汁<ruby>出<rt>だ</rt></ruby><ruby>汁<rt>し</rt></ruby>は何<ruby>何<rt>なに</rt></ruby>から取<ruby>取<rt>と</rt></ruby>ったんですか？
這個很好吃。你是用什麼來熬湯？

B：カツオ出汁<ruby>出<rt>だ</rt></ruby><ruby>汁<rt>し</rt></ruby>ですよ。アミノ酸<ruby>酸<rt>さん</rt></ruby>たっぷりで、旨味<ruby>旨<rt>うま</rt></ruby><ruby>味<rt>み</rt></ruby>が出<ruby>出<rt>で</rt></ruby>ているんです。
是鰹魚高湯。它富含氨基酸，鮮味也冒出來了。

原來如此！

···········「美味<ruby>美<rt>び</rt></ruby><ruby>味<rt>み</rt></ruby>」VS.「おいしい」··········

兩者都可以表示食物很好吃，「おいしい」是比較常用、比較單純的說法。「美味<ruby>美<rt>び</rt></ruby><ruby>味<rt>み</rt></ruby>」則是比較意義深遠，比較高雅的說法。

〜は完璧です
〜太完美

根據日文的文法規則，「〜は完璧かんぺきです」前面通常加名詞。「〜は完璧かんぺきです」意思是「〜太完美」。

〜は完璧かんぺきです。

♪205-02	01	準備じゅんび	準備得太完美了！
♪205-03	02	掃除そうじ	打掃得太完美了！
♪205-04	03	レポート	報告太完美了！
♪205-05	04	家事かじ	家事太完美了！
♪205-06	05	試験しけん	考試太完美了！
♪205-07	06	連絡れんらく	聯絡太完美了！
♪205-08	07	設計せっけい	設計太完美了！
♪205-09	08	節税対策せつぜいたいさく	節税政策太完美了！
♪205-10	09	根回しねまわし	事前協調太完美了！
♪205-11	10	下ごしらえした	料理事前準備太完美了！

♪205-01

旅行りょこうの準備じゅんびは完璧かんぺきです。

旅行的準備太完美了！

じゃあ、問題もんだいないでしょう。

好，那應該沒問題了吧。

● 補充單字

レポート 名 報告／根回しねまわし 名 事前協調／下ごしらえした 名 料理事前準備

Q 對話練習 ♪205-12

A：明日あしたのプレゼンの準備じゅんびは完璧かんぺきです。
為明天的演講做的準備太完美了！

B：安心あんしんして遅刻ちこくしないでね。
不要因為放心而遲到喔。

原來如此！

·········· 「完璧かんぺき」、「パーフェクト」 ··········

「完璧かんぺきな」和「パーフェクトな」的差異只是日語和外來語的分別，所以「準備じゅんびは完璧かんぺきです」、「完璧かんぺきなレポートです」和「準備じゅんびはパーフェクトです」、「パーフェクトなレポートです」都可以互換。

～はお似合いです
～適合你

根據日文的文法規則，「～はお似合いです」前面通常加名詞。「～はお似合いです」意思是「～適合你」，要接一般的東西。

～はお似合いです。

♪206-02 01	**そのネクタイ**	那條領帶很適合你。
♪206-03 02	**そのシャツ**	那件襯衫很適合你。
♪206-04 03	**その色**	那個顏色很適合你。
♪206-05 04	**そのデザイン**	那個設計很適合你。
♪206-06 05	**そのコート**	那件外套很適合你。
♪206-07 06	**そのスタイル**	那樣的風格很適合你。
♪206-08 07	**その帽子**	那頂帽子很適合你。
♪206-09 08	**そのネイルアート**	那樣的指甲彩繪很適合你。
♪206-10 09	**そのサンダル**	那雙涼鞋很適合你。

♪206-01

その水着はお似合いですよ。

那件泳衣很適合你。

じゃ、これをください。

好，那請給我這件。

> **補充單字**
>
> **ネクタイ** 名 領帶／**シャツ** 名 襯衫／**コート** 名 外套／**サンダル** 名 涼鞋

> **對話練習** ♪206-11
>
> A：このネクタイの色は、お客様の顔によくお似合いですよ。
> 這條領帶的顏色，很適合客人的臉型喔。
>
> B：そうですか。じゃ、これください。
> 是嗎？那麼請給我這條。

原來如此！

┈┈┈┈┈┈┈┈┈┈ 「お似合い」 VS.「合う」 ┈┈┈┈┈┈┈┈┈┈

「お似合い」一般使用於情侶或衣服的顏色，如：「お似合いカップル（登對的情侶）」等，「合う」則可以用工作或衣服尺寸合適等，如：「自分に合う仕事（適合自己的工作）」「合わないサイズ（尺碼不合）」等。

～はプロ並みです

職業級的～

根據日文的文法規則，「～はプロ並みです」前面通常寫名詞。
「～はプロ並みです」意思是「職業級的～」。

～はプロ並みです。

♪207-02	01	彼女のマッサージ	女朋友的按摩技術是職業級的。
♪207-03	02	妹のピアノ	妹妹的鋼琴是職業級的。
♪207-04	03	弟の漫画	弟弟在畫漫畫方面是職業級的。
♪207-05	04	兄の野球	哥哥在棒球方面是職業級的。
♪207-06	05	彼のサッカー	他在足球方面是職業級的。
♪207-07	06	彼のバスケットボール	他在籃球方面是職業級的。
♪207-08	07	姉の演技	姊姊的演技是職業級的。
♪207-09	08	父の卓球	父親在桌球方面是職業級的。
♪207-10	09	彼女のバドミントン	女朋友在羽毛球方面是職業級的。

♪207-01

> すばらしい味ですね。

味道真好。

> 彼の料理はプロ並みですね。

他在料理這方面是職業級的。

▶ 補充單字

マッサージ 名 按摩／**サッカー** 名 足球／**バスケットボール** 名 籃球／**バドミントン** 名 羽毛球

Q 對話練習 ♪207-11

A：彼女はスイーツも料理の腕もプロ並みなんだって。
她不管是料理還是甜點烘焙的技術都是職業級的。

B：そんな奥さんいたらいいなあ。
我想要那樣的妻子喔。

還可以這樣說！

・・・・・・・・・・ 「腕前がいいです」 ・・・・・・・・・・

「プロ並み」的「並み」是一樣或同樣的水準的意思。「腕前」的意思是「能力、手段」，所以「プロ並みです」也可以說「プロの腕前です」。

～の達人です
～達人

根據日文的文法規則，「～の達人です」前面通常加名詞。「～の達人です」意思是「～達人」，指擅長、瞭解某一領域的人。

～の達人です。

♪208-02 01	**ゲーム**	遊戲達人。
♪208-03 02	**料理**	料理達人。
♪208-04 03	**太鼓**	太鼓達人。
♪208-05 04	**将棋**	將棋達人。
♪208-06 05	**旅行**	旅遊達人。
♪208-07 06	**アニメソング**	卡通主題曲達人。
♪208-08 07	**スイーツ**	甜點達人。
♪208-09 08	**温泉**	溫泉達人。
♪208-10 09	**ラーメン**	拉麵達人。

♪208-01

彼女は旅行のことなら何でも知っているんですね。

她對於旅行什麼事情都知道耶。

ええ、彼女は旅行の達人ですからね。

對啊，她是旅行達人。

▶ 補充單字

ゲーム 名 遊戲／**アニメソング** 名 卡通主題曲／**スイーツ** 名 甜點

Q 對話練習　♪208-11

A：**彼はゲームの達人なんですよ。**
他是遊戲達人。

B：**なるほど。だから目が悪いんですね。**
原來如此。所以才視力不好啊。

原來如此！

················ 「達人」 VS. 「職人」 ················

「達人」不一定是職業的，也可以用在業餘但某方面很厲害的對象身上，而「職人」使用的對象則一定是專業人員。像「ラーメンの達人」可能是對拉麵很了解的外行人，「ラーメン職人」一定是專業的拉麵師父。

シルクのような〜

如絲絹般的〜

根據日文的文法規則，「シルクような〜」後面通常加名詞。「シルクような〜」意思是「如絲絹般的〜」。

シルクような〜

♪209-02	01	泡。	如絲絹般的泡泡。
♪209-03	02	肌。	如絲絹般的肌膚。
♪209-04	03	肌触り。	如絲絹般的肌膚觸感。
♪209-05	04	着心地。	如絲絹般的穿著感。
♪209-06	05	髪。	如絲絹般的髮質。
♪209-07	06	生地。	如絲絹般的布料。
♪209-08	07	滑らかなクリーム。	如絲絹般的奶霜。
♪209-09	08	軽いブラウス。	如絲絹般輕盈的女用襯衫。
♪209-10	09	スカーフ。	如絲絹般的絲巾。
♪209-11	10	輝き。	如絲絹般的光澤。

♪209-01

> シルクのように美しい髪ですね。

如絲絹般的（美麗）秀髮耶！

> このシャンプーはお薦めですよ。

我很推薦這罐洗髮精喔。

▶ 補充單字

着心地 名 穿起來的感覺／生地 名 布料／ブラウス 名 女用襯衫／スカーフ 名 絲巾

Q 對話練習 ♪209-12

A：わあ、シルクのような手触りですね。
哇，這手感宛如絲綢呢。

B：はい、テンセルは価格は安くてシルクのような手触りが特徴なんですよ。
是的，天絲的特徵就是價格便宜，而且手感如絲綢。

還可以這樣說！

・・・・・・・・・・・・・・・ 「シルク」、「絹」 ・・・・・・・・・・・・・・・

「シルク」和「絹」是基本上一樣的東西，只是根據不同場合來使用。例如和服等傳統服飾，使用「絹」會比較適合，「シルク」的話則會用在「シルクのスカーフ（絲巾）」等服飾。

センスのある〜
有品味的〜

根據日文的文法規則，「**センスのある〜**」後面通常加**名詞**。「**センスのある〜**」意思是「**有品味的〜**」。

センスのある〜

♪210-01

♪210-02 01	**インテリアデザイン。**	有品味的室內裝潢。
♪210-03 02	**アクセサリー。**	有品味的飾品。
♪210-04 03	**ヘアスタイル。**	有品味的髮型。
♪210-05 04	**ドレス。**	有品味的禮服。
♪210-06 05	**スーツ。**	有品味的西裝。
♪210-07 06	**システムキッチン。**	有品味的系統廚具。
♪210-08 07	**スタイル。**	有品味的風格。
♪210-09 08	**コーヒーカップ。**	有品味的咖啡杯。
♪210-10 09	**ティースプーン。**	有品味的茶匙。
♪210-11 10	**万年筆。**	有品味的鋼筆。

センスのあるティースプーンですね。

真有品味的茶匙！

ええ、ヨーロッパ旅行のお土産なんです。

對啊，去歐洲旅行時買的名產。

▶ 補充單字

アクセサリー 名 飾品／**システムキッチン** 名 系統廚具／**ティースプーン** 名 茶匙

🔍 對話練習　♪210-12

A：友だちへのプレゼントを選びたいので、センスのあるあなたに選んでもらえませんか？

我想選禮物給朋友，可以拜託有品味的你幫忙選嗎？

B：センスのあるなんて。いつ買いに行くんですか？

說什麼有品味的。你打算什麼時候去買。

還可以這樣說！

・・・・・・・・・・・「垢抜けている〜」・・・・・・・・・・・

「センス」是「品味」的意思，「垢抜けている」的「垢」是「土氣」的意思，所以「垢抜けている」是「沒有土氣」，也就是「センスのある」的意思。

〜を見る目があります
〜有眼光

根據日文的文法規則，「〜を見る目があります」前面通常加名詞。「〜を見る目があります」意思是「〜有眼光」。

〜を見る目があります。

♪211-02	01	人	看人有眼光。
♪211-03	02	物	看東西有眼光。
♪211-04	03	家	看住房有眼光。
♪211-05	04	宝石	看寶石有眼光。
♪211-06	05	犬	看狗有眼光。
♪211-07	06	猫	看貓有眼光。
♪211-08	07	車	看車有眼光。
♪211-09	08	絵	看畫有眼光。
♪211-10	09	アンティーク	看古董有眼光。
♪211-11	10	書画	看書畫有眼光。

♪211-01

これはすばらしい骨董品ですね。

這真是件好古董。

あなたはアンティークを見る目がありますね。

妳很有看古董的眼光。

▶ 補充單字

家 名 住房／物 名 房子／絵 名 繪畫／アンティーク 名 古董

Q 對話練習 ♪211-12

A：田中さんはいつもセンスがいい物を身につけていて、ほんとうに物を見る目がありますね。
田中先生穿的總是很有品位，他真的很有眼光。

B：物はいいんですが、人を見る目はちょっとね。
看東西的眼光還可以，但看人的眼光不怎麼樣。

還可以這樣說！

「目が肥えています」

「目が肥えています」的意思是「因見多識廣，具備鑑賞力」。「見る目があります」也可以說「目が肥えています」。除了「目が肥えています（很有眼光）」，常用說法還有「舌が肥えています（很懂吃）」、「耳が肥えています（耳朵很靈）」等。

なんて〜んでしょう
怎麼那麼〜

根據日文的文法規則，「なんて〜んでしょう」中間通常加形容詞。「なんて〜んでしょう」意思是「怎麼那麼〜」。

♪212-01

なんて〜んでしょう。

♪212-02	01	高い	怎麼那麼貴。
♪212-03	02	おいしい	怎麼那麼好吃。
♪212-04	03	速い	怎麼那麼快。
♪212-05	04	暑い	怎麼那麼熱。
♪212-06	05	冷たい	怎麼那麼冷。
♪212-07	06	美しい	怎麼那麼漂亮。
♪212-08	07	難しい	怎麼那麼困難。
♪212-09	08	簡単な	怎麼那麼簡單。
♪212-10	09	複雑な	怎麼那麼複雜。
♪212-11	10	人が多い	人怎麼那麼多。

富士山はなんて高くて美しい山なんでしょう。

富士山怎麼那麼高聳又漂亮。

今年、世界文化遺産に登録されましたよね。

今年被登錄為世界文化遺產了喔。

補充單字

高い 形 高貴／暑い 形 天氣熱／冷たい 形 （東西）冰的

對話練習 ♪212-12

A：なんて可愛い仔猫なんでしょう。この猫を引き取りたいです。
多麼可愛的這小貓啊！我想領養這隻貓。

B：では、こちらの同意書にサインしてください。
那麼，請在這份同意書上簽名。

原來如此！

················· 「なんて〜」 ·················

句子前面的「なんて〜」表示「驚訝、失望和欽佩的感覺」，也可以說「なんという〜」。「〜なんて」放在句尾則用法不同，有「隨便啦、之類的」的意思。

184

あまりにも〜

太〜

根據日文的文法規則，「**あまりにも〜**」後面通常加形容詞。「**あまりにも〜**」意思是「太〜」。

あまりにも〜

♪213-02	01	高い商品。	太貴的商品。
♪213-03	02	安い品物。	太廉價的物品。
♪213-04	03	おいしいケーキ。	太好吃的蛋糕。
♪213-05	04	まずい料理。	太難吃的菜餚。
♪213-06	05	強い雨。	太大的雨。
♪213-07	06	難しい問題。	太困難的問題。
♪213-08	07	簡単なテスト。	太簡單的測驗。
♪213-09	08	急な坂。	太陡峭的山坡。
♪213-10	09	危険な運転。	太危險的駕駛。
♪213-11	10	無理な要求。	太苛刻的要求。

♪213-01

> どうして食べないんですか。
>
> 為什麼不吃呢？

> あまりにもまずい料理なんです。
>
> 因為料理太難吃了。

○ 補充單字

安い品物 名 廉價的商品／**まずい料理** 名 難吃的料理／**急な坂** 名 陡峭的山坡

Q 對話練習 ♪213-12

A：あまりにも寒くて、手がかじかんでしまいますよ。
因為太冷，我的手都凍僵了。

B：血の巡りがよくないんですね。
血液循環不好呢。

還可以這樣說！

・・・・・・・・・・「とても〜ので〜」・・・・・・・・・・

「**あまりにも〜**」和「**あまり＋否定形**」完全不同的意思。「**あまりにも〜**」是「因為太〜」可以換成「**とても〜ので**」。故上述對話寫成「**とても寒いので、手がかじかんでしまいますよ**」，跟原句也是差不多的意思。

はじめて～
第一次～

「はじめて～」後面通常加首度體驗的事物。「はじめて～」意思是「第一次～」。

はじめて～

♪214-02	01	雪を見ました。	第一次看到雪。
♪214-03	02	海外旅行をしました。	第一次出國旅遊。
♪214-04	03	一人旅をしました。	第一次一個人旅行。
♪214-05	04	納豆を食べました。	第一次吃納豆。
♪214-06	05	ディズニーランドへ行きました。	第一次去迪士尼樂園。
♪214-07	06	日本語を習いました。	第一次學日文。
♪214-08	07	夜行バスに乗りました。	第一次搭乘夜班巴士。
♪214-09	08	新幹線に乗りました。	第一次搭新幹線。
♪214-10	09	富士山に登りました。	第一次攀登富士山。
♪214-11	10	日本酒を飲みました。	第一次喝日本酒。

♪214-01

はじめて富士山に登りました。

第一次攀登富士山。

気持ちよかったでしょう。

感覺很好吧。

ⓞ 補充單字

海外旅行 名 出國旅遊／ディズニーランド 名 迪士尼樂園／夜行バス 名 夜班巴士

Ⓠ 對話練習 ♪214-12

A：はじめて海外旅行に行ったのはどこですか？
你第一次出國旅行去了哪裡？

B：インドです。ものすごいカルチャーショックを受けましたよ。
是印度。深受文化衝擊了。

原來如此！

·············· 「はじめて」 VS.「～をはじめ」 ··············

「はじめて」是「第一次～」，而「～をはじめ」是「以～為首」的意思，所以要注意不要搞錯！

～はぴったりです
～剛剛好、適合～、配～

根據日文的文法規則，「～はぴったりです」前面通常加名詞。「～はぴったりです」意思是「（尺寸大小）～剛剛好、適合～、配～」等。

～はぴったりです。

♪215-02	01	この靴(くつ)	這雙鞋子剛剛好。
♪215-03	02	このズボン	這件褲子剛剛好。
♪215-04	03	このスカート	這件裙子剛剛好。
♪215-05	04	このワンピース	這件洋裝剛剛好。
♪215-06	05	このジーンズ	這件牛仔褲剛剛好。
♪215-07	06	このカバー	這個套子剛剛好。
♪215-08	07	この帽子(ぼうし)	這頂帽子剛剛好。
♪215-09	08	このジャケット	這件外套剛剛好。
♪215-10	09	この指輪(ゆびわ)	這只戒指剛剛好。
♪215-11	10	このブレスレット	這條手鍊剛剛好。

♪215-01

この指輪(ゆびわ)はぴったりです。

這只戒指剛剛好。

サイズが合(あ)ってよかったです。

尺寸剛好真是太好了。

補充單字

靴(くつ) 名 鞋子／ズボン 名 褲子／ジーンズ 名 牛仔褲

對話練習 ♪215-12

A：このお古(ふる)にいただいた着物(きもの)は、私(わたし)のサイズにぴったりです。
這件您給的舊和服，完全符合我的尺寸。

B：お役(やく)に立(た)てて、母(はは)も喜(よろこ)んでいると思(おも)います。
能派上用場，我想我母親也會很高興。

還可以這樣說!

·········· 「ぴったり」、「ちょうど」 ··········

「ぴったり」和「ちょうど」除了可以形容衣服、鞋子等的尺寸之外，也可以形容時間，如：「10時(じゅうじ)ぴったり」、「ちょうど10時(じゅうじ)」都是「剛好10點」的意思。但是不適合用於形容工作的職位，適合的工作多使用「合(あ)う」。

〜のことが頭（あたま）から離（はな）れない
無法不想〜

根據日文的文法規則，「〜のことが頭（あたま）から離（はな）れない」前面通常加名詞。「〜のことが頭（あたま）から離（はな）れない」意思是「無法不想〜」。

〜のことが頭（あたま）から離（はな）れない。

♪216-02	01	試験（しけん）	還是無法不想考試的事情。
♪216-03	02	彼女（かのじょ）	無法不想女朋友的事情。
♪216-04	03	彼（かれ）	無法不想男朋友的事情。
♪216-05	04	旅行（りょこう）	無法不想旅行的事情。
♪216-06	05	喧嘩（けんか）	無法不想吵架的事情。
♪216-07	06	面接（めんせつ）	無法不想面試的事情。
♪216-08	07	コンサート	無法不想演唱會的事情。
♪216-09	08	お見合（みあ）い	無法不想相親的事情。
♪216-10	09	仕事（しごと）	無法不想工作的事情。
♪216-11	10	発表会（はっぴょうかい）	無法不想發表會的事情。

♪216-01

> どうしたんです
> か。

怎麼了嗎？

> 仕事（しごと）のことが頭（あたま）から離（はな）れないんですよ。

無法不想工作的事情。

⊙ 補充單字

喧嘩（けんか） 名 吵架／面接（めんせつ） 名 面試／仕事（しごと） 名 工作

Q 對話練習 ♪216-12

A：ああ、さっき注意（ちゅうい）されたことが頭（あたま）から離（はな）れなくて、仕事（しごと）にならないよ。
唉，我無法不去想剛才被教訓的事情，都沒辦法工作了。

B：人（ひと）の言（い）うこといちいち気（き）にしていたら、何（なん）にもできなくなるよ。
如果在意所有別人説的話，就什麼都做不了。

還可以這樣説！

‥‥‥‥‥‥‥‥‥‥ 「忘（わす）れられない」 ‥‥‥‥‥‥‥‥‥‥

「頭（あたま）から離（はな）れられない」是「離不開腦海」也就是「一直想」的意思，也可以説「忘（わす）れられない」，如：「忘（わす）れられない思（おも）い出（で）（忘不了的回憶）」。

～て言うことなしです
～而無可挑剔

根據日文的文法規則，「～て言うことなしです」前面通常加名詞或形容詞、動詞て形。「～て言うことなしです」意思是「～而無可挑剔」。

～言うことなしです。

♪217-02	01	完璧で	完美得無可挑剔。
♪217-03	02	優れた企画で	這份企劃優秀得無可挑剔。
♪217-04	03	立派な建物で	這棟建築物氣派得無可挑剔。
♪217-05	04	すてきな人で	這個人棒得無可挑剔。
♪217-06	05	設備の整った会場で	會場設備齊全而無可挑剔。
♪217-07	06	ユーモアセンスのある人で	這個人有幽默感而無可挑剔。
♪217-08	07	礼儀正しい人で	禮儀表達正確而無可挑剔。
♪217-09	08	おいしくて	好吃得無可挑剔。
♪217-10	09	価格も手ごろで	售價也經濟實惠，無可挑剔。

♪217-01

すばらしい式場で言うことなしです。

這個場地優秀得沒話說。

結婚式が楽しみですね。

結婚典禮真令人期待。

▶ 補充單字

完璧 形 完美／**立派** 形 氣派／**すてき** 形 好棒／**手ごろ** 形 經濟實惠

Q 對話練習 ♪217-11

A：あなたの演技は優れていて、言うことなしです。感動しました。
　你的表演非常出色，無可挑剔。我很感動。

B：そうですか。私も努力した甲斐がありました。
　是這樣嗎？那麼我的努力也有價值了。

還可以這樣說！

「文句のつけようがない」

「言うことなし」是「無可挑剔」，可以說「文句のつけようがない」。如：「価格も手ごろで文句のつけようがない（售價也經濟實惠，無可抱怨）」。「文句」是「抱怨」的意思。

〜は一生の思い出になります
〜是一輩子忘不了的回憶

根據日文的文法規則，「〜は一生の思い出になります」前面通常加名詞。「〜は一生の思い出になります」意思是「〜是一輩子忘不了的回憶」。

〜は一生の思い出になります。

♪218-02	01	家族旅行	全家出遊是一輩子忘不了的回憶。
♪218-03	02	誕生日パーティー	生日派對是一輩子忘不了的回憶。
♪218-04	03	結婚式	結婚典禮是一輩子忘不了的回憶。
♪218-05	04	今回の経験	這次的經驗是一輩子忘不了的回憶。
♪218-06	05	海外留学	去國外留學是一輩子忘不了的回憶。
♪218-07	06	学生生活	學生生活是一輩子忘不了的回憶。
♪218-08	07	オリンピック観戦	看奧運比賽是一輩子忘不了的回憶。
♪218-09	08	富士山登山	攀登富士山是一輩子忘不了的回憶。
♪218-10	09	楽しいキャンプ	開心的露營是一輩子忘不了的回憶。
♪218-11	10	成果発表会	成果發表會是一輩子忘不了的回憶。

♪218-01

> すばらしい競技でしたね。
> 好精采的比賽啊！

> オリンピック観戦は一生の思い出になりますね。
> 看奧運比賽是一輩子忘不了的回憶。

▶ 補充單字

今回 名 這次／**オリンピック** 名 奧運／**キャンプ** 名 露營

Q 對話練習　♪218-12

A：このようにすばらしい旅行は、一生の思い出になることでしょう。
這麼美好的旅行，會成為一輩子忘不了的回憶吧。

B：そのように言っていただけると、私もうれしいです。
你能這麼說，我也很高興。

還可以這樣說！

・・・・・・・・・・・・・・・・ **「忘れられない思い出になります」** ・・・・・・・・・・・・・・・・

「一生」是一輩子的意思，所以「一生の思い出になります」是「一輩子忘不了的回憶」的意思。也可以換成「忘れられない思い出になります」，意思是「成為忘不了的回憶」。

〜は筆舌に尽くし難い
〜難以言喻

根據日文的文法規則，「〜は筆舌に尽くし難い」前面通常加名詞。「〜は筆舌に尽くし難い」意思是「〜難以言喻」。

〜は筆舌に尽くし難い。

♪219-02	01	このすばらしさ	這份優秀難以言喻。
♪219-03	02	このおいしさ	這份美味難以言喻。
♪219-04	03	この美しさ	這份美麗難以言喻。
♪219-05	04	この立派さ	這份出色、漂亮難以言喻。
♪219-06	05	この感動	這份感動難以言喻。
♪219-07	06	この喜び	這份喜悅難以言喻。
♪219-08	07	この暑さ	熱得難以言喻。
♪219-09	08	この寒さ	冷得難以言喻。
♪219-10	09	この面白さ	有趣得難以言喻。
♪219-11	10	この楽しさ	這份開心難以言喻。

♪219-01

このおいしさは筆舌に尽くし難いですね。

這份美味難以言喻。

これこそ美味というべきでしょう。

才稱得上美味。

● 補充單字

すばらしさ 名 優秀／立派さ 名 出色、漂亮／面白さ 名 趣味

Q 對話練習 ♪219-12

A：今回の悲惨な墜落事故は筆舌に尽くし難いね。
這次慘烈的墜機事故實在是難以言喻。

B：ああ、もう目も当てられないくらいだよね。
是啊，真是不忍卒睹了。

原來如此！

·········· 「筆舌に尽くし難い」 VS. 「表現できない」 ··········

「筆舌に尽くし難い」是比較文言文的說法，要形容「難以言喻」還可以用「言葉に表現できない」，是比較口語的說法。故上述例句寫成「この感動は、言葉では表現できない」、「言葉に表現できないほどのおいしさ」也是差不多的意思。

〜の腕がいい

〜技術非常棒

根據日文的文法規則，「〜の腕がいい」前面通常寫名詞。「〜の腕がいい」意思是「〜技術非常棒」。

〜の腕がいい。

♪220-02	01	修理	修理技術非常棒！
♪220-03	02	料理	料理技術非常棒！
♪220-04	03	カット	剪髮技術非常棒！
♪220-05	04	ネイルアート	彩繪指甲技術非常棒！
♪220-06	05	運転	開車技術非常棒！
♪220-07	06	撮影	攝影技術非常棒！
♪220-08	07	包丁さばき	切魚的技術非常棒！
♪220-09	08	大工	木工技術非常棒！
♪220-10	09	パティシエ	甜點師傅的技術非常棒！
♪220-11	10	板前	日本料理廚師技術非常棒！

♪220-01

ここのデザートは
大人気ですね。

這裡的甜點很受歡迎。

パティシエの腕が
いいですからね。

因為甜點師傅的技術非常棒！

補充單字

カット 名 剪髮／**ネイルアート** 名 彩繪指甲／**大工** 名 木工／**板前** 名 日本料理的廚師

對話練習 ♪220-12

A：彼女の写真撮影はプロ並みに腕がいいね。どこで習ったのかな？
她的攝影技術非常棒，堪比專業人士。是在哪裡學的？

B：なんでも、短期集中コースで習ったらしいよ。
據她所說，似乎是在短期強化課程中學到的。

還可以這樣說！

·········· 「プロの腕前」 ··········

這裡的「腕」是「能力、手腕」的意思，因此「腕がいい」跟「プロの腕前」都是有相當能力高超、手藝出眾之意。

～おかげで
托～的福

根據日文的文法規則，「～おかげで」前面通常加動詞或名詞＋の。「～おかげで」意思是「托～的福」。表示感謝的意思，但是偶爾表示諷刺之意。

♪221-01

～おかげで

♪221-02	01	自然環境に恵まれているおかげでいろいろな果物があります。	托自然環境恩惠的福，才有這麼多水果。
♪221-03	02	あなたが車で送ってくれたおかげで間に合いました。	托您開車幫忙送來的福，才可以趕上時間。
♪221-04	03	雨が降ったおかげで涼しくなりました。	托下雨的福，變得涼爽多了。
♪221-05	04	あなたのおかげで早く終わりました。	托您的福，才可以趕快結束。
♪221-06	05	先生のご指導のおかげで卒業できました。	托老師指導的福，才可以順利畢業。
♪221-07	06	先生のおかげで就職できました。	托老師的福，才可以順利找到工作。

看護師さんのおかげで元気になりました。ほんとうにありがとうございました。

托護理師的福，才能恢復元氣。真的很感謝。

いいえ、どういたしまして。

不會，不用客氣。

▶ 補充單字

間に合います 動 趕上／卒業します 動 畢業／ジム 名 健身房／看護師 名 護理師

▶ 對話練習　♪221-08

A：あなたのおかげで、今回のイベントは大成功しました。どうもありがとうございます。
托了你的福，這次活動極為成功。非常感謝。

B：いえいえ。私は少しお手伝いしただけですよ。
沒有沒有，我只是幫了一點忙而已。

原來如此！

····················· 「おかげ」VS.「せい」 ·····················

「おかげ」是表達感謝之意，「托～的福」，如：「ジムに通ったおかげで痩せられました（托使用健身房的福，才變瘦了）」但有時候會帶有諷刺的意思。「せい」則是責怪對方的說法，意思是「因為你的錯～」，是負面的說法。

目に焼きついて離れない〜

令人難忘的〜

根據日文的文法規則，「目に焼きついて離れない〜」後面通常加名詞。「目に焼きついて離れない〜」意思是「令人難忘的〜」。

目に焼きついて離れない〜

♪222-02	01	夕焼け。	令人難忘的美麗夕陽。
♪222-03	02	雪景色。	令人難忘的美麗雪景。
♪222-04	03	海辺の風景。	令人難忘的海邊風景。
♪222-05	04	映画のワンシーン。	令人難忘的電影場景。
♪222-06	05	人物。	令人難忘的人物。
♪222-07	06	女優。	令人難忘的女演員。
♪222-08	07	俳優。	令人難忘的演員。
♪222-09	08	動物の赤ちゃん。	令人難忘的動物寶寶。
♪222-10	09	スイーツ。	令人難忘的美味甜點。
♪222-11	10	思い出。	令人難忘的回憶。

♪222-01

> すばらしい夕焼けですね。

好美的夕陽。

> 目に焼きついて離れない夕焼けですね。

真是令人難忘的夕陽。

◐ 補充單字

ワンシーン 名 場景／スイーツ 名 甜點／思い出 名 回憶

Q 對話練習 ♪222-12

A：あのバラ色に輝いた夕焼けの景色が、目に焼きついて離れないわ。
閃耀著玫瑰色夕陽的景色，令人難忘。

B：じゃ、また今度行ってみようか。
那麼，我們下次再去吧。

還可以這樣說！

「頭の中に蘇る」

「目に焼きついて離れない」是透過眼睛看見、並且一看就忘不了的事物，「頭の中に蘇る」則是清楚記在腦中的記憶復甦。這兩種說法對正面和負面的事情都可以使用。

一度〜たら忘れられない
〜過一次就忘不了

根據日文的文法規則，「一度〜たら忘れられない」中間通常加動詞た形。「一度〜たら忘れられない」意思是「〜過一次就忘不了」。

一度〜忘れられない。

♪223-02	01 **見たら**	見過一次就忘不了。
♪223-03	02 **食べたら**	吃過一次就忘不了。
♪223-04	03 **読んだら**	讀過一次就忘不了。
♪223-05	04 **聞いたら**	聽過一次就忘不了。
♪223-06	05 **遊んだら**	玩過一次就忘不了。
♪223-07	06 **来たら**	來過一次就忘不了。
♪223-08	07 **使ったら**	使用過一次就忘不了。
♪223-09	08 **穿いたら**	穿過一次就忘不了。
♪223-10	09 **嗅いだら**	聞過一次就忘不了。

♪223-01

一度飲んだら忘れられない味ですね。

喝過一次就忘不了的味道。

ええ、おいしいワインでしょう。

對啊，真是好喝的紅酒。

○ 補充單字

遊びます 動 玩／**使います** 動 使用／**嗅ぎます** 動 聞

Q 對話練習 ♪223-11

A：これは**一度見たら忘れられない作品**ですね。
這是一部你看過一次就忘不了的作品。

B：そう、**インパクトが全然違う**よね。
是的，衝擊完全不同凡響。

原來如此！

·········· **「一度〜たら」、「二度と〜ない」** ··········

「一度〜たら」是「〜過一次就〜」，而「二度と〜ない」則是「再也不⋯⋯」的意思，如：「二度と行かない（再也不去了）」，不能理解成「〜兩次就忘不了」。

言葉で言い表せないほど～です
無法用言語形容的～

根據日文的文法規則，「言葉で言い表せないほど～です」中間通常加形容詞。「言葉で言い表せないほど～です」意思是「無法用言語形容的～」。

言葉で言い表せないほど～です。

♪224-02	01	嬉しい	無法用言語形容的開心。
♪224-03	02	悲しい	無法用言語形容的悲傷。
♪224-04	03	辛い	無法用言語形容的辣。
♪224-05	04	痛い	無法用言語形容的痛苦。
♪224-06	05	おいしい	無法用言語形容的好吃。
♪224-07	06	まずい	無法用言語形容的難吃。
♪224-08	07	美しい	無法用言語形容的美麗。
♪224-09	08	臭い	無法用語言形容程度的臭。
♪224-10	09	すばらしい	無法用言語形容的美好。
♪224-11	10	怖かった	無法用言語形容的恐怖。

♪224-01

言葉に言いあらわせないほど美しい景色です。

無法用言語形容的美麗景色啊。

そうでしょう。すばらしいでしょう。

對啊，真的是很棒。

▶ 補充單字

悲しい 形 悲傷的／辛い 形 辛苦的／まずい 形 難吃的／すばらしい 形 好棒的

Q 對話練習　♪224-12

A：このような賞をいただけるなんて、言葉で言い表せないほどうれしいです。
能獲得這樣的獎項，我高興得無法用言語表達／難以言喻。

B：これまでの努力が報われましたね。
迄今為止的努力得到了回報呢。

還可以這樣說！

「筆舌に尽くせないほど」

「筆舌に尽くせないほど～」的意思是「～難以言喻」，是比較文言文的用法，可以拿來代替「言葉で言い表せないほど～」，像是「筆舌に尽くせないほど嬉しいです」或「筆舌に尽くせないほど美しい景色です」等。

196

さすが～だけのことはある
不愧是～

根據日文的文法規則，「さすが～だけのことはある」中間通常加名詞、形容詞或動詞。「さすが～だけのことはある」意思是「不愧是～」。

さすが～だけのことはある。

♪225-02	01	留学した（りゅうがく）	不愧是留學過的。
♪225-03	02	優勝した（ゆうしょう）	不愧是得過優勝的。
♪225-04	03	有名な（ゆうめい）	不愧是有名氣的。
♪225-05	04	手作り（てづく）	不愧是手工製作的。
♪225-06	05	ドイツ製（せい）	不愧是德國製造的。
♪225-07	06	老舗（しにせ）	不愧是老店。
♪225-08	07	トレーサビリティ	不愧是擁有產銷履歷的。
♪225-09	08	台湾産の果物（たいわんさん くだもの）	不愧是臺灣產的水果。
♪225-10	09	日本製の電機製品（にほんせい でんきせいひん）	不愧是日本製造的電器。
♪225-11	10	台湾のお茶（たいわん ちゃ）	不愧是臺灣的茶葉。

♪225-01

さすが台湾産の果物（たいわんさん くだもの）だけのことはありますね。

不愧是臺灣產的水果。

ええ、台湾の果物（たいわん くだもの）は世界一（せかいいち）ですよ。

對啊，臺灣的水果是世界第一的啴！

補充單字
手作り（てづく）名 手工／**ドイツ** 名 德國／**老舗**（しにせ）名 老店／**トレーサビリティ** 名 產銷履歴

對話練習 ♪225-12

A：さすが5スタークラスのホテルだけのことはあって、サービスが違（ちが）うね。
不愧是五星級酒店，服務完全不一樣。

B：そりゃそうでしょ。宿泊料金（しゅくはくりょうきん）も安（やす）くないからね。
那是當然。畢竟住宿費也不便宜。

還可以這樣說！

············ 「さすが～だけあって」、「さすが～だけに」 ············

「さすが」是副詞，放在句子前面強調「不愧～」，「さすが～だけあって」、「さすが～だけに」都可以用來表示「不愧是～」，像是「さすが老舗（しにせ）だけに」跟「やはり老舗（しにせ）だけあって」都是差不多的意思。

まるで〜のような〜

宛如〜

根據日文的文法規則，「まるで〜のような〜」中間通常加名詞。
「まるで〜のような〜」意思是「宛如〜」。

まるで〜のような〜

♪226-02	01	りんご	★	赤い顔です。	宛如蘋果一樣的紅臉頰。
♪226-03	02	紅葉	★	手です。	宛如楓葉一樣的手。
♪226-04	03	赤鬼	★	酔った顔です。	宛如紅面鬼一樣的醉相。
♪226-05	04	氷	★	冷たい手です。	宛如冰一樣冷的手。
♪226-06	05	ゆで卵	★	きれいな肌です。	宛如水煮蛋的美麗肌膚。
♪226-07	06	馬	★	長い顔です。	宛如馬一樣長的臉。
♪226-08	07	狐	★	つり目です。	宛如狐狸一樣的細眼睛。
♪226-09	08	狸	★	目です。	宛如狸貓一樣的眼睛。
♪226-10	09	キリン	★	背が高い人です。	宛如長頸鹿一樣的身高。
♪226-11	10	象	★	太い足です。	宛如大象一樣的粗腿。

♪226-01

赤ちゃんの手は、まるで紅葉のような手ですね。

嬰兒的手宛如楓葉一樣。

ええ、小さくて、可愛いでしょう。

對啊，小小的很可愛吧？

▶ 補充單字

りんご 名 蘋果／ゆで卵 名 水煮蛋／キリン 名 長頸鹿

Q 對話練習 ♪226-12

A：ここはまるで映画の撮影所のような風景だね。
這裡的風景宛如電影製片廠呢。

B：ここで特撮写真撮れるよね。
可以在這裡拍特技攝影的照片喔。

還可以這樣說！

‥‥‥‥‥‥‥‥‥ 「みたいな」 ‥‥‥‥‥‥‥‥‥

「みたいな」的意思是「像〜一樣的」，所以「まるで馬みたいな長い顔です」、
「まるで象みたいな太い足です」跟原句意思相近。「ような」是比較正式、書面
的用法，而「みたいな」則是比較口語的用法。

誰<small>だれ</small>もが認<small>みと</small>める〜
大家公認的〜

根據日文的文法規則，「誰<small>だれ</small>もが認<small>みと</small>める〜」後面通常加名詞。「誰<small>だれ</small>もが認<small>みと</small>める〜」意思是「大家公認的〜」。

誰<small>だれ</small>もが認<small>みと</small>める〜

♪227-02 01	すばらしい味<small>あじ</small>です。	大家公認的好味道。
♪227-03 02	五<small>いつ</small>つ星<small>ぼし</small>ホテルです。	大家公認的五星級飯店。
♪227-04 03	世界文化遺産<small>せかいぶんかいさん</small>です。	大家公認的世界文化遺產。
♪227-05 04	優<small>すぐ</small>れた作品<small>さくひん</small>です。	大家公認的優秀作品。
♪227-06 05	人気作家<small>にんきさっか</small>です。	大家公認的有名作家。
♪227-07 06	一流<small>いちりゅう</small>レストランです。	大家公認的一流餐廳。
♪227-08 07	風情<small>ふぜい</small>ある町<small>まち</small>です。	大家公認很有風情的城鎮。
♪227-09 08	偉大<small>いだい</small>な人<small>ひと</small>です。	大家公認的偉大人物。
♪227-10 09	建築物<small>けんちくぶつ</small>です。	大家公認的建築物。
♪227-11 10	台湾<small>たいわん</small>のお茶<small>ちゃ</small>です。	大家公認的臺灣茶葉。

♪227-01

おいしいお茶<small>ちゃ</small>ですね。

好好喝的茶。

ええ、誰<small>だれ</small>もが認<small>みと</small>める台湾<small>たいわん</small>のお茶<small>ちゃ</small>ですからね。

對啊，這是大家公認的臺灣茶葉。

▶ 補充單字

すばらしい 形 好棒的／**五<small>いつ</small>つ星<small>ぼし</small>** 名 五星級／**風情<small>ふぜい</small>** 名 風情

Q 對話練習 ♪227-12

A：ここの料理<small>りょうり</small>は誰<small>だれ</small>もが認<small>みと</small>めるミシュラン三<small>み</small>つ星<small>ぼし</small>レストランなんだよ。

這裡的料理可是大家公認的米其林三星級餐廳唷。

B：へえ、僕<small>ぼく</small>にはよくわからないな。

是喔，我分辨不太出來。

原來如此！

······· 「実力<small>じつりょく</small>がある」 VS. 「誰<small>だれ</small>もが認<small>みと</small>める」 ·······

使用「誰<small>だれ</small>もが認<small>みと</small>める〜」時，描述的人或事物的狀態，是受到社會大眾公認的事實，而「実力<small>じつりょく</small>がある」則是單純描述有實力，但是不一定有受到社會大眾公認的意思。

涙が出るくらい〜
〜到快流眼淚

根據日文的文法規則，「涙が出るくらい〜」後面通常加形容詞。
「涙が出るくらい〜」意思是「〜到快流眼淚」。

涙が出るくらい〜

♪228-02 01 辛いです。　　　　　　　　　辣到快流眼淚。

♪228-03 02 痛いです。　　　　　　　　　痛到快流眼淚。

♪228-04 03 嬉しいです。　　　　　　　　高興到快流眼淚。

♪228-05 04 可笑しいです。　　　　　　　好笑到快流眼淚。

♪228-06 05 感動しました。　　　　　　　感動到快流眼淚。

♪228-07 06 眠いです。　　　　　　　　　想睡覺到快流眼淚。

♪228-08 07 酸っぱいです。　　　　　　　酸到快流眼淚。

♪228-09 08 くすぐったいです。　　　　　癢到快流眼淚。

♪228-10 09 風が強いです。　　　　　　　風大到快流眼淚。

♪228-11 10 美味しいです。　　　　　　　好吃到快流眼淚。

♪228-01

涙が出るくらい嬉
しいです。

開心到快流眼淚。

わたしも嬉しいで
す。

我也很高興。

▶ 補充單字

嬉しい 形 高興的／**眠い** 形 想睡的／**くすぐったい** 形 癢的

Q 對話練習　♪228-12

A：何これ？涙がでるくらい辛い！
　　這是什麼？辣到流眼淚。

B：だって、激辛って書いてあるじゃない。
　　因為它上面寫著超辣啊。

原來如此！

·········· 「泣き出しそう」 ··········

「涙が出る」不只形容傷心，也有可能是指笑到飆淚，或是吃到很辣的食物時嗆到
等。「涙が溢れる」則多是受到感動的時候使用。

～便利です

～方便

根據日文的文法規則，「～便利です」前面常加名詞 + が，意思是「～很方便」。也會用「～に便利です」的形式意思是「便於～」。

～便利です。

♪229-02	01 交通が	交通很方便。
♪229-03	02 買い物に	方便買東西。
♪229-04	03 登山に	方便爬山。
♪229-05	04 運動するのに	方便運動。
♪229-06	05 見るのに	方便觀賞。
♪229-07	06 調べるのに	方便調查。
♪229-08	07 旅行に	方便旅行。
♪229-09	08 世話するのに	方便照顧。
♪229-10	09 飲むのに	喝起來方便。

♪229-01

こちらは如何ですか。

這個話如何呢。

これは軽くて、携帯に便利ですね。

這個很輕又方便攜帶。

◎ 補充單字

購入する 動 購買／予約する 動 預訂／仕入れる 動 採買

◎ 對話練習　♪229-11

A：こちらの最新型は持ち運びに便利で、これをお選びになるなんて、さすがお目が高いですね、お客様は。

這款最新款攜帶方便，客人會選它真是很有眼光。

B：いいえ、それほどでも。でも、ちょっと値が張りますね。

不，沒那麼誇張。不過它有點貴呢。

原來如此！

················· **「方便」** ·················

跟中文的「方便」不同，日文的「方便」多為佛教用語，意思是「為了達到特定目的而採取的權宜之計」，所以「うそも方便」指的是「說謊也是不得已的」。

実戦会話トレーニング

聊天實戰演習

剛剛學完的句型你都融會貫通了嗎？現在就來測驗看看自己是否能應付以下情境吧！試著用所學與以下四個人物對話，再看看和參考答案是否使用了一樣的句型。若發現自己對該句型不熟悉，記得再回頭複習一遍喔！

表達情緒或個人喜好的句型

01 ♪230-01

A：＿＿＿＿＿＿＿＿＿＿＿＿＿＿＿＿＿＿
茶的世界很深奧呢。

B：日本の茶道も、中国の茶芸も総合芸術だと思うよ。
我認為日本茶道和中國茶道都是一種綜合藝術。

02 ♪230-02

A：＿＿＿＿＿＿＿＿＿＿＿＿＿＿＿＿＿＿
臺灣水果中，我最喜歡百香果和蓮霧。

B：日本人はみんなマンゴーが好きかと思ってた。
我還以為所有的日本人都喜歡芒果。

03 ♪230-03

A：＿＿＿＿＿＿＿＿＿＿＿＿＿＿＿＿＿＿
喔，就算使是鈴木穿上西裝也是挺帥氣的嘛。

B：馬子にも衣装って言うよね。
俗話說人要衣裝嘛。

04 ♪230-04

A：＿＿＿＿＿＿＿＿＿＿＿＿＿＿＿＿＿＿
因為太冷，我的手都凍僵了。

B：血の巡りがよくないんですね。
血液循環不好呢。

参考答案 答え：

1. お茶の世界は奥深いですよね。　　　　　　　　　　　　→句型156 P.185
2. 台湾の果物では、パッションフルーツとベルフルーツが一番好き。　→句型159 P.188
3. へえ、鈴木くんもスーツ着るとハンサムに見えるね。　　→句型171 P.200
4. あまりにも寒くて、手がかじかんでしまいますよ。　　　→句型184 P.213

PART 6

[味道]

コクのある～
口感層次豐富的～

根據日文的文法規則，「コクのある～」後面通常用名詞寫味道濃郁的事物。「コクのある～」意思是「～口感層次豐富」。

コクのある～

♪232-02	01	スープです。	口感層次豐富的湯。
♪232-03	02	ラーメンです。	口感層次豐富的拉麵。
♪232-04	03	シチューです。	口感層次豐富的奶油濃湯。
♪232-05	04	ミルクティーです。	口感層次豐富的奶茶。
♪232-06	05	カフェラテです。	口感層次豐富的拿鐵咖啡。
♪232-07	06	抹茶です。	口感層次豐富的抹茶。
♪232-08	07	イチゴミルクです。	口感層次豐富的草莓牛奶。
♪232-09	08	北海道牛乳です。	口感層次豐富的北海道牛奶。
♪232-10	09	アイスクリームです。	口感層次豐富的冰淇淋。
♪232-11	10	チーズです。	口感層次豐富的起司。

♪232-01

> コクのあるミルクティーですね。

味道真濃郁的奶茶。

> ええ、インド式のミルクティーなんです。

對啊，這是印度的奶茶。

補充單字

シチュー 名 奶油濃湯／**カフェラテ** 名 拿鐵咖啡／**イチゴミルク** 名 草莓牛奶

對話練習 ♪232-12

A：ラーメンは、麺はもちろん、コクのあるスープが命だよね。
拉麵不只麵條，口感層次豐富的湯頭也是關鍵。

B：僕はこってりした豚骨スープが好みだよ。
我喜歡味道濃厚的豬骨湯頭。

還可以這樣說！

································· 「コクのある」、「濃厚」 ·································

形容食物味道濃郁，除了「コクのある～」，也可以說「濃厚な～」，故上述例句寫成「濃厚なミルクティーです」、「濃厚なスープです」，跟原本的句子也是一樣的意思。

〜は甘(あま)みがあります
〜有甜味

根據日文的文法規則，「〜は甘(あま)みがあります」前面通常用名詞寫有甜味的事物。「〜は甘(あま)みがあります」意思是「〜有甜味」。

〜は甘(あま)みがあります。

♪233-02 01	上等(じょうとう)なお茶(ちゃ)	上等的茶葉喝起來有甜味。
♪233-03 02	サツマイモ	番薯有甜味。
♪233-04 03	タロイモ	芋頭有甜味。
♪233-05 04	ピーナッツ	花生有甜味。
♪233-06 05	りんご	蘋果有甜味。
♪233-07 06	チョコレート	巧克力有甜味。
♪233-08 07	豆乳(とうにゅう)	豆漿有甜味。
♪233-09 08	栗(くり)	栗子有甜味。
♪233-10 09	胡麻(ごま)	胡麻有甜味。

♪233-01

モンブランはおいしいですね。

栗子蛋糕味道很鮮美。

栗(くり)は自然(しぜん)な甘(あま)みがありますね。

有栗子自然的甜味。

▶ 補充單字

キムチ 名 辛奇／**サツマイモ** 名 番薯／**タロイモ** 名 芋頭

Q 對話練習 ♪233-11

A：韓国(かんこく)のキムチは辛(から)さだけじゃなくて、甘(あま)みもあるのが特徴(とくちょう)らしい。
韓國辛奇不只是辣味，帶有甜味似乎也是它的特徵。

B：奥深(おくぶか)い味(あじ)なんだね。
味道很深奧呢。

原來如此！

············· 「甘(あま)み」、「旨(うま)み」 ·············

「甘(あま)み」是甜味，「旨(うま)み」是美味。い形容詞的「い」去掉，加「み」就變成名詞。「み」表示感覺。例如，「痛(いた)み」（疼痛）、「悲(かな)しみ」（悲傷）等。

〜は噛み応えがあります
〜有嚼勁

根據日文的文法規則，「〜は噛み応えがあります」後面通常用名詞寫有嚼勁的事物。「〜は噛み応えがあります」意思是「〜有嚼勁」。

〜は噛み応えがあります。

♪234-02	01	タピオカ	珍珠有嚼勁。
♪234-03	02	手打ちうどん	手打的烏龍麵有嚼勁。
♪234-04	03	パスタ	義大利麵有嚼勁。
♪234-05	04	玄米	糙米有嚼勁。
♪234-06	05	煮干	小魚乾有嚼勁。
♪234-07	06	ナッツ類	堅果類有嚼勁。
♪234-08	07	ドライフルーツ	水果乾有嚼勁。
♪234-09	08	ビーフジャーキー	牛肉乾有嚼勁。
♪234-10	09	かりんとう	花林糖有嚼勁。
♪234-11	10	団子	糯米糰子有嚼勁。

♪234-01

> かりんとうは噛み応えがありますね。

花林糖很有嚼勁。

> ええ、お年寄りにも大人気なんですよ。

是啊，在長輩間也很受歡迎。

補充單字

パスタ 名 義大利麵／**煮干** 名 小魚乾／**ナッツ類** 名 堅果類／**団子** 名 糯米糰子

對話練習 ♪234-12

A：私はどちらかというと、硬い噛み応えのあるパンが好き。フランスパンとか。
硬要説的話，我比較喜歡有嚼勁的硬麵包。比如法式麵包之類的。

B：僕は軟らかいパンのほうが好きだな。
我比較喜歡軟麵包。

原來如此！

················ 「〜応えがあります」 ················

動詞ます形的「ます」去掉，後面加「応えがあります」，就變成「有〜的感覺、值得〜」，例如，「聞き応えがあります」（值得聽）、「食べ応えがあります」（值得吃）。

～はキズがあります
～有瑕疵

根據日文的文法規則，「～はキズがあります」前面通常用名詞寫有瑕疵的事物。「～はキズがあります」意思是「～有瑕疵」。

～はキズがあります。

♪235-02 01	このりんご	這顆蘋果有瑕疵。
♪235-03 02	その柿	那顆柿子有瑕疵。
♪235-04 03	あのトマト	那顆番茄有瑕疵。
♪235-05 04	このピーマン	這顆青椒有瑕疵。
♪235-06 05	そのグアバ	那顆芭樂有瑕疵。
♪235-07 06	あの桃	那顆水蜜桃有瑕疵。
♪235-08 07	この梨	這顆水梨有瑕疵。
♪235-09 08	そのきゅうり	那條小黃瓜有瑕疵。
♪235-10 09	あのスモモ	那顆李子有瑕疵。
♪235-11 10	この枇杷	這顆枇杷有瑕疵。

♪235-01

この枇杷はキズがあります。

這顆枇杷有瑕疵。

じゃ、こちらにしましょう。

那選這邊的吧。

> 補充單字

ピーマン 名 青椒／**グアバ** 名 芭樂／**スモモ** 名 李子

> 對話練習　♪235-12

A：このワケあり商品は少しキズがあるって書いてある。
　　這個瑕疵品上面寫著有一點瑕疵。
B：自分が使うなら、少しくらいのキズは気にならないよ。
　　如果是自己要用的話，有一些瑕疵也沒關係。

還可以這樣說！

「B級品」、「訳あり商品」

表達商品有瑕疵，除了說「（名詞）はキズがあります」，也可以說「（名詞）はB級品です」或「（名詞）は訳あり商品です」，意思是「（名詞）是次級品」、「（名詞）是有問題的商品」。

〜はコシがあります
〜很有彈性

根據日文的文法規則，「〜はコシがあります」前面通常用名詞寫的事物。「〜はコシがあります」意思是「〜很有彈性」。

〜はコシがあります。

♪236-02	01	このうどん	這個烏龍麵很有彈性。
♪236-03	02	このラーメン	這個拉麵很有彈性。
♪236-04	03	この蕎麦	這個蕎麥麵很有彈性。
♪236-05	04	このパスタ	這個義大利麵很有彈性。
♪236-06	05	つきたての餅	剛做好的麻糬很有彈性。
♪236-07	06	このきしめん	這個寬麵很有彈性。
♪236-08	07	この素麺	這個麵線很有彈性。
♪236-09	08	このビーフン	這個米粉很有彈性。
♪236-10	09	韓国の冷麺	韓國的涼麵很有彈性。
♪236-11	10	糸こんにゃく	蒟蒻絲很有彈性。

♪236-01

つきたての餅はコシがありますね。

剛做好的麻糬很有彈性。

ええ、おいしいでしょう。

對啊，很好吃吧。

補充單字

パスタ 名 義大利麵／**素麺** 名 麵線／**ビーフン** 名 米粉／**糸こんにゃく** 名 蒟蒻絲

對話練習 ♪236-12

A：うどんをゆですぎるとコシがなくなるから、気をつけてね。
烏龍麵煮太久會沒有彈性，要注意。

B：お年寄りには、コシのない軟らかい麺のほうが食べやすいらしいよ。
對上年紀的人來說，沒有彈性的軟麵更好入口的樣子。

原來如此！

·········「コシがある」、「ふにゃふにゃ」·········

「〜はコシがあります」是形容食物很有彈性，「〜很有彈性」也可以說「ふにゃふにゃ」，而「ふにゃふにゃ」不只可以用來形容食物口感，也可以形容其他柔軟有彈性的東西，如：「赤ちゃんのふにゃふにゃした手（小嬰兒柔軟有彈性的手）」、「ふにゃふにゃな粘土（柔軟有彈性的黏土）」等。

～はコシがありません

～沒有彈性

根據日文的文法規則，「～はコシがありません」前面通常用名詞寫沒有彈性的事物寫的事物。「～はコシがありません」意思是「～沒有彈性」。

～はコシがありません。

♪237-02	01	この団子	這個糯米糰子沒有彈性。
♪237-03	02	そのうどん	這個烏龍麵沒有彈性。
♪237-04	03	あの中華麺	這個鹼水黃麵沒有彈性。
♪237-05	04	この春雨	這個冬粉沒有彈性。
♪237-06	05	その草餅	這個艾草麻糬沒有彈性。
♪237-07	06	あの柏餅	這個柏餅沒有彈性。
♪237-08	07	この葛餅	這個葛粉糕沒有彈性。
♪237-09	08	その桜餅	那個櫻花麻糬沒有彈性。
♪237-10	09	あの白玉	那個湯圓沒有彈性。
♪237-11	10	この蕎麦	這個蕎麥麵沒有彈性。

♪237-01

> このうどんはおいしくないですね。
>
> 這個烏龍麵不好吃耶。

> ええ、このうどんはコシがありませんね。
>
> 對啊，這個烏龍麵沒有彈性。

▶ 補充單字

団子 名 糯米丸／**春雨** 名 冬粉／**白玉** 名 湯圓

Q 對話練習　♪237-12

A：何、このうどん！全然コシがないじゃない？
　　這個烏龍麵怎麼搞的！完全沒有彈性。

B：えっ、知らないの？これ、伊勢うどんって言って、コシがない麺が特徴なんだよ。
　　咦，你不知道嗎？這叫做伊勢烏龍麵，特點就是麵條沒有彈性。

還可以這樣說！

⋯⋯⋯⋯⋯⋯⋯⋯ 「コシがない」、「のびている」 ⋯⋯⋯⋯⋯⋯⋯⋯

「のびている」意思是「拉長」，常用來形容麵泡軟、沒有彈性了，像是：「そのうどんはのびています（那個烏龍麵泡）」、「あの中華麺はのびています（這個鹼水黃麵）」等。

〜は脂っこいです
〜很油膩

根據日文的文法規則，「〜は脂っこいです」前面通常用名詞寫油膩的事物。「〜は脂っこいです」意思是「〜很油膩」。

〜は脂っこいです。

♪238-02	01	焼肉	燒肉很油膩。
♪238-03	02	豚の角煮	東坡肉很油膩。
♪238-04	03	天婦羅	天婦羅很油膩。
♪238-05	04	とんかつ	豬排丼很油膩。
♪238-06	05	鰻丼	鰻魚丼很油膩。
♪238-07	06	鶏の唐揚げ	炸雞很油膩。
♪238-08	07	豚足	豬腳很油膩。
♪238-09	08	北京ダック	北京烤鴨很油膩。
♪238-10	09	フライドポテト	炸薯條很油膩。
♪238-11	10	フライドチキン	炸雞很油膩。

♪238-01

豚の角煮は脂っこいですね。

東坡肉很油膩。

ええ、でもおいしいですね。

對啊，但很好吃。

補充單字

豚の角煮 名 東坡肉／鶏の唐揚げ 名 炸雞塊／北京ダック 名 北京烤鴨

對話練習 ♪238-12

A：私、油ギトギトの脂っこい料理は苦手。

我不太喜歡油膩的料理。

B：その油がおいしいんだよ。

就是那個油才好吃啊。

還可以這樣說！

⋯⋯⋯⋯⋯「脂っこい」、「ギトギト」⋯⋯⋯⋯⋯

「ギトギト」意思是「油膩膩」，所以「〜は脂っこいです」也可以用「〜はギトギトです」來代替，故上述例句可以寫成「フライドポテトはギトギトです」或「とんかつはギトギトです」等。

～は甘いです

～很甜

根據日文的文法規則，「～は甘いです」前面通常用名詞寫的事物
寫甜的事物。「～は甘いです」意思是「～很甜」。

～は甘いです。

♪239-02	01	かき氷	刨冰很甜。
♪239-03	02	いちご大福	草莓麻糬很甜。
♪239-04	03	お汁粉	紅豆湯很甜。
♪239-05	04	タピオカミルクティー	珍珠奶茶很甜。
♪239-06	05	ケーキ	蛋糕很甜。
♪239-07	06	月餅	月餅很甜。
♪239-08	07	パイナップルケーキ	鳳梨酥很甜。
♪239-09	08	温泉饅頭	溫泉饅頭很甜。
♪239-10	09	マンゴー	芒果很甜。
♪239-11	10	ライチ	荔枝很甜。

♪239-01

> マンゴーかき氷は
> 甘いですね。

芒果冰很甜。

> ええ、みんな大好
> きですよ。

對啊，大家都很喜歡
呢。

> **補充單字**
>
> **かき氷** 名 刨冰／**お汁粉** 名 紅豆湯／**タピオカミルクティー** 名 珍珠奶茶／**ライチ** 名 荔枝

> **對話練習** ♪239-12
>
> A：日本のお茶菓子って甘いよね。
> 　　日本茶點很甜耶。
> B：抹茶と一緒にいただくとちょうどいいらしい。
> 　　配上抹茶好像就剛剛好。

原來如此！

·········· 「甘い」、「甘ったるい」 ··········

「甘い」的意思除了「甜」之外，還有形容人的想法太單純、太天真的意思。「甘
ったるい」則是是「甜膩的」的意思。

〜は甘酸っぱいです
〜酸酸甜甜的

根據日文的文法規則，「〜は甘酸っぱいです」前面通常用名詞寫酸甜的事物。「〜は甘酸っぱいです」意思是「〜酸酸甜甜的」。

〜は甘酸っぱいです。

♪240-02 01	**クランベリー**	蔓越莓酸酸甜甜的。
♪240-03 02	**グアバ**	芭樂酸酸甜甜的。
♪240-04 03	**酢豚**	糖醋排骨酸酸甜甜。
♪240-05 04	**青いマンゴー**	青芒果酸酸甜甜的。
♪240-06 05	**あんず飴**	糖葫蘆酸酸甜甜。
♪240-07 06	**梅の飴**	梅子糖果酸酸甜甜的。
♪240-08 07	**みかん**	橘子酸酸甜甜的。
♪240-09 08	**グレープフルーツ**	葡萄柚酸酸甜甜的。
♪240-10 09	**トマト**	番茄酸酸甜甜的。

♪240-01

山査子ジュースは甘酸っぱいですね。

山楂子果汁酸酸甜甜的。

ええ、体にもいいんですよ。

對啊，對身體也很好喔。

> **補充單字**

クランベリー 名 蔓越莓／**グアバ** 名 芭樂／**あんず飴** 名 糖葫蘆

> **對話練習** ♪240-11

A：クランベリーなどのベリー類は甘酸っぱくて、食欲をそそるからどんどん食べられちゃう。
蔓越莓等莓果酸酸甜甜的很開胃，所以會不停吃下去。

B：わっかんないなあ。なんでそんな酸っぱいもの、たくさん食べられるの？
無法理解。那麼酸的東西你怎麼吃下去？

原來如此！

············ 「甘酸っぱい」、「甘辛い」 ············

「甘い」形容詞的「い」去掉之後加「酸っぱい」就變成「甘酸っぱい」（酸甜），另外加「辛い」就變成「甘辛い（甜辣）」。

～は苦いです
～很苦

根據日文的文法規則，「～は苦いです」前面通常用名詞寫苦的東西。「～は苦いです」意思是「～很苦」。

～は苦いです。

♪241-02 01	苦瓜	苦瓜味道苦。
♪241-03 02	銀杏	銀杏味道苦。
♪241-04 03	この薬	這個藥味道苦。
♪241-05 04	このコーヒー	這杯咖啡味道苦。
♪241-06 05	このお茶	這杯茶味道苦。
♪241-07 06	このスープ	這碗湯味道苦。
♪241-08 07	この料理	這道菜味道苦。
♪241-09 08	ビール	啤酒味道苦。
♪241-10 09	イカのはらわた	烏賊的內臟味道苦。
♪241-11 10	この野菜	這個蔬菜味道苦。

♪241-01

このイカのはらわたは苦いですね。

這個烏賊的內臟味道苦。

ええ、でもこの苦さがおいしいんですよ。

是啊，不過（就是）這個苦苦的味道很好吃！

補充單字

銀杏 名 白果／はらわた 名 內臟／野菜 名 蔬菜

對話練習 ♪241-12

A：子どもの頃、ブラックコーヒーは苦くてまずいと思ってたけど、実はそうじゃなかったんだね。
小時候覺得黑咖啡又苦又難喝，但其實不是那樣呢。

B：そうだね。コーヒーは産地によって、味が異なるからね。
沒錯。咖啡的味道會因產地而異。

原來如此！

··········· 「硬い」、「堅い」 ···········

「硬い」是「軟」的相反的是一件事的狀況或一個人的態度。「堅い」是「脆弱」的相反，是一個人的思想或事物的特徵。

〜は辛いです

〜很辣

根據日文的文法規則，「〜は辛いです」後面通常用名詞。「〜は辛いです」意思是「〜很辣」。

〜は辛いです。

♪242-02	01	唐辛子	辣椒很辣。
♪242-03	02	からし	黃芥末很辣。
♪242-04	03	わさび	山葵很辣。
♪242-05	04	生姜	生薑很辣。
♪242-06	05	チリソース	辣椒醬很辣。
♪242-07	06	明太子	明太子很辣。
♪242-08	07	キムチ	辛奇很辣。
♪242-09	08	麻婆豆腐	麻婆豆腐很辣。
♪242-10	09	四川料理	四川料理很辣。
♪242-11	10	カレー	咖哩很辣。

♪242-01

明太子は辛いですね。

明太子很辣。

ええ、でもこの辛さがくせになりますね。

對啊，不過這個辣會讓人上癮。

▶ 補充單字

からし 名 黃芥末／**わさび** 名 山葵／**チリソース** 名 辣椒醬

Q 對話練習 ♪242-12

A：カラシとワサビと、どっちが辛いと思う？
你覺得黃芥末和山葵哪個更辣？

B：鼻にツーンとくるのはワサビだよね。
會嗆鼻的是山葵。

原來如此！

「辛い」、「激辛」

「辛い」是辣，「激辛」則是麻辣，所以麻辣鍋就是「激辛鍋」。

〜は臭<small>くさ</small>いです
〜很臭

根據日文的文法規則，「〜は臭<small>くさ</small>いです」前面通常用名詞寫臭的事物。「〜は臭<small>くさ</small>いです」意思是「〜很臭」。

〜は臭<small>くさ</small>いです。

♪243-02	01	納豆<small>なっとう</small>	納豆很臭。
♪243-03	02	臭豆腐<small>しゅうどうふ</small>	臭豆腐很臭。
♪243-04	03	ドリアン	榴槤很臭。
♪243-05	04	新鮮<small>しんせん</small>じゃない魚<small>さかな</small>	不新鮮的魚很臭。
♪243-06	05	腐<small>くさ</small>った肉<small>にく</small>	腐壞的肉很臭。
♪243-07	06	腐<small>くさ</small>った牛乳<small>ぎゅうにゅう</small>	壞掉的牛奶很臭。
♪243-08	07	生<small>なま</small>ゴミ	廚餘很臭。
♪243-09	08	どぶ	水溝很臭。
♪243-10	09	汚<small>きたな</small>い河<small>かわ</small>	受汙染的河川很臭。

♪243-01

納豆<small>なっとう</small>は臭<small>くさ</small>いですね。

納豆很臭。

ええ、でも体<small>からだ</small>にいいんですよ。

對啊，但是對身體很好。

▶ 補充單字

ドリアン 名 榴槤／**生ゴミ**<small>なま</small> 名 廚餘／**どぶ** 名 水溝

Q 對話練習 ♪243-11

A：外国人<small>がいこくじん</small>は納豆<small>なっとう</small>が臭<small>くさ</small>いって言<small>い</small>うけど、私<small>わたし</small>は全然臭<small>ぜんぜんくさ</small>いと思<small>おも</small>わない。
外國人都説納豆很臭，但我覺得根本不臭。

B：きっと臭<small>くさ</small>いの基準<small>きじゅん</small>が違<small>ちが</small>うんだよ。
一定是因為對臭標準不一樣。

原來如此！

⋯⋯⋯⋯⋯⋯⋯⋯ 「臭<small>くさ</small>い」、「臭<small>にお</small>う」 ⋯⋯⋯⋯⋯⋯⋯⋯

「臭<small>くさ</small>い」是形容詞，意思是「〜很臭」，「臭<small>にお</small>う」則是動詞，意思是「聞到臭味」，要注意不要搞錯！

～は香^{こう}ばしいです
～味道很香

根據日文的文法規則，「～香^{こう}ばしいです」前面通常用名詞寫香
脆的事物。「～香^{こう}ばしいです」意思是「～味道很香」。

～は香^{こう}ばしいです。

♪244-02	01	焼^やきたてのトースト	剛烤好的吐司味道很香。
♪244-03	02	アーモンド	杏仁味道很香。
♪244-04	03	ピーナッツ	花生味道很香。
♪244-05	04	ピスタチオ	開心果味道很香。
♪244-06	05	カシューナッツ	腰果味道很香。
♪244-07	06	焼^やきたての煎餅^{せんべい}	剛烤好的煎餅味道很香。
♪244-08	07	挽^ひきたてのコーヒー豆^{まめ}	剛磨完的咖啡豆味道很香。
♪244-09	08	炒^いりたての甘栗^{あまぐり}	剛炒完的栗子味道很香。
♪244-10	09	焼^やきたてのタルト	剛烤好的蛋塔味道很香。
♪244-11	10	焼^やきたてのフランスパン	剛烤好的法國麵包味道很香。

♪244-01

いい香^{かお}りですね。

好香的味道啊！

ええ、挽^ひきたての
コーヒー豆^{まめ}は香^{こう}ば
しいですね。

對啊，剛磨完的咖啡豆
味道很香。

🔊 補充單字

ピスタチオ 名 開心果／**カシューナッツ** 名 腰果／**タルト** 名 蛋塔

🔍 對話練習 ♪244-12

A：トーストは焼^やきたてで香^{こう}ばしいのがいちばん！
剛烤好的吐司味道很香是最好吃的！

B：冷^さめたらおいしくなくなっちゃうからね。
因為冷掉就不好吃了。

原來如此！

·············· 「香^{こう}ばしい」、「香^{かお}り」 ··············

「香^{こう}ばしい」是形容詞，形容食物烤得味道很香，例如麵包等烘焙料理。「香^{かお}り」
則是名詞，意思「香味」。

～は塩辛いです

～很鹹

根據日文的文法規則，「～は塩辛いです」前面通常用名詞寫鹹的事物。「～は塩辛いです」意思是「～很鹹」。

～は塩辛いです。

♪245-02 01	この鍋料理	這個火鍋料理很鹹。
♪245-03 02	この炒め物	這個熱炒很鹹。
♪245-04 03	この煮物	這個燉煮料理很鹹。
♪245-05 04	このラーメン	這碗拉麵很鹹。
♪245-06 05	この料理	這道菜很鹹。
♪245-07 06	このスープ	這碗湯很鹹。
♪245-08 07	このフライドポテト	這個薯條很鹹。
♪245-09 08	このハンバーグ	這個漢堡很鹹。
♪245-10 09	このソーセージ	這條香腸很鹹。
♪245-11 10	このハム	這個火腿很鹹。

♪245-01

このフライドポテトは塩辛いですね。

這個薯條很鹹。

ええ、塩をかけすぎですね。

是啊，鹽撒了太多吧！

補充單字

フライドポテト 名 薯條／ハンバーグ 名 漢堡／ソーセージ 名 香腸

對話練習 ♪245-12

A：明太子って塩辛いから、食べ過ぎたら体によくないでしょ？
明太子很鹹，吃多對身體不好吧？

B：毎日じゃなくて、たまにだから大丈夫だよ。
又不是每天，偶爾吃沒關係啦。

還可以這樣說！

⋯⋯⋯⋯⋯⋯⋯⋯⋯⋯ 「塩辛い」、「しょっぱい」 ⋯⋯⋯⋯⋯⋯⋯⋯⋯⋯

「しょっぱい」意思是「鹹」，可以跟「塩辛い」互換，故上述例句可以寫成「このソーセージはしょっぱいです」或「この炒め物はしょっぱいです」等。

〜は渋_{しぶ}いです
〜味道很澀

根據日文的文法規則，「〜は渋_{しぶ}いです」前面通常用名詞寫澀的事物。「〜は渋_{しぶ}いです」意思是「〜味道很澀」。

〜は渋_{しぶ}いです。

♪246-02	01	未熟_{みじゅく}の柿_{かき}	未熟的柿子味道很澀。
♪246-03	02	このワイン	這瓶葡萄酒味道很澀。
♪246-04	03	葡萄_{ぶどう}の皮_{かわ}	葡萄皮味道很澀。
♪246-05	04	このアーモンド	這顆杏仁味道很澀。
♪246-06	05	この胡桃_{くるみ}	這個核桃味道很澀。
♪246-07	06	このお茶_{ちゃ}	這杯茶味道很澀。
♪246-08	07	未熟_{みじゅく}のバナナ	未熟的香蕉味道很澀。
♪246-09	08	未熟_{みじゅく}の果物_{くだもの}	未熟的水果味道很澀。
♪246-10	09	この豆_{まめ}	這個豆子味道很澀。
♪246-11	10	このグアバ	這顆芭樂味道很澀。

♪246-01

未熟_{みじゅく}の柿_{かき}は渋_{しぶ}いですね。

未熟的柿子味道很澀。

でも、干_ほし柿_{がき}は甘_{あま}くておいしいですね。

不過，柿餅又甜又很好吃！

補充單字

ワイン 名 葡萄酒／アーモンド 名 杏仁／グアバ 名 芭樂

對話練習　♪246-12

A：この柿_{かきしぶ}渋い！

這個柿子味道很澀！

B：これは渋柿_{しぶかき}だから、このまま食_たべちゃダメ_{だめ}だよ。干_ほし柿_{がき}にすると甘_{あま}みが増_ましておいしくなるよ。

這是澀柿子，不能直接吃。做成柿子乾（的話）甜度就會增加，變得很好吃。

原來如此！

·········「渋_{しぶ}い」、「渋_{しぶ}み」·········

「渋_{しぶ}い」是形容詞「味道很澀」、「渋_{しぶ}み」是形容詞的「い」去掉之後加「み」變成名詞，「味道澀的感覺」。

～は酸^すっぱいです
～很酸

根據日文的文法規則，「～は酸^すっぱいです」前面通常用名詞寫酸的事物。「～は酸^すっぱいです」意思是「～很酸」。

～は酸^すっぱいです。

♪247-02	01	**レモン**	檸檬有酸味。
♪247-03	02	**金柑**^{きんかん}	金桔有酸味。
♪247-04	03	**グレープフルーツ**	葡萄柚有酸味。
♪247-05	04	**お酢**^す	醋有酸味。
♪247-06	05	**クランベリー**	覆盆莓有酸味。
♪247-07	06	**未熟のパイナップル**^{みじゅく}	未熟的鳳梨有酸味。
♪247-08	07	**キウイ**	奇異果有酸味。
♪247-09	08	**酢**^す**の物**^{もの}	涼拌醋有酸味。
♪247-10	09	**ヨーグルト**	優格有酸味。
♪247-11	10	**このコーヒー**	這杯咖啡有酸味。

♪247-01

このヨーグルトは
酸^すっぱいですね。

這個優格有酸味。

蜂蜜^{はちみつ}でも入^いれましょうか。

要不要加蜂蜜？

◉ 補充單字

金柑^{きんかん} 名 金桔／**クランベリー** 名 覆盆莓／**キウイ** 名 奇異果／**ヨーグルト** 名 優格

Q 對話練習 ♪247-12

A：**梅干**^{うめぼ}**し見**^み**るだけで、唾**^{つば}**が出**^で**てきそう。**
光是看著酸梅就會流口水。
B：**梅干**^{うめぼ}**しは酸**^す**っぱいという記憶**^{きおく}**があるからだね。**
因為有酸梅很酸的記憶啊。

原來如此！

························· **「酸**^す**っぱい」、「酸味**^{さんみ}**」** ·························

「酸^すっぱい」是形容詞，「酸味^{さんみ}」是名詞「有酸味」的意思。例如，「酸味^{さんみ}があります」。

〜は硬<ruby>硬<rt>かた</rt></ruby>いです
〜很硬

根據日文的文法規則，「〜は硬<ruby>硬<rt>かた</rt></ruby>いです」前面通常用名詞寫硬的事物。「〜は硬<ruby>硬<rt>かた</rt></ruby>いです」意思是「很硬」。

〜は硬<ruby>硬<rt>かた</rt></ruby>いです。

♪248-02	01	**スルメ**	魷魚乾很硬。
♪248-03	02	**せんべい**	仙貝很硬。
♪248-04	03	**フランスパン**	法國麵包很硬。
♪248-05	04	**アーモンド**	杏仁很硬。
♪248-06	05	**昆<ruby>布<rt>こん ぶ</rt></ruby>**	昆布很硬。
♪248-07	06	**かりんとう**	花林糖很硬。
♪248-08	07	**干<ruby>し肉<rt>ほ にく</rt></ruby>**	肉乾很硬。
♪248-09	08	**ドライフルーツ**	水果乾很硬。
♪248-10	09	**鉄<ruby>玉子<rt>てつたまご</rt></ruby>**	鐵蛋很硬。
♪248-11	10	**カンパン**	乾糧很硬。

♪248-01

> スルメは硬<ruby>硬<rt>かた</rt></ruby>いですね
>
> 魷魚乾很硬。

> ええ、噛<ruby>噛<rt>か</rt></ruby>めば噛<ruby>噛<rt>か</rt></ruby>むほど味<ruby>味<rt>あじ</rt></ruby>が出<ruby>出<rt>で</rt></ruby>てきます。
>
> 是啊，愈嚼愈有味道。

▶ 補充單字

せんべい 名 仙貝／**かりんとう** 名 花林糖／**ドライフルーツ** 名 水果乾／**カンパン** 名 乾糧

Q 對話練習 ♪248-12

A：このカチカチに硬<ruby>硬<rt>かた</rt></ruby>いお茶<ruby>茶<rt>ちゃ</rt></ruby>、どうやって飲<ruby>飲<rt>の</rt></ruby>むの？
這個硬梆梆的茶是要怎麼喝啊？

B：これはね、こうやってトンカチで叩<ruby>叩<rt>たた</rt></ruby>いて割<ruby>割<rt>わ</rt></ruby>って飲<ruby>飲<rt>の</rt></ruby>むプーアル茶<ruby>茶<rt>ちゃ</rt></ruby>なんだよ。
這個啊。是要像這樣用錘子敲碎後喝的普洱茶。

原來如此！

·········· **「苦<ruby>苦<rt>にが</rt></ruby>い」、「苦<ruby>苦<rt>にが</rt></ruby>い思<ruby>思<rt>おも</rt></ruby>い出<ruby>出<rt>で</rt></ruby>」、「苦<ruby>苦<rt>にが</rt></ruby>い経験<ruby>経験<rt>けいけん</rt></ruby>」** ··········

「苦<ruby>苦<rt>にが</rt></ruby>い」除了味道外，也可以形容某件事情是「難過的、痛苦的」，可以說「苦<ruby>苦<rt>にが</rt></ruby>い思<ruby>思<rt>おも</rt></ruby>い出<ruby>出<rt>で</rt></ruby>」，或「苦<ruby>苦<rt>にが</rt></ruby>い経験<ruby>経験<rt>けいけん</rt></ruby>」等。

〜は軟^{やわ}らかいです

〜很軟

根據日文的文法規則，「〜は軟^{やわ}らかいです」前面通常用名詞寫軟的東西。「〜は軟^{やわ}らかいです」意思是「〜很軟」。

〜は軟^{やわ}らかいです。

♪249-02	01	**このパン**	這麵包很軟。
♪249-03	02	**このクッション**	這墊子很軟。
♪249-04	03	**この枕^{まくら}**	這枕頭很軟。
♪249-05	04	**このベッド**	這床很軟。
♪249-06	05	**このソファー**	這沙發很軟。
♪249-07	06	**このタオル**	這毛巾很軟。
♪249-08	07	**この羽毛布団^{う もう ふ とん}**	這羽毛被子很軟。
♪249-09	08	**このヌガー**	這牛軋糖很軟。
♪249-10	09	**ソフトキャンディー**	這軟糖很軟。
♪249-11	10	**羊^{ひつじ}の皮^{かわ}**	羊皮很軟。

♪249-01

> このベッドは軟^{やわ}らかいですね。
>
> 這床很軟。

> でも、ちょっと寝^ねにくいですね。
>
> 可是有點難睡。

▶ 補充單字

クッション 名 墊子／**ソファー** 名 沙發／**ヌガー** 名 牛軋糖／**ソフトキャンディー** 名 軟糖

Q 對話練習　♪249-12

A：私^{わたし}、体硬^{からだかた}いからヨガなんて無理^{む り}！
我身體很僵硬做不了瑜伽的！

B：そんなことないよ。誰^{だれ}でも最初^{さいしょ}から軟^{やわ}らかい人^{ひと}なんていないでしょ。
沒那回事。沒有人一開始身體就很柔軟的。

原來如此！

⋯⋯⋯⋯⋯⋯⋯⋯⋯⋯⋯⋯ **「軟^{やわ}らかい」、「硬^{かた}い」** ⋯⋯⋯⋯⋯⋯⋯⋯⋯⋯⋯⋯

「硬^{かた}い」意思是「很硬、硬的」，是「軟^{やわ}らかい」的相反詞，所以上述例句寫作「このベッドは硬^{かた}いです」，意思就是「這床很」。

～は新鮮です
～很新鮮

根據日文的文法規則，「～は新鮮です」前面通常用名詞寫新鮮的
東西。「～は新鮮です」意思是「～新鮮」。

～は新鮮です。

♪250-02	01	ここの魚	這一家的魚很新鮮。
♪250-03	02	ここの海産物	這一家的海產很新鮮。
♪250-04	03	この市場の果物	這市場的海鮮很新鮮。
♪250-05	04	北海道の蟹	北海道的螃蟹很新鮮。
♪250-06	05	現地の野菜	當地的蔬菜很新鮮。
♪250-07	06	この貝	這個貝殼很新鮮。
♪250-08	07	この海藻	這個海藻很新鮮。
♪250-09	08	台湾のマンゴー	臺灣的芒果很新鮮。
♪250-10	09	台湾のバナナ	臺灣的香蕉很新鮮。
♪250-11	10	この牛乳	這瓶牛奶很新鮮。

♪250-01

北海道の牛乳は新
鮮ですね。

北海道的牛奶很新鮮。

ええ、だからソフ
トクリームもおい
しいんですね。

是啊，所以霜淇淋也很
好吃喔！

▶ 補充單字

海産物 名 海鮮／**市場** 名 菜市場／**野菜** 名 蔬菜

Q 對話練習　♪250-12

A：ここは海から近いから、新鮮な海鮮が味わえるのがいいね。
　　這裡離海很近，所以能吃到新鮮的海鮮真的很好。

B：うん、ここへ来たら海鮮食べなきゃもったいないよ。
　　嗯，來這裡不吃海鮮太浪費了。

原來如此！

················ 「新鮮」、「フレッシュ」 ················

「新鮮」和「フレッシュ」都是な形容詞，例如「フレッシュジュース」（新鮮果
汁）等外來語單字一起使用。

～はジューシーです
～很多汁

根據日文的文法規則，「～はジューシーです」前面通常用名詞寫多汁的東西。「～はジューシーです」意思是「～很多汁」。

♪251-01

～はジューシーです。

♪251-02	01	このオレンジ	這顆柳丁很多汁。
♪251-03	02	このグレープフルーツ	這顆葡萄柚很多汁。
♪251-04	03	この苺	這顆草莓很多汁。
♪251-05	04	日本の梨	日本的水梨很多汁。
♪251-06	05	台湾のマンゴー	臺灣的芒果很多汁。
♪251-07	06	ここの肉まん	這一家的肉包很多汁。
♪251-08	07	この店の焼き鳥	這一家的日式串烤很多汁。
♪251-09	08	このショーロンポー	這顆小籠包很多汁。
♪251-10	09	このステーキ	這塊牛排很多汁。
♪251-11	10	このハンバーグ	這個漢堡很多汁。

台湾のマンゴーはジューシーですね。

臺灣的芒果很多汁。

ええ、だからマンゴーかき氷は人気があるんですよ。

是啊，所以芒果刨冰很受歡迎。

補充單字

オレンジ 名 柳橙／**グレープフルーツ** 名 葡萄柚／**肉まん** 名 肉包／**ステーキ** 名 牛排

對話練習 ♪251-12

A：さすが和牛はジューシーだね。これが食べられるなんて幸福！
不愧是和牛好多汁啊。能吃到真幸福！

B：生きててよかったって思えるよね。
會覺得活著太好了呢。

原來如此！

·············· **「ジューシー」：果物、海鮮、肉類** ··············

「ジューシー」常用在形容料理和水果的時候使用。如：「ジューシーなハンバーグ（多汁漢堡）」等。

〜は淡白です

〜味道清淡

根據日文的文法規則，「〜は淡白です」前面通常用名詞寫味道清淡的東西。「〜は淡白です」意思是「〜味道清淡」。

〜は淡白です。

♪252-02 01 **このスープ** 　　　　　　　這碗湯味道清淡。

♪252-03 02 **この鍋料理** 　　　　　　　這道火鍋料理味道清淡。

♪252-04 03 **このわかめそば** 　　　　　這碗海帶芽蕎麥麵味道清淡。

♪252-05 04 **このたぬきうどん** 　　　　這碗麵渣烏龍麵味道清淡。

♪252-06 05 **この魚料理** 　　　　　　　這道魚料理味道清淡。

♪252-07 06 **この鶏肉料理** 　　　　　　這個雞肉料理味道清淡。

♪252-08 07 **この豚肉料理** 　　　　　　這個豬肉料理味道清淡。

♪252-09 08 **このお雑煮** 　　　　　　　這碗年糕湯味道清淡。

♪252-10 09 **この海藻サラダ** 　　　　　這個海藻沙拉味道清淡。

♪252-01

この海鮮料理は淡白ですね。

這個海鮮料理味道清淡。

ええ、油を使っていませんからね。

是啊，沒有使用任何油。

▶ **補充單字**

わかめそば 名 海帶芽蕎麥麵／**うどん** 名 烏龍麵／**お雑煮** 名 年糕湯

Q **對話練習** ♪252-11

A：白身魚は淡白で、あっさりした味だから胃に負担がかからないよ。
白身魚味道清淡且清爽，所以不會對胃造成負擔。

B：僕は胃に負担がかかってもいいから、違うものが食べたいな。
我不在意會不會對胃造成負擔，我想吃別的東西。

還可以這樣說！

「淡白」、「あっさりした味」

「あっさりした味」意思是「清淡的味道」，形容食物時使用的「〜は淡白です」，也可以代換成「〜はあっさりした味です」，像上述例句就可以寫成「このスープはあっさりした味です」或「この魚料理はあっさりした味です」等。

〜はまろやかです

〜口感柔順

根據日文的文法規則，「〜はまろやかです」前面通常用名詞寫口感很順的東西。「〜はまろやかです」意思是「〜口感柔順」。

〜はまろやかです。

♪253-02	01 このシャンパン	這香檳口感柔順。
♪253-03	02 このワイン	這葡萄酒口感柔順。
♪253-04	03 このブラックコーヒー	黑咖啡口感柔順。
♪253-05	04 このコンソメスープ	這碗洋蔥湯口感柔順。
♪253-06	05 このお粥	這碗粥口感柔順。
♪253-07	06 この鍋料理	這道火鍋料理口感柔順。
♪253-08	07 この蒸し魚	這條蒸魚口感柔順。
♪253-09	08 この茶碗蒸し	這碗茶碗蒸口感柔順。
♪253-10	09 このクリームシチュー	這碗奶油燉菜口感柔順。
♪253-11	10 このコーンクリームスープ	這碗玉米濃湯口感柔順。

♪253-01

この鍋料理はまろやかですね。

這道火鍋料理口感柔順。

ええ、新鮮な豆乳を使用していますからね。

是啊！因為使用了新鮮豆漿。

⊙ 補充單字

シャンパン 名 香檳／**ブラックコーヒー** 名 黑咖啡／**コンソメスープ** 名 洋蔥湯

Q 對話練習 ♪253-12

A：このワインは口当たりがまろやかで、どんなお料理にでも合いますよ。
這款酒口感柔順，跟任何料理都很搭。

B：そうですか。じゃ、これをください。
是嗎？那麼，請給我這個。

原來如此！

·············· 「まろやか」、「ストロング」 ··············

形容口感柔順的「まろやか」，其相反詞為「ストロング」，意思是「強烈的」，主要是用來形容飲料，故上述例句若寫成「このブラックコーヒーストロングです」，意思是「這杯黑咖啡味道強烈」。

～はフルーティーです
～有水果的味道

根據日文的文法規則，「～はフルーティーです」前面通常用名詞寫有水果的味道的東西。「～はフルーティーです」意思是「有水果的味道」。

～はフルーティーです。

♪254-02	01 このワイン	這葡萄酒有水果的味道。
♪254-03	02 このシャーベット	這雪酪有水果的味道。
♪254-04	03 このシャンパン	這香檳有水果的味道。
♪254-05	04 このジュース	這果汁有水果的味道。
♪254-06	05 この香水 こうすい	這香水有水果的味道。
♪254-07	06 この料理 りょうり	這料理有水果的味道。
♪254-08	07 このケーキ	這蛋糕有水果的味道。
♪254-09	08 このパン	這麵包有水果的味道。
♪254-10	09 このクッキー	這餅乾有水果的味道。
♪254-11	10 このお茶 ちゃ	這杯茶有水果的味道。

♪254-01

> このワインはフルーティーですね。

這葡萄酒有水果的味道。

> ええ、とても飲みやすいですね。

對啊，喝起來很順。

▶ 補充單字

シャーベット 名 雪酪／**シャンパン** 名 香檳／**クッキー** 名 餅乾

Q 對話練習　♪254-12

A：このシャンパンは口に含むとフルーティーな香りが口中に広がる。
くち　ふく　　　　　　　　　　　かお　くちちゅう　ひろ

這款香檳一入口就有水果的味道在嘴裡蔓延開來。

B：ああ、爽やかで飲み心地がいいね。
さわ　　　　の　ここち

是啊，喝起來很清爽舒服。

還可以這樣說！

·········· 「フルーティー」、「フルーツの香り」 ··········
かお

形容東西有水果的味道，除了「～はフルーティーです」，也可以說「～はフルーツの香りがします」、「フルーツの香りが漂っています」等，故上述例句寫成「このシャンパンはフルーツの香りがします」，跟原本的句子也是一樣的意思。

～はフローラルな香^{かお}りです
～有花香

根據日文的文法規則，「～はフローラルな香りです」前面通常用名詞寫有花香的東西。「～はフローラルな香りです」意思是「有花香」。

～はフローラルな香^{かお}りです。

♪255-02	01	このワイン	這葡萄酒有花香。
♪255-03	02	その芳香剤^{ほうこうざい}	這芳香劑有花香。
♪255-04	03	あの香水^{こうすい}	那香水有花香。
♪255-05	04	このお茶^{ちゃ}	這杯花茶有花香。
♪255-06	05	そのシャンプー	那瓶洗髮精有花香。
♪255-07	06	あの石鹸^{せっけん}	那肥皂有花香。
♪255-08	07	このハンドクリーム	這護手霜有花香。
♪255-09	08	あのハンドソープ	那洗手乳有花香。
♪255-10	09	このヘアオイル	這髮油有花香。

♪255-01

> このハンドソープはフローラルな香^{かお}りです。

這洗手液有花香。

> いい香^{かお}りですね。これをください。

聞起來很香，請給我這個。

▶ 補充單字

シャンプー 名 洗髮精／石鹸^{せっけん} 名 肥皂／ハンドソープ 名 洗手乳／ヘアオイル 名 髮油

Q 對話練習 ♪255-11

A：この香水^{こうすい}は最初^{さいしょ}にフローラルな香^{かお}りから始^{はじ}まって、最後^{さいご}はウッディな香^{かお}りの余韻^{よいん}が残^{のこ}るんですよ。
這款香水一開始有花香，最後會留下木頭香味的餘韻。

B：彼女^{かのじょ}へのプレゼントによさそうですね。
好像很適合送給女朋友。

還可以這樣說！

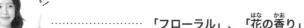

·········· 「フローラル」、「花^{はな}の香^{かお}り」 ··········

形容東西有花香，除了「～はフローラルです」，也可以說「～は花^{はな}の香^{かお}りがします」、「～は花^{はな}の香^{かお}りが漂^{ただよ}っています」等，故上述例句寫成「このワインは花^{はな}の香^{かお}りが漂^{ただよ}っています」，跟原本的句子也是一樣的意思。

～がきいています
～的味道很突出

根據日文的文法規則，「～がきいています」前面通常用名詞寫味道很突出的東西。「～がきいています」意思是「～的味道很突出」。

～がきいています

♪256-02	01 **わさび**	山葵的味道很突出。
♪256-03	02 **からし**	黃芥末的味道很突出。
♪256-04	03 **にんにく**	大蒜的味道很突出。
♪256-05	04 **胡椒**（こしょう）	胡椒的味道很突出。
♪256-06	05 **葱**（ねぎ）	蔥的味道很突出。
♪256-07	06 **生姜**（しょうが）	薑的味道很突出。
♪256-08	07 **スパイス**	香料的味道很突出。
♪256-09	08 **唐辛子**（とうがらし）	辣椒的味道很突出。

♪256-01

> このカレーはスパイスがきいていますね。

這碗咖哩香料的味道很突出。

> ええ、奥深い（おくぶか）味（あじ）がしますね。

是啊，感覺到很深奧的味道。

▶ 補充單字

わさび 名 山葵／**からし** 名 黃芥末／**にんにく** 名 大蒜／**生姜**（しょうが） 名 薑

Q 對話練習 ♪256-10

A：このギョーザはニラの味（あじ）がきいていて、なんとも言（い）えない味（あじ）がいいね。
這個餃子韭菜味很突出，說不出來味道就是好。

B：でしょ？新型（しんがた）コロナウイルスの影響（えいきょう）で、みんなマスクしているから、安心（あんしん）して食（た）べられるって、売（う）り上（あ）げが伸（の）びてるんだよ。
對吧？由於新型冠狀病毒的影響，大家都戴口罩，所以可以放心吃，銷量因此上升。

還可以這樣說！

⋯⋯⋯⋯⋯⋯ 「～がきく」、「～の味（あじ）がよく出（で）ている」 ⋯⋯⋯⋯⋯⋯

形容料理中某個的味道很突出，除了「～がきく」，也可以說「～の味がよく出ている」，所以上述例句也可以寫成「にんにくの味（あじ）がよく出（で）ている（大蒜味很重）」、「唐辛子（とうがらし）の味（あじ）がよく出（で）ている（辣椒味很重）」等。

～は傷んでいます

～（食物）有一點壞了

根據日文的文法規則，「～は傷んでいます」後面通常寫名詞有點壞了的東西。「～は傷んでいます」意思是「～（食物）有一點壞了」。

～は傷んでいます。

♪257-02	01	このバナナ	這串香蕉有一點壞了。
♪257-03	02	その魚	那條魚有一點壞了。
♪257-04	03	あの豚肉	那塊豬肉有一點壞了。
♪257-05	04	この饅頭	這顆日式饅頭有一點壞了。
♪257-06	05	そのみかん	那顆橘子有一點壞了。
♪257-07	06	あのキャベツ	那顆高麗菜有一點壞了。
♪257-08	07	このキュウリ	這條小黃瓜有一點壞了。
♪257-09	08	そのりんご	那顆蘋果有一點壞了。
♪257-10	09	あの桃	那顆水蜜桃有一點壞了。
♪257-11	10	このマグロ	這條鮪魚有一點壞了。

♪257-01

変な匂いがしますね。

有奇怪的味道。

このマグロは傷んでいますね。

這條鮪魚有一點壞了。

(ℹ) 補充單字

キャベツ 名 高麗菜／**キュウリ** 名 小黃瓜／**マグロ** 名 鮪魚

(Q) 對話練習 ♪257-12

A：この桃、傷んでない？
這個桃子是不是壞了？

B：ああ、茶色だね。桃は傷むのが速いからね。
是啊，是棕色的吧。桃子很快就會壞。

還可以這樣說！ ········· 「傷みやすい」、「足が早い」、「腐りやすい」 ············

這3個詞都可以用來形容「食物很容易壞掉、很快就不新鮮」，像是「バナナは傷みやすい」、「魚は足が早い」（古代日本的食物是靠人力運送，因此比喻食物壞掉的速度比人的腳還要快）、「マグロは腐りやすい（鮪魚很容易壞）」等例句中，這3個詞都可以互換。

～は腐っています
～（食物）壞了

根據日文的文法規則，「～は腐<ruby>腐<rt>くさ</rt></ruby>っています」前面通常用名詞寫壞了的東西。「～は腐<ruby>腐<rt>くさ</rt></ruby>っています」意思是「～（食物）壞了」。

♪258-01

～は腐<ruby>腐<rt>くさ</rt></ruby>っています。

♪258-02	01	この魚<ruby><rt>さかな</rt></ruby>	這條魚壞了。
♪258-03	02	この肉<ruby><rt>にく</rt></ruby>	這塊肉壞了。
♪258-04	03	この野菜<ruby><rt>やさい</rt></ruby>	這把蔬菜壞了。
♪258-05	04	この果物<ruby><rt>くだもの</rt></ruby>	這個水果壞了。
♪258-06	05	この料理<ruby><rt>りょうり</rt></ruby>	這道料理壞了。
♪258-07	06	この卵<ruby><rt>たまご</rt></ruby>	這顆蛋壞了。
♪258-08	07	この缶詰<ruby><rt>かんづめ</rt></ruby>	這個罐頭壞了。
♪258-09	08	この牛乳<ruby><rt>ぎゅうにゅう</rt></ruby>	這罐牛奶壞了。
♪258-10	09	このソーセージ	這個香腸壞了。
♪258-11	10	このピザ	這塊披薩壞了。

変<ruby><rt>へん</rt></ruby>な匂<ruby><rt>にお</rt></ruby>いがしますね。

好奇怪的味道。

このソーセージは腐<ruby><rt>くさ</rt></ruby>っていますね。

這個香腸壞了。

⊙ 補充單字

卵<ruby><rt>たまご</rt></ruby> 名 蛋／缶詰<ruby><rt>かんづめ</rt></ruby> 名 罐頭／ソーセージ 名 香腸

Q 對話練習 ♪258-12

A：真夏<ruby><rt>まなつ</rt></ruby>に牛乳<ruby><rt>ぎゅうにゅう</rt></ruby>を一時間<ruby><rt>いちじかん</rt></ruby>も冷蔵庫<ruby><rt>れいぞうこ</rt></ruby>から出<ruby><rt>だ</rt></ruby>しておいたら腐<ruby><rt>くさ</rt></ruby>っちゃうよ！
盛夏時把牛奶從冰箱裡拿出來放了一個小時是會壞掉的！

B：ああ、忘<ruby><rt>わす</rt></ruby>れてた。
啊，我忘記了。

原來如此！

·········· 「腐<ruby><rt>くさ</rt></ruby>る」、「壊<ruby><rt>こわ</rt></ruby>れる」 ··········

「腐<ruby><rt>くさ</rt></ruby>る」通常是用在食物和飲料上，如：「この牛乳<ruby><rt>ぎゅうにゅう</rt></ruby>は腐<ruby><rt>くさ</rt></ruby>っている（這杯牛奶壞掉了）」。「壊<ruby><rt>こわ</rt></ruby>れる」則是東西、機器等物品「壞掉、故障」，所以要注意！

～は冷（さ）めています
～（菜）冷掉了

根據日文的文法規則，「～は冷（さ）めています」前面通常用名詞寫冷掉的東西。「～は冷（さ）めています」意思是「～（菜）冷掉了」。

～は冷（さ）めています。

♪259-02 01	この鍋料理（なべりょうり）	這個火鍋料理冷掉了。
♪259-03 02	この炒（いた）め物（もの）	這個熱炒冷掉了。
♪259-04 03	この煮物（にもの）	這個燉煮料理冷掉了。
♪259-05 04	この串焼（くしや）き	這個串燒冷掉了。
♪259-06 05	この茶碗蒸（ちゃわんむ）し	這個蒸蛋冷掉了。
♪259-07 06	このスープ	這碗湯冷掉了。
♪259-08 07	このお茶（ちゃ）	這杯茶冷掉了。
♪259-09 08	このおでん	這個關東煮冷掉了。
♪259-10 09	このビーフシチュー	這個紅酒牛肉冷掉了。
♪259-11 10	このコーヒー	這杯咖啡冷掉了。

♪259-01

このスープは冷（さ）めていますね。

這碗湯冷掉了。

ええ、換（か）えてもらいましょう。

對啊，請人換一碗吧。

補充單字

煮物（にもの） 名 燉煮料理／スープ 名 湯／ビーフシチュー 名 紅酒牛肉

對話練習 ♪259-12

A：スープ冷（さ）めちゃったから、温（あたた）めようか？
　　湯冷掉了，要熱一下嗎？

B：じゃあ、お願（ねが）い。
　　那就拜託了。

原來如此！

……………………… 「冷（さ）める」：愛情（あいじょう）、食（た）べ物（もの） …………………

「冷（さ）める」意指「冷掉」，除了形容食物外，對某件事感到心灰意冷也可以使用，如：「愛情が冷（さ）めています」、「熱情が冷（さ）めています」就是指「愛情冷卻了」、「熱情澆熄了」。

～は湿気ています
～受潮

根據日文的文法規則，「～は湿気ています」前面通常用名詞寫受潮的東西。「～は湿気ています」意思是「～受潮」。

～は湿気ています。

♪260-02	01	**この海苔** <small>のり</small>	這個海苔受潮了。
♪260-03	02	**その煎餅** <small>せんべい</small>	那個煎餅受潮了。
♪260-04	03	**あのクッキー**	那個餅乾受潮了。
♪260-05	04	**このおこし**	這個日式米香受潮了。
♪260-06	05	**そのあられ**	那個米菓受潮了。
♪260-07	06	**あのポテトチップス**	那個薯片受潮了。
♪260-08	07	**このピーナッツ**	這個花生受潮了。
♪260-09	08	**その炭** <small>すみ</small>	那個炭受潮了。
♪260-10	09	**あのかりんとう**	那個花林糖受潮了。
♪260-11	10	**このココア**	這個可可粉受潮了。

♪260-01

このかりんとうは
湿気ていますね。

這個花林糖受潮了。

ええ、硬いです
ね。
<small>かた</small>

是啊，很硬喔！

補充單字

おこし 名 日式米香／**あられ** 名 米菓／**かりんとう** 名 花林糖

對話練習 ♪260-12

A：このポテチ、湿気ちゃったみたい。
<small>しけ</small>
　　這個洋芋片好像受潮了。

B：そんなところに置いておくからだよ。
<small>お</small>
　　因為你放在那種地方啊。

原來如此！

┈┈┈┈┈┈┈┈┈┈┈ 「湿気る」：海苔、せんべい ┈┈┈┈┈┈┈┈┈┈┈
<small>しけ　　　　のり</small>

「湿気る」意指「應該要是乾燥的東西卻帶著濕氣」，所以通常用來形容食物受
<small>しけ</small>
潮，如：「せんべいが湿気る」、「湿気た海苔」就是指「煎餅受潮」、「受潮的
<small>しけ　　　しけ　のり</small>
海苔」。

～は熟しています

～有熟

根據日文的文法規則，「～は熟しています」後面通常用名詞寫熟的東西。「～は熟しています」意思是「～有熟」。

～は熟しています。

♪261-02	01	この柿	這棵柿子有熟。
♪261-03	02	その文旦	那顆文旦有熟。
♪261-04	03	あのマンゴー	那顆芒果有熟。
♪261-05	04	このキウイ	這棵奇異果有熟。
♪261-06	05	そのバナナ	那串香蕉有熟。
♪261-07	06	あのパパイア	那顆木瓜有熟。
♪261-08	07	このトマト	這棵番茄有熟。
♪261-09	08	そのビワ	那顆枇杷有熟。
♪261-10	09	あのサクランボ	那個櫻桃有熟。
♪261-11	10	この桃	這顆水蜜桃有熟。

♪261-01

この文旦は食べられますか。

這顆文旦可以吃了嗎？

その文旦は熟していますよ。

那顆文旦已經熟了。

◉ 補充單字

パパイア 名 木瓜／**ビワ** 名 枇杷／**サクランボ** 名 櫻桃

Q 對話練習 ♪261-12

A：このバナナ、まだ熟してないんじゃないかな。
我覺得這個香蕉還沒熟。

B：じゃあ、しばらく置いておいて黄色くなってから食べよう。
那先放一會兒，變黃了再吃吧。

原來如此！

.... **「熟す」：機、果物** ....

「熟す」除了用來形容水果、果實成熟，也可以用來形容抽象的事物成熟了，像是「時機成熟」，就可以說「機が熟す」。

さっぱりした〜
味道清爽的〜

根據日文的文法規則，「さっぱりした〜」後面通常用名詞寫味道清爽的東西。「さっぱりした」意思是「味道清爽的〜」。

さっぱりした〜

♪262-02	01	冷やし中華です。	味道清爽的中華涼麵。
♪262-03	02	ざるそばです。	味道清爽的涼蕎麥麵。
♪262-04	03	そうめんです。	味道清爽的素麵。
♪262-05	04	手打ちうどんです。	味道清爽的手打烏龍麵。
♪262-06	05	かき氷です。	味道清爽的刨冰。
♪262-07	06	レモンジュースです。	味道清爽的檸檬汁。
♪262-08	07	ザボンです。	味道清爽的文旦。
♪262-09	08	精進料理です。	味道清爽的齋食。
♪262-10	09	豆腐料理です。	味道清爽的豆腐料理。
♪262-11	10	ジェラートです。	味道清爽的義大利冰淇淋。

♪262-01

お口に合いますか？

合您的胃口嗎？

さっぱりした精進料理ですね。

真是味道清爽的齋食。

(❷ 補充單字)

ザボン 名 文旦／**精進料理** 名 齋食／**ジェラート** 名 義大利冰淇淋

(❷ 對話練習) ♪262-12

A：ああ、暑い日はさっぱりしたものが食べたい。
啊，大熱天想吃味道清爽的食物。

B：これだけ暑いと食欲もなくなるよね。
這麼熱都沒胃口了。

原來如此！

……………………………… 「さっぱり」 ……………………………

「さっぱり」是除了食物之外，可以形容人的個性。例如「さっぱりした性格（爽朗的個性）」等。

～はあっさりしています
～味道清爽

根據日文的文法規則，「～はあっさりしています」前面通常用名詞寫味道清爽的東西。「～はあっさりしています」意思是「～味道清爽」。

～はあっさりしています。

♪263-02	01	アサリのお吸い物	蛤蜊湯味道清爽。
♪263-03	02	ゴーヤ料理	山苦瓜料理味道很清爽。
♪263-04	03	酢の物	用醋調味的涼拌菜味道很清爽。
♪263-05	04	トマトサラダ	番茄沙拉味道很清爽。
♪263-06	05	ざるそば	涼蕎麥麵味道很清爽。
♪263-07	06	うどん	烏龍麵味道很清爽。
♪263-08	07	和食	日本料理味道很清爽。
♪263-09	08	ささみ	雞胸肉味道很清爽。

♪263-01

> ベトナム料理はあっさりしていておいしいですね。

越南料理清爽美味。

> ええ、野菜も豊富で健康にもいいですよね。

是啊！蔬菜也豐富很健康。

▶ 補充單字

お吸物 名 清湯／**ゴーヤ料理** 名 山苦瓜料理／**ざるそば** 名 涼蕎麥麵／**ささみ** 名 里肌肉

Q 對話練習 ♪263-10

A：豆乳鍋って、見た目より味があっさりしてるね。
　　豆奶鍋的味道比看起來要清淡呢。

B：うん、濃厚そうに見えるけどね。
　　嗯，雖然看起來很濃厚。

還可以這樣說！

·········· 「**あっさり**」、「**淡白**」 ··········

「淡白」意指「清淡」，所以食物「味道清爽」除了可以說「～はあっさりしています」，也可以說「～は淡白な味です」，若是寫作「淡泊」則代表「淡泊、不在乎」，像是「名利に淡泊な人（淡泊名利的人）」等。

～はこってりしています

～味道濃厚

根據日文的文法規則，「～はこってりしています」前面通常用名詞寫味道濃厚的東西。「～はこってりしています」意思是「～味道濃厚」。

～はこってりしています。

♪264-01

> この豚の角煮はこってりしていますね。
>
> 這東坡肉味道很濃厚。

> ええ、ごはんによく合うでしょう。
>
> 對啊，很下飯吧。

♪264-02	01	この照り焼き	這個照燒味道濃厚。
♪264-03	02	この肉料理	這道肉類料理味道濃厚。
♪264-04	03	この煮物	這個燉煮菜色味道濃厚。
♪264-05	04	このラーメン	這碗拉麵味道濃厚。
♪264-06	05	この豚の角煮	這個東坡肉味道濃厚。
♪264-07	06	鰻丼	鰻魚丼飯味道濃厚。
♪264-08	07	このスープ	這碗湯味道濃厚。
♪264-09	08	この魚料理	這道魚料理味道濃厚。
♪264-10	09	この豚足	這個豬腳味道濃厚。
♪264-11	10	このビーフシチュー	這道紅酒牛肉味道濃厚。

▶ 補充單字

豚の角煮 名 東坡肉／鰻丼 名 鰻魚丼飯／豚足 名 豬腳

Q 對話練習 ♪264-12

A：台湾の豚足料理はこってりしてるけど、私はまっちゃった。
臺灣的豬蹄料理味道濃厚，但我迷上它了。

B：僕も。あの味、一度食べたら忘れられないね。
我也是。那味道，吃過一次就忘不了。

還可以這樣說！

⋯⋯⋯⋯⋯⋯ 「こってり」、「味が濃い」 ⋯⋯⋯⋯⋯⋯

要描述食物味道濃厚時，也可以說「～は味が濃い」，像是上述例句就可以改為「この照り焼きは味が濃い（這個照燒的味道很濃厚）」、「鰻丼は味が濃い（鰻魚丼飯的味道很濃厚）」等。

～はカリカリです
～很脆

根據日文的文法規則，「～はカリカリです」後面通常用名詞寫脆的東西。「～はカリカリです」意思是「～很脆」。

～はカリカリです。

♪265-02	01	**おこげ**	鍋巴很脆。
♪265-03	02	**ポテトチップス**	薯條很脆。
♪265-04	03	**梅** うめ	梅子很脆。
♪265-05	04	**フライドチキン**	炸雞很脆。
♪265-06	05	**トースト**	吐司很脆。
♪265-07	06	**スナック類** るい	零食很脆。
♪265-08	07	**揚げ物** あ もの	炸的食物很脆。
♪265-09	08	**かりんとう**	花林糖很脆。
♪265-10	09	**蝦せんべい** えび	蝦餅很脆。
♪265-11	10	**アーモンド**	杏仁很脆。

♪265-01

> おこげはカリカリ
> で、香ばしいです
> ね。
> こう

鍋巴很脆又香。

> ええ、おいしいで
> すね。

是啊，很好吃！

補充單字

おこげ 名 鍋巴／**ポテトチップス** 名 薯條／**揚げ物** 名 炸的食物／**アーモンド** 名 杏仁
あ もの

對話練習 ♪265-12

A：ゴボウをカリカリに揚げて、砂糖をかけるとなかなかいける味だよ。
　　あ　　　　　さとう　　　　　　　　　　　　　　あじ
　　把牛蒡炸得香脆再撒上糖的話，味道相當不錯。

B：おっ、意外とおいしいね。
　　　　いがい
　　哦，意外好吃。

原來如此！

·············· 「カリカリ」、「パリパリ」 ··············

形容食物很脆的「カリカリ」也可以用意思相同的「パリパリ」來取代，故上述例句可直接代換，也可寫作「パリパリなおこげ（酥脆的鍋巴）」、「パリパリした蝦せんべい（…蝦餅）」等。
えび

〜はサクサクです
〜很香脆

根據日文的文法規則，「〜はサクサクです」前面通常用名詞寫香脆的東西。「〜はサクサクです」意思是「〜很香脆」。

〜はサクサクです。

♪266-02	01	このビスケット	這個餅乾很香脆。
♪266-03	02	このラスク	這個烤麵包片很香脆。
♪266-04	03	この天婦羅	這份天婦羅很香脆。
♪266-05	04	この揚げ物	這個炸物很香脆。
♪266-06	05	このトースト	這條吐司很香脆。
♪266-07	06	このパイ	這個派很香脆。
♪266-08	07	このワッフルコーン	這個鬆餅（餅乾）很香脆。
♪266-09	08	この揚げパン	這個炸麵包很香脆。
♪266-10	09	このアジフライ	油炸竹筴魚很香脆。
♪266-11	10	じゃがポックル	薯條三兄弟很香脆。

♪266-01

この天婦羅はサク
サクでおいしいで
すね。

這個天婦羅很香脆很好
吃。

ええ、油もいいで
すからね。

對啊，油也用得好。

> **補充單字**

ビスケット 名 餅乾／ラスク 名 烤麵包片／ワッフルコーン 名 鬆餅餅乾／じゃがポックル 名 薯
條三兄弟

> **對話練習** ♪266-12

A：サクサクした食感は食べやすくて、ついつい手が出ちゃうね。
香脆的口感很刷嘴，手總是忍不住去拿。
B：もう止まらないって感じ。
感覺已經停不下來了。

原來如此！

┈┈┈┈┈┈┈┈┈┈ 「サクサク」 ┈┈┈┈┈┈┈┈┈┈

「サクサク」是「香脆」的形容油炸，烤的食物。「カリカリ」形容餅乾等，比較
硬的食物。

〜はネバネバしています
〜黏黏的

根據日文的文法規則，「〜はネバネバしています」前面通常用名詞寫黏的東西。「〜はネバネバしています」意思是「〜黏黏的」。

〜はネバネバしています。

♪267-02	01	納豆（なっとう）	納豆是黏黏的。
♪267-03	02	オクラ	秋葵是黏黏的。
♪267-04	03	サツマイモの葉（は）	地瓜葉是黏黏的。
♪267-05	04	ナマコ	海蔘是黏黏的。
♪267-06	05	里芋（さといも）	小芋頭是黏黏的。
♪267-07	06	蝸牛エキス（かたつむり）	蝸牛的黏液是黏黏的。
♪267-08	07	ガム	口香糖是黏黏的。
♪267-09	08	ヌガー	牛軋糖黏黏的。
♪267-10	09	海藻（かいそう）	海藻是黏黏的。

♪267-01

山芋（やまいも）はネバネバしていますね。

山藥是黏黏的。

ええ、このネバネバが美味（おい）しくて栄養（えいよう）があるんですよ。

是啊，這個黏黏的成分好吃又有營養。

▶補充單字

オクラ 名 秋葵／**里芋（さといも）** 名 小芋頭／**ナマコ** 名 海蔘

Q對話練習 ♪267-11

A：ネバネバしている食（た）べ物（もの）って体（からだ）にいいんだって。
聽說黏黏的食物對身體有好處。

B：納豆（なっとう）やモズク、ヤマイモなんかだね。
納豆、水雲或山藥等等。

原來如此！

·········· 「ネバネバ」、「ベトベト」 ··········

要描述東西黏黏的，也可以說「〜はベトベトしています」，像是上述例句就可以改為「山芋（やまいも）はベトベトしています（山藥黏答答的）」、「ベトベトな里芋（さといも）（黏答答的小芋頭）」等。

～はふんわりしています
～很蓬鬆

根據日文的文法規則，「～はふんわりしています」前面通常用名詞寫蓬鬆的東西。「～はふんわりしています」意思是「～很蓬鬆」。

～はふんわりしています。

♪268-02	01	このホットケーキ	這個鬆餅很蓬鬆。
♪268-03	02	このパン	這個麵包很蓬鬆。
♪268-04	03	このスフレ	這個舒芙蕾很蓬鬆。
♪268-05	04	このカプチーノのフォームミルク	卡布奇諾的奶泡很蓬鬆。
♪268-06	05	この玉子スープ	這碗蛋花湯很蓬鬆。
♪268-07	06	このクリーム	這個奶霜很蓬鬆。
♪268-08	07	このビールの泡	啤酒的泡沫很綿密。
♪268-09	08	今日の髪型は	今天的髮型很蓬鬆。
♪268-10	09	このタオル	這條毛巾很蓬鬆。

♪268-01

> この玉子焼きはふんわりしていておいしいですね。

這個煎蛋很蓬鬆美味。

> ええ、この店の看板料理ですからね。

對呀，因為是這家店的招牌菜。

補充單字

玉子焼き 名 玉子燒（日本料理的煎蛋）／ホットケーキ 名 鬆餅／スフレ 名 舒芙蕾

對話練習 ♪268-11

A：シフォンケーキはふんわりとしているから、意外とカロリーはそんなに高くないらしい。
戚風蛋糕很蓬鬆，所以卡路里意外地沒有那麼高的樣子。

B：へえ、じゃ罪悪感なくいただけるね。
喔，那可以大快朵頤不用有罪惡感呢。

還可以這樣說！

·········· 「ふんわり」、「膨らんでいる」 ··········

要描述東西很蓬鬆，也可以說「～は膨らんでいます」，常用來形容「このパンは膨らんでいます（這麵包很蓬鬆）」、「膨らむホットケーキ（蓬鬆的鬆餅）」等食物，若是寫「話が膨らむ」則表示「聊天聊開、愈聊愈多」。

～はベトベトしています
～濕濕黏黏的

根據日文的文法規則，「～はベトベトしています」前面通常用名詞寫濕黏的東西。「～はベトベトしています」意思是「～濕濕黏黏的」。

～はベトベトしています。

♪269-02	01	**蜂蜜** _{はちみつ}	蜂蜜濕濕黏黏的。
♪269-03	02	**ケチャップ**	番茄醬濕濕黏黏的。
♪269-04	03	**ソース**	醬汁濕濕黏黏的。
♪269-05	04	**マヨネーズ**	美乃滋濕濕黏黏的。
♪269-06	05	**マスタード**	黃芥末濕濕黏黏的。
♪269-07	06	**水飴** _{みずあめ}	麥芽糖是濕濕黏黏的。
♪269-08	07	**油分の多いクリーム** _{あぶらぶん おお}	油份多的面霜濕濕黏黏的。
♪269-09	08	**ジャム**	果醬是濕濕黏黏的。
♪269-10	09	**ピーナッツクリーム**	花生醬是濕濕黏黏的。

♪269-01

油分の多いクリーム
_{あぶらぶん おお}はベトベトしていますね。

油份多的面霜濕濕黏黏的。

ええ、もっとさっぱりしたクリームがいいですね。

是的，清爽一點的面霜比較好。

▶ 補充單字

ケチャップ 名 番茄醬／**ソース** 名 醬汁／**マヨネーズ** 名 美乃滋／**マスタード** 名 黃芥末

Q 對話練習 ♪269-11

A：ハンバーグ自分で作ると、手がベトベトになるのがイヤ。
_{じ ぶん つく て}
自己做漢堡排手會濕濕黏黏的，我不喜歡。

B：子どものとき、泥遊びしていたのを思い出すね。
_{こ どろあそ おも だ}
讓人想起小時候在玩泥巴的回憶呢。

原來如此！

·················· 「ベトベト」、「ネチャネチャ」 ··················

「ベトベト」是食物「濕濕黏黏的」感覺，「ネチャネチャ」是「黏性和水分含量高」的意思，例如，「このご飯はネチャネチャしている（這碗飯水份太多）」
_{はん}等。

～と生き返るようです
～的話如同重新活過來、～有精神

根據日文的文法規則，「～と生き返るようです」前面通常加動詞普通形。「～と生き返るようです」意思是「～的話如同重新活過來～」或「～有精神」。

～と生き返るようです。

♪270-02	01	**ビールを飲む**	喝了啤酒的話有精神。
♪270-03	02	**マッサージをしてもらう**	去做按摩的話就如同重新活過來。
♪270-04	03	**ヨガをする**	做了瑜珈的話就有精神。
♪270-05	04	**熱いココアを飲む**	喝了熱可可的話就有精神。
♪270-06	05	**新鮮な空気を吸う**	呼吸新鮮空氣的話就有精神。
♪270-07	06	**青空を見る**	看著湛藍的天空就有精神。
♪270-08	07	**故郷に帰る**	回到故鄉的話就有精神。
♪270-09	08	**シャワーを浴びる**	沖了澡就有精神。

♪270-01

温泉に入ると生き返るようですね。

泡進溫泉就會有精神。

ええ、幸せな気分になりますよね。

對啊，感受到了幸福的感覺。

> **補充單字**

マッサージ 名 按摩／**ヨガ** 名 瑜珈／**シャワー** 名 淋浴；沖澡

> **對話練習** ♪270-10

A：私は暑い日にかき氷を食べると生き返るようだ。
大熱天吃到刨冰的話就像重新活過 一樣。

B：僕はやっぱりビールだね。
我的話還是啤酒吧。

還可以這樣說！

............「生き返るよう」、「元気が出てくる」............

「元気が出てくる」意思是「有活力、打起精神」，很多時候跟「生き返るよう」是通用的，如：「温泉に入ると元気が出てくる（泡進溫泉後就有精神）」、「シャワーを浴びると生き返るようです（沖了澡就有精神）」。

〜は味が薄いです

〜味道很淡

根據日文的文法規則，「〜は味が薄いです」前面通常用名詞寫淡
的東西。「〜は味が薄いです」意思是「〜味道很淡」。

〜は味が薄いです。

♪271-02	01	この鍋料理	這道火鍋料理味道很淡。
♪271-03	02	この炒め物	這道熱炒味道很淡。
♪271-04	03	この煮物	這道燉煮料理味道很淡。
♪271-05	04	この蒸し物	這道清蒸料理味道很淡。
♪271-06	05	この茶碗蒸し	這個茶碗蒸味道很淡。
♪271-07	06	このスープ	這碗湯的味道很淡。
♪271-08	07	このお茶	這杯茶的味道很淡。
♪271-09	08	このビール	這啤酒的味道很淡。
♪271-10	09	このビーフジャーキー	這片牛肉乾味道淡。
♪271-11	10	このコーヒー	這杯咖啡的味道淡。

♪271-01

この鍋料理は味が
薄いですね。

這道火鍋料理味道很
淡。

ええ、スープを足
してもらいましょ
う。

對啊，請人幫忙加點湯
吧。

❷ 補充單字

煮物 名 燉煮料理／**スープ** 名 湯／**ビーフジャーキー** 名 牛肉乾

Q 對話練習 ♪271-12

A：お吸い物って味が薄い気がするのは私だけ？
　　只有我覺得湯的味道很淡嗎？
B：僕もそう思うけど。これが上品な味っていうもんだよ。きっと。
　　我也這麼覺得。但這就是所謂高級的味道啦。一定是。

還可以這樣說！

·········· 「味が薄い」、「薄い味付け」 ··········

「薄い味付け」意思是「調味清淡」，所以上述例句也可以寫成「この鍋料理は薄
い味付けです」、「この鍋料理の味付けは薄いです」跟原本的句子意思也差不
多。

～は味が濃厚です
～有濃厚的味道

根據日文的文法規則，「～は味が濃厚です」前面通常用名詞寫味道濃厚的東西。「～は味が濃厚です」意思是「～有濃厚的味道」。

～は味が濃厚です。

♪272-02	01	スイスのチーズ	瑞士的起司有濃厚的味道。
♪272-03	02	北海道牛乳	北海道的牛奶有濃厚的味道。
♪272-04	03	カラスミ	烏魚子有濃厚的味道。
♪272-05	04	ウニ	海膽有濃厚的味道。
♪272-06	05	フォアグラ	鵝肝醬有濃厚的味道。
♪272-07	06	豚骨ラーメン	豚骨拉麵有很濃厚的味道。
♪272-08	07	牛肉麵	牛肉麵有很濃厚的味道。
♪272-09	08	ショーロンポー	小籠包有很濃厚的味道。
♪272-10	09	抹茶アイス	抹茶冰淇淋有很濃厚的味道。

♪272-01

> 石狩鍋は味が濃厚ですね。
>
> 北海道海鮮鍋有濃厚的味道。

> ええ、海の幸がたっぷり入っていますからね。
>
> 是啊！因為使用豐富的海鮮。

◉ 補充單字

カラスミ 名 烏魚子／**ウニ** 名 海膽／**フォアグラ** 名 鵝肝醬

Q 對話練習 ♪272-11

A：中華料理は素材の味がしないくらい濃厚だよね。
中國料理的味道濃厚到食材本身的味道都沒有了。

B：まあ、それが味付けなんだよ。
這個嘛，那是調味呀。

還可以這樣說！

「味が濃厚」、「濃い味付け」

「薄い味付け」意思是「調味清淡」，相反詞是「濃い味付け」，所以「濃い味付けの豚骨ラーメン」、「薄い味付けの蒸し物」意思就是「調味濃厚的豚骨拉麵」、「調味清淡的清蒸料理」。

〜はいい香<ruby>香<rt>かお</rt></ruby>りです
〜很香

根據日文的文法規則，「〜はいい香りです」前面通常用名詞寫香的東西。「〜はいい香りです」意思是「〜很香」。

〜はいい香<ruby>香<rt>かお</rt></ruby>りです。

♪273-02 01 **バラ** 　　　　　　　　　　玫瑰很香。

♪273-03 02 **ラベンダー** 　　　　　　　　薰衣草很香。

♪273-04 03 **キンモクセイ** 　　　　　　　桂花很香。

♪273-05 04 **<ruby>焼<rt>や</rt></ruby>きたてのパン** 　　　　　剛出爐的麵包很香。

♪273-06 05 **<ruby>炊<rt>た</rt></ruby>きたてのご<ruby>飯<rt>はん</rt></ruby>** 　　　剛煮好的白飯很香。

♪273-07 06 **<ruby>淹<rt>い</rt></ruby>れたてのコーヒー** 　　剛煮好的咖啡很香。

♪273-08 07 **<ruby>金萱茶<rt>きんせんちゃ</rt></ruby>** 　　　　　　　金萱茶很香。

♪273-09 08 **<ruby>焼肉<rt>やきにく</rt></ruby>** 　　　　　　　　　烤肉很香。

♪273-10 09 **<ruby>焼<rt>や</rt></ruby>き<ruby>芋<rt>いも</rt></ruby>** 　　　　　　　烤番薯很香。

♪273-11 10 **ミント** 　　　　　　　　　薄荷很香。

♪273-01

<ruby>一面<rt>いちめん</rt></ruby>のラベンダー<ruby>畑<rt>ばたけ</rt></ruby>ですね。

一整片是薰衣草花田。

ラベンダーはいい<ruby>香<rt>かお</rt></ruby>りですね。

薰衣草很香。

> **補充單字**

ラベンダー 名 薰衣草／**キンモクセイ** 名 桂花／**ミント** 名 薄荷

Q 對話練習 ♪273-12

A：パン<ruby>屋<rt>や</rt></ruby>のそばはいい<ruby>匂<rt>にお</rt></ruby>いがするね。
麵包店的旁邊有很香的味道。

B：こんな<ruby>所<rt>ところ</rt></ruby>に<ruby>住<rt>す</rt></ruby>んでいたら、<ruby>毎日<rt>まいにち</rt></ruby>パン<ruby>食<rt>た</rt></ruby>べちゃうよ。
如果住在這種地方，會每天都吃起麵包吧。

還可以這樣說！

・・・・・・・・・・・・・・・・・・・・ 「いい<ruby>匂<rt>にお</rt></ruby>い」、「いい<ruby>香<rt>かお</rt></ruby>り」 ・・・・・・・・・・・・・・・・・・・・

「<ruby>匂<rt>にお</rt></ruby>い」不一定是「香味」的意思，比如說「奇怪的味道」就可以說「<ruby>変<rt>へん</rt></ruby>な<ruby>匂<rt>にお</rt></ruby>い」等。「<ruby>香<rt>かお</rt></ruby>り」則一定是指香味。

〜は奥深い味がします
〜的味道深奧

根據日文的文法規則，「〜は奥深い味がします」前面通常用名詞寫味道深奧的東西。「〜は奥深い味がします」意思是「〜的味道深奧」。

〜は奥深い味がします。

♪274-02	01	**ウーロン茶**	烏龍茶的味道深奧。
♪274-03	02	**コーヒー**	咖啡的味道深奧。
♪274-04	03	**ブラックチョコレート**	黑巧克力的味道深奧。
♪274-05	04	**ワイン**	葡萄酒的味道深奧。
♪274-06	05	**スルメ**	魷魚乾的味道深奧。
♪274-07	06	**豆腐**	豆腐的味道深奧。
♪274-08	07	**ドイツパン**	德國麵包的味道深奧。
♪274-09	08	**味噌汁**	味噌湯的味道深奧。

♪274-01

抹茶です。どうぞ。

這是抹茶，請用。

抹茶は奥深い味がしますね。

抹茶的味道深奧。

▶ 補充單字

ブラックチョコレート 名 黑巧克力／**スルメ** 名 魷魚乾／**ドイツパン** 名 德國麵包

Q 對話練習 ♪274-10

A：ウイスキーはガブガブ飲むもんじゃないね。ゆっくりと舌の上で味わうとその奥深い味が感じられるわ。
威士忌不是一股腦地喝。要用舌面慢慢品嚐，就能感受到它深奧的味道。

B：もう、ビールなんかじゃ満足できないよ。
我已經不能滿足於啤酒了。

還可以這樣說！

······· **「何層にも重なった深い味わい」** ·······

「何層にも重なった深い味わい」意思是「層層堆疊出的深奧口感」，如：「何層にも重なった深い味わいのある和菓子（層層堆疊出深奧口感的日式點心）」。

～は口溶けがいいです

～入口即化

根據日文的文法規則，「～は口溶けがいいです」前面通常用名詞寫入口即化的東西。「～は口溶けがいいです」意思是「～入口即化」。

～は口溶けがいいです。

♪275-02	01 **このチョコレート**	這個巧克力入口即化。
♪275-03	02 **そのマカロン**	那個馬卡龍入口即化。
♪275-04	03 **あのクッキー**	那個餅乾入口即化。
♪275-05	04 **このケーキ**	這塊蛋糕入口即化。
♪275-06	05 **そのマシュマロ**	那個（有包裝的）棉花糖入口即化。
♪275-07	06 **あの綿飴**	那個棉花糖入口即化。
♪275-08	07 **このチーズ**	這個起司入口即化。
♪275-09	08 **そのソフトクリーム**	那個霜淇淋入口即化。
♪275-10	09 **あのアイスキャンディー**	那個冰糖果入口即化。
♪275-11	10 **この落雁**	鳳眼糕入口即化。

♪275-01

> どれがおすすめですか。

比較推薦哪個呢？

> そのマカロンは口溶けがいいですよ。

那個馬卡龍是會入口即化的。

補充單字

マカロン 名 馬卡龍／**マシュマロ** 名 （有包裝的）棉花糖／**綿飴** 名 棉花糖／**落雁** 名 鳳眼糕

對話練習 ♪275-12

A：**このチョコレート、口溶けがいい大人の味だわ。**
這個巧克力入口即化，有大人的味道。
B：**子どもにはこんな高価なチョコレート、もったいないよ。**
給小孩子這麼貴的巧克力，好浪費。

原來如此！

・・・・・・・・・ **「口溶けがいい」** ・・・・・・・・・

「溶ける」是動詞「融化」的意思，「口溶け」就是「口に入れたら、すぐ溶ける（放入口中，立刻就融化）」的意思。

〜は粉<ruby>粉<rt>こな</rt></ruby>っぽいです
〜粉粉的

根據日文的文法規則，「〜は粉<ruby>粉<rt>こな</rt></ruby>っぽいです」前面通常用名詞寫粉粉的東西。「〜は粉<ruby>粉<rt>こな</rt></ruby>っぽいです」意思是「〜粉粉的」，也用於指東西沒有溶化。

〜は粉<ruby>粉<rt>こな</rt></ruby>っぽいです。

♪276-02 01	**このココア**	這杯熱可可粉粉的。
♪276-03 02	**そのホットケーキ**	那個煎烤鬆餅粉粉的。
♪276-04 03	**あのクッキー**	那個餅乾粉粉的。
♪276-05 04	**このパン**	這個麵包粉粉的。
♪276-06 05	**その<ruby>麺<rt>めん</rt></ruby>**	那碗麵粉粉的。
♪276-07 06	**あのプリン**	那個布丁粉粉的。
♪276-08 07	**このシュークリーム**	這個泡芙粉粉的。
♪276-09 08	**その<ruby>餅<rt>もち</rt></ruby>**	那個麻糬粉粉的。
♪276-10 09	**あのマントウ**	那個饅頭粉粉的。
♪276-11 10	**この<ruby>肉<rt>にく</rt>まん</ruby>**	這個肉包粉粉的。

♪276-01

その<ruby>餅<rt>もち</rt></ruby>は<ruby>粉<rt>こな</rt></ruby>っぽいですね。

那個麻糬粉粉的。

<ruby>粉<rt>こな</rt></ruby>がついてなかったら、ベトベトですからね。

因為如果沒有粉粉的，它會黏黏濕濕的。

▶ 補充單字

ホットケーキ 名 鬆餅／**シュークリーム** 名 泡芙／**マントウ** 名 饅頭

Q 對話練習 ♪276-12

A：<ruby>顔<rt>かお</rt></ruby>に<ruby>何<rt>なに</rt></ruby>かついてる？なんで<ruby>私<rt>わたし</rt></ruby>を<ruby>見<rt>み</rt></ruby>つめてるの？
我臉上有東西嗎？為什麼盯著我看？

B：ファンデーション<ruby>塗<rt>ぬ</rt></ruby>りすぎたんじゃないの？<ruby>顔<rt>かお</rt></ruby>が<ruby>粉<rt>こな</rt></ruby>っぽいよ。
你的粉底不會塗太多了嗎？臉粉粉的。

還可以這樣説！

················ 「<ruby>粉<rt>こな</rt></ruby>っぽい」、「<ruby>粉<rt>こな</rt></ruby>が<ruby>残<rt>のこ</rt></ruby>っている」 ················

「<ruby>粉<rt>こな</rt></ruby>が<ruby>残<rt>のこ</rt></ruby>っている」意思是「有顆粒感、粉太多」，跟「<ruby>粉<rt>こな</rt></ruby>っぽい」意思相近，上述例句若寫成「そのホットケーキは<ruby>粉<rt>こな</rt></ruby>が<ruby>残<rt>のこ</rt></ruby>っている」、「<ruby>粉<rt>こな</rt></ruby>が<ruby>残<rt>のこ</rt></ruby>っているパン」意思也通。

～は～たてです
剛剛～

根據日文的文法規則，「～は～たてです」前面通常用名詞，中間常加動詞ます形。「～は～たてです」意思是「～是剛～的」。

～たてです。

♪277-02	01	このコーヒー豆は挽き	這個咖啡豆是剛磨好的。
♪277-03	02	そのお茶は入れ	那杯茶是剛泡好的。
♪277-04	03	あのパンは焼き	那個麵包是剛出爐的。
♪277-05	04	この肉まんは蒸し	這個肉包是剛蒸過的。
♪277-06	05	そのてんぷらは揚げ	那個天婦羅是剛炸過的。
♪277-07	06	あのごはんは炊き	那碗飯是剛煮好的。
♪277-08	07	このケーキは作り	這蛋糕是剛做好的。
♪277-09	08	あの焼きとうもろこしは焼き	那個烤玉米是剛烤過的。
♪277-10	09	この鶏の唐揚げは揚げ	這個雞塊是剛炸過的。

♪277-01

> このコーヒー、いい香りですね。

這杯咖啡真香。

> ええ、このコーヒー豆は挽きたてなんですよ。

是啊，因為是用剛磨好的咖啡豆泡的。

補充單字

ご飯 名 白飯／焼き芋 名 烤地瓜／焼きとうもろこし 名 烤玉米

對話練習 ♪277-11

A：このお餅はつきたてで、ホクホクよ。はい、どうぞ。
這個麻糬剛搗好，熱呼呼的。來，請用。

B：どうも。わあ、こんなつきたてのお餅初めて見た。
謝謝。哇，我第一次見到剛搗好的麻糬。

原來如此！

······················· 「動詞ます形+たて」 ·······················

「動詞ます形+たて」意思是「剛剛（動詞）完」，常見的用法有「作りたて」、「炊きたて」、「焼きたて」，中文意思分別是「剛作好」、「剛煮好」、「剛烤好」。

～はちょうどいいです

～剛剛好

根據日文的文法規則，「～はちょうどいいです」前面通常用名詞寫剛好的東西。「～はちょうどいいです」意思是「～剛剛好」。

～はちょうどいいです。

♪278-02	01	辛_{から}さ	辣度剛剛好。
♪278-03	02	甘_{あま}さ	甜度剛剛好。
♪278-04	03	酸_すっぱさ	酸度剛剛好。
♪278-05	04	苦_{にが}さ	苦度剛剛好。
♪278-06	05	塩加減_{しお か げん}	鹹度剛剛好。
♪278-07	06	ボリューム	量剛剛好。
♪278-08	07	湯加減_{ゆ か げん}	水溫剛剛好。
♪278-09	08	大_{おお}きさ	大小剛剛好。
♪278-10	09	長_{なが}さ	長度剛剛好。
♪278-11	10	重_{おも}さ	重量剛剛好。

♪278-01

この料理_{りょうり}は塩_{しお}辛_{から}くないですか。

這道料理不鹹嗎？

いいえ、塩加減_{しお か げん}はちょうどいいですよ。

不會啊，鹹度剛剛好。

補充單字

塩加減_{しお か げん} 名 鹹度／ボリューム 名 量／湯加減_{ゆ か げん} 名 水溫

對話練習 ♪278-12

A：そうそう、その力加減_{ちから か げん}ちょうどいい。
是的，那個力道剛剛好。

B：マッサージするのも楽_{らく}じゃないよね。
按摩也並不輕鬆呀

原來如此！

·············「ちょうどいい」、「ぴったり」·············

「ちょうどいい」是衣服和鞋子等尺寸剛好，或是時間洽好的意思。「ぴったり」也可以形容衣服和鞋子等尺寸剛好，但是時間不是洽好，是剛好幾點的意思。

〜はゆで過すぎです
〜煮太久了

根據日文的文法規則，「〜はゆで過すぎです」前面通常用名詞寫煮太久的東西。「〜はゆで過すぎです」意思是「〜煮太久了」。

〜はゆで過すぎです。

♪279-02	01	この麺めん	這碗麵煮太久了。
♪279-03	02	この水餃子すいぎょうざ	這顆水餃煮太久了。
♪279-04	03	このラーメン	這碗拉麵煮太久了。
♪279-05	04	このうどん	這碗烏龍麵煮太久了。
♪279-06	05	この蕎麦そば	這碗蕎麥麵煮太久了。
♪279-07	06	このパスタ	這盤義大利麵煮太久了。
♪279-08	07	このあさり	這個蛤蜊煮太久了。
♪279-09	08	この野菜やさい	這盤蔬菜煮太久了。
♪279-10	09	このカボチャ	這顆南瓜煮太久了。
♪279-11	10	このタロイモ	這個芋頭煮太久了。

♪279-01

> このうどんはゆで過すぎですね。
>
> 這碗烏龍麵煮太久了。

> ええ、おいしくないですね。
>
> 是啊，不好吃。

○ 補充單字

パスタ 名 義大利麵／**カボチャ** 名 南瓜／**タロイモ** 名 芋頭

Q 對話練習 ♪279-12

A：野菜やさいゆで過すぎるとドロドロになっちゃうよ！
　　蔬菜煮太久會變得爛爛的！

B：あっ、しまった。
　　啊，糟了。

原來如此！

·········· **「動詞て形＋過すぎる」** ··········

動詞ます形的「ます」去掉之後加「過すぎる」變成「太〜、〜過頭」的意思。

～は匂いが強烈です
～有強烈的味道

根據日文的文法規則，「～は匂いが強烈です」前面通常用名詞寫味道強烈的東西。「～は匂いが強烈です」意思是「～有強烈的味道」。

～は匂いが強烈です。

♪280-02 01	ドリアン	榴槤有強烈的味道。
♪280-03 02	納豆	納豆有強烈的味道。
♪280-04 03	臭豆腐	臭豆腐有強烈的味道。
♪280-05 04	この干し魚	這魚乾有強烈的味道。
♪280-06 05	このスルメ	這魷魚乾有強烈的味道。
♪280-07 06	ニラレバ炒め	豬肝炒韭菜有強烈的味道。
♪280-08 07	羊肉料理	羊肉料理有強烈的味道。
♪280-09 08	キムチ	辛奇有強烈的味道。
♪280-10 09	ギョーザ	鍋貼有強烈的味道。
♪280-11 10	ニンニク	大蒜有強烈的味道。

♪280-01

このニラレバ炒めは匂いが強烈ですね。

這炒韭菜豬肝有強烈的味道。

ええ、でも人気メニューなんですよ。

是啊，但它是熱門菜色喔。

補充單字

スルメ 名 魷魚乾／**ニラレバ炒め** 名 豬肝炒韭菜／**ギョーザ** 名 鍋貼／**ニンニク** 名 大蒜

對話練習 ♪280-12

A：佐藤さんの香水、匂いが強烈で鼻が曲がりそう。
　　佐藤小姐的香水有強烈的香味，鼻子都要被薰彎了。

B：佐藤さん、全然気づいてないよね。
　　佐藤小姐好像完全沒注意到呢。

還可以這樣說！

········ 「匂いが強烈」、「香りが強い」 ········

形容某物有強烈的味道的「匂いが強烈」，若是專指味道很香等正面的形容，則可以用「香りが強い」來替代，像是「香りが強い香水（有強烈的香味的香水）」、「ギョーザの香りが強い（鍋貼的香味很強烈）」等。

250

～と身も心も温まります
～身心都暖和了起來

根據日文的文法規則，「～と身も心も温まります」前面通常用動詞普通形。「～と身も心も温まります」意思是「身心都暖和了起來」。

～と身も心も温まる。

♪281-02	01	すき焼きを食べる	一吃壽喜燒，身心都暖和了起來
♪281-03	02	熱いココアを飲む	一喝熱可可，身心都暖和了起來
♪281-04	03	熱いコーヒーを飲む	一喝熱咖啡，身心都暖和了起來
♪281-05	04	熱いお茶を飲む	一喝熱茶，身心都暖和了起來
♪281-06	05	母の手作り料理を食べる	一吃媽媽親手做的料理，身心都暖和了起來
♪281-07	06	鴨鍋を食べる	一吃鴨肉鍋，身心都暖和了起來
♪281-08	07	生姜湯を飲む	一喝薑湯，身心都暖和了起來
♪281-09	08	クリームシチューを食べる	一吃奶油燉菜，身心都暖和了起來
♪281-10	09	彼女の歌声を聞く	一聽她的歌聲，身心都暖和了起來

♪281-01

温泉に入った後、熱燗を飲むと身も心も温まりますね。

泡完溫泉後，一喝熱酒，身心都暖和了起來。

ええ、幸せな気分になりますね。

是啊，有幸福的感覺。

補充單字
すき焼き 名 壽喜燒／生姜湯 名 生薑湯／熱燗 名 熱酒

對話練習 ♪281-11
A：寒い日に、熱燗を飲むと身も心も温まるね。
　在寒冷的日子喝熱的清酒，身心都會暖和了起來。
B：ほんと、幸せ。
　真的是好幸福啊。

原來如此！

·············「温まる」·············
「温まる」是自動詞，意思是「暖和起來」。他動詞則是「温める」，意思是「加熱」，要注意不要搞混！

281

実戦会話トレーニング
じっせんかいわ

聊天實戰演習

剛剛學完的句型你都融會貫通了嗎？現在就來測驗看看自己是否能應付以下情境吧！試著用所學與以下四個人物對話，再看看和參考答案是否使用了一樣的句型。若發現自己對該句型不熟悉，記得再回頭複習一遍喔！

表達情緒或個人喜好的句型

01 ♪282-01

A: ＿＿＿＿＿＿＿＿＿＿＿＿＿＿＿＿＿＿＿

這個烏龍麵怎麼搞的！完全沒有彈性。

B：えっ、知らないの？これ、伊勢うどんって言って、コシがない麺が特徴なんだよ。

咦，你不知道嗎？這叫做伊勢烏龍麵，特點就是麵條沒有彈性。

02 ♪282-02

A: ＿＿＿＿＿＿＿＿＿＿＿＿＿＿＿＿＿＿＿

這裡離海很近，所以能吃到新鮮的海鮮真的很好。

B：うん、ここへ来たら海鮮食べなきゃもったいないよ。

嗯，來這裡不吃海鮮太浪費了。

03 ♪282-03

A: ＿＿＿＿＿＿＿＿＿＿＿＿＿＿＿＿＿＿＿

把牛蒡炸得香脆再撒上糖的話味道相當不錯。

B：おっ、意外とおいしいね。

哦，意外好吃。

04 ♪282-04

A: ＿＿＿＿＿＿＿＿＿＿＿＿＿＿＿＿＿＿＿

這個巧克力入口即化，有大人的味道。

B：子どもにはこんな高価なチョコレート、もったいないよ。

給小孩子這麼貴的巧克力，好浪費。

参考答案 答え：
1. 何このうどん！全然コシがないじゃない？　　　→句型206 P.237
2. ここは海から近いから、新鮮な海鮮が味わえるのがいいね →句型219 P.250
3. ゴボウをカリカリに揚げて、砂糖をかけるとなかなかいける味だよ。 →句型233 P.265
4. このチョコレート、口溶けがいい大人の味だわ。 →句型244 P.275

PART

[負面詞彙]

7

～とは図々しいです

ずうずう

～很厚臉皮

「～とは図々しいです」前面通常用動詞普通形寫原因、理由。
「～とは図々しいです」意思是「～很厚臉皮」。

～とは図々しいです。

♪284-02	01 並ばないで割り込む	不排隊插隊的人很厚臉皮。
♪284-03	02 シルバーシートに子どもが座る	坐在博愛座的小孩很厚臉皮。
♪284-04	03 借りた物を返さない	借東西不還的人很厚臉皮。
♪284-05	04 席を横取りする	搶別人的位子很厚臉皮。
♪284-06	05 他人の傘を盗む	偷別人的雨傘很厚臉皮。
♪284-07	06 いつもおごらせる	總是讓別人請客的人很厚臉皮。
♪284-08	07 公共の場を占領する	佔領公共場所的人很厚臉皮。
♪284-09	09 いつも人にお願いばかりする	總是拜託別人的人很厚臉皮。

♪284-01

助けたのにお礼を言わないとは図々しいですね。

明明幫了他卻不道謝的人很厚臉皮。

最近はそんな人ばかりですね。

最近到處都是這樣的人。

> 補充單字

割り込む 動 插隊／**シルバーシート** 名 博愛座／**横取りする** 動 搶／**おごる** 動 請客

> 對話練習 ♪284-10

A：あれだけひどいことしたのに、戻ってくるなんて図々しいにもほどがある。
明明做過那麼糟糕的事情，居然還敢回來有夠厚臉皮。

B：面の皮が厚いんだよ。きっと。
一定是因為臉的皮膚很厚。

還可以這樣說！

「面の皮が厚い」

形容某人言行很厚臉皮，也可以說「面の皮が厚い」，如：「お願いばかりする人は面の皮が厚いです（只會要求的人很厚臉皮。）」、「助けたのにお礼を言わない人は面の皮が厚いです（明明幫了他卻不道謝的人厚臉皮）」等。

〜は辛いです
〜辛苦

根據日文的文法規則，「〜は辛いです」前面通常用名詞寫辛苦的事物。「〜は辛いです」意思是「〜辛苦」。

〜は辛いです。

♪285-02	01	残業	加班很辛苦。
♪285-03	02	力仕事	賣勞力工作真辛苦。
♪285-04	03	ラッシュアワーの通勤	尖峰時間上班真辛苦。
♪285-05	04	階段を上るの	爬樓梯很辛苦。
♪285-06	05	上り坂	走上坡很辛苦。
♪285-07	06	まずい料理を食べるの	勉強吃難吃的菜真辛苦。
♪285-08	07	マナーが悪い人とつきあうの	與不禮貌的人交往真辛苦。
♪285-09	08	言葉が通じないの	無法溝通真辛苦。
♪285-10	09	片思い	單戀真辛苦。
♪285-11	10	睡眠不足	睡眠不足很辛苦。

♪285-01

ラッシュアワーの通勤は辛いですね。

尖峰時間上班真辛苦了！

ええ、特に東京のラッシュアワーはひどいですね。

是啊！尤其是東京的尖峰時間很嚴重。

> **補充單字**
>
> 残業 名 加班／マナー 名 禮儀／言葉 名 語言／片思い 名 單戀

> **對話練習** ♪285-12
>
> A：こんな寒さのもとで外で働くなんて辛いよね。
> 這麼冷的天氣要在外面工作好辛苦。
> B：ああ、せめてホッカイロでも持ってくればよかった。
> 是啊，要是至少有帶暖暖包來就好了。

還可以這樣說！

·························· 「辛い」、「しんどい」 ··························

「しんどい」的意思是「很累、很辛苦」，跟「辛い」意思相近，故上述例句也可以說成「ラッシュアワーの通勤はしんどいです」、「こんな寒さのもとで外で働くなんてしんどいよね。」等。

〜は腹黒<ruby>腹<rt>はら</rt></ruby><ruby>黒<rt>ぐろ</rt></ruby>いです

〜黑心、〜心機重

根據日文的文法規則，「〜は腹黒<ruby>腹黒<rt>はらぐろ</rt></ruby>いです」前面通常用名詞寫心機重的人或事。「〜は腹黒<ruby>腹黒<rt>はらぐろ</rt></ruby>いです」意思是「〜黑心、心很毒」或「心機重」。

〜は腹黒<ruby>腹<rt>はら</rt></ruby><ruby>黒<rt>ぐろ</rt></ruby>いです。

♪286-02	**01** <ruby>悪徳商人<rt>あくとくしょうにん</rt></ruby>	黑心商人心很毒。
♪286-03	**02** <ruby>詐欺師<rt>さぎし</rt></ruby>	詐騙集團都很黑心。
♪286-04	**03** <ruby>八方美人<rt>はっぽうびじん</rt></ruby>	表面上圓融的人都很黑心。
♪286-05	**04** ぶりっこ	裝可愛的人心機重。
♪286-06	**05** <ruby>相手<rt>あいて</rt></ruby>によって<ruby>態度<rt>たいど</rt></ruby>を<ruby>変<rt>か</rt></ruby>える<ruby>人<rt>ひと</rt></ruby>	依人改變態度的人心機重。
♪286-07	**06** <ruby>友<rt>とも</rt></ruby>だちの<ruby>悪口<rt>わるくち</rt></ruby>を<ruby>言<rt>い</rt></ruby>う<ruby>人<rt>ひと</rt></ruby>	說朋友壞話的人心很毒。
♪286-08	**07** <ruby>利益<rt>りえき</rt></ruby>のある<ruby>人<rt>ひと</rt></ruby>としか<ruby>付<rt>つ</rt></ruby>き<ruby>合<rt>あ</rt></ruby>わない<ruby>人<rt>ひと</rt></ruby>	只交往對自己有利益的人心機重。
♪286-09	**08** <ruby>人<rt>ひと</rt></ruby>を<ruby>利用<rt>りよう</rt></ruby>することしか<ruby>考<rt>かんが</rt></ruby>えていない<ruby>人<rt>ひと</rt></ruby>	只有考慮利用別人的人心機重。

♪286-01

ゴマをする<ruby>人<rt>ひと</rt></ruby>は<ruby>腹黒<rt>はらぐろ</rt></ruby>いですね。

愛拍馬屁的人心機重。

でも<ruby>世<rt>よ</rt></ruby>の<ruby>中<rt>なか</rt></ruby>、そういう<ruby>人<rt>ひと</rt></ruby>が<ruby>出世<rt>しゅっせ</rt></ruby>するんですよ。

不過在世上這樣的人容易升官。

補充單字

<ruby>八方美人<rt>はっぽうびじん</rt></ruby> 名 八面玲瓏、四面討好、圓融／**ゴマをする<ruby>人<rt>ひと</rt></ruby>** 名 拍馬屁／**ぶりっこ** 名 裝可愛

對話練習 ♪286-10

A：<ruby>工業用油<rt>こうぎょうようあぶら</rt></ruby>を<ruby>食用油<rt>しょくようあぶら</rt></ruby>として<ruby>売<rt>う</rt></ruby>るなんて、あの<ruby>会社<rt>かいしゃ</rt></ruby>の<ruby>社長<rt>しゃちょう</rt></ruby>は<ruby>腹黒<rt>はらぐろ</rt></ruby>いよね。
居然把工業用油當作食用油來賣，那家公司的社長好黑心。

B：<ruby>僕<rt>ぼく</rt></ruby>はそのせいで<ruby>入院<rt>にゅういん</rt></ruby>したよ。
我還因此住院了呢。

還可以這樣說！

「<ruby>腹黒<rt>はらぐろ</rt></ruby>い」、「ずる<ruby>賢<rt>がしこ</rt></ruby>い」

「ずる<ruby>賢<rt>がしこ</rt></ruby>い」的意思是「狡猾、奸詐」，所以上述例句改成「ずる<ruby>賢<rt>がしこ</rt></ruby>い<ruby>詐欺師<rt>さぎし</rt></ruby>」、「ゴマをする<ruby>人<rt>ひと</rt></ruby>は<ruby>腹黒<rt>はらぐろ</rt></ruby>いですね」，意思就是「狡猾的詐欺犯」、「愛拍馬屁的人很奸詐呢」。

～は厳しいです
難以～、～很困難

根據日文的文法規則，「～は厳しい」前面通常用名詞寫困難的狀況或不好的情況。「～は厳しい」意思是「難以～、～很困難」。

～は厳しいです。

♪287-02	01	世間	社會很嚴格。
♪287-03	02	就職状況	就業狀況很困難。
♪287-04	03	現実	現實生活很嚴格。
♪287-05	04	経済状況	經濟狀況很困難。
♪287-06	05	発展	發展狀況很困難。
♪287-07	06	暑さ	天氣非常熱。
♪287-08	07	寒さ	天氣非常冷。
♪287-09	08	乾燥	天氣非常乾燥。
♪287-10	09	復興	回復很困難。
♪287-11	10	援助	經濟支援很困難。

♪287-01

就職状況は厳しいようですね。

好像就業狀況很困難。

どこの国でも厳しいでしょう。

不管哪一個國家都同樣的狀況吧！

(▶ 補充單字)

世間 名 社會／暑さ 名 熱／寒さ 名 冷

(▶ 對話練習) ♪287-12

A：このままの成績だと、東大合格は厳しいでしょうね。
　　以目前這樣的成績，很難考上東京大學。

B：僕、「ドラゴン桜」読んで一生懸命がんばります。
　　我會努力看『東大特訓班』加油的。

還可以這樣說!

‥‥‥‥‥‥‥‥‥‥‥‥‥‥‥‥ 「厳しい」、「難しい」 ‥‥‥‥‥‥‥‥‥‥‥‥‥‥‥‥

形容某事難以達成、狀況困難，除了說「厳しい」，也可以說「難しい」，故上述例句也可以說成「難しい就職状況です」、「難しい現実です」等。

〜は情けないです
〜很窩囊

根據日文的文法規則，「〜は情けないです」前面通常用名詞寫窩囊的人或事。「〜は情けないです」意思是「〜很窩囊」。

〜は情けないです。

♪288-02	01	わたし	我覺得很窩囊。
♪288-03	02	意気地のない人	懦弱的人很窩囊。
♪288-04	03	すぐ人に頼る人	動不動就依靠他人的人很窩囊。
♪288-05	04	口ばかりで実行に移さない人	紙上談兵的人很窩囊。
♪288-06	05	失敗を人のせいにする人	失敗推給別人身上的人很窩囊。
♪288-07	06	何かあるとすぐ泣く人	動不動就哭的人很窩囊。
♪288-08	07	優柔不断な人	優柔寡斷的人很窩囊。
♪288-09	08	文句ばかり言う人	總在抱怨的人很窩囊。
♪288-10	09	悪口ばかり言う人	總是説別人的壞話的人很窩囊。
♪288-11	10	いつもめそめそしている人	總是哭喪著臉的人很窩囊。

♪288-01

すぐ人に頼る人は情けないですね。

動不動就依賴的人很窩囊。

今は自立できない若者が多いですよね。

現在無法獨立的年輕人很多。

> **補充單字**

意気地のない 形 懦弱／**優柔不断** 形 優柔寡斷／**文句** 名 抱怨

> **對話練習** ♪288-12

A：こんな簡単な問題も解けないなんて情けない。
　連這麼簡單的問題都解不開真窩囊。

B：しょうがないよ。数学苦手なんだもの。
　這也沒辦法。我不擅長數學。

還可以這樣說！

.... 「情けない」、「役に立たない」 ....

「役に立たない」意思是「派不上用場」，跟「情けない」意思相近，故上述例句改成「すぐ人に頼って役に立たない人」、「意気地のない人は役に立たないです」，意思就是「總是依靠他人派不上用場的人」、「懦弱的人派不上用場」。

～て悔しいです
因為～所以很懊悔

根據日文的文法規則，「～て悔しいです」前面通常用動詞て形寫原因。「～て悔しいです」意思是「因為～所以很懊悔」。

～て悔しいです。

♪289-02 01	試合に負け	因為比賽輸了所以懊悔。
♪289-03 02	騙され	因為被騙了所以很懊悔。
♪289-04 03	利用され	因為被利用所以很懊悔。
♪289-05 04	いじわるされ	因為被欺負所以很懊悔。
♪289-06 05	バカにされ	因為被看不起所以很懊悔。
♪289-07 06	嘲笑され	因為被嘲笑所以很懊悔。
♪289-08 07	認められなく	因為不被認同所以很懊悔。
♪289-09 08	リストラされ	因為被裁員所以很懊悔。
♪289-10 09	お金を盗られ	因為錢被偷了所以很懊悔。
♪289-11 10	傘を失くし	因為雨傘弄丟了所以很懊悔。

♪289-01

傘を失くして悔しいです。

因為弄丟了雨傘所以很懊悔。

今度から気をつけましょうね。

以後小心吧！

補充單字

試合 名 比賽／**いじわされます** 動 被欺負／**リストラされます** 動 被裁員

對話練習 ♪289-12

A：あんなにがんばったのに、賞がもらえなくて悔しい！
明明這麼努力卻沒得獎，好懊悔！

B：賞がもらえなくても、いろいろ勉強になったからいいじゃない。
即使沒有得獎你也學到了很多，這樣也很好啊。

還可以這樣說！

「口惜しい」

「口惜しい」相較「悔しい」，更含有強烈的失望或沮喪的意思，而且經常在更正式的場合中使用。

～なんてアホらしいです
我很白痴～

根據日文的文法規則，「～なんてアホらしいです」前面通常用名詞、動詞普通形等説明原因。「～なんてアホらしいです」意思是「我很白痴～」。

～なんてアホらしいです。

♪290-02	01 ドアにぶつかる	我很白痴撞到門。
♪290-03	02 電車で乗り過ごす	我很白痴坐過站。
♪290-04	03 バスに乗り間違える	我很白痴坐錯公車。
♪290-05	04 電話をかけ間違える	我很白痴打錯電話。
♪290-06	05 買い間違える	我很白痴買錯東西。
♪290-07	06 靴を履き間違える	我很白痴穿錯鞋子。
♪290-08	07 傘を置き忘れる	我很白痴忘了帶雨傘。
♪290-09	08 教室を間違える	我很白痴走錯教室。
♪290-10	09 漢字を書き間違える	我很白痴寫錯漢字。
♪290-11	10 注文を間違える	我很白痴點錯菜。

♪290-01

頭どうしたんですか。

你的頭怎麼了？

ドアにぶつかるなんてアホらしいですよね。

我很白痴撞到門。

補充單字

ぶつかる 動 撞／乗り過ごす 動 坐過站／注文 名 點菜

對話練習 ♪290-12

A：今までの努力が泡になるなんて、アホらしくてやってられない。
至今為止所做的努力化為泡影，太白癡了我受不了。

B：努力は泡になんてならないよ。
努力是不會化為泡影的。

還可以這樣説！

················ 「アホ」、「バカ」 ················

「バカ」意思是「笨蛋、蠢」，跟「アホ」意思相近，故上述例句改成「ドアにぶつかるなんてバカらしいです」、「バカらしくてやってられない」，意思就是「我很蠢撞到門。」、「太蠢了我受不了」。

～は陰険です
いん けん

～是陰險的行為

根據日文的文法規則，「～は陰険です」前面通常用名詞、動詞寫陰險的行為。「～は陰険です」意思是「～很陰險」。

～は陰険です。
いん けん

♪291-02 01	人を騙すの ひと だま	欺騙人是陰險的行為。
♪291-03 02	人を利用するの ひと り よう	利用人是陰險的行為。
♪291-04 03	人を嘲笑うの ひと あざわら	嘲笑人是陰險的行為。
♪291-05 04	人を馬鹿にするの ひと ば か	看不起人是陰險的行為。
♪291-06 05	無視するの む し	不理人是陰險的行為。
♪291-07 06	仲間外れにするの なか ま はず	排擠別人很陰險。
♪291-08 07	いじめ	欺負人是陰險的行為。
♪291-09 08	リンチ	霸凌是陰險的行為。
♪291-10 09	脅迫するの きょうはく	威脅是陰險的行為。
♪291-11 10	人の秘密をばらすの ひと ひ みつ	暴露別人的祕密很陰險。

♪291-01

人を騙してお金を
ひと だま かね
儲ける人は陰険ですね。
もう ひと いん けん

靠騙人賺錢的人真陰險。

世の中、そんな人
よ なか ひと
ばかりですね。

社會上那樣的人多得很。

▶ 補充單字

無視する 動 不理人／**いじめ** 名 欺負／**リンチ** 名 霸凌
む し

Q 對話練習 ♪291-12

A：人の足を引っ張るなんて、陰険よね。
ひと あし ひ ば いん けん

居然扯人後腿，真是陰險啊。

B：そんなことしか考えられないなんて、かわいそうな人だよね。
かんが ひと

滿腦只有那種想法的人，真可悲。

還可以這樣說！

「陰険」、「意地悪」
いんけん い じ わる

「意地悪」意思是「壞心、使壞」，可以用來形容人很壞心眼，像是：「人を騙
い じ わる ひと だま
すのは意地悪です」、「いじめは意地悪な行為です」，意思就是「欺騙人很壞
い じ わる い じ わる こう い
心」、「霸凌是壞心的行為」。

～は卑怯です
～很卑鄙

根據日文的文法規則，「～は卑怯です」前面通常用名詞寫卑鄙的
人或事。「～は卑怯です」意思是「～很卑鄙」。

～は卑怯です。

♪292-02 01	彼	他很卑鄙。
♪292-03 02	逃げる人	逃避的人很卑鄙。
♪292-04 03	責任を人に押しつける人	把責任推給別人的人很卑鄙。
♪292-05 04	何でも金で解決しようとする人	想用錢擺平一切的人很卑鄙。
♪292-06 05	コネを使って罪を逃れる人	利用關係逃避罪的人很卑鄙。
♪292-07 06	税金を使って遊ぶ人	用稅金玩的人很卑鄙。
♪292-08 07	うそをついて優遇措置を受ける人	説謊享受優待措施的人很卑鄙。
♪292-09 08	自分だけ得して他人を害する人	只顧自己得益而加害別人的人很卑鄙。
♪292-10 09	虎の威を借る狐のような人	狐假虎威的人很卑鄙。

♪292-01

善人のふりして騙す人は卑怯です。

裝好人騙人真卑鄙。

世の中そんな人が多いですからね。

世上這樣的人很多！

(補充單字)

押しつける 動 推給／コネ 名 人脈

(對話練習) ♪292-11

A：勝算がないからって逃げるなんて卑怯よ！
　　因為沒有勝算就逃跑，真卑鄙！
B：「逃げるが勝ち」って言うじゃない。
　　不是都說「先跑先贏」嗎。

還可以這樣說！

········· 「卑怯」、「ずるい」 ·········

「ずるい」意思是「狡猾」，跟「卑怯」意思相近，但「ずるい」有時還包含了說話者的羨慕情緒，故上述例句改成「責任を人に押しつける人はずるいです」、意思是「把責任推給別人的人很狡猾」，說話者可能也想推卸責任，但被搶先一步。

～は見栄っ張りです
～虛榮

根據日文的文法規則，「～は見栄っ張りです」前面通常用動詞、名詞表示原因、內容。「見栄っ張りの～」意思是「虛榮的～」。

～は見栄っ張りです。

♪293-02 01 **スポーツカーを運転する彼**　　開跑車的他很虛榮。

♪293-03 02 **ブランド品が好きな彼女**　　喜歡名牌的她很虛榮。

♪293-04 03 **いつも大盤振る舞いする彼**　　總是大肆請客的他很虛榮。

♪293-05 04 **みんなの前でかっこうをつける彼**　　大家面前裝模樣的他很虛榮。

♪293-06 05 **いつも高級レストランで食事する彼女**　　總是在高級餐廳用餐的她很虛榮。

♪293-07 06 **高級住宅に住む彼**　　住在高級住宅的他很虛榮。

♪293-08 07 **子どもを有名校に通わせる彼女**　　讓小孩子念明星學校的她很虛榮。

♪293-09 08 **高級車しか転運しない彼**　　非高級車不開的他很虛榮。

♪293-01

いつも新製品を購入する彼は見栄っ張りですね。

總是買新商品的他很虛榮。

新し物好きなんですね。

他喜愛新的東西。

補充單字

スポーツカー 名 跑車／**大盤振る舞いする** 動 大肆請客／**かっこうをつけます** 動 裝模樣

對話練習　♪293-10

A：見栄っ張りな彼女を持つと苦労するわよ。
　　有虛榮的女朋友會很辛苦。

B：よかった。君は全然見栄っ張りじゃなくて。
　　好在你一點都不虛榮。

還可以這樣說！

「見栄っ張り」、「外見重視」

「見栄っ張り」是虛榮、只注重外表，「外見重視」意思是「重視外表、外貌協會」，像是：「おしゃれが好きな彼女は見栄っ張りです」、「彼女は外見重視です」，意思就是「喜歡時髦打扮的她很虛榮」、「她是外貌協會」。

～は悲観的です
～悲觀的、～實現的機會比較低

根據日文的文法規則，「～は悲観的です」前面通常用名詞表示悲觀內容。「～は悲観的です」意思是「～悲觀的、～實現的機會比較低」。

～は悲観的です。

♪294-02 01	彼	他很悲觀。
♪294-03 02	国の将来は	國家的未來很悲觀。
♪294-04 03	来年の経済成長率	明年的經濟成長率很悲觀。
♪294-05 04	環境問題の解決策	環境問題解決策略是悲觀的。
♪294-06 05	合格	考上的機會比較低。
♪294-07 06	成功	成功的機會比較低。
♪294-08 07	当選	當選的機會比較低。
♪294-09 08	落札	得標的機會比較低。
♪294-10 09	採用	被錄取的機會比較低。

♪294-01

優勝は悲観的ですね。

（今年的）比賽得到冠軍的機會比較低。

そんなこと言わないで、がんばりましょうよ。

不要這樣説，加油吧！

補充單字

優勝 名 冠軍／合格 名 考上／採用 名 錄取

對話練習　♪294-11

A：台風上陸だなんて、明日の旅行は悲観的だね。
　　颱風登陸了，這下子明天的行程實現機會就很低了。
B：ああ、天に祈るしかないね。
　　是啊，別無選擇，只能向上天祈禱。

原來如此！

「悲観的」、「楽観的」

「悲観的」的相反詞是「楽観的」，意思是「樂觀、實現的機會比較高」，所以「彼は楽観的です」、「合格は楽観的です」，意思就是「他很樂觀」、「考上的機會比較高」。

～に貪欲です

貪圖於～

根據日文的文法規則，「～に貪欲です」前面通常用名詞寫貪圖的東西。「～に貪欲です」意思是「貪圖於～」。

～に貪欲です。

♪295-02	01	金銭	貪圖於金錢。
♪295-03	02	支配欲	貪圖於支配慾。
♪295-04	03	物	貪圖於物品。
♪295-05	04	知識の吸収	貪圖於吸收知識。
♪295-06	05	地位名声	貪圖於地位名譽。
♪295-07	06	昇進	貪圖於升官。
♪295-08	07	権勢	貪圖於權威。
♪295-09	08	美しさの追求	貪圖於追求美麗。
♪295-10	09	女色	貪圖於女色。
♪295-11	10	美食の追求	貪圖於追求美食。

♪295-01

お金持ちなのに、金銭に貪欲な人は浅ましいですよね。

明明很有錢卻貪圖於金錢的人真難看。

だからお金持ちなんですよ。

所以他們有錢啊！

▶ 補充單字

上昇志向 名 升官／権勢 名 權威／美しさ 名 美麗

Q 對話練習 ♪295-12

A：彼女、お金に貪欲だから、お金がない男性には興味がないの。

她貪圖金錢，所以對沒錢的男人不感興趣。

B：じゃ、僕は全然彼女の目に入ってないんだね。

那我就完全入不了她的眼了。

原來如此！

.... 「貪欲」、「欲張り」 ....

以上2個詞都可以拿來形容人很貪心，差別在於「貪欲」是な形容詞，且是比較正式的用法，而「欲張り」雖然也是な形容詞，但是比較口語的用法。

〜て残念です
因為〜所以很遺憾

根據日文的文法規則，「〜て残念です」前面通常用動詞、い形容詞て形或用「名詞、な形容詞 + で残念です」表示原因。「〜て残念です」意思是「因為〜所以很遺憾」。

〜て残念です。

♪296-02	01	富士山に登れなく	因為無法爬富士山所以很遺憾。
♪296-03	02	富士山が見えなく	因為看不到富士山所以很遺憾。
♪296-04	03	ラバーダックが破れてしまっ	因為黃色小鴨破了所以很遺憾。
♪296-05	04	ソフトクリームを落とし	因此霜淇淋掉在地上所以很遺憾。
♪296-06	05	メモリースティックを失くし	因為USB記憶碟弄丟了所以很遺
♪296-07	06	コンサートが中止になっ	因為演唱會取消了所以很遺憾。
♪296-08	07	彼が留守で残念です。	因為他不在所以很遺憾。
♪296-09	08	カニが食べられなく	因為不能吃螃蟹所以很遺憾。

♪296-01

忘年会に参加できなくて残念です。

因為不能參加尾牙所以很遺憾。

また今度がありますよ。

還有下一次啊！

補充單字

ラバーダック 名 黃色小鴨／留守 名 不在

對話練習 ♪296-10

A：新型コロナウイルスのせいで、海外旅行に行けなくて残念だね。
因為新型冠狀病毒不能出國旅行，很遺憾。

B：海外旅行には行けないけど、国内旅行はどう？
國外旅行雖然去不了，國內旅行怎麼樣啊？

還可以這樣說！

「残念」、「遺憾」

「遺憾」的意思是「遺憾、抱歉」，是比較書面的用語，常用在正式的場合，像是「遺憾の意を表明します（深表遺憾）」或「遺憾なく発揮する（毫無遺憾充分發揮）」等。

〜に馴染めません
不習慣〜

根據日文的文法規則，「〜に馴染めません」前面通常用名詞寫不習慣的事物。「〜に馴染めません」意思是「不習慣〜」。

〜に馴染めません。

♪297-02	01	**クラス**	不習慣班級。
♪297-03	02	**会社**	不習慣公司。
♪297-04	03	**病院**	不習慣醫院。
♪297-05	04	**学校**	不習慣學校。
♪297-06	05	**習慣**	不習慣習俗。
♪297-07	06	**気候**	不習慣氣候。
♪297-08	07	**グループ**	不習慣團隊。
♪297-09	08	**上司**	不習慣上司。
♪297-10	09	**同僚**	不習慣同事。
♪297-11	10	**キッチン**	不習慣廚房。

♪297-01

仕事はどうですか。

工作怎麼樣？

まだ会社に馴染めません。

還不習慣公司。

▶ 補充單字

クラス 名 班級／**グループ** 名 團隊／**キッチン** 名 廚房

Q 對話練習　♪297-12

A：転校生はまだクラスの雰囲気に馴染めないようだね。
轉學生好像還不太習慣班上的氣氛。
B：僕たちが声をかけてみようよ。
我們跟他搭話看看吧。

還可以這樣說！

「馴染めない」、「慣れない」

「馴染む」是「習慣、適應」，「馴染めない」就是「無法習慣、無法適應」、「無法習慣」也可以說「慣れない」，像是「慣れないクラス（不習慣的班級）」、「仕事に慣れません（不習慣工作、工作不上手）」。

〜に騙されました

被〜騙

根據日文的文法規則，「〜に騙されました」前面通常用名詞表示騙人的人或事。「〜に騙されました」意思是「被〜騙」。

〜に騙されました。

♪298-02	01	結婚詐欺	被結婚詐欺騙了。
♪298-03	02	エイプリルフールの日に友だち	愚人節被朋友騙了。
♪298-04	03	スリ	被扒手騙了。
♪298-05	04	腹黒い店長	被黑心店長騙了。
♪298-06	05	美女	被美女騙了。
♪298-07	06	イケメン	被帥哥騙了。
♪298-08	07	セールスマン	被推銷人員騙了。
♪298-09	08	振り込め詐欺	被匯款詐欺騙了。
♪298-10	09	ホスト	被牛郎騙了。
♪298-11	10	ホステス	被酒店小姐騙了。

♪298-01

スリに騙されました。

被扒手騙了。

最近は二人組のスリが多いそうですよ。恐ろしいですね。

聽說最近兩個人一組的扒手很多，很可怕！

(▶ 補充單字)

エイプリルフール 名 愚人節／**イケメン** 名 帥哥／**セールスマン** 名 推銷人員／**振り込め詐欺** 名 匯款詐欺

(◯ 對話練習) ♪298-12

A：西田さん、詐欺グループに騙されたんですって。
聽說西田先生被詐騙集團騙了。

B：なんでまた。
為什麼會這樣。

原來如此！

·········· 「騙す」、「引っ掛ける」 ··········

雖然都跟「騙」有關，但「騙す」是比較嚴重的語氣，「引っ掛ける」則是帶有點像惡作劇的意思，沒有那麼嚴重。

266

〜に溺れます

沉迷於〜

根據日文的文法規則，「〜に溺れます」前面通常用名詞表示沉迷的對象。「〜に溺れます」意思是「沉迷於〜」。

〜に溺れます。

♪299-02	01	女	沉迷於女人。
♪299-03	02	男	沉迷於男人。
♪299-04	03	酒	沉迷於酒。
♪299-05	04	賭博	沉迷於賭博。
♪299-06	05	競馬	沉迷於賽馬。
♪299-07	06	ゲーム	沉迷於遊戲。
♪299-08	07	ホスト	沉迷於牛郎。
♪299-09	08	ホステス	沉迷於酒店小姐。
♪299-10	09	宝塚	沉迷於寶塚劇團。
♪299-11	10	漫画の世界	沉迷於漫畫世界。

♪299-01

最近木村さんは学校に来ませんね。

最近木村先生沒有來學校。

彼はゲームに溺れているんですよ。

他沉迷於遊戲。

補充單字

競馬 名 賽馬／ホスト 名 牛郎／ホステス 名 酒店小姐

對話練習 ♪299-12

A：女と酒と賭博には溺れないでね。
不要沉迷於女人、酒和賭博。

B：つまり、それ以外なら、溺れてもいいの？
也就是說，可以沉迷於除此之外的東西嗎？

還可以這樣說！

·········「〜に溺れる」、「〜に夢中になる」·········

沉迷於某事除了說「〜に溺れます」，還可以說「〜に夢中になります」，故上述例句也可以說「競馬に夢中になります」、「ホステスに夢中になります」等。

～なんてついていません
～很倒楣

根據日文的文法規則，「～なんてついていません」前面通常用名詞、動詞普通形寫倒楣的事。「～なんてついていません」意思是「～很倒楣」。

～なんてついていません。

♪300-02 01 濃霧で飛行機が飛ばない　因而濃霧所以飛機沒有起飛真倒楣。

♪300-03 02 大雪で空港閉鎖だ　因為下大雪所以機場關閉真倒楣。

♪300-04 03 わざわざ来たのに定休日だ　明明特地過來了卻公休真倒楣。

♪300-05 04 崖崩れで通行止めだ　因為山崩所以路封閉真倒楣。

♪300-06 05 地震で運休だ　因為發生地震所以停開真倒楣。

♪300-07 06 台風で登山禁止だ　因為颱風登陸所以禁止登山真倒楣。

♪300-08 07 大雨で延期だ　因為大雨所以延期真倒楣。

♪300-09 08 せっかく来たのに修理中だ　特第過來這裡卻在修理中真倒楣。

♪300-01

あっ、わたしの自転車がない。

哎呀！我的腳踏車不見了！

駐車違反でレッカー移動されるなんてついていませんね。

因為違規停車所以被拖吊了真倒楣啊。

> **補充單字**

わざわざ 副 特地／崖崩れ 名 山崩

> **對話練習** ♪300-10

A：犬のフンを踏むなんて、ついてない。
居然踩到狗屎，真倒楣。

B：それは運がいいんじゃないの？
那不是很好運嗎？

原來如此！

・・・・・・・・・・・・・・ 「ついてない」、「ついてる」 ・・・・・・・・・・・・・・

形容很倒楣的「ついてない」，如：「駐車違反でレッカー移動されるなんてついていませんね（因為違規停車所以被拖吊真倒楣）」。其相反詞為「ついてる」，意思是「好運」。

〜は信用できません
〜不能信賴

根據日文的文法規則，「〜は信用できません」前面通常用名詞表示不能信賴的對象。「〜は信用できません」意思是「〜不能信賴」。

〜は信用できません。

♪301-02	01	何でも褒める店員	一味稱讚的店員不能信賴。
♪301-03	02	セールストーク	推銷話術不能信賴。
♪301-04	03	人の目を見ないで話す人	講話不看對方眼睛。
♪301-05	04	いつも言っていることが全然違う人	總是言行不一的人不能信賴。
♪301-06	05	うまい話	容易賺錢等好聽的話不能信賴。
♪301-07	06	たぬき親父	黑心伯伯不能信賴。
♪301-08	07	他人の話を聞かない人	不聽別人話的人不能信賴。
♪301-09	08	ゴマをする人	拍馬屁的人不能信賴。
♪301-10	09	いつも言い訳をする人	總是找藉口的人不能信賴。

♪301-01

あの人、また人の悪口言ってましたよ。

那個人又説別人的壞話了。

他人の悪口ばかり言う人は信用できませんね。

不能信賴總是説別人壞話的人呀。

▶ 補充單字

セールストーク 名 推銷話術／**うまい話** 名 好聽的話／**たぬき親父** 名 老奸巨猾的人／**言い訳** 名 藉口

Q 對話練習　♪301-11

A：プレイボーイの言うことは、信用できません。
花花公子説的話不能信。

B：プレイボーイって僕のこと？
花花公子説的是我嗎？

還可以這樣説！

.... 「信用」、「信賴」 ....

「信用」是「相信並接受」的意思，「信賴」是對一個人或一件事有很高的評價，覺得可以把任務或要求托付給他的意思。

～を怠けます

懒得～

根據日文的文法規則，「～を怠けます」前面通常用名詞表示偷懶的事。「～を怠けます」意思是「懒得～」。

～を怠けます。

♪302-02	01	仕事	懶得工作。
♪302-03	02	勉強	懶得念書。
♪302-04	03	レポート	懶得寫報告。
♪302-05	04	運動	懶得做運動。
♪302-06	05	トレーニング	懶得鍛鍊。
♪302-07	06	掃除	懶得打掃。
♪302-08	07	家事	懶得家事。
♪302-09	08	料理	懶得做菜。
♪302-10	09	パワーポイント作り	懶得做PPT。
♪302-11	10	工事	懶得施工。

♪302-01

どうしたんですか。汚い部屋ですね。

怎麼了？好髒的房間喔！

最近忙しいので掃除を怠けています。

因為最近很忙，所以懶得打掃。

▶ 補充單字

仕事 名 工作／**勉強** 名 念書／**トレーニング** 名 訓練

Q 對話練習　♪302-12

A：たけし君ったら、掃除を怠けちゃダメよ！
我說阿武，不要打掃偷懶！

B：あっ、バレちゃったか。
哎呀呀，被抓到了。

還可以這樣說！

············· 「怠ける」、「怠け者」 ·············

「怠け者」除了可以指動物的「樹懶」，也可以形容某個人是「懶惰鬼」，像是：「仕事もしない怠け者（工作都不做的懶惰鬼）」、「パワーポイントを作ろうとしない怠け者（PPT都不肯做的懶惰鬼）」等。

～は許^{ゆる}せません
～不可原諒

根據日文的文法規則，「～は許^{ゆる}せません」前面通常用動詞、名詞表示不可原諒的行為、對象。「～は許^{ゆる}せません」意思是「～不可原諒」。

～は許^{ゆる}せません

♪303-02 01	詐欺^{さぎ}	詐騙不可原諒。
♪303-03 02	善人^{ぜんにん}を騙^{だま}す悪人^{あくにん}	欺騙善人的壞人不可原諒。
♪303-04 03	弱者^{じゃくしゃ}をいじめる人^{ひと}	欺負弱勢的人不可原諒。
♪303-05 04	他人^{たにん}を見下^{みくだ}す人^{ひと}	看不起別人的人不可原諒。
♪303-06 05	虎^{とら}の威^いを借^かる狐^{きつね}のような人^{ひと}	狐假虎威的人不可原諒。
♪303-07 06	暴力^{ぼうりょく}をふるう人^{ひと}	施暴的人不可原諒。
♪303-08 07	他人^{たにん}を利用^{りよう}する人^{ひと}	利用別人的人不可原諒。
♪303-09 08	無視^{むし}する人^{ひと}	不理人的人不可原諒。
♪303-10 09	ドタキャンする人^{ひと}	當場取消的人不可原諒。
♪303-11 10	腹黒^{はらぐろ}い人^{ひと}	黑心的人不可原諒。

♪303-01

ドタキャンする人^{ひと}は許^{ゆる}せませんよね。

不可原諒當場取消的人耶。

ほんとうに。事前^{じぜん}に連絡^{れんらく}して欲^ほしいですよね。

沒錯。希望事先聯絡！

▶ 補充單字

いじめます 動 欺負／ドタキャンします 動 當場取消／無視^{むし}します 動 不理人

◎ 對話練習　♪303-12

A：あっ、横入^{よこはい}りするなんて許^{ゆる}せない！
喂，不可以插隊！乖乖排隊。

B：そう固^{かた}いこと言^いうなよ。
別說那麼死板的話嘛。

原來如此！

·············· 「許^{ゆる}す」、「認^{みと}める」 ··············

「許^{ゆる}す」是「請原諒～」不要因為疏忽或失敗而責備的意思，而「認^{みと}める」認為某事或某人的行為是正確的，是可以接受的、認同的。

～てイライラします
～令人焦慮

根據日文的文法規則，「～てイライラします」前面通常用動詞、い形容詞て形或用「名詞、な形容詞 + でイライラします」來表示焦慮的原因。「～てイライラします」意思是「～令人焦慮」。

～てイライラします。

♪304-02 01	バスが来なく	因為公車沒有來所以令人焦慮。
♪304-03 02	注文した飲み物が来なく	我點的飲料沒有來所以令人焦慮。
♪304-04 03	渋滞してい	因為路上塞車所以令人焦慮。
♪304-05 04	トイレが混んでい	因為洗手間人多所以令人焦慮。
♪304-06 05	レジの計算が遅く	收銀檯的人動作很慢所以令人焦慮。
♪304-07 06	隣の人が電話で大声で話すので	旁邊的人講電話很大聲所以令人焦慮。
♪304-08 07	ゲームの音がうるさく	玩遊戲聲音很大所以令人焦慮。
♪304-09 08	上の階の人の歩く音がうるさく	樓上的人走路聲音很大所以令人焦慮。

♪304-01

赤信号が長くてイライラします。

因為紅燈太久了所以令人焦慮。

台湾の赤信号はほんとうに長いですよね。

臺灣的紅燈真的太久了！

Ⓑ 補充單字

赤信号 名 紅燈／**渋滞します** 動 塞車／**レジ** 名 收銀檯

Ⓠ 對話練習　♪304-10

A：バスがなかなか来ないと、イライラするね。
公車一直不來，令人焦慮。
B：交通事故で渋滞が起きているらしい。
因為下大雪，沒辦法。

原來如此！

……………………「イライラする」、「あせる」……………………

「あせる」意思是「焦慮、著急」，跟「イライラする」意思相近，如：「電話が通じなくてあせる（因為電話打不通所以很著急）」、「赤信号が長くてあせる（紅燈等了很久所以令人焦慮）」等。

～とムカムカします
～令人不舒服、～胃不舒服

根據日文的文法規則，「～とムカムカします」前面通常用動詞辭書形表示不舒服原因。「～とムカムカします」意思是「～令人不舒服」或「～胃不舒服」。

～とムカムカします。

♪305-02	01	失礼な人を見る	看到不禮貌的人令人不舒服。
♪305-03	02	ごみを道端に捨てる人を見る	看到在路邊丟垃圾的人令人不舒服。
♪305-04	03	道路に痰を吐く人を見る	看到在馬路上吐痰的人令人不舒服。
♪305-05	04	割り込む人がいる	看到插隊的人令人不舒服。
♪305-06	05	夜中に騒ぐ人がいる	半夜吵鬧的人令人不舒服。
♪305-07	06	図々しい人がいる	看到臉皮厚的人令人不舒服。
♪305-08	07	無神経な人がいる	遇到白目的人令人不舒服。
♪305-09	08	油っこい物を食べる	吃到油膩的食物胃不舒服。

♪305-01

ケータイ電話で大声で話す人がいるとムカムカしますね。

看到講手機大聲的人令人不舒服。

きっと自分では気づいてないんですよ。

可能他自己不知道吧！

補充單字

割り込む 動 插隊／無神経な 形 白目／油っこい物 名 油膩的食物

對話練習 ♪305-10

A：昨日、お酒飲み過ぎてムカムカする。
因為昨天喝多了，胃不舒服。

B：あんなに飲むから二日酔いだよ。
你喝太多所以宿醉了。

原來如此！

………… 「ムカムカする」、「キリキリする」 …………

「ムカムカする」是因為喝酒，吃壞東西等胃不舒服的樣子。「キリキリする」是可能胃食道逆流等，生病的關係，痛的時候使用。

273 〜てがっかりしました
因為〜所以很失望

根據日文的文法規則，「〜てがっかりしました」前面通常用動詞、い形容詞て形或用「名詞、な形容詞 + でがっかりしました」來表示失望的原因。「〜てがっかりしました」意思是「因為〜所以很失望」。

♪306-01

試験に落ちてがっかりしました。

因為考試落榜了所以很失望。

またがんばればいいですよ。

你再加油就好！

〜てがっかりしました。

♪306-02 01	彼が来なく	因為他沒有來所以很失望。
♪306-03 02	料理が冷めてい	因為菜已經冷掉了所以很失望。
♪306-04 03	コンテストに落ちて	因為比賽落選了所以很失望。
♪306-05 04	店が休みで	因為（這家）店公休所以很失望。
♪306-06 05	天気が悪く	因為天氣不好所以很失望。
♪306-07 06	商品が売り切れ	因為商品售完所以很失望。
♪306-08 07	雪が降らなく	因為沒有下雪所以很失望。

補充單字

試験 名 考試／コンテスト 名 一般比賽

對話練習 ♪306-09

A：実写版にはがっかりした。変な役者より、アニメのほうがずっとおもしろかったね。
真人版讓我很失望。動畫比奇怪的演員有趣得多。

B：そうだね。アニメは声優の演技もよかったからね。
沒錯。動畫的聲優演技也很棒。

還可以這樣教！

⋯⋯⋯⋯⋯⋯⋯⋯⋯「がっかりする」、「失望する」⋯⋯⋯⋯⋯⋯⋯⋯⋯

形容失望除了用比較口語的「がっかりする」，也可以用「失望する」，故上述例句也可以改寫成「商品が売り切れて失望した」、「雪が降らなくて失望した」等。

306

〜なければよかったです
不〜的話該有多好

根據日文的文法規則，「〜なければよかったです」前面通常用
動詞否定形寫反悔的事。「〜なければよかったです」意思是
「不（沒有）〜的話該有多好」。

〜なければよかったです。

♪307-02	01	来	不來的話該有多好。
♪307-03	02	知ら	不知道的話該有多好。
♪307-04	03	話さ	不説的話該有多好。
♪307-05	04	食べ	不吃的話該有多好。
♪307-06	05	飲ま	不喝的話該有多好。
♪307-07	06	買わ	不買的話該有多好。
♪307-08	07	行か	不去的話該有多好。
♪307-09	08	乗ら	不搭的話該有多好。
♪307-10	09	出かけ	不出門的話該有多好。
♪307-11	10	運転し	不開車的話該有多好。

♪307-01

これ、買わなければよかったです。

要是沒有買這個東西的話該有多好。

じゃ、返品しますか。

那麼要退貨嗎？

● 補充單字

乗ります 動 搭／出かけます 動 出門／運転します 動 開車

Q 對話練習　♪307-12

A：あ〜つまらない映画だった。観なければよかった。
啊，真是無聊的電影。沒有看的話該有多好。
B：つまらない映画のために2時間映画館にいるのもつらいよね。
要為了無聊的電影，在電影院待兩個小時也真痛苦。

還可以這樣說！

──────── 「動詞 + ないほうがよかった」 ────────

「動詞 + なければよかった」跟「動詞 + ないほうがよかった」都有「後悔已經
發生的行為」，所以上述例句寫成「運転しないほうがよかった」、「出かけない
ほうがよかった」意思是「要是不開車就好了」、「要是不出門就好了」。

～くれませんでした
因為沒有～所以我很失望

根據日文的文法規則，「～くれませんでした」前面通常用動詞て形表示失望的原因、內容。「～てくれませんでした」意思是「因為沒有～所以我很失望」，是抱怨的語氣。

～てくれませんでした。

♪308-02	01	彼は手伝っ	因為他沒有幫忙所以我很失望。
♪308-03	02	彼女は教え	因為她沒有告訴我所以我很失望。
♪308-04	03	バスは待っ	因為公車沒有等我所以我很失望。
♪308-05	04	社長は会っ	因為老闆沒有跟我見面所以我很失望。
♪308-06	05	連絡し	因為沒有跟我聯絡所以我很失望。
♪308-07	06	買っ	因為沒有幫我買所以我很失望。
♪308-08	07	貸し	因為沒有借給我所以我很失望。
♪308-09	08	持っ	因為沒有幫我拿所以我很失望。
♪308-10	09	つきあっ	因為沒有跟我交往所以我失望。

♪308-01

あれ、それ買ったんですか。

欸？你買了那個喔？

ええ、安くしてくれませんでしたけどね。

是啊！不過沒有算便宜所以我很失望。

◎ 補充單字

手伝います 動 幫忙／**教えます** 動 告訴／**つきあいます** 動 交往

◎ 對話練習　♪308-11

A：彼ったら、私のカバン持ってくれないのよ！
他真是的，居然不幫我提包我很失望！

B：君のカバン重いからね。そのカバン、僕だって持ちたくないよ。
因為你的包包很重啊。那種包包連我也不想提。

原來如此！

・・・・・・・・・・ 「動詞 + てくれない」、「動詞 + てくれる」 ・・・・・・・・・・

「動詞 + てくれない」是本來期待對方幫忙，但是實際上沒有幫忙所以抱怨的語氣。「動詞 + てくれる」是感謝對方幫忙的意思。

～は内弁慶な性格です
～在外面不敢開口卻在家裡當霸王

根據日文的文法規則，「～は内弁慶な性格です」前面通常用名詞表示對象。「～は内弁慶な性格です」意思是「～在外面不敢開口卻在家裡當霸王」。

♪309-01

～は内弁慶な性格です。

♪309-02	01	彼	他在外面不敢開口卻在家裡當霸王。
♪309-03	02	彼女	她在外面不敢開口卻在家裡當霸王。
♪309-04	03	父	爸爸在外面不敢開口卻在家裡當霸王。
♪309-05	04	母	媽媽在外面不敢開口卻在家裡當霸王。
♪309-06	05	兄	哥哥在外面不敢開口卻在家裡當霸王。
♪309-07	06	姉	姊姊在外面不敢開口卻在家裡當霸王。
♪309-08	07	妹	妹妹在外面不敢開口卻在家裡當霸王。
♪309-09	08	弟	弟弟在外面不敢開口卻在家裡當霸王。
♪309-10	09	甥	外甥在外面不敢開口卻在家裡當霸王。
♪309-11	10	姪	姪子在外面不敢開口卻在家裡當霸王。

静かな妹さんですね。

你的妹妹很安靜喔！

妹は内弁慶な性格です。

妹妹在外面不敢開口卻在家裡當霸王。

◎ 補充單字

彼 名 他／彼女 名 她／姉 名 姊姊

Q 對話練習 ♪309-12

A：女の子は内弁慶なほうがモテるのかな。

　是不是在外不敢開口卻在家裡當霸王的女生更受歡迎啊？

B：そうじゃない。君みたいに初対面からうるさいとモテないよ。

　不就是。像妳這樣從第一次見面起就吵吵鬧鬧是不會受歡迎的。

原來如此！

.... 「内弁慶」 ....

「弁慶」是保護「源義經」的忠實且強壯的保鑣。「内弁慶」則是形容只在家裡很霸道，但在外面很安靜的人。

～ふりをします

假裝～

根據日文的文法規則，「～ふりをします」前面通常用名詞、形容詞或動詞普通形寫裝出來的事或人。「～ふりをします」意思是「裝～」。

～ふりをします。

♪310-02	01	わからない	假裝不瞭解。
♪310-03	02	わかる	假裝瞭解。
♪310-04	03	日本人の	假裝日本人。
♪310-05	04	バカな	假裝笨蛋。
♪310-06	05	泣いている	假裝哭。
♪310-07	06	行った	假裝去過。
♪310-08	07	おいしい	假裝好吃。
♪310-09	08	寝ている	假裝睡覺。
♪310-10	09	怒った	假裝生氣。
♪310-11	10	気にしない	假裝不介意。

♪310-01

電車で席を譲らない人が多いですね。

在電車上很多人不讓座位。

ええ、いつも寝ているふりをしますね。

是啊，他們總是裝睡。

> 補充單字

わかる 動 瞭解／バカ 形 笨蛋／気にしない 動 不介意

> 對話練習 ♪310-12

A：田中さん、新婚早々独身のふりして合コンに参加するなんて最低。
田中先生，結婚沒多久就假裝單身參加聯誼，真是爛透了。

B：新婚早々はまずいんじゃないかな。
才剛結婚這真的不妥。

原來如此！

················ 「ふりをする」 ················

「ふりをする」的前面可以接動詞、い形容詞、な形容詞、名詞的普通行都可以接。例如，「知らないふりをする（假裝不知道）」、「おいしいふりをする（假裝很好吃）」、「客のふりをする（假裝客人）」等。

〜は上手く化けます
〜很會化妝

根據日文的文法規則，「〜は上手く化けます」前面通常用名詞表示對象。「〜は上手く化けます」意思是「〜很會化妝」，是指化妝前化妝後的差異很大。

〜は上手く化けます。

♪311-02	01	娘	女兒很會化妝。
♪311-03	02	彼女	她很會化妝。
♪311-04	03	女優	女演員很會化妝。
♪311-05	04	先生	老師很會化妝。
♪311-06	05	女性	女生很會化妝。
♪311-07	06	姉	姊姊很會化妝。
♪311-08	07	妹	妹妹很會化妝。
♪311-09	08	ニューハーフ	人妖很會化妝。
♪311-10	09	母	媽媽很會化妝。
♪311-11	10	伯母	姑姑很會化妝。

♪311-01

女優は上手く化けますね。

女演員很會化妝。

それが仕事ですからね。

因為那是她們的工作啊。

補充單字

女優 名 女演員／娘 名 女兒／ニューハーフ 名 人妖／伯母 名 姑姑、阿姨

對話練習 ♪311-12

A：どう、これ？きれいに見える？
這樣如何？看起來漂亮嗎？
B：君は上手く化けるね。
你很會化妝耶。

原來如此！

「化ける」、「きれいになる」

「化ける」在本來故事裡面，是狐貍或妖怪之類變成人類的意思。女性化妝之後變漂亮，轉變之大像妖怪幻化人形一般，所以也開始用「化ける」來形容，意思是「きれいになる」。

～が化けの皮が剝がれました
～真面目被揭穿

根據日文的文法規則，「～が化けの皮が剝がれました」前面通常用名詞、形容詞或動詞過去形表示以前的樣子。「～が化けの皮が剝がれました」意思是「～真面目被揭穿」。

～が化けの皮が剝がれました。

♪312-02 01 彼女はぶりっこしていました
她總是裝可愛，但是後來真面目被揭穿。

♪312-03 02 彼は詐欺師でした
他原來是詐欺犯，但是後來真面目被揭穿。

♪312-04 03 あの人はお金持ちのふりをしていました
那個人裝有錢人，但是後來真面目被揭穿。

♪312-05 04 その人はうそをついていました
那個人說謊，但是後來真面目被揭穿。

♪312-06 05 あの人物は学者だと偽っていました
那個人假裝學者，但是後來真面目被揭穿。

♪312-07 06 彼は性格がいいふりをしていました
他裝脾氣好，但是後來真面目被揭穿。

♪312-08 07 彼女は育ちがいいふりをしていました
她裝家境好，但是後來真面目被揭穿。

♪312-01

彼の学歴はうそでしたが化けの皮が剝がれました。

他原來說的學歷是假的，但是後來被人家發現真面目。

海外の学歴詐称はよくあることですね。

在國外有很多野雞大學啊！

補充單字

うそ 名 說謊／偽ります 動 假裝／育ち 名 家境

對話練習 ♪312-09

A：メイク落としても笑わないでね。
即使卸了妝也不要笑我喔。

B：化けの皮が剝がれるというやつかな。大丈夫だよ。笑わないから。
俗話說的真面目被人家發現嗎？我不會笑的沒關係。

原來如此！

·········· 「化けの皮が剝がれる」 ··········

「化けの皮」的意思是「假面具」，「化けの皮が剝がれる」是「假面具掉了」，也就是可以看到真面目了、露出馬腳了的意思。

〜そうです

聽説〜

根據日文的文法規則，「〜そうです」前面通常用前面通常用名詞、形容詞或動詞普通形寫聽説的內容。「〜そうです」意思是「聽説〜」。

〜そうです。

♪313-02 01 この魚は高い　　　　　　　　聽説這條魚貴。

♪313-03 02 この肉は硬い　　　　　　　　聽説這塊肉硬。

♪313-04 03 この野菜は新鮮だ　　　　　　聽説這個蔬菜新鮮。

♪313-05 04 この果物は甘い　　　　　　　聽説這個水果甜。

♪313-06 05 この店のケーキはおいしい　　聽説這一家店的蛋糕很好吃。

♪313-07 06 この鯛焼きは中身が多い　　　聽説這個鯛魚燒裡面很飽滿。

♪313-08 07 この缶詰はまずい　　　　　　聽説這個罐頭很難吃。

♪313-09 08 この牛乳は濃厚だ　　　　　　聽説這瓶牛奶很濃厚。

♪313-10 09 この店のピザは厚い　　　　　聽説這一家店的披薩很厚。

♪313-01

この店のソフトクリームはおいしいそうですよ。

聽説這一家店霜淇淋很好吃。

じゃ、食べてみましょう。

那麼吃吃看吧！

◉ 補充單字

中身 名 裡面／**まずい** 形 難吃／**ピザ** 名 披薩

Q 對話練習　♪313-11

A：今晩から寒気団が来るそう。気をつけなくちゃね。
聽説今晩冷氣團會來。你務必要小心喔。

B：俺、寒いの苦手だなあ。
我對寒冷真的很不行。

原來如此！

「そうです」、「らしいです」

「そうです」是根據某人所說，是來源清楚的消息。而「らしいです（〜好像）」則是來源不清楚的消息，或是句中帶有自己的判斷的時候使用。

～なんて運に見放されたようです
～老天沒有保佑我

根據日文的文法規則，「～なんて運に見放されたようです」前面通常用名詞、動詞普通形表示內容。「～なんて運に見放されたようです」意思是「～老天沒有保佑我」。

～なんて運に見放されたようです。

♪314-02 01	**ケータイを失くす**	我弄丟了手機，老天沒有保佑我。
♪314-03 02	**パスポートを盗られる**	我的護照被偷了，老天沒有保佑我。
♪314-04 03	**カメラが壊れる**	我的照相機壞了，老天沒有保佑我。
♪314-05 04	**スリに遭う**	遇到扒手，老天沒有保佑我。
♪314-06 05	**ホテルに空室がない**	飯店沒有房間，老天沒有保佑我。
♪314-07 06	**飛行機に空席がない**	飛機沒有位子，老天沒有保佑我。
♪314-08 07	**欲しかった物が売り切れだ**	我要的東西已經賣完了，老天沒有保佑我。
♪314-09 08	**その本が絶版だ**	那本書已經絕版，老天沒有保佑我。
♪314-10 09	**ここだけ停電だ**	只有這裡停電，老天沒有保佑我。

♪314-01

山の中で道に迷うなんて運に見放されたようです。

在山裡面迷路了，老天沒有保佑我。

そんなこと言わないで、何とかしましょう。

別說那種話，我們盡量想辦法吧！

補充單字

パスポート 名 護照／**スリ** 名 扒手

對話練習 ♪314-11

A：クリスマスイブに残業だなんて運に見放されたような気がする。
平安夜居然還要加班，老天沒有保佑我。

B：世間なんて、そんなものだよ。
所謂社會就是那麼回事呀。

原來如此！

············ **「運に見放される」、「運に恵まれる」** ············

「運に恵まれる」意思是「被幸運女神眷顧」，是「運に見放される」的相反詞，所以上述例句寫作「飛行機に空席がまだあるなんて運に恵まれています」，意思就是「飛機還有位子，我真是受幸運女神眷顧」。

運が悪いことに〜
不幸〜

「運が悪いことに〜」後面通常用句子表示不幸的事。「運が悪いことに〜」意思是「不幸〜」。

運が悪いことに〜

♪315-02	01	店はもう閉まっていました。	不幸那一家店已經打烊了。
♪315-03	02	その商品はもう売り切れていました。	不幸那個商品已經賣完了。
♪315-04	03	事故に遭いました。	不幸遇到事故。
♪315-05	04	財布を失くしました。	不幸錢包弄丢了。
♪315-06	05	荷物を忘れました。	不幸行李忘了帶。
♪315-07	06	転びました。	不幸跌倒了。
♪315-08	07	醤油をこぼしました。	不幸打翻醬油了。
♪315-09	08	料理に異物が入っていました。	不幸菜裡面有異物。
♪315-10	09	注文を間違えられました。	不幸被店員點錯菜。
♪315-11	10	大型台風が上陸しました。	不幸大型颱風登陸了。

♪315-01

運が悪いことに大型台風が上陸しましたね。

不幸大型颱風登陸了。

外に出ないほうがいいですね。

不要出門比較好。

▶ 補充單字

売り切れます 動 售完／**財布** 名 錢包／**荷物** 名 行李／**転びます** 動 跌倒

▶ 對話練習 ♪315-12

A：昨日、運が悪いことにスピード違反で警察に捕まっちゃった。

昨天不幸因為超速被警察抓了。

B：えっ、何キロオーバーしたの？

咦，你超速幾公里？

還可以這樣説！

················ 「運が悪いことに」、「運悪く」 ················

這2個詞都可以形容「倒楣」，差別在「運が悪いことに」比較口語的，講故事給小孩子聽的時候會使用這個語氣。「運悪く」則是比較正式的用法。

～てバカをみました
因為～覺得吃虧

根據日文的文法規則，「～てバカをみました」前面通常用動詞、い形容詞て形或用「名詞、な形容詞 + でバカをみました」表示原因。「～てバカをみました」意思是「因為～覺得吃虧」。

～てバカをみました。

♪316-02	01	冗談を本気にし	因為把開玩笑當真覺得吃虧。
♪316-03	02	悪い男に利用され	因為被壞男生利用覺得吃虧。
♪316-04	03	タクシーに遠回りされ	因為計程車繞路覺得吃虧。
♪316-05	04	不良品を買わされ	買到瑕疵品覺得吃虧了。
♪316-06	05	安物買いの銭失いで	便宜沒有好貨，買了便宜貨覺得吃虧了。
♪316-07	06	偽物を買わされて	買了冒牌貨覺得吃虧了。
♪316-08	07	悪徳商人に騙され	被黑心商人騙了覺得吃虧。
♪316-09	08	おごらされ	被強迫請客了覺得吃虧。
♪316-10	09	みんなに無視され	大家不理我覺得吃虧。

♪316-01

約束をすっぽかされてバカをみました。

被放鴿子覺得吃虧了。

もう、あの人を信じるのはやめましょう。

真是的，以後再也不要相信他了吧！

> 補充單字

すっぽかし 名 放鴿子／**冗談** 名 開玩笑／**遠回りします** 動 繞路

> 對話練習　♪316-11

A：あんなずるい人だと知っていたら、彼を手伝わなかったわ。
早知道他是這麼狡猾的人，就不會幫他了。

B：ほんと、僕たちバカをみたね。
真的，我們好吃虧。

還可以這樣說！

·········　「バカをみる」、「損をする」　·········

因為某事覺得吃虧了，除了說「～てバカをみました」，還可以說「～損をする」，故上述例句也可以說「悪い男に利用さされて損をしました」、「おごらされて損をしました」等。

〜に目が眩みました
〜很刺眼、被〜蒙蔽

根據日文的文法規則，「〜に目が眩みました」前面通常用名詞表示沉迷的對象。「〜に目が眩みました」意思是「〜很刺眼」、「被〜蒙蔽」或是「沉迷〜」。

〜に目が眩みました。

♪317-02	01	大金	被鉅額金錢蒙蔽。
♪317-03	02	豪華な宝石	心被華麗的珠寶蒙蔽。
♪317-04	03	黄金	心被黃金蒙蔽。
♪317-05	04	宝物	心被寶物蒙蔽。
♪317-06	05	ダイヤモンド	心被鑽石蒙蔽。
♪317-07	06	欲	心被慾望蒙蔽。
♪317-08	07	スポットライト	因為舞台燈太亮所以刺眼。
♪317-09	08	太陽	因為太陽太亮所以刺眼。
♪317-10	09	明るい照明	因為燈太亮所以刺眼。
♪317-11	10	クリスマスツリー	因為聖誕樹太亮所以刺眼。

♪317-01

故宮博物院の宝物に目が眩みましたよ。

沉迷於故宮博物院的寶物。

あれはすばらしいですよね。

那真的很棒耶！

> 補充單字

大金 名 巨額／**ダイヤモンド** 名 鑽石／**スポットライト** 名 舞台燈／**クリスマスツリー** 名 聖誕樹

> 對話練習　♪317-12

A：仲よさそうに見えたのに、殺してしまうなんてひどいと思わない？
　　明明看起來感情那麼好，卻痛下殺手你不覺得很可怕嗎？
B：金に目が眩んだろうね。
　　是不是被錢蒙蔽了雙眼的關係啊？

原來如此！

·········· 「金に目が眩む」、「貪欲」 ··········

形容人被金錢蒙蔽雙眼，除了說「金に目が眩む」、「貪欲」，也可說「金に貪欲です（貪圖金錢）」，其他還有「権力に貪欲です（貪圖權力）」、「名利に貪欲な人（貪圖名利的人）」等用法。

～ために人を利用します
為了～利用別人

根據日文的文法規則，「～ために人を利用します」前面通常用動詞、名詞＋の表示利用別人的目的。「～ために人を利用します」意思是「為了～利用別人」。

～ために人を利用します。

♪318-01

♪318-02　01　**利益を得る**　　　　　為了得到利益利用別人。

♪318-03　02　**人脈を広げる**　　　　為了擴大人脈利用別人。

♪318-04　03　**業績の**　　　　　　　為了業績利用別人。

♪318-05　04　**有名人に近づく**　　　為了靠近名人利用別人。

♪318-06　05　**金儲けの**　　　　　　為了賺錢利用別人。

♪318-07　06　**同情を集める**　　　　為博取大眾同情他利用別人。

♪318-08　07　**就職の**　　　　　　　為了就業利用別人。

♪318-09　08　**世間に認められる**　　為了被世人認同利用別人。

♪318-10　09　**ライバルを追い落とす**　為了壓制競爭對手利用別人。

あの人はやり手ですね。

那個人是個能手。

ええ、出世するために人を利用しますからね。

是啊，他為了自己升官利用別人。

> **補充單字**

出世します 動 升官／**金儲け** 名 賺錢／**ライバル** 名 競爭對手

> **對話練習**　♪318-11

A：彼は自分の目的を達成するためなら、人を利用することなんて何とも思ってないのよ！
他沒為了達成自己目的，利用他人也完全不在意！

B：それが彼の正義なんだよ。彼に言わせれば、利用される奴がバカなんだってさ。
那也是他的正義。用他說的話來說，被利用的人才是笨蛋。

原來如此！

………… 「**人を利用する**」、「**人のふんどしで相撲を取る**」 …………

「人を利用する」就是字面的意思。而「人のふんどしで相撲を取る」則是利用別人的東西或乘機獲利的意思。

〜の無駄遣いです

浪費〜

根據日文的文法規則，「〜の無駄遣いです」前面通常用名詞表示浪費的事物。「〜の無駄遣いです」意思是「浪費〜」。

〜の無駄遣いです。

♪319-02	01	水（みず）	浪費水。
♪319-03	02	電気（でんき）	浪費電。
♪319-04	03	お金（かね）	浪費錢。
♪319-05	04	税金（ぜいきん）	浪費稅。
♪319-06	05	時間（じかん）	浪費時間。
♪319-07	06	資源（しげん）	浪費資源。
♪319-08	07	スペース	浪費空間。
♪319-09	08	体力（たいりょく）	浪費體力。
♪319-10	09	経費（けいひ）	浪費經費。

♪319-01

> こんなに交通（こうつう）が便利（べんり）なのに、なぜみんな車（くるま）で通勤（つうきん）するんですか。

明明交通這麼方便，大家為什麼開車上班呢？

> ほんとうに。ガソリンの無駄遣い（むだづか）ですよね。

真是浪費汽油。

(ⓘ 補充單字)

お金（かね） 名 錢／**ガソリン** 名 汽油／**スペース** 名 空間

(Q 對話練習)　♪319-11

A：あのマンション、クリスマスシーズンになるとイルミネーションつけっぱなしだけど、電気代（でんきだい）の無駄遣い（むだづか）じゃないのかな？
那棟豪華公寓在聖誕節期間一直開著燈飾，電費不會很浪費嗎？

B：そうだね。電気代（でんきだい）は共益費（きょうえきひ）で払（はら）わされるからね。
這個嘛。因為電費是用管理費出的啦。

還可以這樣說！

....　**「無駄遣い（むだづか）」、「浪費（ろうひ）」**　............................

形容浪費除了用「無駄遣い（むだづか）」，也可以用「浪費（ろうひ）」，可以用「水（みず）を浪費（ろうひ）します（浪費水）」、「〜は金（かね）の浪費（ろうひ）です（〜是浪費錢）」等用法，也常用「浪費家（ろうひか）」、「浪費癖（ろうひへき）」來形容「浪費的人」、「浪費的習慣」。

〜ても時間（じかん）の無駄（むだ）です
即使〜也是浪費時間

根據日文的文法規則，「〜ても時間（じかん）の無駄（むだ）です」前面通常用動詞て形表示浪費時間的事物。「〜ても時間（じかん）の無駄（むだ）です」意思是「即使〜也是浪費時間」。

〜ても時間（じかん）の無駄（むだ）です。

♪320-02	01 **待（ま）っ**	即使等他也是浪費時間。
♪320-03	02 **何度（なんど）やっ**	即使做幾次也是浪費時間。
♪320-04	03 **会（あ）っ**	即使見面也是浪費時間。
♪320-05	04 **行（い）っ**	即使去也是浪費時間。
♪320-06	05 **書（か）い**	即使寫也是浪費時間。
♪320-07	06 **電話（でんわ）をかけ**	即使打電話也是浪費時間。
♪320-08	07 **見（み）**	即使看也是浪費時間。
♪320-09	08 **話（はな）し**	即使聊天也是浪費時間。
♪320-10	09 **カラオケで歌（うた）っ**	即使在卡拉OK唱歌也是浪費時間。

♪320-01

並（なら）んでも時間（じかん）の無駄（むだ）ですよ。

即使排隊也是浪費時間。

でも、並（なら）んででも食（た）べる価値（かち）があるんですよ。

不過，有值得排隊吃的價值唷。

補充單字

何度（なんど） 副 好幾次／**並（なら）びます** 動 排隊／**話（はな）します** 動 説話聊天

對話練習 ♪320-11

A：理解（りかい）し合（あ）えない人（ひと）と何時間（なんじかん）話（はな）しても、時間（じかん）の無駄（むだ）だとわかった。
跟無法互相理解的人不管聊上幾小時，都是浪費時間，我算是學到了。

B：それで彼氏（かれし）と別（わか）れたの？
所以你才跟男朋友分手了嗎？

原來如此！

·········· **「時間（じかん）の無駄（むだ）」、「時（とき）は金（かね）なり」** ··········

「無駄（むだ）」是「浪費」的意思，「時（とき）は金（かね）なり」則是「時間就是金錢」，是比較委婉的說法。

～と陰口をたたきます
在背地裡說～

「～と陰口をたたきます」前面通常用句子表示壞話的內容。
「～と陰口をたたきます」意思是「在背後說壞話」。

～と陰口をたたきます。

♪321-02	01	あの食堂はまずい	在背地裡說那家餐廳的東西難吃。
♪321-03	02	この商品は信用できない	在背地裡說這個商品不能相信。
♪321-04	03	あの店の商品は品質が悪い	在背地裡說那間店商品的壞話。
♪321-05	04	その人は性格が悪い	在背地裡說那個人的個性有問題。
♪321-06	05	この店の物は高すぎる	在背地裡說這家店的東西太貴了。
♪321-07	06	あの女優は化粧が濃すぎる	在背地裡說那個女演員的化妝太濃了。
♪321-08	07	そのレストランの食べ物は新鮮じゃない	在背地裡說那一家餐廳的食物不新鮮。
♪321-09	08	あの歌手は整形した	在背地裡說那個歌手有整型過。
♪321-10	09	その人は嘘つきだ	在背地裡說那個人是騙子。

♪321-01

そのホテルは怪しいと陰口をたたかれていますよ。

有人在背後說壞話那家飯店有奇怪的地方。

何が怪しいんですか。

哪裡有可疑的地方？

▶ 補充單字

怪しい 形 可疑／**性格** 名 個性／**嘘つき** 名 說謊的人

Q 對話練習　♪321-11

A：彼女、私の前ではニコニコしてるけど、私がいない場所では陰口をたたいてるって聞いたことある。

雖然她在我面前都笑笑的，但聽說我不在場她就會偷說我壞話。

B：そうだね。彼女、君に嫉妬してるんだよ。

對啊。她很很嫉妒你。

還可以這樣說！

・・・・・・・・・・・・・・「悪口を言う」・・・・・・・・・・・・・・

「悪口を言う」的意思是「說壞話」、「陰で悪口を言う」則是「暗地說壞話」，故上述例句寫成「彼女は陰で私の悪口を言う」，意思就是「她在暗地裡偷說我壞話」。

～と愚痴をこぼします

抱怨～

「～と愚痴をこぼします」通常用句子表示抱怨的內容。「～と愚痴をこぼします」意思是「抱怨～」。

～と愚痴をこぼします。

♪322-02	01	料理がまずい	抱怨菜難吃。
♪322-03	02	高すぎる	抱怨太貴。
♪322-04	03	その服はセンスがない	抱怨那件衣服沒品味。
♪322-05	04	店員が口うるさい	抱怨店員囉嗦。
♪322-06	05	コップが汚い	抱怨杯子髒。
♪322-07	06	隣の部屋はうるさい	抱怨隔壁鄰居很吵。
♪322-08	07	バスが来ない	抱怨公車一直沒有來。
♪322-09	08	甘すぎる	抱怨太甜。
♪322-10	09	たばこの煙が臭い	抱怨菸味臭。
♪322-11	10	給料が安い	抱怨薪資太少。

♪322-01

彼女は最近寝不足ですか。

她最近失眠嗎？

ええ、隣の部屋がうるさいと愚痴をこぼしてました。

是啊，她抱怨隔壁鄰居很吵。

> 補充單字

センス 名 品位／口うるさい 形 囉嗦／給料 名 薪水

> 對話練習　♪322-12

A：あの人、いつも会えば愚痴ばかりこぼして、つまらないったらありゃしない。
那個人每次見面都只會抱怨，真是無聊得不得了。

B：もう、会うのやめたら？
乾脆別再見面吧？

還可以這樣說！

············ 「愚痴をこぼす」、「文句を言う」 ············

抱怨某事除了用「愚痴をこぼす」，也可以用「文句を言う」，故上述例句也可以寫成「給料が安いと文句を言う（抱怨薪資太少）」、「会えば文句ばかりを言う人はつまらない（見面卻只會抱怨的人很無聊）」。

～とは虫がいいです
～佔別人便宜

「～とは虫がいいです」前面通常句子表示佔別人便宜的內容。
「～とは虫がいいです」意思是「～佔別人便宜」。

～とは虫がいいです。

♪323-02	01	何もしていないのに共同発表する	他明明什麼都沒有做卻共同發表佔別人便宜。
♪323-03	02	全然働いていないのに高給をもらう	他明明沒有工作卻拿到高薪佔別人便宜。
♪323-04	03	何もしていないのに手柄を自分のものにする	他明明沒有做事卻當做自己的功勞佔別人便宜。
♪323-05	04	全て人任せ	把所有的事情交給別人做佔別人便宜。
♪323-06	05	全ての責任を放棄する	把所有的責任放棄佔別人便宜。
♪323-07	06	自分だけ残業しない	只有自己不加班佔別人便宜。
♪323-08	07	不都合なことは他人のせいにする	不好的事情責任都推給人佔別人便宜。
♪323-09	08	自分だけ逃げる	只有自己落跑佔別人便宜。

♪323-01

彼女はいつもお金を払わないとは虫がいいですね。

她總是沒有付錢佔別人便宜。

たまには彼女に払わせましょう。

偶爾讓她付錢吧！

▶ 補充單字

手柄 名 功勞／**人任せ** 名 交給別人／**不都合な** 形 不方便、不好的

Ｑ 對話練習 ♪323-10

A：彼はいつも会計の時にいなくなって、ほんと虫がいい奴。腹たつ！
他總是在結帳的不見人影，真是會佔便宜的傢伙，令人火大！

B：もう次回から彼を呼ぶのをやめよう。
下次開始不要再約他了。

還可以這樣說！

·········· 「虫がいい」、「調子がいい」 ··········

表達佔別人便宜的「虫がいい」，也可以說「調子がいい」如：「成人した子どもが親に責任を取らせるとは調子がいいです（已經成人的小孩卻將責任都推給父母，真會佔別人便宜）」。

〜は虫が好きません
〜令人討厭

根據日文的文法規則，「〜は虫が好きません」前面通常用名詞寫討厭的對象。「〜は虫が好きません」意思是「〜令人討厭」。

〜は虫が好きません。

♪324-02	01	あの人	那個人令人討厭。
♪324-03	02	その店員	那個店員令人討厭。
♪324-04	03	あの社長	那個老闆令人討厭。
♪324-05	04	その議員	那個議員令人討厭。
♪324-06	05	この弁護士	這個律師令人討厭。
♪324-07	06	あの俳優	那個演員令人討厭。
♪324-08	07	その女優	那個女演員令人討厭。
♪324-09	08	この歌手	這個歌手令人討厭。
♪324-10	09	あのアイドル	那個偶像令人討厭。
♪324-11	10	その番組の司会	那個節目的主持人令人討厭。

♪324-01

その店員は虫が好きません。

那個店員令人討厭。

ええ、傲慢な態度ですよね。

是呀，她的態度很傲慢。

補充單字

俳優 名 演員／アイドル 名 偶像／番組 名 節目／司会 名 主持人

對話練習 ♪324-12

A：あの人、なんとなく虫が好かないのよね。
　　總覺得那個人令人討厭。

B：相性が悪いのかな。
　　是不是你們性格不合呢？

還可以這樣說！

‥‥‥‥‥‥‥‥ 「虫が好かない」、「気にくわない」 ‥‥‥‥‥‥‥‥

形容令人討厭的人或物，除了說「〜は虫が好きません」，也可以說「〜は気にくわない」，故上述例句寫成「その番組の司会が気にくわない」、「あのアイドルが気にくわない」跟原本的句子也是一樣的意思。

～とは狸親父です
～真是老奸巨滑的人

「～とは狸親父です」前面通常用句子表示老奸巨滑的原因、理由。「～とは狸親父です」意思是「～真是老奸巨滑的人」。

～とは狸親父です。

♪325-02	01 何も知らぬふりをする	什麼都假裝不知道的他真是老奸巨滑的人。
♪325-03	02 いつも約束を破る	每次都不履行約定的他真是老奸巨滑的人。
♪325-04	03 陰口をたたく	在背後說別人的壞話的他真是老奸巨滑的人。
♪325-05	04 陰謀を企む	有陰謀企圖的他真是老奸巨滑的人。
♪325-06	05 いつも他人のせいにする	總是把責任推給別人的他真是老奸巨滑的人。
♪325-07	06 世間にはいい顔を見せる	迎合社會的他真是老奸巨滑的人。
♪325-08	07 腹黒いのに善人のふりをする	內心陰險的他真是老奸巨滑的人。
♪325-09	08 口だけ達者	只有嘴巴厲害的他真是老奸巨滑的人。

♪325-01

人を利用するだけ
とは狸親父です
ね。

只會利用別人的他真是老奸巨滑的人。

あの人はそういう人ですよ。

他就是那樣的人。

▶ 補充單字

陰口をたたく 動 說壞話／せいにする 動 責任推給別人 動／腹黒い 名 黑心／口が達者 名 嘴巴厲害

Q 對話練習 ♪325-10

A：安物を高く売りつけるなんて、あの人は狸親父よ！
居然把便宜貨高價賣出，那個人真是老奸巨滑的人！

B：何を買わされたの？
你被迫買了什麼？

還可以這樣說!

.... 「狸親父」、「腹黒い人」 ....

「腹黒い人」的意思是「黑心的人」，跟「狸親父」意思相近，如：「人を利用するだけとは腹黒い人です（只會利用別人的他真是老奸巨滑的人）」。

～とは負け犬の遠吠えです
～是虛張聲勢、敗犬遠吠

「～とは負け犬の遠吠えです」前面通常用句子表示是喪家之犬的行為。「～とは負け犬の遠吠えです」意思是「～虛張聲勢、敗犬遠吠」。

～とは負け犬の遠吠えです。

♪326-02	01	試合に負けてから文句を言う	比賽輸了之後抱怨的人是敗犬遠吠。
♪326-03	02	試験に不合格になってから言い訳する	因為考試失敗所以找藉口的人是敗犬遠吠。
♪326-04	03	失恋してから悪口を言う	失戀之後説對方的壞話的人是敗犬遠吠。
♪326-05	04	失敗してから言い訳する	失敗之後找藉口的人是敗犬遠吠。
♪326-06	05	落選してから文句を言う	落選之後抱怨的人是敗犬遠吠。
♪326-07	06	競争に負けてぶつぶつ言う	落敗之後抱怨的人是敗犬遠吠。
♪326-08	07	落札できなくて抗議する	因為沒有得標所以抗議的人是敗犬遠吠。
♪326-09	08	正々堂々と言わないで陰口をたたく	不當面而是在背後説壞話的人是敗犬遠吠。

♪326-01

彼が去ってから文句を言うとは負け犬の遠吠えですよ。

他離開之後才抱怨，根本是敗犬遠吠嘛。

わかってはいるんですけどね。

其實我們都心知肚明呀。

▶ 補充單字

落札します 動 得標／陰口をたたく 動 説壞話／愚痴をこぼす 動 抱怨

◉ 對話練習 　♪326-10

A：試合に負けたからって、相手がいなくなってから文句を言うなんて卑怯じゃない。
就因為輸了比賽，在對手走後抱怨連連這不是很懦弱嗎？

B：まさに「負け犬の遠吠え」だね。
簡直就像「敗犬遠吠」。

還可以這樣說！ ⋯⋯⋯⋯⋯⋯ 「負け犬の遠吠え」、「負け惜しみを言う」 ⋯⋯⋯⋯⋯⋯

「負け惜しみを言う」意思是「嘴硬、不服輸」，可以跟「負け犬の遠吠え」互換，像是「彼が去ってからずっと負け惜しみを言う（他離開之後一直嘴硬不服輸。）」或用「コンクールに入選できなくて負け惜しみを言う（沒有入選比賽所以嘴硬不服輸）」等。

～猫を被っています
～裝安靜

「～猫を被っています」前面通常用名詞寫裝安靜的對象、場合。「～猫を被っています」意思是「～裝安靜」。

～猫を被っています。

♪327-02	01	姉はお見合いで	姊姊在相親時裝安靜。
♪327-03	02	妹は会社の面接で	妹妹在公司面試的時候裝安靜。
♪327-04	03	わたしは合コンではいつも	我在聯誼的時候總是裝安靜。
♪327-05	04	その転校生は	那個轉學生裝安靜。
♪327-06	05	彼女は会社で	她在公司裝安靜。
♪327-07	06	彼は学校で	他在學校裝安靜。
♪327-08	07	議員は選挙前は	立法委員選舉前裝安靜。
♪327-09	08	その家庭教師は猫を被っていました。	那個家教裝安靜。
♪327-10	09	その社員は猫を被っていました。	那個職員裝安靜。

♪327-01

妻は結婚前は猫を被っていました。

太太在婚前裝安靜。

ははは、女性はみんなそうですよ。

哈哈哈，女生都一樣！

ⓐ 補充單字

お見合い 名 相親／**面接** 名 面試／**合コン** 名 聯誼

ⓠ 對話練習 ♪327-11

A：めぐみは人見知りするから、初対面の人の前では猫を被るよね。
小惠很害羞，所以她在第一次見面的人面前會裝安靜。

B：まあ、男はそれに騙されるんだけどね。
嗯，男人會因此上當的。

還可以這樣說！

············ 「猫を被る」、「大人しいふりをする」 ············

「大人しい」意思是「老實、溫順」，所以「大人しいふりをする」跟「猫を被る」意思相近，是「裝老實、裝溫順」之意，故上述例句可寫成「彼は学校で大人しいふりをします」等。

猫<small>ねこ</small>も杓子<small>しゃくし</small>も〜

大家都〜

根據日文的文法規則，「猫<small>ねこ</small>も杓子<small>しゃくし</small>も〜」後面通常用動詞、名詞表示內容。「猫<small>ねこ</small>も杓子<small>しゃくし</small>も〜」意思是「大家都〜」，是因為沒有仔細考慮所以帶有批評的語氣。

猫<small>ねこ</small>も杓子<small>しゃくし</small>も〜

♪328-02	01	日本<small>にほん</small>の女性<small>じょせい</small>は｜★｜髪<small>かみ</small>を茶髪<small>ちゃぱつ</small>に染<small>そ</small>めます。	日本女生大家都染褐色頭髮。
♪328-03	02	｜★｜ダイエットしています。	大家都在減肥。
♪328-04	03	｜★｜女性<small>じょせい</small>は美白<small>びはく</small>に夢中<small>むちゅう</small>です。	女生大家都熱中於美白。
♪328-05	04	韓国<small>かんこく</small>では｜★｜若<small>わか</small>い男性<small>だんせい</small>は体<small>からだ</small>を鍛<small>きた</small>えます。	在韓國年輕的男生都鍛鍊身體。
♪328-06	05	韓国<small>かんこく</small>では｜★｜整形<small>せいけい</small>します。	在韓國大家都整形。
♪328-07	06	冬<small>ふゆ</small>は｜★｜鍋料理<small>なべりょうり</small>を食<small>た</small>べます。	冬天大家都吃火鍋。
♪328-08	07	｜★｜フェイスブックとラインを使用<small>しよう</small>しています。	大家都使用臉書和Line。

♪328-01

> 猫<small>ねこ</small>も杓子<small>しゃくし</small>もスマートフォンを使<small>つか</small>っていますね。
>
> 大家都使用智慧型手機喔！

> ええ、みんな歩<small>ある</small>きながら使<small>つか</small>っていて危<small>あぶ</small>ないですよね。
>
> 是啊！大家邊走路邊使用手機真危險。

補充單字

スマートフォン 名 智慧型手機／**ダイエット** 名 減肥

對話練習 ♪328-09

A：猫<small>ねこ</small>も杓子<small>しゃくし</small>もみんなアイドルの真似<small>まね</small>をして、同<small>おな</small>じような服装<small>ふくそう</small>をするのって個性<small>こせい</small>がないと思<small>おも</small>うな。
大家都模仿偶像，穿相同的衣服，感覺沒有個性。
B：日本人<small>にほんじん</small>の服装<small>ふくそう</small>は、誰<small>だれ</small>も似<small>に</small>たり寄<small>よ</small>ったりだけど、地方<small>ちほう</small>へ行<small>い</small>けばだいぶ違<small>ちが</small>うらしいよ。
雖然日本人的穿衣打扮都很相似，但去到都市以外的地方的話，就會很不一樣了。

還可以這樣說！

·············· **「誰<small>だれ</small>も彼<small>かれ</small>も」** ··············

「猫<small>ねこ</small>も杓子<small>しゃくし</small>も」也可以說「誰<small>だれ</small>も彼<small>かれ</small>も」，都是帶有批評的語氣，形容大眾都沒用頭腦想，只會模仿別人的行為。

～は虎の威を借る狐です
～是狐假虎威

根據日文的文法規則，「～は虎の威を借る狐です」前面通常用名詞、動詞表示狐假虎威的人或事。「～は虎の威を借る狐です」意思是「～是狐假虎威」。

～は虎の威を借る狐です。

♪329-02 01	議員の兄を持つ彼	擁有議員哥哥的他是狐假虎威。
♪329-03 02	大企業の社長の息子	大企業老闆的兒子是狐假虎威。
♪329-04 03	お金持ちの彼氏がいる女性	有富豪男朋友的她是狐假虎威。
♪329-05 04	有名人の友人を語る彼	他説有名人的朋友真是狐假虎威。
♪329-06 05	父親のカードで豪快に買い物する彼女	用父親的信用卡豪邁買東西的她是狐假虎威。
♪329-07 06	社長にゴマをする彼	對老闆拍馬屁的他是狐假虎威。
♪329-08 07	いつも他人を利用する彼	總是利用別人的他是狐假虎威。
♪329-09 08	両親を自慢する彼女	炫耀父母的她是狐假虎威。

♪329-01

目上の人のご機嫌うかがいばかりする彼は虎の威を借る狐です。

只會看上層的臉色的他是狐假虎威。

いつも目下の人を見下して、気分悪いですよね。

總是看不起人，真討厭！

(▶) 補充單字

ゴマをすります 動 拍馬屁／**見下します** 動 看不起別人

(Q) 對話練習 ♪329-10

A：社長の親戚か何か知らないけど、あんなに威張って、まるで「虎の威を借る狐」だよね。

不知道他是社長的親戚還是啥的，但囂張成那樣，簡直是狐假虎威。

B：大人になってもそれじゃ、先がないよね。

如果長大還是那副德性，是沒有未來可言的。

原來如此！

·········· 「虎の威を借る狐」 ··········

「虎の威を借る狐」是中國的成語，雖然在日本，狐貍是稻荷神的神差，但是在大家的印像中是很狡猾的動物。

～を猿真似します
模仿～

根據日文的文法規則，「～を猿真似します」前面通常用名詞表示模仿的對象。「～を猿真似します」意思是「模仿～」，指沒有自己的想法只是模仿別人，是批評的語氣。

～を猿真似します。

♪330-02 01	化粧法	模仿化妝方法。
♪330-03 02	製品	模仿商品。
♪330-04 03	パフォーマンス	模仿表演。
♪330-05 04	作品	模仿作品。
♪330-06 05	歌い方	模仿唱歌方式。
♪330-07 06	やり方	模仿方法。
♪330-08 07	ダンス	模仿跳舞。
♪330-09 08	ライフスタイル	模仿生活方式。
♪330-10 09	教え方	模仿教學方法。

♪330-01

日本の若い女性はみな同じファッションですね。

日本的年輕女生的穿著好像都差不多。

若い女性はファッションを猿真似しますからね。

因為年輕女生會模仿流行穿搭。

▶ 補充單字

ファッション 名 流行穿搭／**パフォーマンス** 名 表演／**ダンス** 名 跳舞／**ライフスタイル** 名 生活方式

Q 對話練習　♪330-11

A：人の言うことを鵜呑みにしてたら、いつか騙されるよ！
別人説的照單全收，總有一天會被騙的！

B：僕は単純だからね。すぐ人を信じちゃうんだよね。
因為我很單純。馬上就會相信他人啊。

原來如此！

・・・・・・・・・・・・・・・・・・・・・・・・・・・・・「猿真似をする」・・・・・・・・・・・・・・・・・・・・・・・・・

「猿真似をする」是帶有點嘲笑的語氣。是形容只有模仿表面，而沒有內涵的意思。

〜を鵜呑みにします

沒有懷疑，全部相信〜

根據日文的文法規則，「〜を鵜呑みにします」前面通常用名詞表示相信的內容。「〜を鵜呑みにします」意思是「沒有懷疑，全部相信〜」，是批評的語氣。

〜を鵜呑みにします。

♪331-02 01	人の言うこと	沒有懷疑，全部相信別人說的話。
♪331-03 02	噂	沒有懷疑，全部相信謠言。
♪331-04 03	先生の言うこと	沒有懷疑，全部相信老師說的話。
♪331-05 04	子どもは親の言うこと	小孩子沒有懷疑，全部相信父母的話。
♪331-06 05	詐欺師の言葉	沒有懷疑，全部相信詐騙的話。
♪331-07 06	政治家の言うこと	沒有懷疑，全部相信政治人物的話。
♪331-08 07	天気予報の予報	沒有懷疑，全部相信氣象報導。
♪331-09 08	大統領の演説	沒有懷疑，全部相信總統的演講。
♪331-10 09	店員の言うこと	沒有懷疑，全部相信店員的話。

♪331-01

マスコミの力は恐ろしいですね。

媒體的影響力很可怕！

大衆はマスコミ報道を鵜呑みにしますからね。

大眾沒有懷疑，全部相信媒體報導。

▶ 補充單字

マスコミ 名 媒體／**噂** 名 謠言／**言葉** 名 説的話

Q 對話練習 ♪331-11

A：あんな表面だけ猿真似したって、中身がなければねえ。
就算一味模仿表面，沒有內涵也沒用。

B：そうだね。人間、中身が重要だよね。
沒錯。人啊，內涵很重要。

原來如此！

······ 「鵜呑みにする」、「信じやすい」 ······

「信じやすい」意思是「很容易相信」，跟「鵜呑みにする」意思相近，故上述例句寫成「店員の言うことに信じやすいです」或「マスコミ報道を信じやすい人」，意思會是「很容易相信店員的話」、「很容易相信媒體報導的人」。

〜のに〜
明明〜卻〜

根據日文的文法規則，「〜のに〜」前面通常用動詞或形容詞普通形，或是用「な形容詞、名詞＋なのに」。「〜のに〜」意思是「明明〜卻〜」表示沒有得到期待的結果。

♪332-01

女性なのに力持ちですね。

明明是女生卻很有力氣呢。

ええ、鍛えていますからね。

是啊！因為有鍛鍊身體。

〜のに〜

♪332-02	01	期待して来たのに休みでした。	明明我很期待卻公休。
♪332-03	02	勉強したのにわかりませんでした。	明明用功卻不懂。
♪332-04	03	寒いのに半袖を着ています。	明明很冷卻穿短袖。
♪332-05	04	高いのに品質がよくないです。	明明很貴品質卻不好。
♪332-06	05	30分も待ったのに来ません。	明明等了半個鐘頭卻他沒有來。
♪332-07	06	ケーキを焼いたのに失敗してしまいました。	明明做蛋糕卻失敗。
♪332-08	07	雨が降っているのに傘がありません。	明明下雨卻沒有雨傘。
♪332-09	08	有名なのによくないです。	明明很有名卻不好。

▶ 補充單字

力持ち 名 有力氣／勉強 名 用功／半袖 名 短袖

🔎 對話練習 ♪332-10

A：あの二人、あんなにラブラブだったのに、一年で別れちゃったね。
他們倆明明曾經那麼濃情密意，居然一年就分手了。
B：愛情なんて、すぐ冷めるもんなんだよ。
愛情是很快就會冷掉的啊。

還可以這樣說！

·············· 「のに」、「けれども」 ··············

「けれども」意思是「雖然、但」，跟「のに」意思相近但語氣較客觀，故上述例句寫成「勉強したけれども、わかりませんでした」意思會是「雖然用功念書，但卻搞不懂」。

～せいで～
因為～的關係～

根據日文的文法規則，「～せいで～」前面通常用名詞＋の或動詞、形容詞來表示原因。「～せいで～」後面通常寫結果。意思是「因為～的關係～」，一般都是加不好的原因。

～せいで～

♪333-02 01 事故のせいで遅れました。 因為事故的關係遲到了。

♪333-03 02 台風のせいで新幹線が止まりました。 因為颱風的關係新幹線停下來。

♪333-04 03 大雪のせいで高速道路が封鎖されました。 因為下大雪的關係高速公路封鎖了。

♪333-05 04 地震のせいで停電しました。 因為地震的關係停電了。

♪333-06 05 風邪のせいで旅行に行けません。 因為感冒的關係不能去旅行。

♪333-07 06 運動不足のせいで足腰が痛いです。 因為運動量不夠的關係腰痠腳痛。

♪333-08 07 失恋したせいで元気がありません。 因為失戀的關係沒有精神。

♪333-01

昨日たくさん歩いたせいで筋肉痛になりました。

因為昨天走太久的關係肌肉痠痛。

ふだん運動不足だからですよ。

因為平常運動量不夠的關係吧！

▶ 補充單字

高速道路 名 高速公路／**風邪** 名 感冒

🗨 對話練習 ♪333-09

A：あ～あ、あなたがグズグズしていたせいで、新幹線、乗り遅れちゃったじゃない。
啊，都是因為你拖拖拉拉的關係，這下錯過新幹線了。

B：何言ってんだよ。君の化粧だって相当時間かかってたよ。
你在說什麼？你化妝不也花了很長的時間。

原來如此！

·········· 「せいで」、「おかげで」 ··········

「おかげで」意思是「多虧～」，跟「せいで」意思相近，「せいで」偏向負面描述，「おかげで」則多用在正面描述，但有時也可用作反諷，像是「あなたのおかげで遅刻せずに済んだよ」、「あなたのおかげで遅刻したよ」分別是「多虧有你才沒有遲到」、「多虧你的『幫忙』這下遲到了」。

実戦会話トレーニング

じっせんかいわ

聊天實戰演習

剛剛學完的句型你都融會貫通了嗎？現在就來測驗看看自己是否能應付以下情境吧！試著用所學與以下四個人物對話，再看看和參考答案是否使用了一樣的句型。若發現自己對該句型不熟悉，記得再回頭複習一遍喔！

表達情緒或個人喜好的句型

01 ♪334-01

A：＿＿＿＿＿＿＿＿＿＿＿＿＿＿＿＿＿

明明做過那麼糟糕的事情，居然還敢回來有夠厚臉皮。

B：面の皮が厚いんだよ。きっと。
つら　かわ　あつ

一定是因為臉的皮膚很厚。

02 ♪334-02

A：＿＿＿＿＿＿＿＿＿＿＿＿＿＿＿＿＿

真人版讓我很失望。動畫比奇怪的演員有趣得多。

B：そうだね。アニメは声優の演技もよかったからね。
せいゆう　えんぎ

沒錯。動畫的聲優演技也很棒。

03 ♪334-03

A：＿＿＿＿＿＿＿＿＿＿＿＿＿＿＿＿＿

那棟豪華公寓在聖誕節期間一直開著燈飾，電費不會很浪費嗎？

B：そうだね。電気代は共益費で払わされるからね。
でんきだい　きょうえきひ　はら

這個嘛。因為電費是用管理費出的啦。

04 ♪334-04

A：試合に負けたからって、相手がいなくなってから文句
しあい　ま　あいて　もんく
を言うなんて卑怯じゃない。
きょう

就因為輸了比賽，在對手走後抱怨連連這不是很懦弱嗎。

B：＿＿＿＿＿＿＿＿＿＿＿＿＿＿＿＿＿

簡直就像敗犬遠吠。

参考答案 答え：
こた

1. あれだけひどいことしたのに、戻ってくるなんて図々しいにもほどがある。　→句型251 P.284
もど　ずうずう

2. 実写版にはがっかりした。変な役者より、アニメのほうがずっとおもしろかったね。　→句型273 P.306
じっしゃばん　へん　やくしゃ

3. あのマンション、クリスマスシーズンになるとイルミネーションつけっぱなしだけど、
電気代の無駄遣いじゃないのかな？　→句型286 P.319
でんきだい　むだづか

4. まさに「負け犬の遠吠え」だね。　→句型293 P.326
ま　いぬ　とおぼ

國家圖書館出版品預行編目（CIP）資料

寫給無法完整說出一句日文的人【全彩情
境圖解版】/ 清水裕美子著. -- 初版. --
臺北市：不求人文化, 2022.03

面； 公分

ISBN 978-626-95599-0-9(平裝)

1.CST: 日語 2.CST: 句法

805.169　　　　　　111000442

【全彩情境圖解版】

寫給
無法完整說出
一句日文的人

言いたいことを話す！
カタコトの日本語しか話せない人のために

書名 / 寫給無法完整說出一句日文的人【全彩情境圖解版】

作者 / 清水裕美子

發行人 / 蔣敬祖

總編輯 / 劉俐伶

執行編輯 / 柯芷寧

日文錄音 / 清水裕美子、出口仁、須永賢一

校對 / 張郁萱、堀內絢嘉

視覺指導 / 姜孟傑、鄭宇辰

排版 / Joan Cheng

法律顧問 / 北辰著作權事務所蕭雄淋律師

印製 / 金濱印刷股份有限公司

初版 / 2022 年 3 月

出版 / 我識出版教育集團－不求人文化

電話 / (02) 2345-7222

傳真 / (02) 2345-5758

地址 / 台北市忠孝東路五段372 巷27 弄78 之1 號1 樓

網址 / www.17buy.com.tw

E-mail / iam.group@17buy.com.tw

facebook 網址 / www.facebook.com/ImPublishing

定價 / 新台幣 379 元 / 港幣 126元

總經銷 / 我識出版社有限公司出版發行部

地址 / 新北市汐止區新台五路一段114 號12 樓

電話 / (02) 2696-1357 傳真 / (02) 2696-1359

港澳總經銷 / 和平圖書有限公司

地址 / 香港柴灣嘉業街12 號百樂門大廈17 樓

電話 / (852) 2804-6687 傳真 / (852) 2804-6409

2011 不求人文化

2009 懶鬼子英日語

I'm 我識出版教育集團
I'm Publishing Edu. Group
www.17buy.com.tw

2005 意識文化

2005 易富文化

2003 我識地球村

2001 我識出版社

2011 不求人文化

2009 懶鬼子英日語

I'm 我識出版教育集團
I'm Publishing Edu. Group
www.17buy.com.tw

2005 意識文化

2005 易富文化

2003 我識地球村

2001 我識出版社